向日葵を手折る《ひまわりをたおる》

彩坂美月
Mitsuki Ayasaka

実業之日本社

目次

装画　しまざきジョゼ
装幀　大岡喜直（next door design）

向日葵《ひまわり》を手折《たお》る

彼は、穴を掘っている。

静まり返った夜の中、まるで世界を照らす唯一のものであるかのように月光が射《さ》す。

彼は地面に掘った穴を見下ろす。土にそれを葬るつもりで。

恐ろしい罪の証《あかし》を、暗い穴の奥深くに埋める。

……そうしなければと、彼は心に決めたのだ。

仄《ほの》かな月明かりを受け、刃物が、闇の中で鋭く光る——

第一章　分校

季節には病があるらしい。

といっても、春の病、夏の病などという正式名称があるわけではなく、高橋《たかはし》みのりが感じているそれはおそらく「五月病」と俗称されるものに近かった。

身体《からだ》が妙にだるい気がして、何かに集中しようとしても、風に流された霧みたいに思考の断片がどこかへ飛んでいってしまう。周囲の景色と分断されているようなおかしな感じ。自分の中身が、世界とつながっていかない感じ。まるでアイスクリームを食べ終わった空っぽのカップになったみたいだ。

この状態がはたしてどのくらい続くのか、みのりにはわからない。けれどそうなったのはいつからかと尋ねられれば、答えられる。

お父さんが死んでからです、と。

「もうすぐお祖母《ばあ》ちゃんのうちに着くわよ」

助手席の母が、意識して出したような明るい声で云《い》った。

隣で車を運転しているガッチリとした中年男性は母の弟で、みのりは「良平叔父《りょうへいおじ》さん」と呼んでいる。叔父は、東京から新幹線で三時間かけてやってきた母とみのりを山形駅まで迎えにきてくれた。よく日に焼けた腕が慣れた動きでハンドルを操る。ミラー越しにみのりを見て、親しげに話しかけてきた。

「なんぼなった」

独特のイントネーションにきょとんとすると、みのりの代わりに母が答える。

「十二歳。小学六年生よ」

その返答を聞いて、年齢を訊《き》かれたのだとわかった。もやもやと落ち着かない感情が、はっきりと不安へ形を変えていく。今日から自分たちはここで暮らす。見知らぬ土地で、言葉もよくわからない場所で。

――春先に、父がくも膜下出血で亡くなった。それはあまりにも突然の出来事だった。

四十九日の法要を終えて様々な手続きが一段落した頃、母は東京を離れ、生まれ育った山形の実家に戻ることを決めた。

山形の桜沢《さくらざわ》という集落にある母の実家は、現在、祖母が一人で暮らしている。何年も前に祖父の法事で数回訪れたことがあるらしいが、幼かったみのりはほとんど覚えていない。

母と叔父はさっきからずっと何か喋《しゃべ》っている。山形駅から車で一時間ほど走ると、次第に店や住宅が少なくなってきた。看板に「ヤマザワ」と書かれた平べったい外観のスーパーマーケットを過ぎ、道路沿いに白とピンクのハナミズキが続く景色を進む。

みのりは車窓から顔を出して物珍しく町並みを眺めた。「つったいラーメン」と書いてあるのぼり、大きな果物のオブジェが設置された農協のドライブイン。ホームセンターの店頭に見慣れぬ農機具や植物の苗、自転車などが市場みたいにたくさん並べられている。

繁華街を抜けて線路を越えるといっそう人影が減り、田畑が多く見えてきた。いずれもまだ小さな緑色のさくらんぼの実をつけた木々が青々と連なっている。

五月の陽光がさんさんと注いでいた。車も歩行者もほとんどいない舗道に、黄色い帽子を被《かぶ》ってランドセルを背負い、手を挙げて歩く女の子の像がぽつんと立っている。その胸に書かれた「とびだし禁止」という文字の「とびだし」の部分はかすれてほとんど消えかかっていた。

市街地を離れ、車は山の中に入っていく。桜沢は、佐久間《さくま》、九野《くの》、楽木《らくぎ》という三つの土地から構成されている山間《やまあい》の集落だ。昭和の半ばに合併されて、現在は山野辺町《やまのべまち》の中にあるひとつの「地区」でしかないが、長いこと「桜沢村」と呼ばれていた。湧水が多く、昔から林業やわさび栽培などが盛んな土地で、地区内には沼や古い石碑が多くあるらしい。それらの知識を、みのりはここに来る前に図書館の本から得ていた。

蛇行しながら急勾配の道を登っていくと、車がずい道に入った。コンクリートの洞窟がつかの間の影を落とす。

暗がりを抜けた瞬間、視界で強烈な緑がはじけた。その鮮やかさに、思わずあっと息を呑《の》む。木々の葉がまるで無数の魚の群れのように揺れ、初夏の陽射《ひざ》しに輝いていた。むせかえるほど濃密な緑の匂いが、身体いっぱいに流れ込んでくる。新緑の息吹が前のめりに押し迫ってくるようだった。赤とピンクの混じり合ったような山ツツジ、道沿いに咲く山吹のはじけるように明るい黄色。山の斜面の土留《どど》めの間から、代謝異常を起こした人の吹き出物みたいに芝桜が咲きこぼれている。山陰には固まるように羊歯《しだ》植物が群生していた。

圧倒されるほどに、目の前に広がる景色の全てが躍動する気配に満ちあふれている。そのくっきりとした陰影と強い陽射しに、一瞬、眩暈《めまい》にも似たものを感じた。

木々の間から、いま通ってきた町並みが抜けるような青空に抱かれ眼下に広がっているのが見える。

しばらく進むと「この先、車線減少」という看板が現れた。道路沿いにロープが張ってあり、派手な蛍光ピンクのビニールテープが一定の間隔でぶら下がって七夕の短冊《たんざく》みたいに風に揺れている。

ふと、あちこちのガードレールが大きく身をくねらせた蛇みたいにたわんでいるのに気がついた。

「なんであんなふうに曲がってるの？」

　怪訝《けげん》に思って訊くと、母が会話を止めて「ああ」とこともなげに云う。

「雪の重みで歪《ゆが》むんでしょ」

　みのりは驚いて、後方に流れていくガードレールを見つめた。雪で？　まさか、あんな鉄の固まりが？

　四方を山に囲まれたすり鉢状の集落に入ると、盛り上がった畦道《あぜみち》で区切られ碁盤の目のように広がる田園や、道路に沿ってぽつぽつと並ぶ民家や小さな個人商店などが見えてきた。

　ゆるやかな坂の脇道に入るとすぐにアスファルトの舗装が切れ、土が踏み固められただけの地面となる。まもなくして、茶色い屋根の二階建ての家の前で車が停《と》まった。同時にサンダル履きの祖母が玄関から現れ、みのりたちに向かってにこにこと笑いかけてきた。

「おかえり。なんだて、よぐ来たな」

　小柄な上に、やや腰を丸めた姿勢なので、まるで祖母自身が柔らかな円のように見える。みのりは慌ててひょこっと頭を下げた。

　家に入ろうとしたとき、何かに呼び止められたように母が足を止めた。どこかぼんやりとした表情で家を見上げる。その横顔が一瞬、みのりと年の変わらない少女のように見えた。故郷で過ごした日々が母の脳裏を駆け抜けたのかもしれない。さっと視線を戻して玄関の引き戸を開けた母は、もういつもの顔に戻っていた。

　母の後にくっついて上がり框《かまち》を越えると、どこかよそよそしいような他人の家の匂いがした。家自体はさほど大きいわけではないのに、ぐんと伸びをしたみたいにどの部屋もなんだか広く感じる。天井が高いからかもしれない。日に焼けた畳の部屋には、東京の住まいになかった仏壇と小さな神棚があった。勝手知ったる様子で母が和室の仏壇の前に座り、線香を上げる。

「みのりもお祖父《じい》ちゃんに挨拶しなさい」

そう云われ、見よう見まねでぎこちなく掌《てのひら》を合わせた。

庭に面した縁側のある居間で座卓を囲み、祖母が淹《い》れてくれた濃いお茶を飲む。庭にはきちんと手入れされた家庭菜園があり、梅の木が一本立っていた。開いた障子から風が流れ込み、遠くに田んぼが見える。

引っ越し荷物は明日の午前中に届く予定らしく、叔父は「また手伝いさ来っから」と朗らかに告げて帰っていった。ご近所への菓子折りがどうとか、役場の手続きだとか細々したことを話し出した母と祖母の横で、みのりは好奇心に駆られて口を開いた。

「外を見てきていい？」

母は一瞬考えた後、云い聞かせるようにみのりに告げた。

「いいけど、あまり遠くに行かないのよ」

大きく頷《うなず》き、スニーカーに足を突っ込んで玄関の引き戸を開ける。

庭を出るとすぐ、なだらかな坂道になっていた。道路の脇に用水路が流れている。出荷用の生花を栽培しているらしいビニールハウスの群れが緑の中にぽつぽつと見えた。まだ散っていなかった山桜が、新緑を背景に美しく咲く。みのりは景色を吸い込むように深呼吸をした。

道沿いには小さな地蔵や、奇妙な亀の形をした石づくりの水飲み場などもあった。歩きながら、道端にこぼれるように咲いている植物の名前を知っている限り口にしてみる。ナズナ、カタクリ、セイヨウタンポポ。

しばらく歩き、道路から少し外れた叢《くさむら》に古めかしい石碑を見つけた。顔を近づけて石に刻まれた文を読もうとしてみたが、文字がかすれて判別できない。文字の中に乾いた苔《こけ》が張りついていた。陽にさらされた石の表面を、小さな赤い蟻《あり》が行列している。

そこから少し離れた場所に笹《ささ》が生い茂り、のぼりが風にはためいていた。近づくと生い茂った草木の間に長い石段が続いており、上方に赤い鳥居が見える。どうやら神社に続いているらしい。

好奇心が頭をもたげたが、あまり遠くに行ってはいけないという母の言葉を思い出した。仕方なく引き返そうとして、ふと、石段の近くに生えた木の幹に葉が細かく絡みついているのが目についた。なんだか、木がお洒落《しゃれ》してアクセサリーをまとっているみたいだ。青々とした小さな葉に何気なく手を伸ばしたとき、鋭い声が飛んだ。

「触っちゃ駄目だ」

どきりとして手を止めた。一瞬、植物が喋ったのかと錯覚する。驚いて顔を上げると、石段の途中に誰かが立っていた。

照りつける陽射しの下、手足の長い少年が真顔でこちらを見下ろしている。赤い鳥居を背にし、少年はゆっくりと石段を下りてきた。薄い唇に、通った鼻梁《びりょう》。大人びた顔立ちをしているが、背丈はみのりとそう変わらない。もしかしたら同い年くらいかもしれない。近所の子だろうか？

面食らい、それから、突然驚かされたことに微《かす》かな反発心が湧いてきた。

「……どうして触っちゃ駄目なの？」

硬い口調で尋ねると、少年は短く答えた。

「ツタウルシだよ」

少年が生真面目な表情で続ける。

「うかつに触ると、ひどい目に遭うよ。去年の夏に石屋の近藤《こんどう》さんがウルシにかぶれたときは大変だったんだ。湿疹《しっしん》が出て、目が開けられないくらい顔中が腫れちゃってさ。ものすごい痒《かゆ》みで、おまけに高い熱が出て、ううって唸《うな》って一晩中眠れなかったんだって」

ぎょっとし、みのりは慌てて後ずさりした。その反応がおかしかったのか、クスッと少年が笑う。それは莫迦《ばか》にしたような嫌な感じではなく、むしろ、母親が幼子を微笑《ほほえ》ましく見るのに近い表情だった。くすぐったいような、面映ゆい気持ちになる。少年はあらためてみのりを見た。

「高橋みのりちゃんだろ。同い年の女の子が転校してくるって、今井《いまい》先生が話してた」

さらさらと流れる水みたいに、心地よい話し声だった。

「僕は、藤崎怜《ふじさきれい》。あそこの青い屋根の家がうちだよ。同じ山央《さんおう》小学校なんだ」

怜と名乗った少年がふっと涼しげな目元を細める。

「同級生が増えて嬉《うれ》しいな。この辺は子供が少ないから」

みのりはまじまじと目の前の少年を見つめた。

……山形に引っ越すことが決まったとき、夜ごと密《ひそ》かに不安になった。転校先で意地悪をされたらどうしよう。田舎にはもしかしたらひどく乱暴な子がいて、虐《いじ》められるかもしれない。

しかし、穏やかな目をしたこの少年からは、そんな悪意や厭《いや》らしさはまるで感じられなかった。

怜が屈託なく話しかけてくる。

「刀隠《とがくし》神社を見にきたの？　この神社には、天神さまが祭ってあるんだって。秋祭りにはここで山央小学校の子がお神楽《かぐら》を踊るんだ。縁日も出るよ」

口を開きかけたとき、遠くからみのり、と呼ぶ母の声がした。姿の見えなくなったみのりを捜しているようだ。いけない。慌てて踵《きびす》を返したみのりの背中に向かって、怜が澄んだ声を投げかけた。

「またね」

振り返ると、緑の中で手を振る怜の白いシャツが眩しく見えた。

まるで漂流した海で見つけた、小さな船の帆みたいに。

◇

その晩は、母と並んで和室で横になった。

明かりを消してしまうと、ひんやりとした風に乗って夜の匂いがした。微かにほの甘いような畳の匂い、草木の匂い。

都会の夜空は紫だ。けれどここには、自分の輪郭すらおぼつかなくなるような暗がりがあった。夜は、圧倒的に夜そのものだった。

長い距離を移動して疲れているはずなのに、なぜか目が冴《さ》えて眠れなかった。虫の鳴く声と、用水路を流れる水の音が遠くで聞こえる。茫漠《ぼうばく》とした夜は山林に、その先にある小さな町に、そして遠く離れた東京まで続いていると思った。

いつかの夏休み、家族で夜ふかしをした。父はくだらない冗談ばかり云って母とみのりを笑わせた。布団の上に寝転がって三人でボードゲームをし、そのままタオルケットをかけて額をくっつけ合うように眠った。この闇の広がる向こうに、そんな自分たちが今も存在するような気がした。

区別しやすいようにと、あのときゲームの駒にそれぞれの目印を描いた。母は自分の駒の口を赤く塗り、みのりは駒の頭にリボンを描いた。父が描いたのは太い眉だったか、それとも八の字の髭《ひげ》だったのか思い出せない。些細《ささい》なこと。本当につまらない些細なこと。けれど、永遠にそれを父に尋ねることができないという事実が、どうしてこんなにも辛《つら》く重苦しいものに感じられるのだろう？

みのりは、こちらに背を向けて胎児のような格好で眠っている母に目を向けた。差し込んだ月明かりの下で、母の首の後ろにうっすらと赤い虫刺されの痕が見える。ふいに、ううっ、とうめき声のような音がした。一瞬母が泣いているのかと思い緊張したが、寝言だったのか、隣からはすぐに寝息が聞こえてきた。

◇

翌朝。目が覚めると、周りの景色がとても鮮明に見えることに気がついた。

朝の光がまっすぐに差し、全てのものの輪郭をくっきりと浮かび上がらせている。明け方に通り雨が降ったのか、庭先の緑がつややかに濡《ぬ》れていた。

みのりは朝食を済ませるとじっとしていられなくなり、玄関を出た。周辺を探検してみよう、と思った。

陽光を浴び、萌《も》え盛る木々が地面に影を落としている。切り抜かれた影絵のようなそのコントラストは目がちかちかしてくるほど強く、美しかった。腕を上げて眩しい陽射しを遮る。

みのりの知っている都会の緑はあくまでも人の手で保護され、管理されるものだった。園芸店で買ってきて、そのささやかな植物をベランダや部屋の片隅に置き、可憐《かれん》な置き物みたいに愛《め》でて楽しむもの。あるいは舗装された公園で、均一な背丈で計画的に植えられるもの。しかしこの場所で緑はのしかかるように獰猛《どうもう》で、むしろみのりたちの方が侵食するそれらと折り合いをつけて生活している、というふうに見えた。

病院で、葬式で、それからこの数ヶ月の間、周囲の大人たちはまるで腫れ物に触るようにみのりに接した。そういった遠回しな気遣いは時にみのりをひどく居心地悪くさせ、どう振るまえばいいかわからず疲弊させた。父が亡くなってからどこか息を潜めるようにしていたみのりにとって、自然は何のためらいもなく生命力を誇示しているように見えた。縮こまっていた背すじを、誰かにぐいと引き伸ばされるような気がした。

クゥッ、クゥッと頭上で鳥が鳴いた。山の稜線《りょうせん》がすぐ近くに見える。坂道を歩きながら、ふと思い立った。

——そうだ、昨日の神社に行ってみよう。怜と名乗ったあの男の子にも、また会えるかもしれない。

自然と早足になりながら神社へと向かう。石段を上り、扁額《へんがく》に「刀隠神社」と書かれた鳥居をくぐると、すっと背すじが伸びた。境内の入口には手水鉢《ちょうずばち》があり、のぼりが風に揺れている。中央に伸びた石畳の参道を進む。

敷地の奥まった所に大きな欅《けやき》が植えられており、木造の拝殿がしんと佇《たたず》むように建っていた。修理に用いるものなのか、それとも何かを取り壊した残骸なのか、古びた木材が境内の隅に積み置かれていた。普段は参拝する者も少ないらしく、周囲は静寂に包まれている。昼間なのになんだか寂しい感じの場所だな、と思い、引き返そうとしたとき、欅の側《そば》に見覚えのある姿を見つけた。

——怜だ。ちょうど木の陰に立っていたため、気づかなかったらしい。

近づこうとして、そのとき初めて、怜の傍らにもう一人、少年がいることに気がついた。それから、向かい合う形で小柄な少女が立っている。彼らはみのりの存在には気づかず、何か真剣に話している様子だ。全員、同級生だろうか？

声をかけようかとみのりが思った直後、突然、怜の隣にいた少年が少女を蹴った。悲鳴を上げて少女が倒れ、勢いよく木の幹にぶつかる。それは何のためらいも無い蹴り方だった。

ひゅっ、と思わず息を呑《の》む。誰かが女の子に本気で暴力をふるうところなど、見たことがなかった。驚きと恐怖心に続いて瞬時に込み上げたのは、憤りだった。

「何してるの⁉」

声を上げると、はじかれたように彼らが一斉に振り向いた。少女を足蹴りにした少年と視線がぶつかる。みのりは反射的に、たじろいだ。

――強い眼差《まなざ》しだった。

その少年は、陽光を全て吸い込んだみたいに小麦色の肌をしていた。心もち上向きの眦《まなじり》や鼻梁は見るからに勝気そうだった。残酷なほどまっすぐな目が、鋭い光を放っている。人の目とはこんなふうに力強く輝くものなのか、と気圧《けお》された。まるで、鼻先に火を突きつけられているみたいだ。

立ち尽くすみのりに、少年は乱暴な口調で云い捨てた。

「口出すんじゃねーよ」

倒れたままの少女を睨《にら》むように一瞥《いちべつ》し、興味が失《う》せた様子でその場から歩き出す。

「行くぞ、怜」

倒れた少女とみのりを困惑した表情で見比べていた怜が、仕方ない、というふうに首を振って少年の後を追った。石段を下りていく彼らの背中を、信じられない思いで見送る。

ショックだった。暴力を目の当たりにしたことはもちろんだけれど、いかにも優しそうに思えた怜が少年を止めるそぶりを見せなかったことが理解できなかった。……あんな乱暴な男の子と、友達だなんて。

そこでハッと我に返り、地面にうずくまる少女に慌てて駆け寄る。

「大丈夫？」と少女の傍らに屈《かが》み込んだとき、顔の下半分が真っ赤に染まっているのが見えて、反射的にぎくりとした。顔を怪我《けが》したのかと思ったけれど、鼻血らしいとすぐに気がつく。

少女の顔を覗《のぞ》き込み、病的に思えるほどのその肌の白さに息を呑んだ。長い睫《まつ》毛《げ》の下から、驚くほど黒目がちな瞳がみのりを見つめ返す。……まるで人形みたいだ。陽射しの下、少女はその場に不釣り合いな人工物めいて見えた。

少女が手の甲でそっと自分の顔に触れる。その折れそうにか細い手首を目にし、少年の行為に対する嫌悪と怒りが湧いた。

待ってて、とみのりは持っていたハンカチを手水鉢で濡らしてくると、汚れた顔を拭ってやった。少女は黙ってされるままになっていたが、ぎこちない動きで立ち上がり、土に汚れた服を払った。

「あの男の子、どうして蹴ったの？」

眉をひそめて尋ねるみのりの顔を、少女が見つめ返してきた。そこで初めて、口を開く。

「……理由なんか、ない」

儚《はかな》く、小さな声だった。風に落ちる花びらを連想させる声で、少女が続ける。

「ただムカついたんだって。お前なんか死ねって、そう云われたの」

予想もしなかった言葉に、頬がこわばるのを感じた。少女はうつむき、微かに唇を嚙《か》む。

「隼人《はやと》は乱暴者なの。女の子や、低学年の子にも平気で暴力をふるうのよ。すごく怖いの。ひどい目に遭わされるから、隼人に近づいちゃ、だめ」

「隼人って、さっきの男の子のこと？」

少女が無言で頷く。あらためて不快な感情が込み上げてきて、みのりは顔をしかめた。他人に手加減なく暴力をふるってしまえる人間を、心の底から軽蔑した。そして、死ねと云い放つ無神経さも。

意図せず、怒ったような声が出る。

「――そんなの、おかしい」

思い出される、病室の風景と消毒液の匂い。漂白されたようなシーツの白さと、対照的な喪服の黒。ふいに、誰かに摑《つか》まれたみたいに心臓が痛くなった。自身に云い聞かせるように、語気を強める。

「ムカついたから暴力をふるうなんて、最低。絶対、あの子の云うことなんか聞かない」

少女が驚いたような表情でまじまじとみのりを見る。ややあって、小さく微笑んだ。

「わたし、犬飼雛子《いぬかいひなこ》。……あなたは、怜の近所に越してきた子でしょ」

うん、とみのりは頷いた。少年たちが消えていった石段の方を見つめて尋ねる。

「あの二人は仲がいいの？」

その問いに、雛子はすっと真顔になった。

「――そう。隼人と怜は特別。いつも一緒にいるの」

……優しそうな男の子だと思ったのに、あんなひどい子の仲間だなんて。なんだか裏切られたような気分だ。

お腹《なか》のあたりを押さえて歩く雛子が心配で、見慣れぬ道をついていくと、しばらくして生垣と石塀に囲まれたひときわ大きな家の前で彼女が立ち止まった。ここが彼女の自宅らしい。

雛子の服に、うっすらと靴の跡が残っていた。蹴られた箇所を確かめるように雛子が裾をめくると、白い腹部に痛々しく青紫色の痣《あざ》ができている。思わず顔をしかめてしまったみのりに、ありがとう、とかすれた声で雛子は告げた。

「おうちの人はいるの？」とみのりが訊くと、短い答えが返ってくる。

「夕方まで、手伝いさんがいる」

手伝いさん？　不思議に思って黙り込んだみのりに、雛子は補足するように続けた。

「お父さんが、市内の病院の医者だから忙しいの。お母さんもそこで事務のお仕事をしてる。二人ともいつも帰りが遅いから」

市内、というのは山形市内を表すのだろう。

「親に云って、あの子のこと怒ってもらいなよ」

強い口調でみのりが云うと、ううん、と雛子がかぶりを振る。

「神社で転んだって云うから」

家族に心配をかけたくないのか、それとも隼人のことが怖いからなのか、そう告げる雛子の声にはどこか頑《かたく》なな響きがあった。やむなく口をつぐみ、「またね」とみのりが手を振って歩き出した途端、急に声をかけられた。

「気をつけて」

振り返ると、真剣そのものの表情で立っている雛子と目が合う。

首をかしげるみのりに、雛子は告げた。

「――誰も、隼人には、逆らえないから」

◇

山央小学校桜沢分校は桜沢の東部に位置する、児童数が計三十七人の分校だ。

棚田の畔道を歩き、なだらかな坂道を登っていった所に二階建ての木造校舎が佇立《ちょりつ》している。通学路の途中には小さな橋が架かっていて、細い川が流れていた。田んぼの用水路に設置された木製の水車は、時間の流れを表わすように、絶えずゆっくりと回っている。

「ようござったのう」

六年生の担任だという禿頭《とくとう》の今井は、間延びした声で云って破顔した。笑うと目尻のしわがいっそう深くなり、みのりが小さかった頃に亡くなったという祖父に少し似ている気がした。東京のどこだ、ずっと向こうに居だっけのが、などと飄々《ひょうひょう》とした口調で話しかけてくる。

「んだら、こっちの言葉はちっと聞き取りづらいがもしんねえな。慣れるまで我慢してけろ」

なんだか面白い言葉だな、とみのりは目を細めて頷いた。聞いていると、語尾によく「けろ」がつく。カエル人間みたいだ。

山央小学校の本校は山を下りて少し離れた山野辺町内にあり、近隣の向井《むかい》地区と桜沢地区、三つの小学校の子供たちが同じ中学にあがるのだそうだ。その中で桜沢分校は最も規模が小さく、一学年につき一クラスしか存在しないらしかった。あの乱暴な少年が一緒だと思うと、胃の辺りがずんと重くなる。

今井に連れられて緊張しながら教壇に立つと、二列並んだ机の後ろの席に座る怜と目が合った。微笑む怜の眼差しからは、みのりが来て嬉しい、という純粋な好意が感じられた。昨日憤慨したことを一瞬忘れ、つられて口元が緩みかける。

しかし窓際の席でこちらを見据える隼人を目にし、一転して身構えた。

隼人は頰杖《ほおづえ》をつき、「ふん」とでもいいたげな不遜な表情をしている。なんだか見下されているような気がした。先日、境内でとっさに怯《ひる》んでしまった自分が悔しくなってくる。

目を逸《そ》らさず、思いきって睨み返した。隼人が眉をひそめ、馬鹿にするみたいに口元でせせら笑う。みのりは唇を固く引き結んだ。……この子、やっぱり嫌いだ。

――桜沢分校は、みのりがこれまで通っていた小学校とはまるで違っていた。

特に新鮮に感じたのは、男子も女子も当たり前のように皆が下の名前で呼び合っていることだ。彼らは学年の違う児童や、互いの家族についても身内のように詳しかった。児童数自体が少なく、生活圏が限られているのだから、それも当然なのかもしれない。学校というよりも、「桜沢」という共同体の中で生活の全てがつながっているような感覚だった。

家族で買い物に行ったときも、レジを打っていた割烹着《かっぽうぎ》姿の中年女性が母に向かって「淑子《としこ》ちゃん、帰ってきたんだってなあ」としみじみした口調で話しかけてきたのに戸惑った。誰かがそんなふうに母を呼ぶのを、聞いたことがなかったのだ。

「旦那さん、なんだて急なことで残念だったけなあ。んだけど、まだまだ若いんだし、こだなかわいい娘さんもいるんだから頑張らねどなあ」

赤の他人がみのりの家の事情を知っていて、さも近しい身内のように励ましの言葉を吐く。なんだか不思議に思えた。すり鉢状のこの集落はまるで小さな金魚鉢で、そこにひょいと放り込まれた一匹の金魚になった気分。

そして、集落の子供たちの中で絶対的に君臨しているのが、隼人――西野《にしの》隼人だった。

怜と隼人は走るのも、球技でも他の子供たちよりずば抜けていた。単に児童数が少ないからではなく、彼らの動きが東京の小学校にいた男の子たちともまるで違うのは明らかだった。山を抜ける疾風みたいにグラウンドを駆ける。青空の下、彼らの動きは見惚《みと》れるほど自由で、力強く思えた。何か違う生き物みたいだった。

「隼人はすごいんよ」と同級生の倉田由紀子《くらたゆきこ》が誇らしげに云う。

由紀子は初めこそ警戒する様子でみのりを遠まきにしていたものの、慣れるとすぐに無邪気な自慢を始めた。

「なんでもうまいの。泳ぐのだって上級生よりずっと速いし」

愛嬌《あいきょう》のある八重歯をのぞかせ、ショートカットの由紀子が笑う。

「市のサッカーチームから勧誘されたんだけど、練習が終わったら帰りが遅くなるし、勉強がおろそかになるから駄目って隼人のお父さんが反対したんだって」

まるでそれが自分の義務だと思っているみたいに、ませた口調で桜沢のことをとりとめもなくみのりに話し続ける。

「隼人のお父さんは役場でお仕事してるの。あすこの親はすっごく厳しいんよ。怜んちが引っ越してきてから、隼人とは家族ぐるみで仲良くしてる。怜のお父さんが桜沢の出身で、隼人のお父さんと高校まで同級生だったんだって」

「怜は、ここの生まれじゃないの?」

みのりが何気なく尋ねると、由紀子がうん、と大きくかぶりを振った。

「怜のお母さんは、よその人。怜のお父さんが仙台でお仕事してるときに知り合って結婚したんだって」

心なしか強調された「よその人」という言葉は、桜沢以外で生まれ育った人、という意味らしい。みのりからすればさほど大きな違いがあるとも思えなかったが、桜沢の出身であるかそうでないのかは、ここでは少なからず意味を持つことであるようだった。由紀子が最初みのりによそよそしかったのも、そんな無意識の価値観によるものかもしれない。

「怜のお父さんは、会社の経営がいかんくなって潰れたから桜沢に帰ってきて、親戚の紹介で製材所で働いてる。怜が小学校に上がった年に引っ越してきたんよ。それからずっとあの二人は仲が良いの」

それにしても、見ていると彼らはまるで正反対だった。隼人が何かを思い立ったら即座にパッと飛び出すのに対し、怜は少し間を置いてから思慮深く動き出すようなところがあった。けれど二人とも、話している相手をじっと見つめるところだけは似ていると思った。隼人の視線は網膜を焼く太陽の陽射しのようだ。その強さに目がくらみ、顔を逸らしてしまいそうになる。一方怜は、風の無い湖面を思わせる静かな眼差しをしていた。吸い込まれるように深く、なんだかそこに佇んでいたくなる気がした。

隼人が雛子を足蹴りにした光景を思い出し、腹立たしい気持ちになって訊いた。

「あの子、どうして雛子ちゃんをいじめるの？」

つい険しい口調になってしまったせいか、由紀子が驚いたようにみのりを見る。

「神社で雛子ちゃんを蹴るのを見たの。あんなのって、ひどい」

云いながらあらためて気分が悪くなった。そうだ、あんなのは野蛮だ。

由紀子は困惑した顔つきになって言葉を切り、わかんないけど、と口ごもった。

「……でも、雛子ちゃんはうちらと違うし。親が市内で総合病院をやってるから、色々買ってもらったり、習いごととかイベントにもしょっちゅう連れてってもらえるんて。もしかしたら、そういうのが気に入らないのかも」

　それを聞いて、ますます嫌な気持ちになる。そんな理由で女の子に暴力をふるったのなら、なおのこと最低だ。隼人の行為を見ていて制止しなかった怜も。

　隼人は横柄だったが、彼に逆らおうとする男の子は校内に一人もいなかった。むろん誰も隼人に敵《かな》わないからだが、認めたくないことにそれだけが理由ではなかった。

　隼人は、良くも悪くも人を引きつける生来の何かを持っていた。彼の思いつく遊びや悪ふざけに周りが引き込まれて夢中になってしまうことはしばしばあった。隼人が何かしたり、言葉を発したりすると、自然に注意を向けてしまう存在感があるのだ。小さな世界を支配しているのは、まぎれもなくこの傲慢な少年だった。

　――そして、子供たちが恐れているものは、他にもあった。

　みのりが最初にその存在に気づいたのは、清掃時間のときだ。教室を掃除中に、男子児童がふざけて箒《ほうき》で打ち合いをしていた。

「ちょっと、真面目にやりなさいよ」

　女子で一番背の高い阿部小百合《あべさゆり》が、一向に掃除をしようとしない男の子たちに眦を吊《つ》り上げる。しかし男子は注意を気に留める様子もなく、いっそう賑《にぎ》やかに騒ぎ出した。調子に乗った男子が箒を大きく振り回した拍子に、柄の部分があやうく小百合の頭に当たりそうになる。

　きゃっと悲鳴を上げ、小百合が身を屈めて箒を避けた。その動きが面白かったのか、男の子たちは調子に乗って今度は小百合の真似《まね》をし出し、きゃあ、と奇声を上げて亀のように大袈裟《おおげさ》に頭を引っこめたりしてみせた。

げらげらと笑っている男子に、小百合がむきになった様子で顔を歪める。彼らを睨みつけると、上ずった声で叫んだ。

「そんなことしてると、向日葵男《ひまわりおとこ》が来るんだから！」

——その瞬間だった。ふいに、教室の空気が変わった。

児童たちがポーズボタンを押したみたいに動きを止める。しん、と張りつめた沈黙が教室に落ちた。戸惑って周りを見回したみのりは、彼らが顔をこわばらせているのに気がついてぎょっとした。

……一体、何が起こったのだろう？　異様な雰囲気に言葉を失い、みのりもその場で固まってしまう。誰も口を利かなかった。

ややあって、騒いでいた男子たちがのろのろと箒を握り直し、大人しく床の掃き掃除を始めた。うつむいた男の子たちの横顔は、微かな緊張を宿しているようにさえ見えた。小百合自身ですらも、自分が口にした言葉にどこか落ち着かない様子で視線をさ迷わせている。——向日葵男？

聞き慣れない単語に、不気味な響きを感じた。よくわからないけれど、児童たちの間に漂う怯《おび》えのようなものが伝播《でんぱ》してくる気がした。近くに立っていた由紀子に尋ねる。

「向日葵男って？」

「しいっ」

途端に由紀子が慌てた様子で人差し指を立てた。まるでそれを口にすること自体が不吉な行為であるように、咎《とが》める口調でささやく。

「そんな大きい声で云っちゃ、駄目なんだよ」

由紀子は不安そうな目つきで窓の方を見た。誰かに聞かれたら大変なことが起こるとでもいうようなその大袈裟な動きにつられて、窓の外に目を向ける。

埃《ほこり》っぽい陽射しの下で、無人の校庭の木が、ざわざわと生き物みたいに身をくねらせていた。

◇

すっきりしない気分で帰宅したみのりが部屋で宿題をしていると、しばらくして、階下から母と祖母に「ちょっとおいで」と呼ばれた。……何だろう？

階段を下りると、玄関先に怜と、ほっそりとした中年の女性が立っている。

「親戚の方にたくさん頂いたからって、お裾分けに来てくださったのよ」

明るい声で云う母の腕には、新聞紙にくるまれた驚くほど大量の山菜が花束のように抱えられていた。怜の隣に立つ女性が「こんにちは」と声をかけてくる。みのりと目を合わせ、にこりと微笑んだ。

優しげで整った面立ちが怜とよく似ている。彼女は怜の母親で、「春美《はるみ》さん」というらしい。

「こっちは子供が少ないから驚いたでしょう？　うちの怜と、仲良くしてやってね」

なまりの少ない柔らかな口調でそう話しかけられ、みのりは慌てて頷いた。

和室で茶菓子をつまむと、やがて母親たちは台所に新聞紙を敷いて座りこみ、三人で山菜の下処理を始めた。母と春美は早くも名前で呼び合い、意外なほど打ち解けてお喋りをしている。

ふと、由紀子が「怜のお母さんは、よその人」と話していたのを思い出した。互いの喋り方に方言以外のイントネーションがまじることや、どことなく桜沢の「外」を感じさせる空気が、逆に親密さを感じさせたのかもしれない。みのりの目にも、春美は集落の他の大人たちとはどこか肌合いが違って見えた。

手を動かしながら、母が楽しそうに春美に話しかける。

「懐かしいわあ。私が分校に通ってた頃は夏にお祭りがあって、皆で学校にお泊りしたのよね。あの行事、まだあるのかしら」

「ええ、ありますよ。今も桜沢では向日葵流しに力を入れてるから……」

テーブルで麦茶を飲みながら耳を傾けていたみのりは、向日葵流し、という聞き慣れない単語に興味を覚えて顔を上げた。

それは何かと訊いてみようかと思ったが、母たちは既に話題を転じ、今度はワラビのアク抜きの仕方について熱心に語らっている様子だった。お部屋で一緒に遊んできたら、と母に云われ、仕方なく怜を連れて二階の自室へ向かう。……隼人の親友となんか、仲良くしたくないのに。

二人きりになると、怜は人なつっこい口調で話しかけてきた。みのりの部屋に飾ってある写真や賞状などを眺め、「これ何?」と興味深げに尋ねてくる。

「絵、描くの?」

置いてあったクロッキー帳の束へ手を伸ばそうとした怜に、「触らないで」ととっさに強い声が出た。ごめん、と怜が驚いたように手を引っこめる。

それらは、幼い頃から絵を描くのが好きだったみのりに父が買ってくれたものだった。小学生の絵画コンクールでみのりの絵が入選したとき、父が喜んで「おお、みのり画伯の誕生だな。ありがたいからよく見えるところに飾らないとなあ」とおどけながら賞状を額縁に入れてくれたことを思い出す。「もー、変な云い方しないでよね!」と照れ隠しに頬をふくらませてみせた、あのときの面映ゆい気持ち。

クロッキー帳の最後のページは、ふくらみかけた桜のつぼみを描いたところで終っていた。父と公園を散歩したときにデッサンしたものだ。

今もはっきりと覚えている。「みのり、そろそろ帰ろうか」とベンチから立ち上がり、間延びした声で父が云った。

「腹減ったなあ。今日の夕飯はなんだろうな」

「台所からカレーの匂いがしたよ」

「なに？　加齢臭だって？」

みのりの言葉にわざとらしく目を見開き、自分の腕を鼻に近づけてフンフンと匂いを嗅ぐ仕草をする。「また変なこと云ってる」とみのりが冷ややかな目で見ると、「冗談冗談。その反応、だんだんお母さんに似てきたなあ」と豪快に笑って頭をかいた。絵を覗き込んで、感心した様子で目を細める。

「上手に描くもんだなあ、お父さんはみのりみたいに描けないよ。よし、桜が咲いたら、また今度一緒に来ような」

……そのまま、父との時間は止まってしまった。

たやすく口にした「今度」は、永遠に訪れない。思い出すたび胸を錐《きり》で突かれたような痛みが走る。たぶんこれから先も、何度も何度も。

――けれど、そんな話を彼にするつもりはない。

反発心からつっけんどんに応対していたみのりだったが、気を悪くするでもなくにこにこと話しかけてくる怜を見ているうちに、なんとなくばつの悪い気分になってきた。

「……あんなにたくさんの山菜、どこで採れるの？」

気さくな態度につられてぼそりと尋ねると、怜がこともなげに答える。

「全部この近くで採れるんだ。うちの庭にも畑があって、母さんが趣味で花とか野菜を作ってる。僕も手伝ったりするよ。みのりの前のうちでも、何か植えてた？」

ううん、とみのりは頭を横に振った。

「お父さんの会社の社宅にいたから」

おそらくみのりたちが引っ越してきた事情を聞いて知っていたのだろう。怜が微かに表情を曇らせ、真顔になった。それから、静かな声で呟《つぶや》く。

「そう」

……それはあくまでさりげない返答だった。しかし、その一瞬で、みのりは怜に対しほのかに好感のようなものを抱いた。怜の示した反応は、押しつけがましい善意とはほど遠い場所にあった。他人の痛みを安易にかき回そうとしない誠実さが感じられた。

怜は父の死に関わりそうな話題には触れず、学校行事についてや、今井先生が前にこんな話をしてくれた、などということを面白おかしく語ってくれた。

「夏になったら沢に泳ぎに行くんだ。冬は裏山でスキーもできるよ。天然のジャンプ台が出来るとっておきの坂があってさ、高学年の男子は皆そこに行くんだ。みのりにも教えるよ」

怜が口にすると、それらは本当に魅力的で楽しいことのように聞こえた。先程の母親たちの会話を思い出し、怜に尋ねる。

「夏にお祭りがあるの？」

みのりの言葉に、怜が小さく頷く。

「桜沢でずっと昔からあるお祭りなんだって。毎年八月にやるんだ」

へえ、とみのりは声を上げた。

「なんだか楽しそう」

怜は一瞬黙り込み、それから目を細めた。

「うん。きっと楽しいよ」

そう云って微笑む怜の横顔に、窓の外の庭木がふっと影を落とす。

ふいに、滑らかな若木のようにすべすべとした怜の頬に触れてみたいという不思議な感情を覚えた。少し前のみのりなら、異性に触れたいなどともし同級生の誰かが口にしたら、いやらしい、ヘンタイ、などと笑って冷やかしたかもしれないが、そのときなぜかそう思った。うまく云えないけれど、それは邪《よこしま》な気持ちとは無縁な、胸の中で自然に湧き起こった感情だった。

遠くの工場で就業時間の終了を告げるサイレンの音が鳴った。ねぐらに帰る烏《からす》の群れが、ざあっと雨音みたいな羽音を落として夕空を飛んでいく。

階下から「怜、おいとまするわよ」と呼ぶ声がした。お父さんがもうじき帰ってくるから、という春美の言葉に怜が肩をすくめる。

「母さんが家にいないと、父さんはすぐ不機嫌になるんだ」

怜のお父さんは寂しがりなんだろうか、と思った。だけど家族は揃《そろ》っていた方がいいに決まってる。皆でご飯を食べた方が、きっと嬉しい。そう考えて、胸の奥が微かにちくりとした。

帰り際、春美が「みのりちゃん、またね。今度はうちにも遊びに来て」と気さくに手を振ってくれた。彼らを見送り、そのまま上がり框でぼんやり佇んでいると、母がみのりの肩に手を置いて不自然なほど明るく云う。

「ほらほら、もうすぐ夕飯ができるわよ」

食卓につくと、テーブルの上には驚くほどたくさんの山菜料理が並んでいた。タラの芽やコシアブラの天ぷら、ワラビの一本漬け、ミズの煮物。山菜を使って母が自慢のパスタも作った。わあっと声を上げ、こごみのおひたしをマヨネーズ醤油《じょうゆ》でたくさん食べた。母と祖母はそんなみのりの様子に目を細めながら、自分たちもからし醤油で満足げに食べていた。それらは活《い》き活《い》きとした味がした。スーパーで買ったのではなく、全部近くの山で採れたものだと思うととても不思議な気がした。

母は、叔父が経営している食品会社で来月からパート社員として働くことになっていた。祖母の作るべったりと甘い煮物を、母は美味《おい》しい美味しいとしきりに褒めながら口にした。東京にいたときはカロリーが気になると云って、濃い味つけの物をあまり食べなかったのに。

みのりには、母がそうやって何かに向かい自身を奮い立たせているかのように見えた。けれどそれだけではないような気も、少しした。

父と母はよく、いつかみのりがお嫁に行って、年をとって夫婦二人きりになったらどうしようか、と冗談めかして話していた。そのときが来たら二人でやってみたいと口にしていた内容は、現実的なものからおよそ非現実的なものまで複数あった。縁側で日がな一日向かい合って将棋をさす、キャンピングカーで日本一周、等々。「夫婦で長生きしないとなあ」と軽い口ぶりで笑っていた父の顔を思い出す。

母はいつも減塩の味噌《みそ》を使っていた。なるべく無添加の食材を使って、キシリトール入りの歯磨き粉を愛用して。テレビ番組で生活習慣病にはこれがいいと聞けばスーパーに買いに走り、日曜の朝は時々夫婦でウォーキングをした。そうした日常のささやかな心配りをしていれば、家族に本当に悪いことなど何も起こらないというように。だけど、父は死んでしまった。

——母はきっと、母にしかわからない何かを信じることをやめたのかもしれない。

「怜君はしっかりしてる子ね、お友達になれてよかったわね」と母がみのりに笑いかける。

んだなあ、と祖母が神妙な顔で頷いた。

「春美さんは昔っから身体が丈夫でねえがら。お母さんさ心配かけたくないのがもすんねなあ」

え、と驚いて箸が止まった。「春美さん、どこかお悪いの？」と母も表情を曇らせて尋ねる。

「心臓の病気なんだど」

左胸に手を当てて呟いた祖母を見て、急に落ち着かない気持ちになった。

怜の母親が家にいないと父親が不機嫌になるというのは、もしかしたら、持病を心配してのことなのかもしれない。……彼らを身勝手に羨んだことに、少しだけばつの悪さのようなものを覚えた。

一緒に暮らし始めてからというもの、祖母はしきりとみのりに構いたがった。台所の床下には貯蔵庫があり、梅やカリンを焼酎に漬けた瓶などがいくつも保存されていた。

「これは何さでも効くんだ」

弟切草《おとぎりそう》を漬け込んだ瓶をみのりに見せながら、祖母が得意そうに喋る。

「アンタのお母さんがちっちゃな頃に転んで、そこの柱でゴーンて頭打ってな。おっきなたんこぶができたときもこれつけたらすぐ治ったんだ」

祖母はことあるごとにみのりを呼び、「みのり、来てみろ」「みのりはこれ知ってっか？」などとこれまで馴染《なじ》みのなかった様々な知識を披露した。祖母が柔らかくしわの寄った手で行う作業を、みのりは熱心に眺めた。物珍しい気持ちももちろんあったが、そうやって祖母が自分の知るいろんなものを見せてくれようとするのは、みのりを気遣っているからだとわかっていた。

夕食後に茶を飲みながら、母と祖母は夏に向けて緑のカーテンを作るべく、きゅうりを植えてネットを張る相談を始めた。うどんこ病になる前に薬をまかないと、などと会話する二人をいささか不思議な思いで眺める。山形に来て、母が植物に詳しいということを初めて知った。

みのりの視線に気づいた母が笑みを浮かべ、「学校にはもう慣れた？」と優しい口調で尋ねてくる。

「どう？　やっていけそう？」

母の質問に一瞬黙り、みのりは小さく頷いた。

「……うん」

「ううん」と答えても、きっと世界は変わらない。

それをもう、知っていた。

◇

夕方、台所で食事の支度をしていた母に「小麦粉を買ってきて」と頼まれて近くの個人商店に向かうと、店の前に見慣れぬ一匹の犬がつながれていた。

茶色と白のぶち模様をした、雑種と思《おぼ》しき犬だ。

吠《ほ》えられたり嚙まれたらどうしよう、と不安になったが、犬の側を通らなければ店には入れない。恐る恐る近付くと、その瘦せた犬は、卑屈だがどこか優しげな目でみのりを見た。困ったような顔つきになんだか愛嬌がある。

かわいい、と思い、頭を撫《な》でたくてそっと手を伸ばした途端、犬はヒュンと哀れっぽく鳴いた。怯えた様子で尻尾《しっぽ》を下げ、離れた場所に後ずさってしまう。

みのりは驚いて手を引っこめた。ひょっとして、叩《たた》かれるとでも思ったのだろうか？　ずいぶん臆病で警戒心が強い犬らしい。

よく見ると、犬の背中の辺りに十円玉くらいの大きさで毛が生えていない箇所がある。そこから、引き攣《つ》れたようになった薄桃色の皮膚が覗いていた。古い傷跡のようだ。

ふいに、店の中から聞き覚えのある声がした。ハッとしてとっさに近くの植え込みの陰に身を隠すと、隼人が出てきて、「行くぞ」と犬に声を掛けて走っていく気配があった。どうやら隼人の飼い犬のようだ。

そのとき、離れた場所から「おおい」と呼ぶ声がした。今度は怜の声だ。

そっと覗くと、さっきまで怯えた様子だった犬がちぎれんばかりに尻尾を振り、嬉しそうに怜の足元にじゃれついている。ハナ、と怜が目を細めて犬の名を呼んだ。

ずいぶん怜になついているんだな、と思った。あの犬の怪我はどうしたんだろう、という疑問が浮かび、なんだか不安になってくる。

……まさか、隼人はこのかわいそうな犬をも虐《いじ》めたりしているのだろうか。

「コイツ、こないだ子犬を産んでからちょっと神経質になっててさ。こっちまで散歩に連れてくんの久しぶりだから、コーフンしてんだよ」

隼人がリードを引っ張って歩きながらぶっきらぼうに云う。遠ざかっていく二人の後ろ姿を眺め、なぜか苦い物を口に含んだような気持ちになった。

◇

彼らの姿が完全に消えてから、みのりはようやく店の中へ歩き出した。

その翌日。学校からの帰り道をみのりが一人で歩いていると、通学路から少し離れた空き地に、ふとおかしなものが見えた。

空き地の入口には「売却予定地。ゴミの不法投棄禁止」という看板が立っているのだが、背の高い草が生い茂ったその向こうで、何か明るい水色のものが動いた気がしたのだ。……あれは、雛子が今日着ていたシャツではないだろうか。

好奇心に駆られ、みのりは空き地に近づいた。

苦心して草をかき分けながら少し歩くと、地面にしゃがみこむ雛子の姿を見つけた。――いた。こんな所で、何をしているのだろう？

真っ先に頭に浮かんだのは、隼人がまた暴力をふるったのではないか、という不安だった。

雛子ちゃん、と背後から声をかけると、雛子はハッとした表情で振り返った。みのりの姿を見つけ、驚いたように目を瞠《みは》る。思いがけず強い反応に戸惑いながら「どうしたの？」と尋ねると、雛子の喉が大きく上下した。ややあって、雛子の口から緊張にかすれた声が発せられる。

「……あ、あそこ」

雛子が指差した先に何気なく視線を向け、次の瞬間、固まった。

地面から、小さな棒のようなものが一本にゅっと突き出ている。一瞬、そこに変わった形の植物が生えているのかと思ったが、そうではなかった。

――土の中から突き出しているのは、動物の足だ。

まだ子犬のものと思われる小さな足が、まっすぐ上を向いて地面から伸びている。それを認識すると同時に、堪《こら》え切れずに甲高《かんだか》い悲鳴が喉から漏れた。雛子が泣きそうな声で云う。

「帰る途中で、見つけたの。何だろうって思って近づいてみたら、これが――」

みのりは思わず後ずさった。皮膚の表面に、びっしりと鳥肌が立っているのがわかる。

切断された足が地面に突き立ててあるのか、それとも、土の下に死んだ子犬の体が埋められているのかはわからない。しかし陽射しに晒《さら》されて硬直した足は、もはや少しも生きている気配がしなかった。誰かが悪ふざけをして作った奇妙なオブジェみたいだった。

大きな銀色の蠅《はえ》がぶんと飛んで、子犬の足に止まった。白に薄い茶色の、歪んだ楕円形の模様の毛の間を蠅がうごめくのを目にし、冷たいものが背すじを走る。――ひどい。一体誰が、こんなことを？

視線が釘付《くぎづ》けになったまま、放心状態で立ち尽くす。自分が激しいショックを受けているのがわかった。

恐る恐る近づこうとした途端、雛子にぐいと服の袖を摑まれた。

「やめて」

雛子が激しくかぶりを振り、怯えた様子で顔を伏せる。そうされて初めて、自分の手も震えていることに気がついた。喉の奥から強烈な吐き気が込み上げてくる。混乱した頭で、ようやく思い当った。

「誰か、大人の人に知らせなきゃ」とみのりが口にすると、雛子はうつむいたまま弱々しく頭を横に振った。それから低い声で、ぽつりと呟く。

「――きっと、向日葵男の仕業だわ」

「え？」

みのりは怪訝《けげん》な思いで眉をひそめた。その言葉に、先日の教室での不可解な出来事を思い出す。

彼らが一様に怯えた反応を見せた、あの奇妙な空気。

「向日葵男って……何？」

雛子は答えなかった。その単語を耳にするのすら忌むべきことであるように、思い詰めた顔をしている。

「……怖い。わたし、怖い」

みのりの腕を摑む雛子の手に、強い力がこもった。

「ねえお願い。みのりちゃん、なるべくずっと一緒にいて。離れないで」

心細げにうるんだ瞳が、戸惑うみのりを見上げる。

「一人でいたら、狙われる。恐ろしい目に遭うかもしれない」

「……まさか、そんなこと」

緊張に唾を呑み、しばらくためらった後、みのりは上から丁寧に土をかけてその小さな足を埋めてやることにした。盛り上がったささやかな土の山に近くの野花を摘んで供えると、毎朝祖母が仏壇にそうしているように、そっと掌を合わせる。雛子もみのりの横で同じようにした。ざわりと風が吹き、周囲の植物を不穏に揺らす。その動きが、まるで近くに何かが潜んでいるように見えて身を硬くした。

そのとき、少し離れた小高い丘から、誰かがこちらを見ているのに気がついた。

――木々の間から睨むような鋭い視線を向けているのは、隼人だ。

反射的にぎょっとする。しかし、まばたきをした次の瞬間、隼人の姿は視界から消え失せていた。

呆然《ぼうぜん》と立ち尽くすみのりに、「どうかした？」と雛子が不思議そうに尋ねてくる。

「え？　……ううん」

動揺しつつ、ぎこちなく返事をした。今、そこに隼人がいたと思ったのは、見間違いだったのだろうか……？

唐突に、昨日の記憶がよみがえった。

隼人は、ハナというあの犬が少し前に子犬を産んだと話していた。――では、子犬はどこに？

さらに思い出す。白と茶色のぶち模様をした、隼人の飼い犬。……いま自分が埋葬した犬の足は、どんな色形をしていただろう。

陽光は暖かいのに、なぜか寒気がした。ざわめく草木の中で、みのりはしばらくその場から動けなかった。

第二章　向日葵《ひまわり》流し

――ここは、閉ざされた王国みたいだ。

放課後に帰り支度をしながら、みのりはふとそんなことを思った。この場所には、集落の外とは異なる秩序が存在する。

教室の片隅で隼人を中心とした男子たちが、火の見櫓《やぐら》に作られていた鳥の巣を壊してきたという話をしながら、大声で笑い合っていた。干からびた雛の死骸らしきものが落ちてきたと楽しげに喋る隼人の声に、顔をしかめる。……そんなことをして、何が楽しいんだろう？

隼人から視線を外したとき、同じく帰る準備を整えた雛子と目が合った。こちらに歩き出した雛子が、隼人の近くに立つ怜を見て、何かに気づいたような表情になる。糸屑《いとくず》でもついていたのだろうか、そのまま怜の肩先に指を伸ばした。

「れい……」

雛子が声をかけながら怜の身体に触れようとした、そのときだった。

大きな音がして、雛子の手が勢いよく払いのけられた。――隼人だ。

「近づくんじゃねえ」

隼人が険しい口調で云い放った。弾《はじ》かれた手を押さえ、雛子が顔をこわばらせている。

周りが緊張に静まる中、隼人はきつい眼差しで雛子を睨んだ。冷ややかな笑みを浮かべ、おもむろに雛子を指差す。

「今からアイツと喋ったヤツ、裏切者な」

意地悪く隼人が告げる。それは紛れもなく、命令だった。

場の空気が凝《こご》ったように誰も口を開こうとしない中、みのりは居たたまれなくなり、掌を握り込んだ。意を決し、立ち尽くす雛子の元へと歩み寄る。

「——行こう」

雛子の手を掴み、平然とした態度を装ってドアの方へ歩き出しながら、心臓がどきどきした。雛子が驚いたように見上げてくる気配を感じる。

と、背後から聞こえよがしな隼人の声がした。

「あの女、裏切者に決定ー」

揶揄《やゆ》するような口調に、反射的に振り返って隼人を睨む。不敵な笑みを浮かべてこちらを見据える隼人と視線がぶつかり、意に反して足がすくんだ。

由紀子と小百合が心配そうな視線を送ってくる。怜が、困惑した顔で自分たちを見つめているのがわかった。場に張り詰めた空気が流れたそのとき、教室のドアが勢いよく開けられた。

——颯爽《さっそう》とした足取りで現れたのは、四年生の担任をしている佐古雅嗣《さこまさつぐ》だ。

「ほらほら、用が無いならいつまでも教室に残ってないで下校しろよー」

ポロシャツに黒のジャージ姿の佐古が手を叩いて促す。普段から怒鳴るように声が大きいのは地声らしい。室内を見回した佐古が、みのりたちの間に漂う不自然な緊張の残滓《ざんし》を感じ取ったのか、訝《いぶか》しげに眉をひそめる。それから厳しい表情で隼人に向き直った。

「お前、また何か悪さしてるんじゃないだろうな?」

佐古の言葉に、隼人は軽く舌打ちした。「別に何もしてねーよ」と鬱陶しげにあさっての方向を向く。

　血気盛んな二十代の男性教師の佐古は、いわば隼人の天敵だった。県外から桜沢に赴任してきて三年目だという、みのりの目から見ても若く熱意に満ちた佐古にとって、奔放すぎる隼人の行動は少なからず目に余るものなのだろう。

　佐古は尚《なお》も物云いたげに隼人を一瞥してから、有無を云わせぬ口調で命じた。

「寄り道しないで、さっさと帰れ」

　佐古の登場で不穏な空気が霧散したのを感じ、みのりは息を吐き出した。怒りに駆られて大胆な行動を取ってしまったものの、本音を云えば、隼人のことが怖かった。

　雛子と共にそそくさと教室を出たとき、背後から「みのり」と呼ばれた。振り返ると、廊下に佐古が立っている。

　佐古は苦笑に似た表情を作り、やおら口を開いた。

「あのな、困ったこととか辛いことがあったら、遠慮しないで先生に云うんだぞ。今井先生でも、オレでも、どの先生でもいいからな」

　思いがけない言葉に戸惑っていると、冗談めかした口調で佐古が続ける。

「……まあ、オレもこの学校に赴任してきてそう長くないから頼りないかもしれないが。何かあればいつでも相談に乗るからな」

　一瞬遅れて、胸の内側がほんのりと温かくなった。人数が少ない学校だけに、きっと教師たちは、東京から引っ越してきたみのりのことを気にかけてくれているのだろう。

「はい」と素直に応じると、佐古がくしゃっと目を細めてみのりの頭を撫でる。微かに煙草《たばこ》の匂いがした。線香花火を燃やした後の煙みたいな、独特の匂い。節くれだった大きな手の感触が亡くなった父を連想させて、ほんの一瞬、切なくなる。

雛子と連れ立って学校を出ると、爽やかな陽射しが注いだ。道路脇の青田が風にそよぐ。

みのりちゃん、と雛子がためらいがちに話しかけてきた。

「……さっきは、ありがとう」

「ううん」とかぶりを振るみのりに、やや沈んだ面持ちで続ける。

「でも、もう隼人には近づかないで。関わっちゃ駄目。みのりちゃんまでひどいことされちゃう。私のせいでそんなことになったら、嫌」

雛子の悲しげな様子がいじらしかった。うつむいて雛子が云う。

「隼人は暴力をふるったり、生き物を殺すことなんかなんとも思ってないの。残酷な方法で傷つけたり、苦しめたりして、そういうのを楽しんでる」

知ってるでしょう？　と云いたげな暗い視線を向けられ、微かに顔がこわばるのを感じた。土の中に埋められた、棒のように硬直した子犬の足を思い出す。

……あのとき、まるで見張るように木々の間から隼人がこちらを見ていた気がしたのは、本当に気のせいだったのだろうか？　それに、皆が口にしたがらない向日葵男って……？

雛子と別れ、家に帰る足が重かった。そうだ、とふと思いつく。

以前、教室で男子たちが「みやくぼ沼に怪物みてえにバカでかい雷魚がいる」と話していた。みやくぼ沼は、確かここからさほど遠くないはずだ。ほんの少し、寄り道して帰るのもいいかもしれない。

通学路を外れて歩き出したとき、背後から、「どこに行くの？」と声をかけられた。驚いて振り向くと、緑の中に佇むように怜が一人で立っている。

その姿を見た途端、さっきの隼人とのやりとりを思い出して、気分がささくれ立った。つっけんどんに云う。

「何か用？」

怜はみのりの態度に怯む様子もなく、静かな口調で、もう一度尋ねてきた。

「どこに行くの？　家はそっちじゃないよ」

「別に。沼を見にいくだけ」

そっけなく告げ、怜に背を向けて歩き出す。すると一定の距離を置いて、みのりの後ろから足音がついてきた。振り返り、「どうしてついてくるの？」と不機嫌な顔で云う。

怜は困ったように首を傾けてみのりを見た。

「迷ったらいけないと思って」

「一人で、行けるから」

みのりが唇を尖《とが》らせると、すかさず怜が云い返す。

「駄目だよ。一人で沼に行ったらいけないんだ。足を滑らせて落ちたりしたら危ないからって、今井先生がいつも云ってる」

思いがけず真剣な口調でそう諭され、みのりはやむなく口をつぐんだ。素直に怜の指示に従ったと思われるのも癪《しゃく》で、そのまま無言で歩いていく。

進むにつれ、道沿いの樹木の緑がいっそう深まってきた。舗装された道路が途切れ、土が踏み固められただけの細い道に入る。樹冠が頭上で瑞々《みずみず》しい緑を揺らしていた。

「ほら、見て」

ふいに怜が横に並び、近くの木々を指差した。つられて見上げると、枝に実がなっている。鮮やかな赤や黒っぽい色をしたそれらの実は、小さい粒が集まって一つの果実となっており、葉の隙間からびっしりと顔を覗かせていた。根元の地面にもぼろぼろと実が落ちている。

「桑の実だよ。そのまま食べてもいいし、ジャムにしても美味しいよ」

「食べられるの……？」

「うん。なるべく黒くて粒が大きいのを選んで」

疑うみのりに、怜がにこにこしながら摘んだ実を自分の口に放ってみせる。真似をして黒紫に熟した果実に手を伸ばすと、桑の実は簡単にポロッと枝から取れた。「汁で服が汚れないように気をつけて」と注意されながらおっかなびっくり含むと、口内に濃厚な甘みが広がった。珍しさもあり、なんだかわくわくしてきて、積極的に実を摘んで口に運ぶ。

そんなみのりの顔を見て、ふいに怜がおかしそうに云った。

「唇、色が付いてる」

果汁で唇が染まってしまったらしい。小さな子供のようで、気恥ずかしくなりうつむくと、怜はくすくす笑いながらみのりの唇に軽く触れた。

「口紅を塗ったみたいだね」

かすめた指先から同じ甘い香りがして、どきりとする。

やがて、木々の隙間から大きな沼が見えてきた。道沿いに張られたトラロープに驚くほど細い水色のトンボが止まっているのを見て、神様トンボだ、と怜が呟く。

暗緑色の水面《みなも》に、山影が映っていた。魚が多いのか、濁った水の表面に時折小さな波紋が広がる。土のうが置かれた坂道を下りて沼に近づくと、泥に汚れた丸い石が沼の縁に幾つも転がっていた。岸辺には苔が生え、浅い水辺にアメンボが泳いでいる。

水中に群生しているハスの葉や花に交じって、蜂の巣みたいな奇妙な形をした実があちこちから生えていた。ジジッ、と物が焼け焦げるような羽音を立てて、シオカラトンボが何匹も沼の周辺を飛び回っている。

みのりは少し前まで感じていた鬱屈をひととき忘れ、物珍しい思いで周りの風景を眺めた。

「雷魚って、どういう魚なの？」

訊くと、隣に立っていた怜は口を開いた。

「口が大きくて、歯がすごく鋭いんだ。アマガエルとか食べるよ。前に学校の水槽で飼ってたこともあるんだけど、育ち過ぎて飼育できなくなったから、沼に放した」

「本当……？」と驚いて目を瞬《しばた》かせると、怜が笑って頷く。

いつの間にか、ごく自然に会話をしている自分に気がついた。不思議なことに、怜の前で頑なな態度を取り続けようとしても、彼の持つ温厚な雰囲気があっさりとそれを無効にしてしまうのだ。まるで「北風と太陽」という寓話に出てくる太陽みたいだな、とおかしな連想をした。少し考え、尋ねる。

「怜は、どうして隼人と仲良くしてるの？」

みのりの問いに、怜が不意をつかれた顔になった。思いきって言葉を続ける。

「雛子ちゃんは何も悪いことなんかしてないのに、どうして隼人は、あんなふうに平気で人を傷つけるの？　それに――」

みのりは云い淀《よど》んだ。埋められていた子犬のことを怜に話すべきかどうか、迷いが生じる。隼人の親友である彼を、信じていいのか。

「それに……何？」

怜は不思議そうにみのりを見た。みのりが黙り込むと、怜は自分の足元へ静かに視線を落とした。

「隼人は、友達なんだ」

息を吐き出し、淡々とした口調で呟く。

「確かに時々乱暴なこともするし、みのりが嫌うのも無理ないかもしれないけど――隼人は、そんなに悪い奴《やつ》じゃないよ」

そう云って、怜は小さく微笑んだ。その表情がどこか傷ついたように悲しげに見えて、みのりは渋々口をつぐんだ。

バサバサッと羽音を立て、鳥の大群が夕空を飛んでいく。木々の隙間から見える鳥たちの飛行が一向に途切れる気配がないことに圧倒されて見上げていると、怜は「ムクドリだよ。この辺の人たちはぎゃあらって呼んでる」と教えてくれた。

にこっと笑い、怜が云う。

「暗くなると危ないから、そろそろ帰ろう」

みのりは黙って頷いた。時々こちらを振り返りながら、前を行く怜が坂道を上っていく。そのとき初めて、足場の悪い道を歩くのに不慣れなみのりのために、わざとゆっくりした歩調で歩いてくれていることに気がついた。

怜の背中を追いながら、ふと、遠くの裏山にある小さな沼が視界に映った。何気なく指差し、「あっちの沼は？」と尋ねる。

「……あれは」

珍しく、怜が言葉に詰まった。小声で何か呟き、再び前を向いて歩き出す。

「行こう、陽が落ちる前に帰らないと」

促されて再び足を動かしながら、みのりは今しがた怜の口にした言葉を頭の中で反芻《はんすう》した。低くてよく聞き取れなかったが、微かな呟きは、みのりの耳にこう聞こえた。

――向日葵男のいるところ、と。

◇

山に囲まれた盆地の夏は、日に日に暑さを増していった。

学校の帰り、道路で干からびたカエルの死骸をよく目にした。

授業で花壇に植えた向日葵は、青空の下で見るたびに背丈を伸ばしていた。少し前までは膝くらいの高さだった向日葵が、いつのまにかみのりの身長よりもずっと大きくなっている。向日葵とはこんなに成長する植物だったろうか、と空恐ろしくなるほどだ。

夏祭りに向けて、桜沢では着々と準備作業が始まっていた。「向日葵流し」は例年の夏祭りに併せて行われる地域行事で、切り落とした向日葵の花を灯ろうに載せて川に流し、子供の健やかな成長を願うものらしい。――無事に健康な大人になれますように、と。

向日葵流しで用いる花は分校で育てられ、その夜はお泊り学習と称して児童はみな学校に宿泊するそうだ。社会科の時間に今井がしてくれた話によると、集落では昔から農業を営む家が多く、祭りの夜は大人たちが集まって親睦会と称する酒盛りをするため、子供を学校に泊める風習が生まれたのではないかという。

未知の郷土行事にわくわくと胸が躍った。由紀子たちから「夜は皆で体育館で寝るんよ。いっぱいお喋りしようね」「暗くなってから学校を探検すると面白いんだ」などと聞かされるうちに、本番がいっそう楽しみになってくる。

向日葵流しに使う、灯ろう作りも始まった。木枠に紙を貼り、絵を描いて仕上げていく。みのりにとっては全部が初めての作業だ。

放課後、体育館に集まったみのりたちはおのおの床に新聞紙を広げて賑やかに作業を始めた。何を描こうかと迷った末、みのりは各面にいろんな夏の花を描くことにした。向日葵以外の花もたくさん描けば賑やかになるし、それに、目にした美しい植物を純粋に絵にしてみたかった。

熱心に筆を動かしていると、「みのりちゃん、絵うまーい！」と由紀子が声を上げた。他の児童たちも寄ってきて手元を覗き込んでくる。

「これ、知ってる。オシロイバナでしょ」

「この赤と白の花、学校の前に生えてるやつだ」

由紀子の弟で、二年生の光太《こうた》が「すっげー」とはしゃいだ。好きなアニメキャラクターを描いて欲しいとみのりにせがみ出したやんちゃな光太を、由紀子が「真面目に自分のを仕上げなさいよ」と叱りつける。

その光景に、自然と口元がほころんだ。いつも絵を褒めてくれた父がもういないことが悲しくて、時間が止まってしまったままのスケッチブックをずっと開けずにいたけれど、自分の描いたものを見て誰かが喜んでくれるのは嬉しかった。

描き終わった子たちが絵の具を乾かすために灯ろうを体育館の隅に運び、下校していく。どうせ流しちまうのに面倒くせえ、とぶつくさ云いながら作業をしていた隼人は、灯ろうの四面を赤と青で交互に塗っただけという手抜き作品を完成させると早々に学校を飛び出していったようだ。

色を塗り終え、顔を上げると、いつのまにか体育館にいるのはみのりだけになっていた。一緒に作業をしていた友人たちがいつ帰ったのかも覚えていないほど集中していたらしい。

　足を崩し、ずっと同じ姿勢でいたために膝の裏が汗で湿っていることに気づく。開け放たれた板戸から差し込む薄いオレンジの光が、床に長く伸びていた。長く息を吐き、辺りを見回す。あちこちに広げられた新聞紙や、使いかけのポスターカラーの瓶。今にも喧騒《けんそう》が聞こえてきそうなのに、誰もいない体育館は先程とはうって変わってひっそりと静まり返っていた。一人きりだと自覚した途端、急に心細くなってくる。

　ふいに、背後で小さな音がして鼓動が跳ねた。ぎょっとして振り返ると同時に、照明が館内を明るく照らす。

「なんだ、まだ残ってたのか。頑張るなあ」

　体育館の入口に立っていたのは、佐古だった。その姿に思わず安堵《あんど》の息をつく。

　電気を付けられるまでは感じなかったのに、こんなにも薄暗い中で作業をしていたのだと驚きを覚えた。Tシャツにトレパン姿の佐古が苦笑しながら近づいてくる。

「一生懸命なのは感心だけどな、キリのいい所で手を止めて、続きはまた明日にしろ。帰りが遅くなるぞ」

「今、終わったところです」

　半乾きの絵に触れてしまわないよう注意しながら、みのりは体育館の隅に灯ろうを運んだ。それを眺めていた佐古が「みのりが描いたのか？　へえ、うまいもんだなあ」と感心したように呟く。

　その口調が父のものと重なって聞こえ、一瞬どきりとした。そんなみのりの胸の内を知ってか知らずか、佐古がにこやかに口角を上げる。

「最後まで残って仕上げるなんて、みのりは本当に頑張り屋なんだな。えらいぞ」

小さい子にするみたいにポンポンと頭を叩かれ、嬉しいような照れくさいような気持ちになる。大きな手から、微かにクセのある煙草の匂いがした。

「なあ。お前、何か悩みでもあるのか？」

唐突にそう問われ、戸惑って佐古を見上げる。一体、何の話だろう？

「いや、さっき、まるで幽霊でも出たみたいなおっかない顔で振り向くからさ。最近ぼんやりしてるときもあるだろう。学校で、心配なことでもあるのかと思ってな」

その口調から、みのりが隼人に何か意地悪をされているのではないかと心配してくれていることに気がついた。「大丈夫です」と慌てて答える。

少し迷ってから、みのりは思いきって尋ねてみた。

「佐古先生……向日葵男って、知ってますか？」

不意をつかれたような顔をした後、ああ、と佐古は頷いた。

「確か、児童の間で流行《はや》ってる噂《うわさ》だろ。この集落に怪物がいるとかいう」

「怪物……」

思わず呟いたみのりに、佐古が云う。

「向日葵みたいに背が高いとか、鉈《なた》を持って襲ってくるとか。気がついたときにはすぐ近くにいて子供を見下ろしてる、なんて気味の悪い話も聞いたな」

不気味な言葉に、背すじがぞくっとした。慌てて想像を振り払い、冗談めかして佐古に尋ねる。

「でも、向日葵男なんてそんなのいるはずない、ですよね……？」

他愛ない噂話で、怪物なんか存在しない。そんな否定の言葉が返ってくると思った。

けれど予想に反して、佐古が急に無言になる。ややあって、その口からぽつりと呟きが漏れた。

「……どうなんだろうな」

驚いて見上げると、佐古はすぐに苦笑いして口を開いた。

「いや、もちろん、噂話をそのまま信じてるわけじゃないぞ？　現実的に考えて、向日葵男なんてものがいるはずないだろう。……けど」

云いながら、どこか遠くを見るように外に視線を向ける。わずかに云いよどみ、歯切れの悪い口調で続けた。

「なんというか——時々、視線を感じるんだ。一人でいるとき、誰かがオレを見てるような、そんな気がすることがある。ただの錯覚だろうと、ずっとそう思ってきたんだが」

言葉を切り、自分でもどう云えばいいかわからないというように、「いや……」ともどかしげにかぶりを振る。それから、低い声で呟いた。

「ここには、もしかしたら、桜沢の人間にしかわからない何かがいるのかもしれないな」

ぞくり、と冷たいものが背中を滑り落ちた。表情をこわばらせたみのりに気づき、佐古が「変なこと云ったな、気にするな」とややばつが悪そうに笑ってみせる。

「もう少ししたら閉めるから、早く帰れよ」

体育館を出ていく佐古の足音が遠のいていった。なんとなく落ち着かない気分になり、片付けて帰ろうとしたとき、「みのり」とふいに名前を呼ばれた。

驚いて顔を向けると、体育館の外に怜の姿が見えた。怜はリードを握っており、ぶち模様の痩せた犬を連れている。商店の前で会った犬だ。

「作業、無事終わった？」と怜が笑いかけてくる。居残って作業をしていたみのりの様子を見に来てくれたらしい。

近寄ると、ハッハッと荒い息を吐いていた犬は遠慮がちに鼻を近づけ、みのりの衣服を嗅ぎ始めた。「隼人のうちで飼ってるハナだよ」と怜が云い、冗談めかして肩をすくめる。

「いつも一緒に散歩させてるんだけど、隼人がふざけて庭木を折ったのがバレて親にこっぴどく叱られてるから、先に連れてきたんだ」

「この子、噛まない……？」

やや身構えながら尋ねると、怜はみのりを安心させるように目を細めて頷いた。

「うん。だけど、大きな音を立てたり、急に動いたりすると驚くから気をつけて。ハナはすごく怖がりなんだ」

おずおずとみのりを見上げてくるハナは、「なんで？」と問いかけているような、どこかとぼけた顔つきをしている。犬を飼ったことはないけれど、つぶらな目がとても愛らしいと思った。屈んでそっと手を伸ばし、柔らかな毛をさすると、ハナが控えめに尻尾を振りながらみのりの顔に湿った鼻面を寄せてくる。

「みのりのことが好きみたいだ」

怜が悪戯《いたずら》っぽく笑った。怜の発したその台詞《せりふ》に、なぜか一瞬どきりとする。

と、慣れた仕草でハナの頭を撫でる怜の手を見て、おや、と思った。怜の爪の間が、土らしきもので微かに黒っぽく汚れている。きっと隼人と、みのりには理解できない粗野な遊びをしているのかもしれない。なんだか面白くない気分になる。

……何を考えているんだろう。これじゃあ、隼人に嫉妬しているみたいだ。自分の考えにやや恥じ入りながら視線を動かしたとき、怜の右肘あたりに、紫色の大きな痣ができているのに気がついた。

「それ、どうしたの？」

指差すと、ああ、と怜は痣を隠すようにぎこちなく身を引いた。「ちょっとしくじっちゃってさ。大したことないよ」と返し、それから怪訝そうに云う。

「帰らなくていいの？」

その言葉に、ハッとした。早く帰るようにというさっきの佐古の言葉を思い出し、慌てて荷物を取りに教室へと向かう。

帰り支度をして正面玄関に行くと、校庭の所にはまだ怜がいた。その隣に人影がある。――隼人だ。両親の説教とやらからようやく解放されたのだろう。声をかけようかとみのりが迷ったそのとき、「あー、うぜえ！」と隼人が苛立《いらだ》った声でがなるのが聞こえた。とっさに自分に云われたのかと思い、身構えたが、二人はこちらには気づいていない様子だ。

隼人が、いきなり怜の首にぐいと腕を回す。

「――なあ、どうしたらうまく殺せると思う？」

聞こえてきた隼人の言葉に、ぎょっとした。乱暴に引き寄せられてうつむいていた怜が、ややあって、ぼそりと呟く。

「……水をたくさん飲んでも、人って死ぬんだよ」

怜はいかにも気乗りしないといった様子で、仕方なさそうに口を開いた。

「体内のナトリウム濃度が低下して、中毒を起こすんだって。大人の男の人でも十リットルから二十リットルが致死量で、五リットルで死んじゃった例もあるんだってさ」

隼人が難しい顔になり、「どうやってそんなに飲ませるんだよ？」と話の先を促す。怜は、困惑した表情で答えた。

「わかんないけど……たとえば、銃を突きつけて脅すとか？」

「銃持ってるならそれで殺した方が手っ取り早いじゃん」

「駄目だよ。銃創とか、調べたら銃の持ち主がすぐバレちゃうんだ。うちの父さんが猟銃を手に入れたときも、資格とか審査とか、いろいろ大変だったみたい」

隼人が荒々しく息を吐き出し、腹立たし気に怜を小突く。怜が、うっと呻《うめ》いた。

「怜、本すげえ読んでんじゃん。絶対バレない殺人の方法とかさあ、考えろよ」

思わず、身を硬くする。彼らは一体、何の話をしているのだろう？

怜が困ったように声をひそめて云う。

「……そもそも、今は狩猟のシーズンじゃないから誰も銃なんか持ち出さないよ。父さんは家でしょっちゅう銃をいじってるけど。手入れを怠るとあっという間に銃が駄目になっちゃうんだって。錆びたり、銃身に異物が詰まったりすると暴発して危ないらしいんだ」

やんわりと話題を変えようとしたらしい怜の言葉に、急に隼人が目を輝かせた。

「やべえ、すげーこと思いついた！　銃口にわざと物を詰めておいてさ、殺したいヤツに撃たせたらいいんじゃねえ？　そしたら銃が暴発して、事故に見せかけて殺せるじゃん。完全犯罪ってヤツ」

物騒なことを口にする隼人に、鼓動が跳ね上がった。

と、唐突に二人が会話を止《や》めた。自分がいることに気づいたのかと思いぎくりとすると、勢いよく窓が開く音がして、「お前ら、さっさと帰れよー」という佐古の大声が聞こえてくる。正面玄関にいるみのりからは見えないが、どうやら職員室の窓から佐古が声をかけたらしい。

隼人が「げ」と不機嫌そうに顔をしかめ、歩き去ろうとする。そのときだった。

突然、ハナが唸り声を上げた。尻尾を足の間に隠し、警戒するように後ずさりながら、佐古に向かって激しく吠え出す。怜が慌ててリードをたぐり、なだめるように何度も名前を呼んだ。うるせえ、と隼人もハナを叱りつける。

今まで大人しくしていたのが嘘《うそ》のように、尚もハナは佐古に向かって興奮した声で鳴き続けている。ひどく怯えているようだ。いきなりどうしたのだろう、とみのりの方が驚いた。

大丈夫だよ、と怜が落ち着かせるように声をかけながら、リードを引いて歩き出した。二人の姿が、校門の向こうに遠のいていく。

みのりは困惑し、そのまま彼らの背中を見つめていた。今しがた耳にした、不穏な会話が離れない。人を殺す。完全犯罪。……男の子同士の、何かの遊びだろうか？

頭の中に、いくつもの物騒な出来事がよぎった。鼻血で赤く汚れた雛子の顔。土から突き出た犬の足。それから怜の腕にあった痛々しい痣と、今しがたの隼人の言動を思い出す。無性に、不安になってきた。

もしかしたら隼人は、何か恐ろしいことを企《たくら》んでいるのではないか。彼は一体、怜に何をさせようとしているのだろう？

隼人の残酷な眼差しが浮かび、無意識に身体に力がこもった。

◇

いよいよ夏祭りが二日後に迫ったその日、学校では一日がかりで準備作業が行われていた。既に夏休みに入っているけれど、この期間だけは行事のためにみんな登校するらしい。

校舎のあちこちを磨いたり、校庭の草むしりをしたりと、教師も児童も熱心に割り当てられた作業に取りかかっている。

上級生の女の子は、低学年の子たちに指導しながら黄色い折り紙でせっせと向日葵を作っていた。色とりどりの輪っかを連ねたものや折り鶴など、いずれも校舎に飾りつけるものらしい。

敷地内には大人たちがひっきりなしに出入りし、資材の入った段ボール箱を搬入したり、教師と打ち合わせをしたりと忙しそうだ。特に今井は次々と声をかけられ、ひと休みする暇もない様子だった。長年この祭りに携わってきた常連の世話役だけに、何かと頼りにされる部分が多いのだろう。

この日は、作業を手伝いにきた保護者たちの姿も多く見られた。年に一度の夏祭りは地元の住民が一体となる伝統行事なのだ、と肌で感じる。

怜と隼人は、炎天下で校庭の草刈りをしていた。刃物を扱ったり、重い物を運んだりする作業は六年生の男子しかしてはいけないことになっている。校庭に置かれた大きなリヤカーには彼らの取り除いた雑草が次々と放りこまれ、すぐに小山のようになった。作業に飽きてきたのか、隼人がふざけてリヤカーを大きく揺り動かしたりする。直後、正門でアーチの取り付けをしていたジャージ姿の佐古から怒声が飛んだ。

「こらあ、真面目にやれ」

隼人がつまらなそうに舌打ちをする。この二人は、顔さえ合わせれば揉《も》めるらしい。みのりはそんなことを思いながら、首にかけたタオルで汗を拭う佐古を眺めた。

佐古は越してきて年数が浅いこともあり、祭りに関しては主に力仕事の面で従事している様子だ。今井のように周りから指示を仰がれることこそ無いが、手を抜くことなく、朝から熱心に汗を流している。

「向日葵に布を被《かぶ》せるの、手伝ってくださーい」

大きな遮光幕を持って花壇の側に立つ子供たちに呼ばれ、みのりは困惑しながら傍らの由紀子に尋ねた。

「布を被せるって、どうして？」

由紀子が「ああ」と頷いて、得意げに説明する。

「向日葵は動く花だって云われてるんよ。ほら、生長期の向日葵って太陽の方向を向いて咲くから。祭りの準備をしてるのを見た向日葵が、切られると知って夜のうちに逃げ出さないように目隠しするんだって。そういう決まりごとなの。面白いでしょ」

そう云って、由紀子がくすくす笑う。

「実際は、向日葵流しのときに茎が硬くて瑞々し過ぎると切り落としにくいから、適度に陽を遮るためじゃないかって話もあるけど」

ふうん、とみのりは口元をゆるめた。向日葵たちが慌てて花壇から脱走する光景を想像すると、確かにちょっとユーモラスだ。

苦心して背の高い向日葵の群れに布を被せていると、公民館にポスターを貼りに行っていた男の子たちが、スーパーのレジ袋を手にした数人の大人と一緒に戻ってきた。今井がにこやかに礼を云って男性からレジ袋を受け取り、「どれ、休憩すっがー」と周囲に呼びかける。

「役場の人だちからジュースとお菓子もらったがら、ちゃんとお礼ば云えな」

今井の言葉に、子供たちが歓声を上げて作業を中断し、わらわらと集まってきた。由紀子が耳元で囁《ささや》く。

「あそこにいるのが、隼人のお父さんとお母さんだよ」

見ると、飲み物を配る穏やかな物腰の中年夫婦が視界に映った。痩せ型で生真面目そうな男性に、眼鏡《めがね》をかけた丸顔の女性だ。二人は子供たちから礼を云われ、愛想よく笑い返している。配るのを手伝うようにと手招きされ、隼人がふてくされた表情で彼らのもとに歩いていくのが見えた。

みのりは意外な思いで彼らを凝視した。そこにいるのはごく平凡で、良識ある人たちに見えた。隼人の強い眼差しも、触れたら切れそうに鋭い雰囲気も、彼らとは何ひとつ重ならない。この人たちが、隼人の両親……？

スポーツドリンクを手にやってきた怜が、みのりの分を手渡してくれながら苦笑した。

「暑いね。さすがにくたびれちゃった」

ふう、と息を吐いた怜の額に玉のような汗が浮かんでいる。校庭の隅に並んで腰かけ、スポーツドリンクを飲んでいると、いかつい中年男性が「れい」と近づいてきた。怜の父親の、茂《しげる》だ。

製材所に勤めているという茂は、よく日に焼けた腕をしていた。ノミでえぐったような鋭利な目の形も、骨太な体軀《たいく》も、怜と全然似ていない。普段から被っている蛍光イエローの派手な帽子は、茂の趣味である狩猟用のものだと怜から聞いたことがあった。煙草《たばこ》と汗の入りまじった匂いや、ずっしりとした男性の気配は、みのりの家には存在しないものだ。

「お母さんたち向こうさ居るぞ。一緒に休憩すねのが？」

「いい。友達といるから」

そうか、と頷いてあっさり茂が離れていく。珍しくそっけない怜の物云いに、男の子はあまり男親にはべたべたしないものなんだな、と思った。……あるいは、父親を亡くしたみのりの前だから気を遣ったのだろうか。

そのとき突然、近くで「待ちなさい！」という女性の甲高い声がした。驚いて視線を向けると、隼人が両親の制止を無視して勢いよく走り出すところだった。校庭を突っ切り、みるまにどこかへ姿を消してしまう。

あっけにとられていると、隼人の父親が「お騒がせしてすみません」と気まずそうに周囲に会釈した。まあまあ、すぐ戻ってくっぺ、と今井がいつもの間延びした調子でなだめる。

隼人の父は苦い顔をして、「まったくアイツはとんだ悪ガキで。死んだ祖父さんにそっくりなもんだから」と尚もぼやき続けていた。

やがて休憩が終わり、皆がおのおの作業に戻り始める。

校庭の横の水飲み場でバケツに水を汲《く》もうとしたとき、みのりの足元で急に何かがうごめいた。その正体に気づいた瞬間、ひっ、と息を呑む。

——蛇だ。一匹の蛇が、叢を這《は》っている。

蛇は鎌首をもたげ、しゅっ、しゅっ、と噴き出す蒸気みたいな短い威嚇《いかく》音を発した。思わず手からバケツが落ち、地面に転がる。怖くなり反射的に後ずさりした。すると、背後でからかうような声がした。

「お前、こんなもんが怖いのかよ」

ビクッとして見ると、いつのまにか隼人が立っている。

隼人は凍りつくみのりをせせら笑うと、青大将だ、と面白そうに呟きながら蛇に近づいた。口を開けて威嚇する蛇を、怯む様子もなく見下ろし、やにわに持っていた草刈り用の鉈を振り下ろす。

嫌な音がし、みのりは悲鳴を発して顔を背けた。二度、三度と隼人の振るう鉈が地面を叩く鈍い音がする。恐怖に皮膚が粟立《あわだ》つのを感じて硬く目をつぶった。音がやんでから、ようやく恐る恐る、視線を向ける。

叢には、頭が潰れ、半ばちぎれた蛇の死骸があった。いやらしく生白い腹を見せてだらんと伸びきっている死んだ蛇は、ひどく醜悪に見えた。ショックで泣きそうになりながら、汚れた鉈を手に平然と立つ隼人を睨む。

「……なんで、殺すの？」

「は？　お前、何云ってんの」

隼人は悪びれた様子もなく、むしろ楽しげで、誇らしげですらあった。その笑みに、ぞっとする。青ざめて立ちすくんでいると、近くの窓からいきなり今井がぬっと顔をのぞかせた。

「隼人、そだな所で何しった。サボってんだが」

「うるせえなあ。ちゃんとやってるって！」

大声で返した隼人を、「嘘ばつけ。怜さみんな運ばせて、任せっきりだべ。持ち場さ戻れ」と今井が動じずに叱りつける。ぼやきながら作業に戻ろうとする隼人の背中に向かって、今井は続けた。

「さっき雛子が立ちくらみ起こして、保健室で休んでだがら。きっと暑かったがらだべ。オリエンテーションの班会は雛子抜きでやってけろ」

隼人は、放っておけばいいとでも云いたげに鼻を鳴らした。

離れていく隼人の後ろ姿を見つめ、ぶるっと身体が震える。……今しがた隼人が見せた残酷な行為には、一片のためらいもなかった。生き物を殺すのを、純粋に楽しんでいるように見えた。

躊躇《ちゅうちょ》せず女の子に暴力をふるい、蛇を叩き殺すことができる男の子。叢に転がった蛇の死骸が、前に見たあの子犬の足と重なった。

風に乗って、微かに生臭い臭いがする。蛇の死骸を見ないよう足早にその場を離れながら、無性に、胸騒ぎのようなものを覚えた。

夕方にようやく作業が終了し、体育館に児童が集合してオリエンテーションを終えると、下校時間になった。帰る準備をしながら、保健室から戻ってこない雛子を案じていると、教室にふらふらと雛子が入ってくる。心なしか、まだ顔色がよくないようだ。

「もう平気なの？」

心配して尋ねると、雛子が弱々しく笑って「うん」と頷く。

帰宅しようと正面玄関に向かい、みのりたちはそこで初めて、異変に気がついた。外で児童らがざわめき、興奮した様子で口々に何かわめいている。

驚いたことに、騒いでいるのは子供だけではなかった。集まった大人たちも、みな険しい顔つきで話し合っている様子だ。どうしたのだろう、と不安になりながら外に出た。途端、目にした光景に、あっと声を上げる。

――花壇に並んだ向日葵には、いずれも花がなかった。植えられた向日葵は全て花を切り落とされ、葉をつけた背の高い茎だけが風に揺れていた。

それはまるで、首を切断された子供たちが夕暮れの校庭に並んで立っているようにも見えた。異様な光景だった。

「先生たちが布を取ったら、こうなってたんだって！」

呆然とするみのりたちの元へ小百合が近づいてきて、興奮気味にまくしたてる。

「佐古先生がずっと正門で作業してたけど、変な人なんか誰も入ってこなかったし、向日葵を持って出ていった人もいなかったっていうの。こんなの、信じられる？」

みのりは息を詰めて立ち尽くした。周囲は混乱した様子でざわついている。

「――向日葵男がやったんだよ」

と、雛子が緊張した声音で呟いた。つられて顔を向けると、雛子はみのりの顔を見つめ返して、口を開いた。

「向日葵男はね」

喧噪の中、その不吉な言葉は、なぜかはっきりと耳に届いた。

「子供を殺す、怪物なの」

◇

向日葵流しのために分校で植えた花が忽然《こつぜん》と消え失せたという事件は、住民の間でたちまち話題になった。

幸い、代わりの向日葵を提供すると多くの地元の人たちが申し出てくれたため行事そのものには支障が出なかったが、この奇妙な出来事はひどく不気味に感じられた。

大人たちは、性質《たち》の悪い愉快犯の仕業ではないか、こんなことをするのは「よそ者」しかいない、と口を揃えているようだった。……が、子供たちの間で密かに交わされる噂話の内容は異なっていた。

後日、みのりは学校のあちこちで、向日葵男がやったのだ、と児童が不安そうに囁くのを耳にした。

「向日葵男は、昔から桜沢にいる怪物なの。異常に背が高くて、ものすごく力が強いんだって。手に鉈を持ってるのよ」

「向日葵男の噂をしてるとどこからかやって来て、それで子供の首を切り落とすらしいよ」

「そんなの信じられない」と云うみのりに向かって、由紀子が珍しく迷うそぶりをしてから、「実はね」と重々しく話し出す。

「私……見たんよ。今年の春頃に、子犬が川原の岩に叩きつけられて死んでたの」

背中に、ぞくっと冷たいものが走った。とっさに、土の中から突き出た子犬の足が思い浮かぶ。

「ぐちゃってなってて、ひどかった。怖くて、夜、寝つけなかった。嘘じゃないよ」

みのりが顔をこわばらせたのを見て、由紀子が勢いを得た口調で続ける。

「向日葵男は、絶対近くにいるんよ。――気をつけないと、今度は子供が殺されるかも」

教室に今井が入ってきたため、由紀子は渋々話を止めて自分の席に着いた。すぐにホームルームが始まり、雛子は体調不良で今日の作業は欠席だと今井が告げる。

みのりはちらりと怜の方を見た。怜は校内に蔓延《まんえん》する不穏な噂をさほど気に留めていないのか、いつものように背すじを伸ばして前を見ている。一方、隼人は心なしか険しい目つきで、窓の外を睨むようにじっと見つめていた。珍しく、騒ぐこともしない。

児童の間のざわついた空気をよそに夏祭りの準備は着々と進められ、いよいよ本番当日となった。なんとなく落ち着かない気分で緊張していたみのりだったが、出店が立ち並び、神輿《みこし》が通りを練り歩いて集落全体が賑やかな空気に包まれるのを見ているうちに、自然と期待が高まっていく。

祭りは食べ物を売る屋台の他にも、役場の企画だという展示会などが催されていた。桜沢の四季を写した写真展といった、地域に関連したイベントを行っているらしい。

今年は地元の狩猟に関する企画展示をするそうで、黄色とオレンジのハンティングベストと帽子を揃いで身に付けた男たちがテントを出していた。猟の様子を撮影したパネルや、くくりわなといった猟具などが展示されている。それらを紹介する男たちの中には、怜の父親の茂もいた。他の狩猟仲間たちと同じく明るい色の帽子を被り、興奮する子供たちに野生動物の剥製を見せたりしている。

長机の上に置かれた大きな銃を、本物の銃だろうかと珍し気に眺めるみのりに気づき、「それは模造銃だ」と茂は笑った。

云われて見ると、銃口は埋められており、弾が出ないようになっている。茂が銃を取ってレバーを左に回すと、銃身が半分に折れた。この状態で銃弾を装填したり、持ち運んだりするらしい。折れた銃身を慣れた手つきでつなげると、ガチンという硬質な音がした。

「中折式散弾銃だ。持ってみっが？」

茂が冗談めかしてみのりに銃を差し出した。受け取った瞬間、そのどっしりとした重量に危うく取り落としそうになってしまう。銃ってこんなに重いものなのか、とどきどきしながら「ありがとうございました」と慌てて返す。

やがて周囲が暗くなると、どこからともなく住民が川沿いに集まってきた。いよいよ、向日葵流しが始まるのだ。自分たちの作った灯ろうを手に、皆で学校から歩いて川に向かう。川べりに下り、順番にロウソクを灯《とも》してもらうと、船に似た形をしている灯ろうの先端に向日葵の花を載せた。川に近づき、灯ろうを浮かべて緊張しながら手を離す。

途端、暗い川面《かわも》を仄かな灯《あか》りがゆっくりと流れていった。ロウソクの光に照らされた向日葵がゆらゆらと揺れ、まるで水面に花が咲いたかのようだ。みのりたちは、ほうっと息を吐き出した。それは幻想的な光景だった。美しかった。

「ね、ね、すんごい綺麗《きれい》でしょ？」

由紀子が誇らしげにみのりに話しかけてくる。光太たちは歓声を上げながら灯ろうを追い、川沿いを駆けていった。危ないから走るんでねえ、と今井が苦笑まじりに呼びかける。初めて目にする行事に、みのりも興奮を覚えていた。隣で小百合が向日葵流しについて大人びた口調で説明をしてくれるのを聞きながら、川べりでぼうっと見とれていると、「みのり」と声をかけられた。振り向くと、川から少し離れた場所に怜と隼人が立っている。こっちこっち、と怜が急《せ》かすように手招きをした。

隣でふてくされた顔をしている隼人に戸惑っていると、隼人はため息をつき、焦《じ》れたように「あもう、面倒くせえ！」と駆け寄ってきて、いきなりみのりの手首を掴んだ。驚くみのりを強引に引っ張るようにして、勢いよく走り出す。背後で小百合が「ちょっと！」と叫ぶ声が聞こえた。

どんどん川岸から遠ざかっていく彼らに懸命についていきながら、「どこに行くの？」と尋ねるものの、二人は顔を見合わせてにやにや笑うだけだった。

木々の間を走り続け、鬱蒼《うっそう》とした藪《やぶ》を抜けると、やがて見晴らしのいい小さな丘に出た。小高い位置にあるその場所からは、川の流れが一望できた。灯ろうの灯りが点々と夜の中を流れていくのが、まるで蛍の群れか、流星群みたいに見える。

思わず感嘆の声を漏らすと、隼人は得意げに唇の端を上げた。

「人が来ない、オレらのとっておきの場所なんだ。すげえだろ」

……綺麗だ。暗がりを流れる光を眺めながら、みのりは夢中で頷いた。隼人がいかにも恩着せがましく云う。

「女には絶対教えねーんだけど、お前も連れてこようって怜がしつこく云うからさあ」

いつもならムッとする隼人のふてぶてしい憎まれ口も、その時ばかりは聞き流す余裕があった。

それくらい、目の前の光景に心を奪われていた。

怜を見やると、はしゃぐみのりを見て嬉しそうに微笑んでいる。きっと、初めて向日葵流しを体験するみのりを喜ばせようとしてくれたのに違いなかった。

昼間の暑さから解き放たれた虫たちが、叢で涼し気な音色を奏でている。

しばらくうっとりと川を眺めていると、やがて怜が口を開いた。

「そろそろ、戻ろうか。先生たちに叱られるかも」

木に寄りかかってでたらめな口笛を吹いていた隼人も、「だな」と素直に身を起こす。その際、みのりをひと睨みして「ここのこと他のヤツにバラすんじゃねーぞ」と釘を刺すことも忘れない。

非日常の余韻を惜しむように、みのりは夜の空気を深く吸い込んだ。

来た道を戻ろうと振り返ったとき、ふいに背後の茂みが不自然に揺れた。驚いて、反射的に怜の裾を摑む。

怯えるみのりに、怜が安心させるように云った。

「きっと猫か何かだよ。大丈夫」

少し先を歩いていた隼人がこちらを振り返り、「お前ら何やってんだよ、置いてくぞ」と眉をひそめる。隼人は調子外れの口笛を吹きながら、そのままさっさと歩いていってしまった。

「行こう」と怜に促され、みのりは頷いて歩き出した。直後、暗がりで視界に飛び込んできた物に、はっと足を止める。

茂みの近くに、一本の向日葵が落ちていた。手折《たお》られた鮮やかな花は、強い力で踏みにじられでもしたかのように、無残に花びらが散らばっている。

地面の上でばらばらになった向日葵を目にし、得体の知れない不安を覚えた。すぐ近くに何かが潜んでいるような気がして、周囲を見回す。

――しかし辺りには、夜の闇が広がっているだけだった。

◇

夏祭りの翌々日、大きな台風が桜沢を襲った。

雨風がごうごうと吹き荒れ、黒雲に覆われた空にひび割れのような稲妻が走る。雷鳴が辺り一帯を震わせた。

雨戸を閉め切った蒸し暑い家の中で、夏祭りの終わった後でよかった、屋根は大丈夫かしら、などと母と祖母が囁き合う。こんなひどい天気の日は、ハナはおうちに入れてもらえているのだろうか、とふと心配になった。川に流した灯ろうも、この雨の勢いでひっくり返ってしまったかもしれない。

……夜が明けると、昨日の天気は嘘のように晴れ上がった。

台風で学校や家の周りはどうなっているのか気になり、みのりは外に出てみた。地面には大きな水たまりがいくつも出来ており、道端の用水路が茶色く濁って増水している。雨が空気中の夾雑物《きょうざつぶつ》を洗い流したように、空気が痛いほど澄んで感じられた。

台風の影響で水はけの悪い通りを避けていつもと違う道を通ると、学校の近くの簡易焼却炉から薄く煙が上がっているのが見えた。灰色の煙が渦を巻くように空に吸い込まれていく。

用務員がいつもゴミを燃やす時間帯ではなかったので、珍しいな、と単純に思った。何気なく焼却炉の方へと近づき、そこで思わず足を止める。

焼却炉の小さな扉の下に、鮮やかな黄色い花弁が散らばっていた。

それを目にした途端、自然と鼓動が速くなる。みのりは迷った後、Tシャツの裾を引っ張って軍手の代わりにそれでくるりと右手を覆い、扉の取手に手をかけた。思いきって引き開けると、鼻をつく焦げ臭い匂いがした。既にほとんど火は消えていたものの、むっと熱気が流れてきて、反射的に顔を背ける。焼却炉の中をのぞいた瞬間、みのりはその場に固まった。

——それは、焼け焦げた向日葵の花だった。

黒く炭化した大きな固まりが、まるで赤ん坊の頭部みたいに、幾つも幾つも不気味に転がっている。なぜ、こんなにたくさんの向日葵が……？

向日葵の燃え滓《かす》を見つめ、呆然として立ち尽くす。これはもしかしたら、自分たちが学校の花壇に植えたものではないのか。——どうして、誰が何のために、こんなことを？

緊張に唾を呑み込んだ。頭の中に、雛子の声がよみがえる。向日葵男。子供を殺す怪物。半ば無意識に掌を握り締めた。

……ここには、何かがいる。皆が噂する〈向日葵男〉か、もしくは悪意を持ってそれを装う何者かが。

ふいに、誰かに見られているような気がした。みのりは振り返った。

夏の嵐が去った青空の下、畦道に咲く向日葵が地面に濃い影を落としていた。

第三章　黄色い影

――父を亡くして迎えた新盆は、みのりにとって初めて体験することばかりだった。

仏壇に御霊供膳《おりくぜん》を上げて盆提灯《ぼんぢょうちん》を吊るしたり、送りそうめんを茹《ゆ》でたり。

「夏場は暑くて供えた花がすぐ駄目になっちゃうからなあ、ほら、こうして花瓶の水にほんのちょっとだけ漂白剤をたらすと長もちすんだ」

祖母はそういった支度の一つ一つを、丁寧にみのりに説明してくれた。

「亡くなった人をお迎えするときはきゅうりの馬、お見送りするときは茄子《なす》の牛を作るんだ。なんでがってゆったら、迎えるときは少しでも早く、帰るときはお土産をたあんと持ってゆっくり帰って欲しいからなんだ」

祖母に教えられながら、つやつやと光る茄子の表面に楊枝《ようじ》を刺したり、だだちゃ豆で作った「ずんだ」というぐいす色の餡《あん》を絡めた餅をお供えして一緒に食べたりした。そうした行為は、父に関わることをしている、という感じがして、みのりの心を少しだけ慰めてくれた。父が亡くなってから慌ただしく行われた葬儀や初七日の法要は、家族にとってただひたすら必死だったという印象ばかりが強かったからだ。

……けれど、先日目にした異様な光景はみのりの頭から離れなかった。

誰も気づかない間に切り落とされ、焼かれていた大量の向日葵。一体誰が、どうやってあんなことを……？

もやもやした気持ちを抱えたまま夏休みが明け、いつものように登校する。

朝の光に目をすがめながら学校へ向かう途中、家の近くで怜と会った。

「おはよう」と笑みを浮かべた怜は、『資源物』と書かれた重たげなゴミ袋を持っている。地区指定のゴミ集積所に袋を置いた拍子に、瓶同士がぶつかり合うような硬質な音がした。普段からちゃんと家のことを手伝っているんだな、と感心してしまう。

青過ぎる空の下で、清潔な感じのする怜の横顔をぼうっと眺めた。と、怜の襟元から覗く鎖骨の部分に一瞬赤黒いものが見え、どきりとする。目をこらすと、それは何かにぶつけたような痛々しい痣だった。……そういえば前にも、怜が腕に大きな痣を作っていたことを思い出す。

物騒な考えがふいに頭をよぎった。人殺しの方法を考えろ、と怜を小突いていた隼人の姿がよみがえる。

――ひょっとしたら、怜は暴力で脅され、隼人を恐れて云いなりになっているのではないか？　だとすれば、怜が隼人に逆らおうとしない理由も理解できる。

自分とほとんど背丈の変わらない、少女のように繊細な面立ちの怜を見ているうちに、胸がざわついてきた。

訊くなら、隼人のいない今だ。しばし迷った後、「あのね」と思いきって切り出す。

「怜……もしかして、隼人に乱暴なこととかされてない？」

怜がぎょっとした表情になった。驚いたように、みのりの顔を凝視する。その強い反応に背中を押され、みのりは続けた。

「隼人に虐められてるんじゃないの？　本当は、隼人が怖いから仕方なく一緒にいるんじゃない？　違う……？」

「違うよ」

怜がうつむき、早口に否定する。

「でも……」と尚も云い募ろうとすると、怜は目を合わせないまま短く告げた。

「隼人は、友達だから」

そう云い切られ、みのりはやむなく口をつぐんだ。

並んで学校へ向かう途中、怜はさっきのやりとりなど無かったかのように、刀隠神社で行われる秋祭りのことや、地元の住民も一緒になって参加するという分校の運動大会のことなどを明るい口調で喋っていた。半ば上の空で相槌《あいづち》を打ちながら、そんな怜の態度にじわじわと不安が募っていく。隼人に乱暴されているのではないか、と尋ねたときに怜が見せた一瞬の動揺がどうしても気にかかった。

怜は校舎に入ると「手、洗ってくる。先に行ってて」と告げ、一階の手洗い場に走り出した。頷いて廊下を歩き出し、直後に足が止まる。少し先に、階段を上っていく背中が見えた。――隼人だ。

視線を感じたのか、隼人が怪訝そうにこちらを振り返った。みのりに気づき、勝気な印象を与える眦を上げる。

「何か用かよ」

踊り場から威圧的に見下ろされてたじろいだ。特別身体が大きいわけではないのに、隼人から発せられるこの存在感は何だろう。

怯みそうになるのをとっさに堪える。――怖がっちゃ駄目だ。自らを奮い立たせるように顔を上げ、意を決して、みのりは口を開いた。

「……怜に、ひどいことをしないで」

「は？」

うまく聞き取れなかったのか、隼人が墨で引いたように凛《りん》とした眉を寄せる。みのりは息を吸い込むと、もう一度、隼人を見上げてさっきよりも力強く声を発した。

「怜に構わないで」

隼人が一瞬、不意をつかれた顔をした。理解できない言語を耳にしたかのように動きを止める。

——その眼差しが、剣呑《けんのん》な光を帯びた。神社で初めて会ったときに見せた、火のような目だった。

自分の発言がはっきりと隼人を怒らせたことを悟り、息を呑む。

いきなり、隼人が階段から跳んだ。それは野生動物の跳躍を思わせる敏捷《びんしょう》な動きだった。目の前に着地した隼人に、瞬時に距離を詰められる。気圧《けお》され、反射的に後ずさった。

触れたら切れそうに鋭利な空気を纏《まと》った隼人が、真正面から睨《ね》めつけてくる。

「——なんだよ、それ」

無意識に喉が上下した。一瞬でも目を逸らしたら、喉笛を食い破られる気がした。固まるみのりを見据え、隼人が嘲るように云い放つ。

「女がふざけたことぬかしてんじゃねーよ」

と、そのとき、「ほれ、なに遊んでだ」と間延びした声がかけられた。ハッとして二人同時にそちらを見る。禿頭を掻《か》きながらのんびりと廊下を歩いてくるのは、今井だ。飄々《ひょうひょう》とした佇まいに、張り詰めた空気がかき消える。

今井はしわの寄った手でみのりたちの背中をポンと叩くと、とぼけた口調で促した。

「早く教室さ行げ」

隼人がつまらなそうに舌打ちした。不遜な目つきでみのりを一瞥し、身を翻す。

みのりは突っ立ったまま、教室へ向かう隼人の背中を見つめていた。心臓が、激しく脈打っている。すっかり乾いてしまった唇を舐《な》めた。何か、このままでは終わらないというような、嫌な予感がした。

——それが起こったのは、昼の時間だった。

みのりが席で給食を食べようとすると、汁物のお椀《わん》の中に、何か見慣れぬ食材が見えた。何の野菜だろう、と訝しく思った。ワカメと玉ねぎの間からのぞくそれをスプーンですくおうとし、次の瞬間、思わず目を瞠《みは》る。……その物体には、細長い四本の指がついていた。

ふやけたような生白い腹を見せてぷかりとスープの中に浮いているのは、アマガエルだ。

喉から悲鳴がほとばしった。叫びながら立ち上がった拍子に手が食器に当たり、給食が床に散乱する。牛乳瓶の割れるけたたましい音。こぼれたスープと共に生々しいカエルの死体が足元に転がり、女子が甲高い悲鳴を上げた。

食べ物の切れ端にまみれた作り物みたいなカエルの丸い目と、薄緑色の足を目にした途端、喉の奥から一気に吐き気が込み上げる。次の瞬間、堪え切れずに深く身を折り、げえっと吐いた。

「うわっ、マジかよ」

「汚ねー！」

男子たちが大声ではやし立て、ゲラゲラと笑っている。苦しさで涙のにじんだ視界に、隼人の姿が映った。男子が喧《やかま》しく騒ぐ中、隼人だけが悠然と椅子に腰かけたまま薄笑いを浮かべている。

目の前が暗くなり、全身から冷たい汗がわき上がってくるのを感じた。口の中がひどく苦くて気持ちが悪い。喉を引き攣らせ、激しく咳《せ》き込む。

突然、「お前らあ！」と怒鳴り声がした。視線を上げると、戸口に、険しい形相をした佐古が立っている。教室内の喧騒が一瞬にして静まり返った。

佐古は勢いよく教室に入ってくると、まっすぐに隼人の元へ向かった。まるで子猫のように隼人の首根っこを掴み上げて立たせ、大きな手でまともに張り倒す。がっしりとした体軀の佐古に打たれ、隼人の瘦せた身体は吹っ飛んで壁にぶつかった。きゃあっという女子の悲鳴がやけに遠くで聞こえた。

「今、保健室に連れていってやるからな」

佐古が口元を押さえてうずくまっているみのりの顔を覗き込み、そのまま抱きかかえるようにして廊下へ飛び出す。

養護教諭の女性に介抱されて保健室のベッドにぐったりと横になっていると、「じゃあ、ちょっとの間だけお願いしますね」という話し声が聞こえ、パーティションの向こうから再び佐古が姿を現した。ベッドに横たわるみのりを見下ろし、「大丈夫か?」と表情を曇らせる。

「顔が真っ青だぞ。午後の授業は休ませてもらうよう、保健室の先生が今井先生に話しに行ったから、心配しないで休んでろ」

みのりは微かに頭を動かして頷いた。実際、指先が冷たくて、ひどく身体がだるかった。先程のおぞましい光景を思い出し、またえずきそうになる。ショックと苦しさで、目尻に涙が浮かんだ。うっ、と嗚咽《おえつ》が喉から漏れる。……あれは報復行為だ。隼人が、自分に歯向かったみのりに罰を与えたのに違いない。勝手に身体が震え出す。

そのとき、掛け布団の下で、温かな手がみのりの手をぎゅっと握りしめた。

「――辛かったな」

顔を横に向けると、佐古が痛ましげな顔でみのりを見つめている。佐古の指に、力がこもった。

「いいか、みのり。本当に辛いときは、辛いって云ってもいいんだ。誰かに甘えて構わないんだ。お前はまだ子供で、子供には味方をしてくれる存在が必要なんだよ。わかるか？」

真剣な口ぶりでそう告げる。佐古の身体から汗と、微かに鼻腔《びこう》を刺激する煙草の匂いがした。その手が慰めるように動き、みのりの頭を優しく撫でる。そうされると、自分が傷ついた小動物になったような気がした。大きくて骨ばった手の感触が、否応《いやおう》なしに父の存在を喚起する。喉元に熱いものが込み上げてくるのを感じ、ぐっと下唇を嚙みしめて我慢した。

そのとき保健室のドアが開き、養護教諭が戻ってくる気配がした。佐古がみのりに背を向ける。

「じゃあ、オレは教室に戻るからな。安心して休めよ」

その言葉にこくりと頷き、目を閉じた。そのまま、いつしか眠りに落ちてしまったらしい。チャイムの音で再び目を覚ますと、もう下校時間になっていた。

身を起こすと、吐き気は既に治まっている。起き出したみのりに気づいて、養護教諭が話しかけてきた。

「気分はもう、よくなった？　さっき今井先生とお友達が心配して様子を見に来てくれたんだけど、ぐっすり眠ってたみたいだったから起こさなかったの」

……雛子たちだろうか？　きっと、心配しているに違いない。誰かが教室から持ってきてくれたらしく、みのりのランドセルがいつのまにか傍らの籠に置いてあった。教室での出来事が思い出され、再び暗鬱な気分になる。

のろのろと帰り支度を始めると、養護教諭は気遣わしげに尋ねてきた。

「おうちの人に迎えに来てもらわなくて大丈夫？　先生が車で送っていこうか？」

いいえ、と慌ててかぶりを振る。祖母や、まだ職場にいるはずの母に、心配をかけたくなかった。

「一人で、帰れます」

まだ何か云いたげにしている彼女に頭を下げ、みのりは保健室を出た。

ほとんどの生徒が下校したらしい放課後の廊下を歩き、少し先の壁に寄りかかっている人物の姿に気付いて、思わず足を止めた。ふてくされたようにこちらを見ているのは、隼人だ。佐古に殴られたときのものか、唇の端が少し切れている。

反射的に顔がこわばり、喉の奥がひくつきそうになる。と、隼人がもたれていた壁からゆっくりと身を起こした。みのりを待っていたようだ。

一瞬、さっきのことを謝るつもりなのかと思った。しかし次の瞬間、隼人の口から発せられたのは思いがけない言葉だった。

「佐古にひいきされていい気になってんじゃねえよ」

不機嫌そうに隼人が眉を寄せる。その忌々しげなきつい声に、とっさに言葉を失った。あっけに取られているみのりに、隼人がバカにしたように続ける。

「アイツ、頭おかしいんだぜ」

吐き捨てるような言葉を耳にした直後、自分の中で何かが沸騰するのを感じた。云うだけ云って立ち去ろうとする隼人を見据える。

「……おかしいのは、あなたじゃない」

怒りのこもった低い声でみのりは云った。隼人が足を止めて振り返る。

隼人の純粋な残酷さが怖かった。けれどそれ以上に、平然と他者を傷つけるこの少年を、許せないと思った。

無理やりに自分を叱咤《しった》し、隼人に向かって言葉を発する。

「面白がって暴力をふるったり、生きているものを、あんな――あんなの、信じられない。生き物は、あなたの玩具《おもちゃ》じゃないのよ」

云いながら、ショックと悔しさに涙がにじみそうになった。

ふん、と隼人が高慢に鼻を鳴らす。その目に、不穏な光が宿った。

「気をつけろよ」

隼人がみのりに云い放つ。

「生意気な口利くと、お前もそのうち向日葵男に首を切り落とされるからな」

脅かすようなその声音に、思わず身を硬くした。湧き起こる不安を振り払うように、云い返す。

「……そんなの嘘」

睨むように隼人を見返し、正面から問い詰める。

「――もしかして、あなたの仕業じゃないの？」

隼人が口元を歪めてせせら笑った。

「何云ってんの。お前」

「わたし、見たんだから」とみのりは思いきって続けた。

「夏祭りの後、学校の外にある焼却炉で、向日葵がたくさん燃やされてた」

みのりがそう口にした途端、隼人がぎくっとしたように顔を引き攣らせた。戸惑いと動揺のにじむ表情で一瞬黙り、睨むようにみのりを見る。

「……何のことだよ」

険しい視線に怯みながらも、みのりは懸命に主張した。

「誰かが向日葵流しに使う花を盗んで、こっそり焼却炉で焼いたのよ。どうやったのか知らないけど、怪物なんかじゃない。あれは、誰かの悪質な悪戯《いたずら》だわ」

みのりはきっぱりと云い切った。

「向日葵男なんて、そんなの絶対いるはずない」

「うるせえ」

ふいに隼人が苛立たしげに声を荒らげた。さっきまでの見下すような余裕をかき消し、どこかむきになった様子で、憎々しげにみのりを睨みつける。

「向日葵男はいるんだよ」

思いがけない反応にたじろいだ。みのりの反論を遮るように、隼人が強い口調で云い放つ。

「——向日葵男が本当にいるって、教えてやる」

隼人は挑発的に唇の端を吊り上げた。困惑するみのりの前で踵《きびす》を返し、正面玄関へと歩き出す。

その場に突っ立っていると、隼人が肩越しにこちらを振り返った。

「ついてこいよ」

◇

橙色《だいだい》の西日が周囲を照らしていた。

空は徐々に明度を落とし始め、刷毛《はけ》で掃いたみたいな細い雲が黄金色に染まっている。夕方のひやりとした風が抜け、頭上の枝葉をざわめかせた。草木の生い茂る裏山をどんどん登っていく隼人の後ろ姿を懸命に追いながら、みのりは微かにあがった息の下から声をかけた。

「ねえ、どこまで行くの」

不安に駆られて尋ねると、さっきから一言も発しないまま前を歩いていた隼人はこちらを振り返り、唇を歪めた。

「怖いのかよ?」

からかいを含んだ口調で、隼人がみのりに問いかける。

「向日葵男なんて信じてないんだろ? それとも口だけで、本当は怖いのかよ」

「違うわ」

唇を引き結び、ムッとして隼人を見返した。みのりの返答に隼人が満足そうに笑う。

「じゃあ、黙ってついてこいよ」

仕方なく、みのりは再び隼人の後を歩き出した。山に入っていくにつれ、緑が深くなっていく。夏草を踏んで進むと、足元から茶色いバッタのような生き物が勢いよく跳ね出してみのりを驚かせた。あちこちの木の根元に、蟬《せみ》が這い出たものと思われる大小の穴がぼこぼこと空いている。雑草の間にカラスのものらしい黒い羽根が落ちていて、緑に映えるその禍々《まがまが》しいほどのつややかさに、なんだかぞっとするものを感じた。

幾度も引き返したいという思いに駆られたものの、それを口にするのは隼人の言葉に怖気《おじけ》づいたようで癪だった。隼人は歩くのが速く、息を切らせるみのりを気に留めるでもなくさっさと先に行ってしまう。互いの間にずいぶん距離が空いてしまうと、少し離れた先で足を止めてみのりが追いつくのを待ち、また早足に歩き出すといった具合だった。「待って」とか「もう少しゆっくり歩いて欲しい」などと隼人にお願いするのが嫌で、みのりは半分意地になりながら慣れない山道を歩き続けた。

しばらく歩くと、鬱蒼《うっそう》とした木々に囲まれた沼に出た。濃い緑色をしたその沼は、怜と訪れたみやくぼ沼とは異なり、人の手が入っている感じがしなかった。ふと、気がつく。――もしかしてここは、向日葵男のいるところ、と怜が云っていたあの沼だろうか。

「危険。立入禁止」という文字がかろうじて読める、古い木の看板が倒れかかっている。ぶうん、と藪蚊が飛んでいた。朽ちて表面の黒ずんだ木の杭《くい》がゆらゆらと水辺で揺れている。沼を覗き込むと、腐った葉っぱが水面に浮いており、藻が水の中でたゆたっているのが見えた。

ふいに、キャッと幼児みたいな鳴き声を上げてカエルが沼に飛び込んだ。落ち着かない思いで周囲を見回す。なんだか、気味の悪い所だ。

そこでようやく立ち止まり、振り返って隼人が口を開く。

「ここで死体が発見されたらしいぜ」

「え?」

唐突に発せられた言葉に、ぎょっとして隼人の顔を見た。隼人が口元に薄笑いを浮かべて話し出す。

「オレらが生まれるずっと前、桜沢で三人の子供が突然いなくなった。仲の良い兄弟だったらしい。事故や誘拐じゃないかって心配して皆で捜したけど、見つからなかった。それからしばらく経《た》って、子供たちの父親がこの沼に身を投げて自殺したんだってさ」

鼓動が大きく跳ね上がった。それほど暑いわけではないのに、腋《わき》の下に汗がにじむ。ひたひたと揺らぐ暗い沼の水面を、直視することができなかった。

「父親が残した遺書には、自分が子供たちを殺したって告白が書かれてた。そいつは自分の子供たちが眠っている間に首を絞めて殺害したんだ。奥さんは病気でずっと前に亡くなってたんだってよ。勤めてた会社が倒産して、子供たちを親戚や施設に預けなきゃならなくなって、相当追い詰められてたらしいぜ。ノイローゼで、頭がおかしくなってたんだ」

固まっているみのりを見てにやりと笑い、隼人は続けた。

「殺された子供たちの死体は自宅の納屋から見つかった。けど、発見された死体は、いずれも首から上がなかったんだってさ」

隼人がわざとらしく一拍置き、その先を告げる。

「――父親が三人の首を切り落として、庭に埋めてたんだ」

喉が引き攣るのを感じた。かろうじて、かすれた声を発する。

「……そんなの、嘘」

「嘘じゃねーよ。信じないなら、昔の新聞とか見てみろよ」

隼人はあっさりと云ってのけた。

「殺された子供たちの頭部は土に埋められてた。どうしても子供を手放したくなかったけど、恐ろしい行為をした自分の姿を見咎められてるみたいで耐えられなかったって、遺書に書いてあったらしいぜ。その庭には立派な向日葵がたくさん植えられてて、ものすごくでかい花が咲いてたんだってさ。きっと、土の中の子供たちを養分にして咲いたんだ」

「やめて」

発した声がこわばった。しかし隼人は意に介さず、意地悪く目を細めただけだった。木々の隙間から差し込む赤い夕日に照らされ、ほんの一瞬、隼人が違う人みたいに見えた。父親に首を切り落とされたという、死んだ男の子がそこに立っているような錯覚を覚える。

「自分の子供を殺して沼で自殺した男が、怪物になって山をさ迷ってるんだよ。集落の子供を狙ってる。土の中に埋められた子供たちが寂しくないように、他の子供を殺して、首を切り落とそうとしてるんだ」

「嘘よ、やめてったら」

みのりは耳を塞ぎ、いやいやをするようにかぶりを振った。それ以上、聞きたくなかった。

突然、隼人がみのりの肘をぐいと摑んだ。乱暴に腕を引っ張られてよろめき、驚いて悲鳴を上げる。

「何するの？」

とっさに沼に突き落とされるのではないかと思い、身をこわばらせる。隼人はポケットからロープのようなものを取り出すと、混乱するみのりをあっという間に手近な木に括《くく》りつけた。押しつけられた背中に乾いた木の感触を覚えてハッとする。一瞬遅れ、慌てて身をよじった。

「やだ、やめて」

しかし、既に遅かった。木に縛りつけたみのりを眺めて満足げに笑い、隼人はひらりと片手を挙げた。

「じゃあな」と云って、背を向ける。そのまま歩き出した隼人の後ろ姿に、顔から血の気が引いていくのを感じた。まさか、置き去りにするつもりなのか。

「待って」

動揺して叫んだ。発した声が、悲鳴のように裏返る。

「行かないで、嫌！」

懸命に身体を揺すって拘束から逃れようとするが、思った以上に結び目がきつく縛られているらしく、一向に外れる気配がない。

隼人はみのりの呼び声に立ち止まることなく、口笛を吹きながら来た道を戻っていく。その姿が小さくなり、やがて緑の中に見えなくなった。

愕然《がくぜん》として隼人の消えた方向を眺める。パニックに襲われてやみくもに身体を振ってみるが、ロープは両腕にきつく食い込んだままだ。息を吸い込み、遠くまで聞こえるように力一杯叫んだ。

「助けて！」

しつこくわめき続けるも、応じる声はどこからもない。

ふと、隼人がどこかに隠れているのではないか、という考えがよぎった。もしかしたらみのりを置いて帰ったふりをして、近くに身を潜めているのかもしれない。みのりが怯えて取り乱すさまを陰からこっそり眺め、せせら笑っているのかもしれない。そう思って口を閉じた。しばらく耳を澄ましてみるものの、近くに誰かが隠れているような気配は感じられない。

騒ぐのをやめると、途端に自分の置かれた状況が強く意識された。目の前にある濁った暗緑色の沼はしんと静まり返っていた。――隼人がさっき云ったことは、本当だろうか？　この沼で、本当に子供を殺した男が死んだのか。

緊張にごくりと唾を呑む。男の死体はすぐに発見されたのか。それとも、藻に絡まって何日も沼に沈んだまま、ふやけた肉体を魚についばまれたのだろうか……？

血色の失せた、葬儀のときの父の姿が脳裏に浮かんだ。不必要な鋭敏さで稼働し始める想像を必死で止める。全身に、冷たい汗をかいていた。

さっきまでは隼人に怯えた姿を見せたくないという対抗心でなんとか自分を保っていられたものの、山の中に一人きりで置き去りにされた途端、急速に自分の中で何かが萎《しぼ》んでいくのを感じた。

顔のすぐ側で、蟻とは思えないほど大きな蟻が木の表面を上っていくのが見えた。ギャアッと空でカラスの鳴き声がして、反射的に肩が跳ねる。

紫色に染まっていく空を見上げ、次第に鼓動が速くなった。近くに落ちている蝉の死骸をなるべく見ないようにして、唇を噛む。

ふいに、後ろの茂みが不自然に揺れた気がして身をこわばらせた。――何？　近くに何かいるの？

落ちつかない思いで視線をさ迷わせる。唐突に、祖母の云っていたことを思い出した。山に入る人は必ず鈴を付けたり、ラジオを鳴らしたりして、音を立てながら歩くんだよ。野犬やクマなんかの野生動物と遭遇したら危ないからねえ。

口の中が干上がった。こんな所で、身動きの取れない状態でもし蜂に刺されたり、恐ろしい生き物が出てきたりしたら、どうすればいいんだろう。

不安を堪え切れなくなり、涙が溢《あふ》れてきて頬を伝った。拭うことのできない涙が、唇の隙間から塩辛く流れ込んだ。一人きりで嗚咽《おえつ》を漏らす。

夕闇が濃さを増し、次第に辺りが暗くなってきた。地面に落ちた木々の影が、暗がりへと溶け出していくようだった。吹き抜ける風に、微かな肌寒さを覚えて身震いする。涙で濡れた頬が薄荷《はっか》でも塗りつけたみたいにひんやりとした。

夜の山は、昼間とはまるで違う姿を見せつけていた。

真っ黒な沼は暗がりの中でひどく不気味に見えた。沼の縁から死んだ男が今にも這い上がってきて、みのりの首を切り落としにやってくるような錯覚を覚える。遠くで、ぶおーん、と奇怪な鳴き声がして小さく悲鳴を上げた。今のは牛ガエルだろうか。――それとも、もっと別の何かが？

闇の中、木々が身をくねらせるように一斉にざわめく。高い木の枝のシルエットが、ぶら下がった首吊り死体のように見えて、身がすくんだ。響き渡る虫の声が真っ暗な空間を支配する。鳴き声は一つではなく、様々な音が幾つも重なり、暗がりを深く覆っていた。リリリリリ……。チッチッチッチッ。ジー、ジー。

怯えながら夜の山を見回した。人の気配は、まるで無い。

このまま誰にも見つけてもらえず一人ぼっちで死ぬのではないか、という恐怖がせり上がってきた。ざわざわと揺れる木々が、意思を持つ巨大な怪物のように思えた。それはみのりを呑み込もうと夜の中で蠢《うごめ》き、全身でのしかかってくる。

闇が、世界そのものが、みのりにとって怪物だった。

弱々しくかぶりを振る。なぜ自分は今、一人きりでこんな真っ暗な場所にいるのだろう。どうしてここに父はいないのだろう？

家の明るい照明の下に、保護された空間に帰りたいと思った。祖母の作ってくれる、湯気の立つ温かい晩御飯が食べたかった。今すぐ母にすがりつき、思いきり抱きしめて欲しかった。——父に、会いたい。

その感情は、胸の底に沈殿した澱《おり》のようだ。普段は静かに沈んでいても、何かのきっかけで不穏に舞い上がり、たちどころに心を濁らせる。

父がいないのが悲しかった。両親のいるごく普通の家庭というものが、あるべき形が、失われるのが苦しかった。泣きたい。いや、泣きたいのはきっと父だ。こんなふうに終わりたくなかったはずだ。母とみのりと一緒に居たかったはずだ。息苦しさに、夜空を仰ぐ。

親のいない人がこんなに頑張りました、というような内容のテレビ番組を観《み》るとき、母が感慨深げな声を上げるのが妙に居心地悪かった。世の中には辛くても頑張ってる人がたくさんいるのねえ。みのりも負けないように、頑張らなくちゃいけないね。母の言葉に、うん、と頷く。

そうだ。世の中には、父親や母親のいない子供はたくさんいる。親がいても無関心だったり虐待されたり、そんなかわいそうな子は自分一人じゃなく、世界中に数多くいるのだ。大丈夫、不幸に見舞われたのは私だけじゃない。繰り返し自分にそう云い聞かせた。

けれど、今この瞬間、心から叫びたかった。胸を突き上げたそれは、純粋な怒りだった。吐き出した息が揺れる。――ふざけるな。

私の悲しみは、私だけのものだ。親のいない子供がどれだけ世の中にたくさんいたって、それで私の痛みが軽減されるわけじゃない。強くそう思った。必死に抑え込んでいた何かが決壊し、とめどなく闇の中へと溢れ出す。

抗《あらが》いようのない恐怖と孤独に、声を上げてわあわあ泣いた。わななく両足から力が抜け、とうとう堪え切れずに、失禁する。生温かい液体が足の間を伝い落ちるのを感じた。濡れそぼったスカートの感触が気持ち悪くて、惨めでひどい気分だ。ぐっしょりと湿った靴が不快だった。こんな姿の自分を誰かが見たら、一体どう思うだろう。そう思うといっそう辛く、心細くて、みのりは力なくしゃくり上げた。

……どのくらい、時間が経ったのだろう。

ふいに、遠くで何かが白く光った気がした。木々のざわめきに混じって、離れた場所から微かにエンジン音が聞こえてくる。

緊張しながら全身でその音に集中した。しばらくして、近くで犬の吠え声が聞こえた。驚いてハッと息を呑む。雑草をかき分ける音がして、暗がりの中から、誰かがこちらにやってくるのが見えた。にじむような月明かりに照らされ、それが誰なのかを認識する。

――怜だ。ハナのリードを握った怜が、懐中電灯を片手に真剣な表情でみのりのもとへ駆けてくる。

「いた……！　大丈夫⁉」

とっさに、それが現実だと信じられなかった。血相を変えた怜の声を聞いた途端、ようやく彼が本当にここにいるのだと理解する。

「怜……」

あえぐように息が漏れた。恐怖と、安堵や羞恥と、複数の感情がぐちゃぐちゃになって入り混じる。反射的に身じろぎし、来ないで、とかすれた声で呟いた。

近づいてくる怜の姿を視界の端に確認した瞬間、みのりの世界は、暗転した。

◇

みのりを見つけたのは怜と、父親の茂だった。

みのりが帰らないと心配する母から連絡が行ったため、怜が隼人を問い質《ただ》して事の次第を聞き出し、父親のバンで裏山へ捜しに来てくれたのだ。

その晩、みのりは高熱を出した。手足の付け根がぎしぎしときしむように痛み、胸の辺りが重苦しくて頻繁にうなされた。かと思うと、身体のどこにも力が入らず、熱でとろけた水飴《みずあめ》みたいにどこまでも際限なく伸びていく気がした。暗く、底のない穴にゆっくりと落ちていく夢を見た。熱は二日にわたって続き、みのりは学校を休んで自宅で床に伏せていた。

膝から下を何ヶ所も虫に刺されていたものの、特に目立った怪我はなく、熱が下がると少しずつ身体が楽になってきた。

ようやく起きて茶の間に下りていくと、上品な和紙で包装された菓子折りがテーブルの上に置いてあった。聞けば、眠っている間に隼人の両親が彼を連れて謝りに訪れたらしい。どうやらみのりの知らぬ間にひと悶着《もんちゃく》あったようだ。

あの日、隼人は罰として、食事抜きで一晩中蔵に閉じ込められたという。

隼人の母親は涙ぐみながら「どうしようもない問題児の息子」のしたことについて謝罪の言葉を繰り返し、父親は顔に痣を作った隼人を引きずってきて額を畳にこすりつけんばかりに頭を下げさせたらしかった。そんな様子を目の当たりにし、元々人の好《よ》い祖母と母はすっかり毒気を抜かれてしまったようだ。今にも手を上げそうな勢いで隼人を怒鳴りつける父親を、しまいには祖母が「とにかく、みのりが無事でよがった。子供のしたごとだがら、もうそだい怒んなっちゃ」と止めに入らなくてはならなかったらしい。

みのりが眠っているときに、佐古と今井も一緒に訪れたそうだ。彼らの話によると、今回の件が職員会議で問題にされ、隼人はこれから一ヶ月のあいだ居残りで校内清掃をさせられることになったという。まだぼうっとする頭で、みのりはその話を聞いた。

夕方になると、怜が見舞いにやってきた。「母さんから」と甘く煮た無花果《いちじく》の詰まったタッパーを差し出す。

ありがとう、と小さな声で返事をし、みのりは動揺して目を逸らした。幼い子供のように恐怖で濡らした衣服を見られた恥ずかしさと居たたまれなさで、怜の顔を直視できない。一瞬、この場から消え去りたいと本気で思った。

枕元に座った怜が、「具合はどう？」と気遣うように尋ねてくる。

「……もう、熱は下がったみたい」

祖母の出してくれたジュースを飲みながら、怜は今日学校であった出来事や配布されたプリントについて話し出した。いつも通りごく自然に接してくれる怜の態度に、密かに安堵する。穏やかな怜の声を聞いているうちに、こわばった心身が少しずつ解きほぐされていくような感覚を覚えた。

……そうだ、怜は他の男の子たちとは違う。怜はみのりを虐めたり、わざとひどい目に遭わせたりなど絶対しないに違いない。

夜の山で怜が助けに来てくれたときのことを思い出し、涙がにじみそうになった。怜のことを、信頼できる友人だと思った。

会話の途中、ふいに怜が黙り込んだ。それから、云いにくそうに口を開く。

「その……隼人のことなんだけど」

隼人、と聞いて身構えた。怜が気まずい表情になり、続ける。

「みのりのこと、親とか先生にものすごく叱られて、反省してた。……あそこの沼から数キロ離れた所に、缶詰工場があってさ。普段は作業時間が終わると、勤務してる人たちの車が一斉にあの沼の向こうの道を通って帰るんだ。だからすぐに誰かが見つけると思って、軽い悪戯のつもりでみのりを置いて帰っちゃったみたい。だけどあの日は機械設備の点検とかで、たまたま工場が臨時の休みだったらしいんだ。あんなふうに、本気でみのりを怖がらせるつもりはなかったんだと思う。本当にごめんね」

怜は視線を下に向け、長くため息を吐き出した。ぽつりと呟く。

「……根は悪いヤツじゃないんだ」

みのりは思わず、まじまじと怜を見つめた。とっさに言葉が出てこなかった。

「――どうして」

ややあってかすれた声を絞り出すと、怜が「みのり……？」と怪訝そうに顔を上げる。

喉の奥が熱い。込み上げてくる感情に頬が引き攣るのを感じながら、口を開いた。

「どうして、隼人の味方するの？」

途端、怜が不意をつかれた表情になる。悔しさともどかしさが胸の中で渦巻いていた。信じられなかった。――なぜ、怜が謝るのだろう。

軽い悪戯？　悪気はなかった……？　そんなこと、絶対にあるものか。

みのりを置き去りにしたときの隼人の残酷な眼差しを思い出し、無意識に身体が震えた。あのときの不安と恐怖が鮮明によみがえり、みっともなく泣き出してしまいそうだった。

「……帰って」

みのりはこわばった声音で云った。怜が戸惑った表情でこちらを見ている。気持ちが昂《たかぶ》り、叩きつけるようにもう一度叫んだ。

「帰って！」

室内に重苦しい沈黙が落ちる。怜が何か云おうと口を開きかけた後、悲しげに目を伏せて黙り込んだ。やがて、静かに立ち上がり、ゆっくりと階段を下りていく。

みのりは動けなかった。拒否する言葉を投げつけたのは自分のはずなのに、拒絶されたような気がした。

玄関の戸が閉まる音がして、怜の足音が遠ざかる。それが完全に聞こえなくなったとき、みのりは両手で顔を覆った。

◇

東北の夏は短い。お盆を過ぎれば秋風が吹く、と祖母が口にするのを聞いた。青臭さを含んでいた緑の匂いが、次第に香ばしく、乾いたものに変わっていく。

……見舞いに来てくれたあの日以来、怜とは口を利かなかった。

時折目が合うこともあったが、そんなときは、どちらからともなく気まずい思いですぐに視線を外した。

隼人にまた何かされるのではないかとも思ったが、予想に反し、彼がみのりにあからさまな攻撃をしてくることは今のところ無かった。とはいえみのりに対し友好的な態度に転じたという訳では決してなく、まるでそこにいないもののように、あまり関わらないようにしているようだった。少なくとも、表面上は悪辣な行為を仕掛けてくるつもりはない様子だ。

ホッとする一方で、隼人が何かしてきたところで構わない、という気持ちもあった。どうにでもなれというような、捨て鉢でどこか厭世《えんせい》的な思いがみのりの中にたゆたっていた。傷ついた箇所から血が流れ続けているみたいに、自分の何かが少しずつ死んでいくような気がした。

……自分の気持ちをわかってくれる人は、誰もいない。

その日は、雛子が風邪《かぜ》を引いて学校を休んだ。

下校途中、一人で畦道を歩いていると、稲を掛けて干してある稲杭《いなぐい》が棚田に連なっていた。それらはまるで、蓑笠《みのかさ》を着ている人たちの厳粛な行列のように思えた。十字に組んだ竹にジャンパーとヘルメットを被せただけのカカシが、晒されている罪人の死体みたいに見えた。

ふいに、睫毛の先をかすめて雨粒が降ってきた。乾いた土の上に、ぼたっと音を立てて雨が落ちる。突如降り出した雨がみるまに地面を黒っぽく染めるのを見て、秋の天気は移ろいやすいと祖母が口にしていたのを思い出す。厚ぼったい雨雲の向こうで低く唸るような音がした。雷だ。

白っぽい光が閃《ひらめ》いて周囲の景色を眩《まばゆ》く浮かび上がらせたかと思うと、次の瞬間、雷鳴が響き渡った。何かが爆発したみたいなけたたましい音だった。世界が砕け散ったかのようだった。

みのりは小さく悲鳴を上げ、勢いよく駆け出した。原始的な恐怖が胸を占めた。視界がおぼつかないほどの雨の中、ぬかるんだ道をずぶ濡れになってひた走る。幾度も転びそうになりながら、やっとの思いで家に帰り着いた。玄関で荒く息を吐くと、伝い落ちた水滴がたちまち三和土《たたき》を濡らした。雨に打たれた足が、冷たく痺《しび》れたようになっている。こわばった指をもう片方の手で包むように握り、ひやりとした感触に一瞬自分で驚いた。——その氷のような冷たさは、葬儀のときに触れた父の身体と、よく似ていた。

ぶるっと肩が震え、みのりはその場にうずくまった。真新しい靴下が泥に汚れていた。顔を濡らしているのが雨なのか、涙なのかわからなかった。髪の毛や顎先を伝って、ひっきりなしに滴が落ちる。こうしていてはいけない、と頭ではわかっていた。けれどもう、このまま一歩も動けない気がした。

お父さん、とかすれた呟きが唇から漏れた。再び発した声が、口に押し当てた手のひらの内側で力無くくぐもる。……お父さん、お父さん。

そのときだった。

気配を感じて顔を上げると、目の前にいつのまにか母が立っていた。……まだ仕事のはずなのに、どうして家にいるのだろうと動揺していると、突然、母が素足のままで三和土に下りてきた。普段、行儀が悪いとされている行為をためらいもなく母がしたことに驚き、とっさに息を呑んだ。

母はみのりの肩を抱くようにして立たせ、浴室の方へ連れていく。されるがままになりながら、落ち着かない思いで視線をさ迷わせた。先程の情けない呟きを、母は聞いてしまっただろうか。脱衣所で濡れたみのりの衣服を手早く脱がせる母の顔を、気まずさから直視できなかった。母は今、どんな表情をしているのだろう？

うつむくみのりに向かって、母がふいに声をかけてきた。

「久しぶりに、一緒に入ろうか」

意外なほど明るい声だった。戸惑うみのりの視線を受け止めてにっこり笑い、母が浴室の引き戸を開ける。浴室内を見て、みのりは目を瞠った。

太陽の陽射しみたいな黄色い花が、湯船を埋め尽くすようにいくつも浮かんでいる。明るい黄色の花びらは、お湯の表面でゆらゆらと可憐に揺れていた。あっけにとられ、つい素の感情で「これ……何？」と母に尋ねる。

自らも風呂に入る支度をしながら、母が「菊湯よ」と子供みたいに得意げな顔で答えた。

「身体が温まって、疲れが取れるの。綺麗でしょ」

促されるまま、湯船に身体を沈める。立ちこもる湯気に、ほんのりと爽やかな菊の花の香りが混じった。温かいお湯が、こわばった全身を柔らかく解きほぐしていく。ねえ、とためらいがちに母に尋ねた。

「お仕事、どうしたの……？」

「早退させてもらったの。お祖母ちゃんは、午後から良平叔父さんの所に行ってるわ。雨が落ち着いてから、車で送ってきてくれるそうよ」

浴室にこもったように響く母の声をぼんやり聞きながら、鎖骨の辺りで揺れる小さな花をそっと手のひらですくってみた。明るい色とすがすがしいその香りに、心と体が少しずつ緩んでいくような気がする。心地よさに身を委ね、みのりは自然と瞼《まぶた》を閉じた。

「――ごめんね。みのり」

ふいに、母が口を開いた。目を開けると、戸惑うほど近い距離で視線がぶつかる。母は自嘲的な眼差しで呟いた。

「お父さんがこういうことになって、お母さんね――もう二度と立ち直れないんじゃないかって思うくらい、ショックだったの。……ううん。本当云うと、今もまだ、全然受け入れられてないのかもしれない」

みのりはどうしていいかわからず、母を見つめた。濡れた髪が母の額につややかに貼りつき、一瞬、まるで違う人みたいに見えた。内側から言葉がにじみ出てくるように、母が呟く。

「いつまでも泣いてばかりいられないから、前に進まなきゃと思ったの。これからはお父さんの分も、私がみのりを守らなきゃいけないんだからって。……だけどお母さん、ちょっと焦り過ぎてたのかもしれない。しっかりしなきゃって、バカみたいに一人で気負って、お父さんがいなくなって悲しいっていうみのりの気持ち、置いてけぼりにしちゃったね」

おそらく、最近ずっと元気がないみのりの様子に気づいていたのだろう。みのりの頬を撫で、母が短く息を吸い込んだ。かすれた声で、そっと囁く。

「――お母さんも、悲しいよ」

みのりは言葉を失い、母を見た。じわっと何かが込み上げてきて、幼い子供みたいに泣き出しそうになる。母は、必死で鍵を掛けた箱を自ら開けて、その中味をみのりに見せてくれたのだと思った。たったそれだけの言葉なのに、久しぶりに生身の母と向き合えたという気がした。

さっきまで凍えていた身体はいつの間にか温まっていた。死んだ人間のようだった指先には確かに血が流れ、体温があった。


風呂から上がると、まもなく祖母が帰ってきた。食卓に並んだ夕食に、みのりは感嘆の声を上げた。器には、いずれも調理された鮮やかな黄色の花が盛りつけられていた。ちらし寿司《ずし》に美しく花びらを散らした菊ちらし、菊の天ぷら、おひたし、吸い物。

「お花を食べられるの？」とわくわくしながら尋ねると、祖母が楽しそうに目を細める。

「食用菊だ。ここら辺では、秋はどこのうちでも食べるんだよ」

さっそく口に運ぶと、繊細な歯応えと共に、爽やかな甘さとほろ苦さが広がった。秋の香りがする花びらが、体内で自分の血液や肉になることを想像してみる。母と祖母はいちいちみのりに味の感想を求めては、誇らしげに料理に関する素朴な知識を披露した。そんなやりとりを見ていたら、なぜかまた涙がにじんできた。気づかれないよう、慌てて下を向く。――世界は得体の知れない恐ろしさに満ちていて、生き辛い。それは変わらない。

……けれど自分は、この場所で生きていかなければならない。自ら心臓の鼓動を止めるわけにはいかないのだ。

そう、思った。

◇

坂道を歩いて刀隠神社の方に向かうと、遠くから祭り囃子《ばやし》の音が聞こえてきた。笛に鼓《つづみ》、三味線や篳篥《ひちりき》などの奏でる音色が響いてくる。

日曜日、みのりの家に突然雛子がやって来て「秋祭りに行かない？」と誘ったのがついさっきのこと。「いいわね！　遊んでらっしゃいよ」と嬉しげな母に背中を押され、雛子と祭りに出かけることになった。

塞ぎ込んでいた気分は、このところ少しずつだけれど上向きつつあった。母と本音で話せた気がしたあの日以降、可憐な菊の花はお茶やポプリなどさまざまな形で登場するようになった。それらを楽しむのは、みのりにとっていつしか安らぎの時間になっていた。

歩調を緩め、隣を歩く雛子に「秋祭りってどんなお祭りなの？」と尋ねる。

「……豊かな実りを願って、神様に感謝するお祭りなんだって」

大人びた口ぶりで、雛子は答えた。

「災いが来ませんようにって、神社でお神楽を捧《ささ》げるの。桜沢でずっと続いてる風習で、毎年、小学五年生から中学二年生までの男の子の中から一人が選ばれて踊るのよ」

少し前まで段差が見えないくらい枯れ葉が降り積もっていた神社の石段が、今は綺麗に掃き清められていた。賑やかに人が往来する石段に沿って、奉納された赤や白ののぼりが幾つもはためいている。神社には既にかなりの人が集まっているようだった。石段を上りながら、雛子が続ける。

「今年はね、怜が踊り手を務めるの」

その言葉に、どきりとした。そういえば最近、学校が終わった後に彼の姿を見かけないことに思い当たる。怜も自分を避けているのだろうかと思ったりもしたが、もしかしたら秋祭りの練習で忙しくしていたのかもしれない。お神楽を見てみたいけれど、怜と顔を合わせたくないという複雑な気持ちで鳥居をくぐる。

神社の境内は賑わっていた。提灯がぶら下がり、参道の横に出店が立ち並ぶ。からあげ、おしるこ、宝つり、クレーン、数字合わせ、どんどん焼き。

しめ縄に紙垂《しで》を垂らしたものや、榊の飾りなどが拝殿に施されていた。三方の板戸が開け放たれた拝殿の周りには見物席が設けられ、人が集っている。どうやらそこが神楽舞の舞台となるらしい。

神社の敷地は、普段のうら寂しい雰囲気とはうって変わり活気に満ちていた。境内の隅に無造作に積み置かれたままの古い木材も、板の上にブルーシートが敷かれ、今日は臨時の荷物置き場にされていた。

甘酒や餅が振るまわれ、あちこちで楽しげな笑い声が上がる。えんじ、深緑、濃紺と地区によって色の違う法被《はっぴ》を着た男衆が、頭や首にタオルを巻いた姿で慌ただしく動き回っている。見知った顔とすれ違うたび、手を振った。

「あ、先生だ」

雛子がふと気づいたように、やや離れた場所を指差した。視線を向けると、ゴザの敷かれた見物席の前列に腰を下ろす今井の姿があった。後ろの一番端に座っている佐古を見つけ、「佐古先生、ほだな隅っこで遠慮してねでこっちゃ来い。教え子の晴れ舞台だべ」とにこにこ笑って手招きしている。その声に従うように周りの人たちが体をずらしてスペースを空け、佐古が恐縮した笑顔で頭を下げながら今井の隣に移動するのが見えた。

そのとき、ドン、と太鼓の音が鳴った。境内に散っていた人々がざわざわと拝殿の周りに集まっていく。演目が始まるようだ。

「行こう」

雛子に手を引かれ、みのりたちもそちらへ向かった。拝殿の前に置かれた三つの和太鼓を、太鼓方が勢いよく打ち鳴らし始める。腹にずしんと響く振動。これから何か特別なことが始まるという場の空気に、どきどきした。

和太鼓の表面に、激しく動く彼らの影が映る。演奏の節目に「ヨイサー！」と掛け声を上げて互いに立ち位置を入れ替えながら、力強く和太鼓を乱れ打つ。バラバラッと激しい雷雨みたいな太鼓の音が徐々に速くなった。それに搦《から》め捕られるように、観ている者の熱気も高まっていく。彼らは視線を見交わし、計算された間を取ると、ドン！　と揃って最後の一音を打ち鳴らした。辺りを支配していた重い音がぴたりと止む。

一瞬の静けさの後、舞台奥の襖《ふすま》が左右に素早く開いた。襖の裏に垂らされていた黒い布が、大きく膨らむように風を孕《はら》む。自然とそちらに視線を吸い寄せられた途端、布をくぐって二体の竜が舞台に登場した。観客からわっと拍手が沸き起こる。

黄金色の頭に、光沢のある布で胴体が作られた赤と黒の竜を、それぞれ二人の男たちが操って舞台を所狭しと動き回る。演奏に合わせて竜がくねるたび、まるで生きているようにその目が光って見えた。あまりの迫力に、みのりは圧倒される思いで舞台を見つめた。竜が回転しながら、存在を誇示するような動きで上下に大きく身を揺らす。と、拍子木を合図に再び演奏が止んだ。

澄んだ笛の音が響いた。か細く繊細な音色が、次第に力強さを増していく。それに呼び寄せられるかのように、石段の下から「そいや、ほっ」という複数の掛け声が近づいてきた。

何が始まるのだろうと思い、視線を向けると、駕籠《かご》を担いだ男たちが石段を上って境内に姿を現した。黒い法被《はっぴ》姿の男たちは、いずれも赤い布を垂らした饅頭笠《まんじゅうがさ》で顔を覆っている。前列の二人が、手にした黒い箒に似た棒で空間を切り裂くような動きを見せながら、拝殿に向かって参道を進む。男たちは正面の階段から拝殿に上がると、舞台の真ん中に厳かに駕籠を置いた。そのまま素早く退場する。

食い入るように見つめるみのりの前で、二体の竜は駕籠の周りをしきりに回り、威圧するようにうねってとぐろを巻いた。激しく竜を操る男たちの足が床板をこする度、微かにきしむような音がする。

鼓が鳴った。次の瞬間、駕籠の中から怜が姿を現した。人々の口から歓声が上がる。刺繍《ししゅう》の入った純白の着物に袴《はかま》姿の怜は、鼻梁に白い線を引き、眦と唇にも鮮やかな紅を差していた。みのりはハッと息を呑んだ。

「……怜、きれい」

間近で聞こえた呟きが一瞬自分の口から発せられたものかと思い、どきりとする。見ると、隣で目を輝かせた雛子がみのりの耳元に顔を寄せていた。

「あのお化粧はね、男でも女でもないって意味なの。神様により近い存在ってことよ」

動悸《どうき》が速まるのを感じながら、舞台上の怜に視線を戻した。

怜はその場で優雅に立ち上がると、右手に持った鈴を鳴らして緩やかに舞い始めた。頭を左、真ん中、右と傾けながらくるりと回り、手を伸ばし、四方に足を踏み出して踊る。踊るたび、怜の指先からすがすがしい空気が舞台上に振りまかれていく気がした。引き寄せられるように、視線が外せなかった。

両脇で荒々しい動きを繰り返していた二体の竜が、交差しながら怜の周りを囲むように回る。束《つか》の間《ま》、観客の目から怜の姿が遮られた。

次の瞬間、再び現れた怜の手には鈴ではなく、ひと振りの長刀《なぎなた》が握られていた。まるで鈴が自らその形を変えたかのようだった。

観客のどよめきと共に鼓が高く打たれ、怜が床板を大きく踏み鳴らす。ぐっと腰を沈め、さっきとはうってかわって力強い動きで舞い出した。長刀を大きく振りかざし、横に払う。獰猛だった竜の動きが、いつしか怜の動きと調和したものになっていく。怜が長刀を一振りすると、二体の竜はそれに従うかのように舞台の後方に移動した。竜たちはそこで大きく回転し、するすると黒い幕の向こうに消えていく。荒ぶるものが去り、舞台に立つのは怜一人だけとなった。踊る怜の全身から清浄な明るさが迸《ほとばし》る。その気配が次第に強くなっていく。怜は見物客の視線を一身に集めながら中央部でひとしきり舞うと、仕上げとばかりに、ひときわ強く床板を鳴らした。

一瞬の静寂の後、盛大な拍手と歓声が湧き起こる。誰かが「よかったぞおっ」と大声を張り上げ、見物客の間にどっと温かな笑いが広がった。舞台を見上げて満足そうに手を叩く今井たちに、周囲が興奮した様子で口々に何か話しかけている。

怜は観客と囃子方に礼儀正しく一礼すると、そのまま幕の内側に姿を消した。みのりはすぐにはその場から動けなかった。ほうっとため息が漏れる。まるで、ひとときの幻を見ていたようだ。

高揚した気分で舞台を見上げていると、ふいに誰かが声をかけてきた。

「あら？　二人とも来てたのね」

聞き覚えのある優しげな女性の声に目を向けると、すぐ近くに春美と茂が並んで立っている。あ、と思わず間の抜けた声が口から漏れた。

「こんにちは」と雛子が振り返って挨拶をする。やや頬を上気させながら、雛子は彼らに向かって感想を述べた。

「怜、すごく上手でしたね」

「ありがとう。失敗するんじゃないかって、観てるこっちの方がひやひやしたわ」

春美が微笑んで云う。口調こそ冗談めかしているものの、その表情には、息子が無事に祭りの大役を終えたことへの安堵と高揚が浮かんでいた。

「目立つことは苦手だからやりたくないって、本人は断りたがってたんたけどね。息子の晴れ姿を見たくて、私が無理云っちゃった」

楽しげに会話する雛子と春美に、なんとなく居心地の悪さを覚えて視線を逸らすと、傍らに立つ茂と目が合った。

山に助けに来てもらったときのことを思い出し、じわりと汗がにじんだ。うつむいて小声で呟く。

「あの……あのときは、どうもありがとうございました」

みのりの言葉に茂が思い出したように目をすがめ、「ああ」と軽い口ぶりで応えた。

「まったく、災難だっけな」

低いしゃがれ声と、煙草の匂い。その独特な匂いを前にも嗅いだことがある気がした。

骨ばった分厚い手で自分の顎を撫で、茂がふっと苦笑する。

「西野んとこじゃ、倅《せがれ》のやんちゃぶりにほとほと手を焼いてるからな。ほんて困ったもんだ」

西野、と呼ぶ気さくな口調に、茂と隼人の父親が元同級生で長い付き合いだという事実を思い出す。茂は遠い目で独白のように続けた。

「隼人の祖父さんはかなりの変わり者だったからなあ。身内はずいぶん苦労したみたいだし。まっとうに育って欲しくて親父《おやじ》が厳しくするもんだがら、隼人も余計に反発してきかなぐするんだべ」

「隼人の、お祖父さん……？」

そういえば以前、死んだ祖父さんにそっくりだ、と隼人の父親がぼやいていた気がする。茂はにやりと笑って頷いた。

「破天荒というか、とにかく滅茶苦茶な人でなあ。地元じゃ有名だっけな。いつだったか、祭りの演目の順番が気に入らないと申し立てをしたのが通らないのに腹を立てて、拝殿で小便をしたことがあったっけ。関係者は罰あたりだって卒倒する勢いでごしゃいでるし、祭りは大騒ぎになって中断するしで、子供心になんてとんでもねえことをするんだと思ったもんだ」

愉快そうに喋る彼の横で、春美が困った表情になり、「あなた」とさりげなくたしなめた。

「すまん。ああ、ちょっと仲間さ呼ばれっだがら行ってくる。お前は怜と先に帰っててけろ」

茂が軽く片手を挙げて、同じ地区らしき男たちが祝い酒を飲む一画に機嫌よく歩いていく。

その様子をぼんやりと眺めていると、ねえ、と春美が悪戯っぽく尋ねてきた。

「お花は気に入ってくれた？」

「……え？」

意味がわからずきょとんとすると、春美はみるまに慌てた表情になり、口元を押さえた。

「やだ、いけない。怜に内緒って云われてたのに」

その言葉に、ある考えが思い浮かぶ。――まさか。

「お花って、もしかして、あの菊のこと……？」

みのりの問いに春美が困り顔で笑い、仕方ない、というふうに口を開く。

「怜がね、みのりちゃんの元気が無いのをずっと心配してて、うちで作ってる菊の花を届けてたの。でも自分からって知ったら受け取ってくれないかもしれないから内緒にして欲しいって、みのりちゃんのおうちの人にお願いしてたのよ。黙ってて、ごめんね」

柔らかな口調でそう告げられ、とっさに何と云えばいいかわからなかった。……あれは、怜がくれたものだったのか。

困惑しているみのりを雛子がちらと横目で見て、春美に云った。

「怜の所に行かなくていいんですか？」

「ああ、そうね」と春美が穏やかに微笑む。それから思い出したように雛子に告げた。

「お父さんにも、よろしく伝えてね」

拝殿の中に消えていく春美の姿を見送り、不思議に思って雛子に尋ねる。

「春美さんて、雛子ちゃんのお父さんと仲が良いの……？」

みのりの言葉に、雛子が当たり前のことのように答える。

「ずっとうちの病院にかかってるの。怜のお母さんは、心臓がよくないでしょ」

そのとき、離れた場所から「雛ちゃん」と呼ぶ声がした。人がたむろする境内の片隅で、中年男性がこちらに向かって手招きをしている。雛子が、あ、という顔をした。親戚か何かららしい。

「ごめんね、ちょっと行ってくる」と歩き出した雛子を見送り、その場に一人で突っ立っていると、背後から急に声をかけられた。

「みのり」

驚いて振り返った。見ると、着物姿の怜が息を弾ませてみのりのもとに駆けてくる。とっさにうろたえ、鼓動が跳ねた。

怜はみのりの正面で立ち止まると、つい先程の舞台とは別人のようなあどけない表情で笑った。

「いま、母さんに聞いてさ。――観てくれたんだね」

久しぶりに口を利いたとは思えない、ごく自然な態度だった。紅を引いたままの怜の目元が近くで見ると妙に艶《なま》めかしくて、どぎまぎしながら目を伏せる。

「上手、だった」

ためらいながら小声で云うと、怜は驚いたようにこちらを見た。はにかんだ顔になり、「ありがとう」と目を細める。

「踊り手は隼人にって話もあったんだけど、化粧して踊るなんて女みたいなマネ絶対に嫌だ、ってアイツがごねてさ。僕に回ってきちゃった。隼人んちのおじさん、役場で祭事の担当だから、本当は隼人がやればよかったのに」

苦笑まじりにそうぼやく。相変わらず隼人とは仲良しなんだな、と思ったが、不思議と前のように腹立たしい気分にはならなかった。

迷ってから、思いきって口を開く。

「怜、あのお花……」

みのりが云いかけると、「あ」と怜が途端にばつの悪そうな顔になった。気まずい雰囲気になり、互いに口をつぐむ。しばらく黙り込んだ後、怜はみのりの顔を見つめた。それから、ゆっくりと口を開く。

「——悲しくさせて、ごめん」

真摯な眼差しで告げられ、息が詰まった。喉の奥が熱くなり、慌ててかぶりを振る。

……本当は、心のどこかで気がついていた。怜に非があったのではない。世界が自分を守ってくれないことに、現実が思い通りにならないことに、あのときの自分は子供っぽい癇癪《かんしゃく》を起こしただけなのだと。多分それらを全て理解した上で、それでも怜は、みのりを悲しませたことを詫びてくれた。

「……ううん」

発した声が微かにかすれた。自分の幼さが気恥ずかしくて、居たたまれなかった。けれどそれと同時に、胸の奥に何か温かいものが注ぎ込まれるのを感じた。

——隼人のことは嫌いだ。それは変わらない。けれど怜に対してもやもやとわだかまっていた思いは、穏やかな陽射しにさらされた淡雪のように、いつの間にか消えていた。

短く息を吸い、怜の目を見て笑いかける。

「ありがとう」

怜が驚いたように目を瞠り、口元を緩めた。緊張した空気から解放され、互いにどこかほっとした思いで顔を見合わせる。

「じゃあ、僕、行かなきゃ」

怜の言葉に「うん」と頷き、小さく手を振る。拝殿の奥に戻っていく怜の後ろ姿を眺めていたとき、ふと、背中に強い視線を感じた気がして振り返った。

境内のあちこちには祭り客がたむろし、楽しげにさざめいている。周囲を見回してみるものの、こちらに特別に注意を向けている者はいないようだ。

怪訝な思いで首を傾《かし》げる。……今、誰かが自分を見ていたような気がしたのだけれど、錯覚だろうか？

まもなく「待たせてごめんね」と雛子が戻って来た。知り合いに貰《もら》ったらしい二本のりんご飴を手にしており、一本をみのりにくれる。はしゃぎながらひと通り出店を見て回ったところで、雛子が云った。

「そろそろ帰ろっか」

うん、と頷いて石段の方へと向かいかけ、足を止めてもう一度、境内を振り返った。

「みのりちゃん……？　どうかしたの？」

不思議そうに尋ねてくる雛子に、「――なんでもない」とかぶりを振る。そう、気のせい。誰かに見られていたなんて、きっとただの勘違いだ。自分を納得させ、再び歩き出す。吹き抜けた秋の風に、連なる提灯がゆらゆらと揺れていた。

◇

放課後、みのりが黒板を拭き終えると、「もう帰れる？」と雛子が声をかけてきた。

「ごめん。今井先生にこれ持っていくから、先に帰ってて」

机の上の学級日誌を手にして答える。今日はみのりが日直当番だ。

待っていようか、と云う雛子にかぶりを振った。

「ちょっと、帰りに寄りたいところがあるから」

職員室に向かうと、がらんとした室内には佐古の姿だけがあった。佐古は自分の机の引き出しを開けて何やら作業をしている。職員室に入ってきたみのりを見て、おう、と快活な声を発した。

「今井先生ならいないぞ。運動会の打ち合わせで今忙しいみたいだ」

みのりにとって驚くべきことに、桜沢では秋の運動会は学校行事というよりも、地域の催し事という感覚らしかった。校庭のあちこちにレジャーシートが敷かれ、どこの家も家族総出で応援する。競技に参加するのは児童だけでなく、地区対抗リレーなどで大人たちが力走する光景も見られるそうだ。運動会の後は教師や保護者らが集まっての宴会になるという。きっとその準備で忙しいのだろう。

「日誌か？　そこに置いてけ」と今井の席を指差した佐古が、ふと何かを思いついたような表情になった。

「悪いが、ちょっと手伝ってくれないか」

云われて見ると、教育専門書やプリントなどが佐古の机上に無秩序に積み上げられていた。私物の一部を自宅に持って帰るのだという。

「机が汚いから、きちんと片付けないと生徒に示しがつかないって村山《むらやま》先生に注意されてなあ」

ベテラン教師の名前を挙げて、まいったというように肩をすくめる。その仕草が妙におかしくて、みのりは笑って頷いた。

プリントの束を抱え、佐古と並んで歩き出す。プリントに赤の書き込みがたくさんしてあるのを見て、先生は勉強熱心なんだな、と思った。

駐車場に停めてある自分の車にそれらを放り込むと、佐古は「助かった。ありがとな」と笑顔を見せた。そうだ、と呟いてグローブボックスから何かを取り出す。

「やるよ。手伝ってくれた礼だ」

手渡されたのは、可愛《かわい》らしい髪留めだった。桜の花びらをかたどったデザインだ。

不意をつかれ、みのりはまじまじとそれを見つめた。桜が咲いたらまた今度一緒に来ような、という懐かしい父の声が、唐突に耳の奥でよみがえる。

「休みの日に市内に買い物に出て、くじ引きでたまたま当たったんだよ。オレが持ってても仕方ないだろ？　あ、皆には内緒だぞ」

苦笑しながら佐古は云った。黙ったままのみのりに気づき、「なんだ、気に入らなかったか？」と尋ねてくる。

みのりは慌ててかぶりを振った。佐古が桜をモチーフにしたものをくれたことに何の理由も無いとわかっていたけれど、なんだか嬉しかった。

「……ありがとうございます」

はにかんで礼を云うと、佐古は口元をほころばせた。気をつけて帰れよ、と告げてそのまま学校に戻っていく。みのりは貰った髪留めを大事にポケットにしまった。校門に向かって歩き出し、次の瞬間、どきりとして足を止める。

――隼人だ。少し離れた場所に、いつのまにか隼人が立っていた。ちょうど下校するところらしい。

険しい眼差しでこちらを見ていた隼人と目が合い、反射的に身構えた。また何か嫌なことを云われるかと思ったが、隼人はふいとみのりから目を逸らし、さっさと歩いていってしまった。安堵に、身体から力が抜ける。

ここで隼人とひと悶着起こすつもりはなかった。今日、これから自分にはまだやるべきことがある。気を取り直し、再び歩き出す。

目的の公共図書館は、分校から歩いて二十分ほどの距離にあった。

案内図によると、一階が図書館、二階は会議室や簡単な催し物などに使用するスペースになっているらしい。

夕方の図書館内はぽつぽつと利用者がいる程度で、席は十分に空いていた。なんだか大人に隠れて悪いことをしているような罪悪感を覚えながら、みのりは目当てのものを探して書架の間をさ迷った。郷土資料のコーナーにたどり着くと、少し考え、薄くて読みやすそうな本を何冊か選び出す。

――向日葵男について、調べてみようと思った。

本当にこの桜沢で、隼人の語ったような陰惨な殺人事件が起きたのだろうか？　子供の首を切り落とすという向日葵男の噂話について、何か情報が得られないだろうか。

布張りの椅子に座ってしばらく文章を目で追うが、どのページにも、それらしき記述は見当たらない。

手に取った本には、桜沢が三つの土地から成る背景や、地元の林業や豊富な湧水を利用したわさび栽培について、慶長《けいちょう》五年にこの土地で行われたという大きな合戦のことなどが綿々と書かれていた。

本から顔を上げると、近くにいた年配の男性がラックに新聞を戻すのが見えた。……そうだ、地元の新聞を見れば、もしかして子供たちが殺されたという事件のことがわかるかもしれない。

思い立ってカウンターに向かうと、司書の女性に「すみません」と声をかける。

「あの、昔の新聞って見られますか?」

「ええ。もちろん読めるわよ」

女性は淀みない口調で答えた。

「学校の授業か何かかしら?」と問われ、一瞬ためらってから頷く。

「はい、自由発表なんです。自分が住んでる町の歴史とか、昔ここであったことを、調べてみたいなって思って」

「いつ頃のものが見たいの?」

尋ねられ、思わず「え」と固まった。うろたえながら考える。確か隼人は、子供たちが殺害された事件は自分たちの生まれるずっと前に起きたと云っていた。

「えっと……二十年以上前とか、そのくらい昔の記事を、読みたいんですけど」

「そう、なら……」と女性は少し考えるそぶりをした後、一枚の用紙を差し出した。この申請書を出せば、古い資料の置いてある地下書庫に入れるらしい。さっそく記入して提出すると、カウンター奥にある狭い階段を下りて薄暗い書庫に案内してくれた。古い新聞を製本したものはここに配架されているらしい。簡単な説明をし、「わからないことがあったら訊いてね」と女性がカウンターに戻っていく。書庫内は、ほのかにかび臭い匂いがした。

綴《つづ》られた新聞の掲載年を確かめながら、大判の書籍を閲覧席に運ぶ。天の部分に埃がたまっていて、持ち上げてみると予想以上に重かった。確かにこれはいちいち出してもらうよりもここで読んだ方が楽に違いなかった。劣化した紙を破ってしまわないよう、注意しながらページをめくる。みのりは古い記事に真剣に目を通していった。

何か向日葵男に関連する情報はないだろうかと、しばらく熱心に探してみたものの、該当すると思われる記事はなかなか見つからない。……やはり、そう簡単にはいかないようだ。

今日はもうこれくらいにして帰ろうかと思ったとき、一枚の白黒写真が視界に飛び込んできた。

あ、と意識がそこに集中する。

──写っているのは、隼人がみのりを置き去りにした裏山のあの沼だ。「鳥虫沼《とりむし》にて盆に慰霊祭が執り行われる」と見出しになっている。

記事によれば、沼で入水自殺や水の事故が相次いだため、地元住民の要望もあり刀隠神社の宮司が慰霊祭を斎行したのだそうだ。小さな写真には、沼辺で慰霊塔に献花する住民たちの姿が写っていた。

……隼人の話は、少なくともあの沼で人が死んだという部分は事実だったのだ。

夜の中でひたひたと揺らぐ水面が思い出され、鼓動が速くなった。

──慰霊祭が執り行われる原因となった出来事とは、具体的にどんなものだったのだろう？

緊張しながらより古い新聞を閲覧しようとし、それから思い直して、手を止める。……やめよう。隼人の云った通りの事件が本当に過去に起きていたとして、それが一体、何だというのだろう。まさか、子供を殺して自殺した男が怪物になって山をさ迷っている証拠だとでも？

息を吐き、地下書庫を後にする。カウンターで手続きを終えて帰ろうとしたとき、古い本に触れたせいで指先が汚れているのに気がついた。

トイレに寄って手を洗い、さっき貰った髪留めのことを思い出す。洗面台の鏡を見ながらさっそく髪につけてみると、可憐な飾りはみのりの顔を明るくしてくれるように思えた。自然と口元が緩む。

図書館を出ると、外はもう夕闇に沈んでいた。道路脇に群生する草の色がかろうじてわかるくらいの暗さで、空気がくすんだ赤みを帯びている。……早く帰らなくちゃ。

みのりは帰り道を急いだ。周囲が徐々に暗くなっていき、落ち着かない思いで足を速める。ようやく家の近くまで来たところで、人影が見えて立ち止まった。

川沿いの道の向こう側からやってくるのは、自転車に乗った隼人だ。怜の家にでも行った帰りだろうか。隼人も、みのりに気づいた様子で顔を上げる。

胸がざわりとして、唇を引き結んだ。さっきのように無視して行ってくれればいいと思いながら進むと、すれ違いざまに「おい」と声をかけられる。

みのりはやむなく立ち止まった。警戒しながら、「何？」と尋ねる。

自転車にまたがったまま、いきなり隼人が吐き捨てるように云った。

「親が死んだからって、自分のことかわいそうとか思ってんじゃねえよ」

驚いて息を詰めた。とっさに何を云われたかわからず、まじまじと隼人の顔を見つめ返す。

言葉を失っていると、「勘違いしてんじゃねえぞ」と隼人は低い声で続けた。

「アイツはお前の親じゃねーんだからな」

そう云って、睨むような視線を向けてくる。

その言葉に、佐古と話していた自分を隼人が不機嫌そうに見ていたのを思い出した。佐古がみのりの味方をしているように思えて気に入らないのかもしれない。あるいは、みのりを山に置き去りにした罰として蔵に閉じ込められ、叱られたのを逆恨みしているのだろうか。

一瞬遅れて、自分でも驚くほどの悔しさと悲しさが込み上げてきた。心の中の柔らかい部分を無神経に抉《えぐ》られた気がした。どうして、こんなひどい言葉が吐けるのだろう。

力を込めて下唇を噛む。泣かない。隼人の言葉で傷つくところなんか、絶対に見せたくない。怒りを込めて、まっすぐ隼人を見返した。

「そんなこと、思ってない」

そう口にすると、隼人が苛立つ気配がわかった。突然、隼人がこちらに手を伸ばしてきた。殴られるのかと思い、反射的に顔を背ける。次の瞬間、ぶちっという音と共に髪の毛を引っ張られる鋭い痛みが走った。

隼人が髪留めを乱暴に奪い取ったのだ。

「返して」

むきになって手を伸ばすより早く、隼人がそれを勢いよく放り投げる。ああっ、とみのりは悲鳴を上げた。

小さな髪留めは放物線を描くと、吸い込まれるように道路脇の川に落ちていった。暗い流れに呑み込まれ、一瞬で見えなくなる。みのりは呆然と立ち尽くした。喪失感にも似た感情が、胸の内側に広がっていく。

けっ、と隼人が聞えよがしに云った。そのますますごい速さで自転車をこいでいってしまう。

ぶつけられたむき出しの敵意に、すぐには動けなかった。喉の奥が熱を持つ。――嫌い。大嫌い。あんな子、消えちゃえばいいのに。

桜の髪留めを手渡されて嬉しかった気持ちがしぼんでいくのを感じた。

しばらくその場に立ったまま、みのりは真っ黒い水の流れを見つめていた。

◇

十月も半ばになると、朝夕は肌寒さを感じるようになった。

夏の名残はすっかり消え失せ、山は赤や黄色や茶色い葉っぱが舞っている。

「手伝ってくれてありがとうね、みのりちゃん」

苦心しながら栗《くり》の渋皮を剝《む》いていたみのりに、春美が声をかけてきた。それから同じく作業をしている怜の方を悪戯っぽく見る。

「怜もね」

「ついでみたいに云われても。……別にいいけどさ」

怜が苦笑しながら、慣れた手つきでナイフを動かす。庭の秋桜《コスモス》が風に揺れていた。

こんなふうに怜の家で、庭に面した居間に座り込んで手伝いをするのは珍しいことではなくなっていた。みのりの母と春美は馬が合うらしく、食材のお裾分けをし合ったり、学校行事の相談をするなど折に触れて交流を深めているようだった。ときどき双方の母親から届け物を頼まれることがあり、怜とみのりもいつしか互いの家を行き来するようになっていた。

しかし、みのりが怜の家をよく訪れる理由はそれだけではなかった。

桜沢に来てから、みのりは身近な木々や草花に対してむくむくと興味が湧いてくるのを感じていた。目に映る景色は季節とともに刻々と変化し、山は生きている、ということを肌で感じさせる。圧倒的な緑の塊としか認識できなかったものが、一つずつ見分けがつくようになっていくのが面白かった。

怜も春美も植物に詳しく、道で見かけて気になった花や実などを摘んできて「これ何？」と訊くと、こともなげにみのりの知らなかった名前や知識を披露してくれる。

みのりがあれこれ尋ねても春美は面倒なそぶりを見せず、むしろ感心したように「さすがみのりちゃん、この実はね……」といきいきした口調で説明してくれた。そうした発見が純粋に楽しく、近所という気安さもあって、自然と足が向いてしまう。

この日は、怜と山を歩いた。細長い松の葉が落ちている所を歩くと、靴底にふかふかと柔らかい感触が返ってくる。日ごとに色彩を変えてゆく秋の景色は、東京で暮らしていたみのりにとって新鮮な驚きを与えるものばかりだ。

山栗の木を見つけて地面を捜すと、足元に栗のいががたくさん落ちていた。

怜に倣い、靴底や木の枝をうまく使って栗の実を取り出す。山栗は鋭い刺《とげ》に守られた森の宝石のようにつややかに光っていた。ぱっくりと口を開けたいがから落ちた栗が、あちこちにぼろぼろと転がっている。小さいうちに落ちてしまったいがの中の栗は生白く、薄っぺらい形をしていた。まるで羽化したばかりのカブトムシの羽みたいな色だと思った。木の幹にはあけびのツタが絡みつき、根本で咲く彼岸花の鮮やかな赤は目に痛いほどだった。

夢中になって拾った栗や、あけびの実などは、二人合わせるとスーパーのビニール袋いっぱいあった。

持ち帰ったそれを見て春美が、すごい、と目を見開くのに得意げな気持ちになる。そのまま怜の家でさっそく処理を手伝っているところだった。

あけびの皮に肉味噌や茸を詰めた「あけびの肉詰め」を作るため、スプーンであけびの中身を掻き出していく。薄紫色の皮の割れ目から、種を含んだ白い果肉をすくってはボウルに落としていった。作業をしながら、甘くてぬるぬるとしたそれを指ですくっては舐める。

自分で採ってきたものを、自由に作って飲んだり食べたりするという行為にわくわくした。それは解放感にも似た気分だった。

「なんか、面白いね。たくさん生えてる植物の全部に名前があって、美味しく食べられたり、いろんな発見があったりするんだもん」

みのりが呟くと、台所からボウルを持ってきた春美が嬉しそうに笑う。

「でしょう、でしょう？　そう考えると楽しいわよねえ」

「……みのり、母さんに洗脳されかけてるよ」と怜が真顔で云う。

桜沢に来たときからずっと、春美は花や野菜の育て方を今井に教わっているらしい。今井は毎週のように訪れ、庭の手入れを手伝ってくれるのだそうだ。土をいじる春美はいつも真剣そのものだった。今年の夏はスイカにチャレンジしたけれど土が合わなくてうまく育たなかったとか、ミニトマトがたくさん採れ過ぎて消費するのに苦労したとか、みのりの母とよくそんなことを楽しそうに話していた。

暑い夏の日でもよく長袖の服を着て作業をしている春美に、呆れながら「暑くないの？」と尋ねると、「大人になると、日焼けは大敵なのよ。みのりちゃんこそ陽射しが強いのにそんなに腕を出して、つくづく若さって無防備よね」と大袈裟にため息をついてぼやかれた。

鮮やかに庭に咲くバラやりんどうを眺め、春美がしみじみと呟く。

「こんなに綺麗なものが土の中から出てくるなんて、本当に不思議ねえ」

「また云ってる」

それは春美の口癖だった。何度も耳にした台詞に、怜とみのりは顔を見合わせて含み笑いした。台所に戻っていく小柄な背中を眺めながら、怜が母親を大切にする気持ちが少しわかる気がした。いつもにこにこしている彼女を見ていると、明るい気持ちをお裾分けしてもらえるみたいだ。

怜が真面目な顔つきで手を動かす。幼い頃に茂から貰ったという折り畳みのナイフは、柄《つか》の部分に鳥の柄が刻まれていた。製材所から茂が持ち帰った木っ端をこれで削って、昔はよく船やピストルなどを作り遊んでいたのだそうだ。怜がいつも身に付けているナイフは山で色々なことに役立った。

ときどき隼人が羨んで強引にナイフを借りていくが、机に自分の名前を彫ったり、蛇の頭を切り落としたりろくなことに使わないと怜が苦笑していた。実際、それは器用に動く怜の手に一番ふさわしいように思えた。

「あれって、本物の鹿?」

みのりは居間に飾られた一枚の写真を見て尋ねた。立派な角を生やした大きな鹿が地面に横たえられ、それを囲むように茂と数人の男性が立つ写真だ。狩猟の獲物なのだろう。動物と間違われて撃たれることを防ぐためらしく、全員が明るい色調の帽子とジャケットを身に付け、猟銃を携えて誇らしげな笑顔で写っている。ふと、夏祭りで触らせてもらった銃の重さを思い出した。

「うん。鴨《かも》とか猪肉《いのしし》とか、父さんが持って帰ってきたことがある。母さんが鍋にしてくれた。食べきれない分は近所の人にあげたり、燻製《くんせい》にしたりするんだ。前に一度、父さんたちがうちの庭で鹿の解体をしてたことがある。側に近づいて見たりはしなかったけど、ものすごい臭いがして、足下に鹿の毛がたくさん飛んできてびっくりした」

「本当に？」とみのりは驚きの声を漏らした。

「これから本格的に山に入る季節が来るよ。銃は父さんが鍵をかけて保管してるけど、危ないから絶対に触っちゃ駄目なんだ」

「怜のお父さん、すごいんだね」

「うん、でも」

怜がふっと視線を伏せる。

「――僕は、そういうの苦手だ。生き物が撃たれるところを想像すると辛くなる。……見たくないよ」

その表情には、心底嫌なのだというように悲しげな色が浮かんでいた。

怜は気持ちの優しい子だな、と思った。怜の横顔を見つめ、いとおしさに似た感情がよぎる。そんな自分の心の動きに戸惑いを覚え、照れ隠しのようにそっけなく云った。

「怜って、意外と怖がりなんだね」

みのりの言葉に、怜が困ったように微笑む。と、春美が再び顔を出した。

「作った料理、お土産に持って帰って。栗ご飯、好きでしょ？」

みのりは目を輝かせて頷いた。味マルジュウという地元産のだしじょうゆを入れて、具材に茸も入れて、やや濃い目の味付けで炊く春美の栗ご飯は最高に美味しい。これまで当たり前に食べていた薄い塩味のシンプルな栗ご飯が物足りなく感じられてくるほどだ。

「春美さんの作る栗ご飯、今まで食べた中で一番美味しい」

そう感想を口にすると、春美が面映《おもは》ゆそうに顔の前で手を振る。

「嬉しいけど、やめてー。みのりちゃんのお祖母ちゃんには全然敵わないから」

それから怜に向かって、「たくさん作るから、今井先生にもお裾分けしましょうか。後で隼人君のところにも届けてあげたら？」と楽しげに続けた。

隼人の名前に、ついぴくりと反応してしまう。睨むような目つきが思い出され、嫌な気持ちになった。

怜が苦笑しながら春美に尋ねる。

「いいけど、そんなにはりきって大丈夫？　ちょっと前に体調崩したばかりだし、無理して動き回らないよう病院で云われたんだよね？」

「季節の変わり目でちょっと疲れやすかっただけよ。大袈裟ねえ」

平気平気、と笑いながらよく動く春美を見ていると、どこかが悪い人のようにはとても見えない。栗ご飯が炊けるまでの間、春美はみのりたちに庭のアキグミを摘ませてくれたり、山ブドウで作ったというジュースを飲ませてくれたりした。はちみつと炭酸水で割った薄紫色のジュースはほのかな酸味があって美味しかった。僕も作るの手伝ったんだ、と得意げに云う怜に、楽しそうだなと羨ましくなる。

「じゃあ、今度はみのりちゃんも一緒に作りましょうか？」

「やってみたい」

春美の誘いに力強く答え、直後にハッとした。――少し前まで、「今度」という言葉を聞くのが辛かった。また今度一緒に来ような、という、もう叶わない父との約束が否応なく思い出されてしまうから。

けれど今、春美がそう口にしたとき、素直に「今度」を楽しみにしている自分に気がついた。やがて台所からいい匂いがしてきて、ご飯の炊ける音がした。栗ご飯とあけびの肉詰めの入ったタッパーを持たせてもらい、春美に見送られて家を出る。

「ハナの散歩に行くから、家まで送るよ」と怜が並んで歩きながら云った。怜のさりげない優しさが嬉しかった。

それと同時に、これから隼人と二人で会うのだと思うと、なんとなく追いていかれるようなつまらない気分になる。隼人が学校で居残りをさせられるときや、家の用事などでいないときはたいてい怜が一人でハナを散歩させていて、そんなときはみのりも思いきりハナと遊べた。臆病だけれど、つぶらな瞳で嬉しそうに尻尾を振るハナはかわいかった。ひくひく動く鼻の周りやふわふわの耳、日向《ひなた》臭いような動物の匂いもいとおしいと感じた。……ハナが、隼人の犬じゃなきゃよかったのに。

ハナの引き攣れたような背中の傷跡が気になって、前に一度、怜に尋ねてみたことがある。

「ねえ。隼人はハナをいじめたりしてない……？」

みのりの問いに、怜は微かに顔をこわばらせた。

「違うよ。隼人は、そんなことしない」

真顔で云い切られると、それ以上は訊けなかった。みのりが隼人のことを非難するたび、怜は悲しそうな表情をする。そうされるとなんだか自分がひどく嫌な子になったようで、そんな顔をして欲しくなくて、いつも曖昧に口を閉じてしまう。

隼人に残酷な言葉をぶつけられ、髪留めを川に捨てられた出来事を怜に話そうかと思った。しかし髪留めを貰ったことは内緒だと佐古に云われたのを思い出し、やめる。胸の中がもやもやとした。

みのりの家の前に着くと「じゃあね」と手を振り、怜が駆けていく。

ひんやりとする風が道沿いのススキをざわめかせる。夕闇に沈んでいく山を眺め、無性に落ち着かない気持ちになった。向日葵男。子供の首を切り落とす怪物。脳裏に浮かぶイメージを慌ててかき消す。

――怪物なんて、そんなの、いるはずない。

心の中で自身にそう云い聞かせ、みのりは急いで家の中へと身をひるがえした。

◇

周りの風景が、夕暮れの中に沈んでいく。

学校が終わってから祖母に頼まれて郵便局に行き、寄り道をして家路につくと、あっというまに周囲は熟れた果物のように赤く染まった。陽が落ちるのが日に日に早くなっていく。

刀隠神社の近くを通ったとき、突然甲高い叫び声がみのりの耳に飛び込んできた。驚いて反射的に足が止まる。

今のは、一体何だろう……？

それは女性の悲鳴のようにも、追い詰められた動物の鳴き声のようにも思えた。境内の方から聞こえた気がする。誰かいるのだろうか？

神社に続く石段を、緊張して見上げた。周囲に人の姿は、ない。

しばしためらってから、みのりは慎重な動きで石段を上り始めた。

――お前もそのうち向日葵男に首を切り落とされるからな。

ふいに隼人の恐ろしい台詞が頭をよぎり、不安になった。動揺を打ち消すように唇を噛む。あんなの、嘘っぱちだ。脅かそうとした隼人の作り話に決まってる。

木々が不穏にざわめいた。誰かがすぐ近くで息を潜めて、こちらをじっと窺《うかが》っているような錯覚に襲われる。

怖くなり、引き返そうかという考えが頭をかすめたが、それも隼人の云ったことを真に受けているようで癪《しゃく》だった。――バカみたい。向日葵男なんて、いるわけないのに。

大きく息を吸い込み、自らを奮い立たせて神社に向かう。鳥居をくぐると、夕暮れの境内は閑散としており、拝殿に延びるまっすぐな石畳の参道が仄白《ほのじろ》く浮かんで見えた。用心しながら周囲を窺う。

欅《けやき》の木が、鬱蒼と地面に影を落としていた。手水鉢の脇を通って境内の奥に進む。拝殿の扉はいずれも固く閉ざされ、緑青《ろくしょう》が浮いた南京錠が掛けてあった。秋祭りのときに賑やかな光景を見たせいもあってか、静まり返った神社はいっそううら寂しく感じられた。けれど特に変わった様子は見当たらない。空耳、だったのだろうか……？

安堵した途端、妄想にビクビクしていた自分がおかしくなる。……ほら、子供を殺す怪物なんて、現実にいるはずないじゃない。

引き返すべく、みのりは石段の方へ歩き出した。境内の隅に敷かれた古板を踏み、石灯ろうの傍らを通り抜けたそのとき、背後で何かが動く気配がした。

次の瞬間、大きな影がいきなり後ろから覆い被さってきた。驚いて振り返ろうとするも、ものすごい力で押さえ込まれて身動きができない。頭の後ろで荒々しい息遣いがした。低く唸るような音。

ざわっ、と全身が総毛立つ。とっさに何が起こっているのかわからなかった。物が腐ったみたいな甘ったるい臭いに、草を燻《いぶ》したような臭気が微かに混じる。悲鳴を上げたつもりなのに、声が出てこなかった。助けて、誰か助けて、お父さん——！

パニックに陥って身をよじったとき、視界の端に一瞬、鮮やかな黄色が映った。

「ひ……っ」

それを目にした途端、恐怖のあまり絶叫する。思いきりもがき、無我夢中で突き飛ばす。ぎゃっという叫び声がして、みのりを捕えていた力が唐突に消えた。

足がもつれ、みのりはそのまま地面にくずおれた。膝を打ちつけ、じんと痺れたような痛みが走る。よろめきながらも、すぐさま慌てて立ち上がった。今にも背後から手が伸びてくる気がして、怖くて振り向けなかった。転がり落ちるように必死で石段を駆け下りる。息が苦しくて、喉の奥で血の味がした。

坂道に出てがむしゃらに逃げると、上方から一台の自転車が走ってきた。下り坂で自転車のスピードがかなり出ていたため、飛び出してきたみのりと危うく衝突しそうになる。軋むようなブレーキ音が響いた。

「……っぶねえな！」

自転車にまたがった人物が怒鳴った。次の瞬間、互いにあっと声を上げる。——自転車に乗っているのは、隼人だ。口をへの字に結んでこちらを睨み、「何やってんだよ」と不本意そうな顔をする。

考えるより先に、隼人の腕にしがみついた。肩で呼吸をしながら訴える。

「神社に、ひ、向日葵男が……っ」

「はあ？」

隼人が訝しげな表情になった。取り乱すみのりに眉をひそめ、困惑気味に尋ねる。

「お前、何云ってんの？」

隼人の鈍い反応にもどかしさを覚えながら、みのりは懸命に云い募った。

「見たの！　本当にいたのよ。神社でいきなり襲ってきて――こ、こ、殺されるかと思って」

云いながら、今しがたの恐怖が生々しくよみがえってくる。間近で感じたおぞましい臭いと息遣いを思い出し、胃がよじれたようになった。恐ろしい唸り声、網膜に焼きつく鮮やかな黄色。いた。あれは本当にいたんだ。

子供を殺す怪物は、現実に、この集落をさ迷っている――。

ぐうっと吐き気が込み上げて口元を押さえた。今にも怪物が追ってきて自分たちを捕まえるのではないかと思えて、何度も後ろを振り返る。

すると、隼人が何か考えるような面持ちになった。にやりと唇を歪める。

「……へえ。おもしれーじゃん」

そう云うと隼人は不敵な表情で笑った。

「確かめに行こうぜ」

みのりは信じられない思いで隼人を見た。神社の方へ向かおうとする隼人に、ぎょっとして声をかける。

「待って！」

発した声が悲鳴のように裏返った。きゅるきゅるとダイナモライトの摩擦音を立て、坂道を隼人の自転車が下っていく。どうしよう、どうしよう。あの子、向日葵男に殺されちゃう。

みのりはうろたえ、迷ってから隼人の後を追った。風は冷たいのに汗がとめどなく額を流れ、心臓がすごい勢いで脈打っている。薄闇に沈む石段が再び見えてきて、反射的に足がすくんだ。

そのとき、反対側から坂道を上ってくる誰かが見えた。……怜だ。歩いてきた怜はみのりたちを見るなり、怪訝そうに顔を上げた。

「あれ。二人で、どうしたの……？」

よほど意外な組み合わせだったのだろう。怜が、みのりと隼人を交互に見比べる。怜の姿を見た途端、安堵が押し寄せて泣きそうになった。

「れい……！」

声を詰まらせて呼ぶと、怜はハッとしたように顔をこわばらせた。隼人がみのりにまた何か悪さをしたと思ったのかもしれない。しかしそれなら二人で一緒にやってくるのは不自然だと思い直したのか、「どうしたの？」と再度尋ねてきた。

「刀隠神社に、向日葵男が出たんだってよ」

石段の下で素早く自転車を降りながら隼人が答える。え、と怜が驚きに息を詰める気配がした。眉をひそめ、戸惑った様子で呟く。

「向日葵男、って――」

「そいつが見たらしいぜ」

隼人は乱暴に云って、自転車を地面に捨てた。横倒しになった自転車の近くに落ちていた棒きれを拾い上げ、それを握り締めると、勢いよく石段を駆け上がる。疾風のように走っていく隼人の背中に、怜が慌てて声をかけた。

「隼人、一人で行ったら危ないよ！」

暗がりに突っ込んでいく隼人を見上げ、怜が心配そうな面持ちになる。

「アイツ……仕方ないな。みのり、悪いけど隼人を連れ戻してくるから、ちょっとだけここで待っててくれる？」

「いや！」

みのりはかぶりを振った。暗い場所に一人で置き去りにされるのが怖かった。「置いていかないで」と涙声で請うと、怜が困った顔で考え込む。

「――じゃあ、一緒に行こう」

怜の言葉につい身を硬くしたが、一人ぼっちで取り残されるよりはましだと思った。やむなく、怜に続いて歩き出す。

冷たい風が近くの笹を揺らすのに怯え、足が止まりそうになった。黄昏《たそがれ》の中で鳥居が近づくにつれ、自然と呼吸が速くなる。もしまたあれが襲ってきたら、どうすればいいんだろう？　しゃくりあげるように息が漏れた。

ようやく境内にたどり着くと、薄暗い神社の真ん中に隼人が一人で立っていた。「隼人」と呼ぶ怜の声に、棒きれを手にした隼人が振り返る。

隼人は怖がるみのりの方を見て、そっけなく告げた。

「何もいやしねーよ」

「え……？」

みのりは恐る恐る周囲を見回した。境内はしんと静まり返り、特に異常は見当たらない。嘘、どうして？　そんなはずは――。

呆然とするみのりに、隼人がつまらなそうに云う。

「夢でも見たんじゃねえの」

「違う、確かにここに何かがいたの！」

みのりは混乱しながらも云い募った。すがる思いで怜を見つめると、怜は困ったような表情で首を傾げた。

「……もしかして、逃げたのかな」

「お前さ、こっちに来るとき坂道で不審なヤツとか見かけたか？」

隼人にそう尋ねられ、怜が戸惑いながら「見てないけど……」と答える。途端、隼人は鬼の首を取ったように云った。

「だろ？　オレもだ。こいつに会うまで、誰ともすれ違わなかった」

無遠慮にみのりを指差し、隼人は続けた。

「神社に続く石段は一つしかないだろ。その前にある一本道をオレたちが互いに反対方向から歩いてきて、誰の姿も見てないんだぜ」

隼人の云おうとしていることを察し、怜が黙り込む。みのりは狼狽《ろうばい》して二人を見た。

一体どういうことだろう？　みのりを襲った怪物は、煙のように忽然と消えてしまったとでもいうのか。まるで訳がわからない。

さっきの臭いや感触を思い起こし、ぞくりと鳥肌が立った。――違う。あれは絶対に、夢なんかじゃない。

「本当に……ここに誰も、いなかったの？」

そう尋ねると、隼人はムッとした顔でみのりを睨んだ。

「――なんだよ。オレが嘘ついてるとでもいうのかよ」

「でも……」

「あーもう、うっせえな」

隼人は不機嫌そうにみのりの言葉を遮った。意地の悪い目つきで云う。

「お前さあ、ビビッて木でも見間違えたんじゃねえの。裏山で、怖くて漏らしたんだってな」

せせら笑う隼人の言葉に、かあっと一気に顔が熱くなった。

「隼人！」

怜が厳しい声でたしなめる。みのりは唇を噛み、感情に任せて身をひるがえした。みのりを呼ぶ怜の声が聞こえた気がしたが、立ち止まることなく走り続けた。


その晩は、一階の和室で母の隣に布団を敷いた。「ここで一緒に寝ていい？」と尋ねたみのりに、いいわよ、と母が明るく笑う。

「なあに？　さみしくなっちゃったの？」

母の問いに曖昧に頷き、みのりは布団に入った。

……迷ったけれど、神社であった出来事は云わなかった。向日葵男が襲ってきて忽然《こつぜん》と消えた、などという突拍子もない話をしたら、家族はきっとひどく心配するに違いない。父の死で情緒不安定になっていると思われてしまうかもしれない。母と祖母を、そんなふうに動揺させたくなかった。

仕事で疲れているらしく、部屋の電気を消すと隣ですぐに母が寝息を立て始めた。みのりはなかなか寝付けず、夜の中で微かに浮かび上がる天井の木目を眺めた。そのうち、電灯にぶら下げた紐《ひも》の影や、眼球に似た形の木目が妙に薄気味悪く思えてくる。

神社で襲ってきたのは、一体何だったのだろう。桜沢には、本当に子供を殺す向日葵男がいるというのか……？

じっと横たわってそんなことを考えていると、天井に映る影が次第に大きさを増していった。黒い穴が広がっていくみたいに、影が部屋全体を埋め尽くしていく。みのりは緊張して息を吞んだ。ゆらゆらと揺れる黒い影が、得体の知れない化け物となって今にも覆い被さってくるように思えた。ぎこちなく顔を動かし、おかあさん、とかすれた声で母を呼ぶ。その声に反応したのか母が寝返りを打ち、こちらを向いた。次の瞬間、みのりの口から引き攣った声が漏れる。

横たわる母の身体には、首から上がなかった。

恐怖に襲われて跳ね起きる。暗闇の中でつかまるところを求めて伸ばしたみのりの手が、直後にすぱっと切り落とされた。悲鳴を上げる間もなく、肘から先が失われる。死に物狂いで走り出そうとした途端、今度は両足が切断された。手と足を失ったみのりは無様に床に倒れ込んだ。逃れる術《すべ》をなくしたみのりの首めがけて、鋭く光る鉈が振り下ろされる――。

絶叫しかけてハッと目を覚ました。……気がつくと、みのりは布団の中にいた。びっしょりと寝汗をかいている。恐る恐る両手を動かし、顔を横に向けると、隣の布団では母が穏やかに眠っていた。どうやら、悪い夢を見たらしい。

夢だったとわかっても、動悸はなかなかおさまらなかった。暗い部屋で時計を見ると、布団に入ってからまだ一時間も経っていない。落ち着かない思いで身じろぎした。目を閉じると、どうしても夕方の恐ろしい出来事が瞼の裏に浮かんでしまう。

そのとき、ふいにカーテンの向こうで何かが動く気配がした。みのりは思わず身構えた。窓の外に、何かがいる……？

ごくりと緊張に喉が鳴った。身を起こし、気配を殺して、窓に近づく。カーテンの隙間からそっと外を覗いた瞬間、思いがけず近い距離で影が動いた。

反射的に悲鳴を上げそうになり、直後に影の正体に気づいて、慌てて口を閉じる。……窓の外に立っているのは、怜だ。

一瞬ぽかんとし、驚いて窓を開けた。

「何してるの？」と尋ねると、怜が唇に指を立てて、しいっ、と小声で囁く。怜はパジャマの上にパーカーを羽織っていた。

夜風が思いのほか強く吹いていることに気がつき、ためらった後、室内に手招きをした。怜が戸惑った顔になる。

怜は少し考えてから靴を脱ぐと、遠慮がちに窓から入ってきた。その身体から、夜の空気の匂いがした。みのりは声をひそめ、「お母さんが寝てるから」と囁いた。

傍らで眠る母を見て神妙な顔で頷き、怜も同じように小さな声で返す。

「遅くに、ごめん。……こんなつもりじゃなかったんだけど」

怪訝な思いで見つめていると、怜はばつ悪げに呟いた。

「今日、あんなことがあったから。もしかしたら眠れなくて、怖い思いしてるんじゃないかな、って思って」

「心配して、わざわざ来てくれたの……？」

驚いて尋ねるみのりに、怜が困ったように微笑む。

「電気が消えてたから、ああ、もう寝たんだなってホッとしてさ。帰ろうとしたら、みのりが急に出てくるんだもん。僕もびっくりした」

云って、怜がくしゅんと小さなくしゃみをした。母が寝がえりを打ち、うーん、と微かに声を漏らす。

母を起こしてはいけないと、みのりは自分の布団をそろそろと部屋の隅に寄せた。怜と並んで敷布団の上に座り、壁に背中をもたせかける。掛け布団の端を摑んで半分ずつ肩からかけると、怜が表情を曇らせてぽつりと云った。

「……ごめん」

一瞬、きょとんとして怜を見る。すぐに、さっきの隼人の横柄な態度を詫びているのだろうと思い当たった。隼人の言動を思い出し、悔しさと恥ずかしさが込み上げてくる。——あんな子、嫌い。大嫌いだ。

「……神社のあれ、何だったのかな」

不安になって怜に話しかけた。暗がりの中で声をひそめて喋っていると、いっそう心細さが募ってくる。

「怜は、向日葵男っていると思う？」

怜がやや考えるように黙り込み、静かに答える。

「……さあ。皆はいるって噂してるけど、僕は見たことがないから」

みのりはきゅっと膝を抱えてうつむいた。お父さん、と心の中で弱々しく呟く。さっきの悪夢の余韻もあり、なんだか泣き出してしまいそうだった。もし本当に得体の知れない怪物などというものが実在して、また襲われたらどうすればいいんだろう。今度こそ、首を切り落とされてしまうのだろうか。

「いいことを教えてあげるよ」

ふいに怜が口を開いた。生真面目な口調になり、とても大切なもののように、その言葉を呟く。

「――朝、来い」

「え？」

戸惑いながら怜を見た。暗がりの中で、怜がふっと微笑む気配がする。

「秘密の呪文なんだ。みのりには特別に教えてあげる」

「秘密の、呪文……？」

うん、と怜は得意げに頷いた。

「小さい頃に死んだお祖母ちゃんが云ってたんだ。山間集落の夜は深くて、本当に全部が真っ暗なんだって。昔は今よりももっと何の音もしなくて、まるで箱の中に閉じこめられたみたいだったって。長い冬の間は、特にね」

その光景を思い浮かべるかのように、怜が淡々と語る。

「暗闇で寒さや孤独に襲われたら、そう呟く。そうすると早く夜明けが訪れるんだって」

「嘘」と口にしたものの、自信に満ちた怜の口調にはなぜかそれを信じさせるものがあった。みのりは少し考え、そっと呟いてみた。

「……朝、来い」

実際に云ってみると、なんということはなかった。しかしためらいがちに発した「秘密の呪文」は、夜の中でほのかな灯りのように、みのりのどこかを温めてくれた気がした。いつしか、うとうとと柔らかな眠気を感じた。

「寝てもいいよ。ここにいるから」

近くで怜の声がした。触れ合った肩があたたかい。穏やかな波にさらわれるように、みのりはそのまま、瞼を閉じた。

……次に目を開けたとき、カーテンの隙間から白っぽい朝の光が差し込んでいた。隣を見ると、既に怜の姿はない。みのりが眠り込んだ後に帰ったのだろう。

台所から朝食の支度をする音が聞こえてきた。不気味な夜の気配は朝の日常に追いやられ、もはや影も形も見当たらない。みのりはゆっくりと瞬《まばた》きをした。

まるで、怜の教えてくれた「秘密の呪文」が本当に効いたみたいだ、と思った。

◇

冬の気配が近づくと、集落のあちこちで庭木を縄や木材で囲う光景が見られるようになった。樹木を雪の重みや冷気から守るために、降雪の前に雪囲いをするのだそうだ。

各家の庭にスノーダンプやシャベルが用意され、石油店の配達車が走っているのを頻繁に見かけるようになった。路上が凍ると車が滑るからトランクに重しの砂袋を載せなければ、などと大人たちが話しているのを聞きながら、こんなふうに物々しく備えなければいけないほど降る雪とは一体どんなものだろう、と思った。怖いような、それでいてわくわくするような気分になる。

気温は日ごとに下がっていき、風が冷たくて通学中に手や顔が痛くなるくらいだった。はあっと吐く息が白くなって、みるまに消える。

ひときわ寒いその朝、いつもより外が明るい気がして目が覚めた。カーテン越しに、うっすらと白い光が差し込んでくる。

みのりは布団から出てカーテンを開けた。直後に、息を吸い込む。

外は一面、真っ白だった。窓を開け放つと、雪の白が眩しく目を射った。冷たい空気が鼻の奥できんと沁《し》みる。木も、家々も、車も田畑もこんもりとした雪に覆われていた。

たっぷりの白い絵の具にぽつりと一滴だけ墨を落としたみたいな、灰白色の空からふわふわと雪が降っている。空も地面も、全てが白一色に塗りかえられていた。

パジャマの上にもどかしく上着を羽織り、玄関から外へ飛び出した。積もりたての新雪は柔らかく、踏み出した足がふくらはぎまで埋まってしまう。パジャマの裾を雪まみれにしながら夢中でそこらを歩き回った。足跡ひとつない地面は、まるで雪そのものが発光しているかのようにきらきらと輝いて見えた。空に向かって口を開けると、雪粒が頰に、唇に落ちてきて一瞬で溶ける。大声で笑い出したいような爽快な気分だった。——すごい。

飛行機みたいに両手を広げて、降り積もったばかりの雪の上に寝転んでみた。

仰向《あおむ》けになって落ちてくる雪を眺めていると、身体がぐんと宙に浮きあがっていくような気がした。どこか知らない場所へ運ばれていくみたいだった。

柔らかい雪から身を起こし、自分の形がくっきりとそこに残っているのを見て感動する。

夢中で雪うさぎを作っていると、母に「風邪ひくから中に入りなさい」と苦笑まじりに玄関から呼ばれた。初雪にはしゃぐみのりを眺めていたらしく、隣で祖母もにこにこと目を細めている。

テレビの週間天気予報はずっと雪だるまと雲のマークが続いていた。予報通り、その日から桜沢はあっという間に雪に包まれた。まるで集落全体が魔法をかけられたみたいだった。

朝早くに、地鳴りのような除雪車の音で目が覚める。除雪車が通った後は道路の両脇に寄せられた雪がうずたかく積み上がっていた。どの家も、出勤前に外に出てせっせと雪かきをし、家の前から道路までの道を作る。そうしなければたちまち雪に埋もれて、人も車も出入りができなくなってしまうのだ。

通学途中、一面の白い野原になった田畑を立ち止まって眺めていると、ふいに「危ない！」と声がかけられた。勢いよく腕を引かれると同時に、たった今みのりがいた場所で硝子《ガラス》が割れるようなけたたましい音が響く。

驚いて見ると、無残に砕けた氷の塊が足元に転がっていた。

「大丈夫？」

腕を掴んだまま尋ねてきたのは、怜だ。呆然とするみのりに、真剣な顔で注意する。

「軒下を歩いたら危ないよ」

怜に云われてハッと頭上を見た。みのりが立っていたあたりの軒先に、大きな氷柱《つらら》がいくつもぶら下がっている。屋根の傾斜のせいなのか、家屋の窓を突き破らんばかりに斜めに伸びているそれはさながらセイウチの牙のようだ。頭を直撃したら、命を落としかねないだろう。

どきどきしながら、慌てて「ありがとう」と云う。

学校近くの歩道に雨合羽を着た中年男性が立ち、みのりたちを促すように片腕を振っていた。石屋を経営している近藤さんだ。

おはようございまーす、と声をそろえて挨拶すると、近藤が猫背を丸めたまま気さくに頷く。

「はい、おはようさん。気ぃつけて歩げな」

桜沢では、雪の日は教員と地元住民らが交代で通学路に立ち、安全のために児童の登下校を見守るのだそうだ。時々みかんや飴をくれることもあると由紀子が自慢げに教えてくれた。それから、ごく当たり前の口調で続けた。

「冬は、人が死ぬんよ」

ぎょっとして見返すと、由紀子はむしろみのりの反応が意外そうに口を開いた。

「ほんとだよ。屋根の雪おろしをしようとして転落したり、落ちてきた雪の下敷きになって窒息したり、除雪車に巻き込まれて死んじゃうの。春先にもよくお年寄りが死ぬんよ。ようやく厳しい冬を越えたってホッとして、気が抜けるから死んじゃうんだってお母さんが云ってた」

由紀子の口ぶりは、向日葵男が子供を殺しにくるという噂話を語ったときの恐ろしげなトーンとはまるで異なっていた。自然によってもたらされる「死」を、やむをえない身近なものとして受け止めているように感じられた。

……なんとなく、桜沢に来たとき感じた地元住民のつながりの根元を理解できたような気がした。こういう環境だからこそ、そこに住む人間は結託せざるをえないのだろう。都会と違って、集落では孤立しては生きていけないのだ。

生まれて初めて過ごす山形の冬は、何もかもが新鮮だった。

大人たちが厭《いと》う雪も、純粋にみのりの心を浮き立たせた。風邪をひくからやめなさいと母に注意されても、雪が降る日に窓を開けたまま風呂に入るのは素敵だった。空から降ってくる眩しい雪や、白い湯気が冷気に溶けていくさまは、ずっと眺めていても飽きない。お湯で火照った肌に、外の冷たい空気が心地よかった。窓の近くにある椿《つばき》の枝葉から雪を落とし、お湯をうめたりするのも楽しかった。木々の細い枝や葉っぱには小さな氷柱がたくさんぶら下がっていて、繊細な硝子細工みたいに輝くそれらは、一つとして同じ形がなかった。雪と氷が世界を覆い尽くしていた。

父はこんなにたくさんの雪を見たことがあったのだろうか、とふと思った。冬の風景がこんなにも残酷で美しいと知っていただろうか。父にも見せてあげたかった、と感傷めいたものを覚える。

その一方で、不自由を感じていないといえば嘘になった。

冬の山はどこもかしこも雪に埋もれ、ほとんどの木が寒々しい枝をさらして立っていた。怜の家を訪れる機会もめっきり減ってしまって、つまらない。

雪が降ってからというもの、隼人は暇さえあれば怜をスキーに誘っている様子だった。裏山の急斜面が恰好《かっこう》の滑り場になっているらしく、上級生の男の子たちはスキー板を抱えてよく遊びに行っていた。

熱心にジャンプの飛距離やスピードを競っていたらしい彼らだったが、児童の一人が転倒して足を折るにいたり、保護者から物言いがついた。ぼこぼこと突き出た岩や、大きな吹きだまりができて危ないから、と裏山の急斜面でのスキー禁止が云い渡されると、全校集会で「えーっ」と男子の間から不満げなどよめきが起こった。

しかし隼人たちにそんなことでめげる気配はなく、その後も大人の目をかいくぐっては禁止された斜面で悠々と滑り続けているようだった。なにせ、誰かが常に山を見張っているというわけにもいかない。彼らはむしろ周囲の目を盗んで滑ることにいっそうのスリルを味わっている様子だった。

教室で隼人がわざとらしく声をひそめて怜に話しかけたり、笑ったりするのが面白くなかった。とっておきの秘密を共有しているのだというように彼らが裏山に行く相談をしているのを目にし、なんとなく嫌な気分になる。

その日、帰りの会で、小百合が耳につくくらいまっすぐ手を上げて発言した。

「先生。男の子たちが、禁止されてるのに裏山に滑りに行ってます」

途端、男子の間から「行ってねえよ」と声が上がった。反発を予想していたのか、小百合が怯まずに云い返す。

「嘘、ちゃんと聞いたんだから」

ノゾキマ、立ち聞きしてんのかよ、やらしー、といった男子の非難がましい声が飛ぶ。小百合はそちらをきっと睨み、はっきりとした声で続けた。

「ルールを破って危険な場所で遊ぶのは、いけないと思います」

一気に騒がしくなりそうな教室内の空気を破ったのは、今井の飄々とした声だった。

「ほれほれ、うるさぐすんなっちゃ」

のんびりと云いながら、今井が児童たちの顔を見回す。

「全校集会で云われだとおり、危ない場所さ行ぐなな。おもしゃいのはわがっけど、怪我でもしたらつまらないべ」

今井の言葉を聞きながら、隼人が不機嫌そうに横を向くのが見えた。小百合が勝ち誇ったようにピンと背すじを伸ばす。

本音を云えば、少しだけ胸がすっとした。以前から隼人が怜を連れまわして危険な遊びをしていることに、あまりいい気分はしなかったからだ。

その日の授業が終わり、雛子たちと連れ立って外に出ると、真っ白な校庭にちらちらと雪が降っていた。冷たい空気を吸い込みながら、また積もるな、と思ったそのときだった。

ヒュッと風を切る音がして、いきなり隣で悲鳴が上がった。

驚いて見ると、小百合が頭を押さえている。丁寧に結われたその髪が無残に雪にまみれていた。離れた場所に隼人が立ち、こちらを見据えている。彼が雪玉を小百合の頭にぶつけたらしい。小百合が怒りに顔を上げて罵った。

「先生に云うから！」

その言葉が終わる前に、びしゃっと鈍い音を立てて今度は小百合の顔面で雪玉が破裂した。それはあっけに取られるくらいの速さとコントロールだった。

鼻と口に雪が入ったのか、小百合が苦しげに咳き込んだ。小百合の頰が引き攣ったように歪む。それから雪まみれの顔を覆い、すすり泣きながらその場にしゃがみこんでしまった。

「大丈夫？」

みのりは慌てて歩み寄った。雛子や由紀子も心配そうに声をかける。見ると、隼人はもう身をひるがえして遠くを駆けていくところだった。

◇

冬休みの晴れた朝、久しぶりに怜がみのりの家を訪れた。

スキー板を抱えてやってきた怜は、「一緒に滑ろうよ」とにこにこ笑ってみのりを誘った。つられて笑みを返しそうになり、慌てて表情を引き締める。

「行かない」

そっけなく答えると、怜はきょとんとした顔になった。

「どうして？」

「危ない場所で滑っちゃ駄目だから。学校で禁止されてるもん」

ああ、と怜が得心したような声を出す。

「裏山に行くんじゃないよ。ゆるやかな坂が近くにあるんだ」

怜は生真面目な表情で続けた。

「そもそも、小さい子や慣れてない子は、裏山には連れていかない。僕らは昔からあの辺りを知ってるから、岩が突き出てる位置とか危ない所はよくわかってるんだ。この間は、勝手についてきた下級生が怪我をして問題になっちゃったけど」

小百合が雪玉をぶつけられたのを知っているらしく、小さなため息をつく。

「……隼人も悪いけど、小百合もちょっと意地が悪いよ。隼人が佐古先生を嫌ってるのを知ってて、最近は今井先生を飛び越えて何でも佐古先生に告げ口するから」

隼人はコーアツテキな云い方をされるとすごく反発するんだ、と怜が困ったように呟いた。「隼人もいるの？」というみのりの問いにかぶりを振る。

「親戚の法事で、今日は親と市内に出かけてるよ。たぶん夕方まで戻らないんじゃないかな。ねえ、行こう？」

みのりはややためらった。少し考えてから頷くと、怜が嬉しそうに笑う。

……本心では、怜がスキーに誘ってくれたのが素直に嬉しかった。怜と遊びたかったし、怜と隼人がいつも一緒にいることが妬ましく思えた。

不満だったのは、彼らが決まりを破って危ない場所に滑りに行くことではなく、もしかしたら怜が隼人とばかり遊んでいることに対してだったのかもしれない。

スキーウェアを着て雪の降り積もった道を進むと、陽射しが沁み込んだように雪全体が眩く輝いていた。時おり木の枝からバサッと雪の落ちる音がしたり、凍った道で滑りそうになるたび、大袈裟に驚いてはしゃぐ。久しぶりの晴れ間ということもあり気分がよかった。

木々を抜けると、一面の雪野原が広がった。夏のあいだ猥雑《わいざつ》なほど溢れかえっていた色彩は姿を消し、世界は白一色に塗り込められて、まるで水墨画のように静謐《せいひつ》な佇まいだった。

野原の向こう側にあるなだらかな坂は、怜の云った通り、滑るのにうってつけだった。雪煙を上げながら斜面を滑り下り、転んで雪まみれになる。ふかふかの雪は転んでもちっとも痛くなかった。

上って、滑る。ただそれだけのことが楽しくて何度も繰り返す。こんなに原始的なことが楽しいなんて不思議だった。なんだか大声で笑い出したい気分だ。

前を滑っていた怜が、「そろそろ休憩しよう」と声を発してなめらかな動きで停止した。みのりも続いて止まろうとしたものの、勢いがついてそのまま怜に突っ込んでしまう。もつれあって雪に倒れ込み、尻もちをついた。

「大丈夫？」と尋ねようとして目が合った途端、急に雪だらけの自分たちがおかしくなって互いに吹き出す。肩を震わせてくっくっと笑いながら、怜が仰向けに寝転んだ。前髪に雪がついていて、吐く息が白かった。みのりも同じように並んで雪の上に仰向けになる。空が白くて明るい。こんなふうに地面に寝転がって空を見る機会なんて、これまではほとんどなかった。

と、怜が素早くみのりの腕をつついた。怪訝に思って視線を向けると、いつのまにか上半身を起こした怜が頬を上気させて、何かを見ている。つられて目をやり、直後に息を呑んだ。

一匹の大きな生き物が雪原に立ち、少し離れた場所からこちらを見ている。その動物は灰色っぽい豊かな被毛に覆われ、首や腹のあたりの毛は白く見えた。頭部に、耳と二本の角が生えている。

――カモシカだ。カモシカはその場に立ったまま、つぶらな黒い目でじいっとみのりたちを眺めている。しばらく動かずに見つめ合った後、やがてカモシカはゆっくりと林の中に姿を消した。

みのりは詰めていた息を吐いた。まるで別の空間に入り込んでしまったような気がした。大きな声を出してはいけない気がして、興奮気味にささやき合う。

「見た？」

「見た！」

こんな距離で見たのは初めてだ、目がちょっとハナに似てたかも、などと浮かれて喋りながら立ち上がる。怜と特別な体験を共有した気がして嬉しかった。

それから見晴らしのいい場所で、祖母が持たせてくれたおにぎりを一緒に食べた。時々、遠くの方でどん、と重い音がこだまするのが聞こえた。そのたびに鳥たちが逃げていく。今の時期はあちこちで狩りをしているのだ、と怜が教えてくれた。

さんざん滑って満足し、帰ろうとして二人で来た道を引き返す途中、思いがけないものが視界に映ってぎくりと足が止まった。……雪道に、赤い血の跡がついている。長く、何かを引きずったような跡だった。

とっさに怯えて怜の腕を掴むと、微かに硬い表情になりつつも、怜は「大丈夫」とみのりを安心させるように口を開いた。

「たぶん、狩猟で仕留めた獲物を引きずって下ろしたんだ。怖くないよ」

頬がこわばるのを感じながら、怜の言葉にぎこちなく頷く。頭では理解していても、真っ白い雪の上についた血はひどく禍々しい感じがした。鉈で子供の首を切り落とす向日葵男を否応なく思い浮かべてしまい、身がすくむ。

なるべく血の跡を見ないようにして、みのりたちは、その場から立ち去った。

怜と別れて家に帰ると、しばらくして雪が降ってきた。昼間の天気が嘘のように夕方には強い風が吹き、次々と大粒の雪が落ちてくる。「やあねえ、明日の朝は雪かきが大変」と帰宅した母が窓の外を見て顔をしかめた。

窓を覗いたとき、真っ暗な庭に一瞬、誰かが立っているように見えてどきっとする。緊張しながら目を凝らすと、いつか作った雪だるまだ。思わず安堵の息をつく。……何を怖がってるんだろう。

なんかじゃない。

外で、ごおう、という低い音がした。あれはただの風だ、そうに決まってる。決して怪物の咆哮《ほうこう》なんかじゃない。

その晩は、お風呂に入るとき窓は開けなかった。早々と布団にもぐりこんで目を閉じると、昼間はしゃいだ疲れが出たのか、すぐに瞼が重くなってきた。

——静寂を破ったのは、響き渡る甲高い音だった。驚いて目を開ける。闇の中で聞こえたそれを、とっさに女性の悲鳴かと思った。しかしそうではなかった。

サイレンだ。家の外から救急車のサイレンらしき音が聞こえてくる。ややあって、近づいてきた音が止まった。近くのようだ。何があったのだろう……?

起き出すと、母と祖母も何事かというように玄関から外を眺めている。夜の中、パトランプの赤い光が回るのが見えた。どこかで犬が吠えている。

「ご近所で何かあったのかしら」

心配そうに呟く母と祖母を追い、厚手のカーディガンを引っかけて外に出る。暗がりで光る赤い光が、不吉なものに思えた。父が倒れたという知らせを受けて病院に駆けつけたときの光景がよみがえる。無性に胸がざわついた。真っ暗でよく見えないが、救急車が止まっているのは、もしかして——。

「なんだて、こだな夜中に大変なことだなあ」

家の前の坂道を、年配の女性が難儀そうに上ってくる。近くまで来たところで、二軒隣のおばあちゃんだ、と気がついた。救急車が気になって様子を見に行き、戻ってきたところらしい。

「どうしたんですか」と母が尋ねると、女性は寒さに抗うかのように滑稽なほど口を大きく開いて言葉を発した。

「藤崎さんとこの嫁さんが、発作を起こしたんだど」

え、と母がこわばった声で訊き返す。鼓動が大きく跳ね上がった。――「藤崎さんとこの嫁さん」とは、春美のことではないのか。

「あそこの嫁さんは体が丈夫でねえから、旦那さんも息子も気の毒になあ。嫁は北からもらえって云うがらな」

そう呟いて、寒そうに身をすくめて家に戻っていく。吸い込んだ冷気と共に、不安が身体いっぱいになだれこんできた。心臓がどくどく鳴っている。――春美さんが、発作を起こした。

とっさに怜の家に向かって走り出しかけたみのりを、母が慌てて制止した。

「こんな遅くに、取り込んでる最中にご迷惑でしょう。ちょっと落ち着きなさい」

「でも」

泣きそうな思いで見上げた瞬間、母の目にも不安が色濃く影を落としているのに気づいてハッとする。そのとき、救急車が再び動き出した。非常事態を告げるけたたましいサイレンが夜の底を遠のいていく。立ち尽くしていると、祖母に「寒いがら、早くうちさ入れ」と気遣わしげな声をかけられた。

促され、落ち着かない思いで家に戻る。春美さんはどうなったんだろう。怜は、怜のお父さんは……？

泣きそうなみのりの様子に、少ししてから母が怜の家に電話をかけてくれた。短いやり取りの後、受話器を置いてみのりたちに説明する。

「旦那さんのお姉さん――町の方に住んでる怜君の伯母《おば》さんが電話に出られてね、いま家に来てくださってるみたい。旦那さんは病院に付き添っていったそうよ」

それを聞いて少しだけホッとした。怜は、家に一人きりではないのだ。

「春美さん、夕方から体調が悪そうだったんですって。救急車を呼んだのは怜君らしいわよ」

続けられた母の言葉に、胸が詰まる。ふと、さっき耳にした聞き慣れぬ云い回しが思い出された。

「嫁は北からもらえって、どういう意味？」

深く考えずに尋ねると、母と祖母が困惑したように顔を見合せた。仕方ないというふうにため息をつき、短く答える。

「田舎のお嫁さんの方が身体が丈夫で、よく働くって意味よ」

一瞬遅れて意味を理解し、頰がかっと熱くなった。それは春美を否定する言葉ではないのか。あんなに優しくて、にこにこと楽しそうに花や野菜を育てて、家族を大切に思っている春美に非があると云うのか。どうして今、そんなことを口にするんだ。

二軒隣のおばあちゃんは、いつも愛想よく接してくれる。お母さんさ持っていけ、と大きなトマトをくれたこともあるし、意地悪な人だなどと感じたことはなかった。それだけに、当たり前のようにそんな言葉を吐かれたことがショックだった。

表情を硬くしたみのりに気づいてか、母がなだめるように口を開く。

「田舎は身内意識が強いから、県外から来た人に対して『よそ者』みたいな感覚があるのね。年配の人は特にそう。悪気があって云ったわけじゃないのよ」

母の言葉に、なおさら釈然としない思いに駆られる。「よそ者」って、だって長くここで暮らしているのに？

「春美さんなら、きっと大丈夫。落ち着いてから今度お見舞いに伺いましょう。ね？」

頷きながら、母が弱々しく口にした「今度」という言葉に心細さが募るのを感じた。少し前、怜の家で耳にしたときは、あんなにわくわくしたのに。

その晩は再び布団に横になっても、目が冴えてしまってなかなか寝付けなかった。風の音がやけに大きく聞こえる。怜はどうしているんだろうと暗闇で考えると、胸が塞がるような思いがした。

朝早く、電話が鳴る音で目が覚めた。

母の応答する声が聞こえてくる。ややあって、階下から「みのり」と呼ぶ声がした。起き上がり、階段を下りると母が動揺した様子で尋ねてきた。

「いま怜君の伯母さんから電話があってね、怜君、一時間くらい前にちょっと散歩に行ってくるって外に出ていったきり、まだ戻ってこないそうなの。心配してうちに電話していらしたんだけど、何か心当たりはない？」

え、と思わず声が漏れた。今は雪が止んでいるようだが、こんなに寒い冬の朝に一人で出かけて、一時間も戻らない……？

急速に不安が込み上げてきた。普段、怜がこんなふうに周りに心配をかけるような行動をすることは絶対に無い。昨夜のパトランプの赤い色が、頭をよぎる。

「――わたし、捜してくる」

居ても立ってもいられず、みのりは急いでパジャマを着替えた。コートと手袋を身に付けて玄関に向かうと、祖母と何やら心配そうに相談していた母が慌てて声をかけてくる。

「怜君が戻ってきたってまた連絡があるかもしれないわ。ご近所を捜したら、すぐ戻って来なさいね」

頷き、玄関の戸を開ける。外に出た途端、顔全体を冷たい空気が刺した。昨夜のうちに降り積もった雪が、木々や道路をいっそう深く覆っている。踏み出すと、脛《すね》までがずっぽりと雪に沈んだ。まとわりつく雪に足を取られないよう苦心して進む。酸素を求めて唇を開くと、冷気が歯の根に沁みた。

冬の朝はひどく静かで、どこまでも白かった。あちこちの家の自動車は凍結防止のためにいずれもワイパーを上げており、こんもりと雪に埋もれたそれらは大きなカタツムリみたいだった。立ち並ぶ覆いを取り外されたビニールハウスは骨組みの上に雪が積もり、まるで奇妙な遺跡か何かのように見えた。

耳が痛くなるほど寒い中、雪を踏みしめて歩く。

凍える外気や、雪の白さがもどかしかった。全てが息絶えたように静まり返った道を、怜を捜してひたすら進む。寒々しい木々を抜けると、だだっ広い雪野原が目の前に広がった。昨日、一緒にカモシカを見た場所だ。

雪が、凍えた枝が、朝の光を反射してまばゆく輝いていた。どこまでも続く銀世界。そこに、ぽつんと佇む影があった。反射的に息を呑む。——いた、見つけた。怜だ。

怜は青いジャンパーを着て、雪原に一人きりで立っていた。心もち顔を上向け、空を眺めているようだ。駆け寄ろうとして、ふと足が止まった。

痛いほど透き通った空気の中で佇む怜の横顔は、いつか神楽舞を踊ったときのようにどこか清冽《せいれつ》な印象を湛《たた》えていた。とっさに声をかけるのがためらわれるほどの深い静寂が、そこにはあった。

「怜」と呼ぶと、怜がゆっくりとこちらを振り返る。みのりの姿を見つけて目をすがめ、みのり、と不思議そうに呟いた。怜は泣いてもいなければ、取り乱したふうでもなかった。ややホッとして歩み寄る。

「怜の伯母さんて人から、うちに電話があったの。怜の帰りが遅いから心配してるって」

云いながら側まで近付いたとき、怜の唇が色を失っているのに初めて気がついた。ずっとここに立っていたのだろうか。なめらかな頬も、手袋をしていないむき出しの手も、外気にさらされて冷たそうだった。けれど怜自身は寒さにさえ気づいていないようにひどく淡々としていて、そのあやうい感じはいっそうみのりを不安にさせた。

帰ろうよ、と促そうとしたとき、怜がぽつりと口を開いた。

「……みのりはさ」

こちらを見て、静かな声で尋ねる。

「お父さんが死んだとき、悲しかった？」

不意をつかれ、動きを止めた。つい、まじまじと怜の顔を見返してしまう。それはいつもの怜なら決して口にしないであろう、あまりにも直截《ちょくせつ》的な問いかけだった。

固まったみのりの顔を怜がまっすぐに見つめてくる。その表情には、好奇も悪意もなく、ただ切実な真剣さだけがあった。まるで望む答えがそこにしか存在しないかのように、怜は目を逸らさなかった。

怖いほど真摯なまなざしに戸惑い、唾を呑む。みのりはぎこちなく口を開いた。

「……悲し、かったよ」

寒さのせいか、かすれた声が出た。怜は身じろぎもせずに黙ってみのりの言葉を聞いている。みのりは息を吸い込み、懸命に声を発した。

「あのね、よくドラマなんかで、大切なひとを亡くした人が夜中に一人で泣くシーン、あるでしよ？　……でも、違ったの」

思い返しながら、たどたどしく言葉を続ける。

「一番つらいのは、朝なの」

喋りながら、自分は今どんな顔をしているんだろう、と思った。ああそうか。ものすごく悲しいことに触れるとき、人間は自然と無表情になる。悲しみが大き過ぎて、堤防が決壊して感情があふれ出てしまわないよう、必死に抑えてブレーキをかけるんだ。さっきの怜の淡々とした様子に胸がざわついたのは、心のどこかでそれを感じ取っていたからかもしれない。

「朝、目が覚めるとき、頭がまっさらな、無防備な状態でそれを思い出すの」

母に頭が上がらなくて、いつもくだらない冗談を云って、優しくて大好きだった父。

「ああ、死んじゃったんだ。お父さんは、もういないんだって。世界中のどこにも存在しないんだって。朝が来て、目が覚めるたびに、その事実を受け入れなきゃいけないの。それがすごく、さみしくて、」

そこで声が途切れた。絞り出すように息を吐き、呟く。

「……かなしい」

ぽろ、と意図せず涙が落ちた。怜がハッとした様子で息を呑む。

「――ごめん」

我に返ったように、みのりに向かって「ごめん」ともう一度繰り返した。その表情には先程の切羽詰まった色は消え、はっきりと後悔が見て取れた。怜が下唇を嚙みしめる。

「――悔しいんだ」

そう云って、辛そうにかぶりを振った。まるでどこかが痛むかのように顔を歪める。

「なんで僕は今、子供なんだろう。僕には何も、どうしてあげることもできない。目の前で苦しんでいるのに助けたり、病気を治したり、何もできない。それが悔しくて、悔しくて、苦しいんだ」

その目に映る切実な光に気圧され、言葉を発せなかった。怜の吐き出した白い息が魂のかたまりみたいに思えた。こんな厳しい表情の怜を見たのは、初めてだった。

「僕がちゃんとした大人で、今すぐにどうにかできる力があればいいのに。側にいる大事な人が痛くて苦しいのを治せたら、助けてあげられたらいいのに」

怜が空を仰いだ。自らを落ち着かせるように深く息を吸い込む。それからおもむろに視線を戻し、みのりに声をかけた。

「……ごめん。帰ろう、風邪をひくよ」

いつも通りの、穏やかな声だった。周りに心配をかけまいとしている、そう感じた。歩き出す怜の背中が痛々しかった。

衝動的に、駆け寄って怜の右手を摑んだ。怜が驚いたように動きを止める。その手はすっかり冷たくなっていて、寒さのためにまだらな赤紫になっていた。いつもしっかりしている怜がマフラーも手袋もしないで出てきたのかと思うと、切なかった。こんなに冷たいのに、大丈夫じゃないのに、どうしてそう口にしてくれないんだろう。

戸惑う怜に、勢いのまま告げる。

「あの――あのね、朝ごはん、うちで一緒に食べない？」

え、と怜が不意をつかれた表情になった。怜の辛い気持ちを少しでも軽くしてあげたくて、頼ってほしくて、懸命に云い募る。

「お祖母ちゃんの作ってくれるご飯もお味噌《みそ》汁も、すごく美味しいの。あとお母さんがホットケーキを焼いて、ココアを作ってくれるかも。怜が来たら嬉しいし、きっと賑やかで楽しいよ。ねえ、うちにおいでよ」

云いながら、こんな子供じみたことしか口にできない自分がもどかしかった。

……本当だ、ただの子供であることは、こんなにも悔しい。

ほんの一瞬、怜の指先が微かに震えた。触れ合った手を通して、むき出しの不安が自分の中に生々しく伝わってくる気がした。

ややあって、怜の方から静かに手を離す。

「……ありがとう。でも、伯母さんが来てくれてるから大丈夫」

自らに云い聞かせるようにそう呟き、再び前を向いた。

「――戻ろう」

雪の中を歩き出す怜の後ろ姿を見つめ、ふと、思った。

大切な人を前触れもなく失うのと、大切な人がいなくなるかもしれないという恐怖に怯え続けるのとでは、どちらがより辛いだろう？

二日後、退院した春美が自宅に戻ってきた。

「お騒がせしてしまって、どうもすみません」

はにかんだように笑い、怜と一緒に菓子を持ってきてくれた春美に特別変わった様子は見られなかった。数日前に救急車で運ばれたなんてまるで何かの間違いだったみたいだ。安堵に胸を撫で下ろす。……よかった。本当に、よかった。

「もう、びっくりしたわよう！」

母がわざと軽い口ぶりで云った。それから心配そうに尋ねる。

「体は大丈夫なの？」

「本当に大したことないんです。なんだか大事になっちゃって、申し訳ないわ」

恐縮したように云う春美に、「ほだなごど気にすんな、すぐ戻ってこられでよがったなあ」と祖母が目を細める。

「みのりちゃんにも心配かけちゃったみたいで、ごめんね」

そう云って春美が「これ、よかったら貰ってくれる？」と小さな紙包みを差し出した。なんだろう、と怪訝な思いで受け取ると、中から出てきたのは桜色の綺麗なお守りだった。

「退院した足で、ついでに近くの神社にお参りしてきたの」

「なにをお祈りしたの？」

何気なく尋ねると、春美はにっこりと笑った。

「家族が、ずっと幸せに暮らせますようにって。みのりちゃんの分もちゃんとお願いしてきたからね」

その言葉にふと気がついた。まもなく迎える正月に、喪中の自分たちはおそらく初詣には行かない。正月飾りも飾らない。春美は、それを気遣ってくれたのだろう。

「どうもありがとう」

礼を口にすると、春美の隣で笑顔を浮かべている怜と目が合った。家族が、ずっと幸せに暮らせますように。春美の願いを反芻《はんすう》する。

怜が笑っているのが、嬉しかった。

◇

山のどこかでミシリ、ときしむような音がした。続いて、雪が落ちる重々しい音と振動。積もりつもった雪の重みに耐えかねて木が折れたのだ。雪折れ、という言葉をみのりは山形に来て初めて耳にした。辺りの木々を見やると、枝が曲がって雪の中に埋もれているものや、幹の中ほどから折れてしまっているものもある。

東京に住んでいた頃、みのりの中で雪はふわふわしたメルヘンチックなイメージを伴っていた。ショッピングセンターのイベントで降らせていた人工の雪に、無邪気にはしゃいだこともある。しかしここでは、雪は暮らしそのものだった。毎朝目が覚めて決まって話題に上るのは、今日は雪の降りがひどいかどうかということだった。

年が明けても寒さはやわらぐどころかいっそう厳しくなり、雪がのんのんと降り続けていた。分厚く積もった雪は、世界そのものをすっぽりと覆い尽くしてしまったかのようだった。

激しい吹雪の晩、布団に入って電気を消すと、低い唸り声のような音が聞こえてくることがあった。そんなときは頭から布団を被り、硬く目をつむった。ダンゴ虫のように身を丸め、怜の教えてくれた秘密の呪文を口にする。朝、来い。朝、来い。

繰り返し呟くうちに、いつのまにか眠りに落ちた。次に目を開けると眩しい朝が来ていて、暗闇は跡形もなく払拭されている。秘密の呪文は、いつも強力だった。

……珍しく青空の広がった午後、雛子と連れ立って散歩に出た。

空気がとても冷たくて澄んでいた。近くでごうごうと水の流れる音がする。冬の終わりから春先にかけて、雪解け水で川は流れが速く、しびれるほどに冷たい。みのりは気まぐれに足元の雪をすくった。木々の間から覗く川に向かって丸めた雪を投げると、くるくるとまわって流れに溶けていった。

硬い雪を踏んでなだらかな斜面を歩きながら、思い立って隣の雛子に話しかける。

「ねえ。最近、隼人に意地悪されたりしてない？」

みのりの問いに雛子が黙り込んだ。ためらうような沈黙の後、小さな声で呟く。

「……この前、帰るときに、『邪魔だ』っていきなり後ろから乱暴に押されたの。道が凍ってたから、転んで思いきり膝を打って、すごく痛かった。絶対、わざとだったと思う」

「ひどい」

怯えるように視線を伏せた雛子を目にし、自然と声が鋭くなった。

「凍った道で、雛子ちゃんを突き飛ばしたの？　もしかしたら大怪我をしたかもしれないのに」

口にしながら、隼人への怒りの感情が湧いてくる。なんて野蛮なことをするんだろう。

「学級会で云おうよ。今井先生に叱ってもらわなきゃ駄目だよ」

「やめて」と雛子は弱々しくかぶりを振った。白い息が宙でかき消える。

「……親や先生に云いつけたら、隼人が怒るもの。きっと、もっとひどいことをされる」

みのりはきゅっと唇を噛んだ。うつむいた雛子の頬は雪に溶け込むように白くて、長い睫毛が下まぶたに繊細な影を落としている。こんなはかなげな女の子を傷つける隼人がにくらしかった。

あ、と声を発してふいに雛子が立ち止まる。つられて足を止め、雛子が見つめる先を目で追うと、地面に茶色っぽい何かが落ちていた。

――羽根だ。真っ白な雪の上に、鳥の羽根らしきものが散らばっている。雪の表面には、羽根がかすめたと思しき乱れた跡がいくつも残っていた。鳶《とんび》か、他の生き物にでも食べられたのだろうか。

かわいそう、と呟いて雛子がその場に屈み込んだ。こちらに背中を向けたまま、みのりに問いかける。

「……去年の子犬のこと、覚えてる？」

どきりと鼓動が高鳴った。学校の帰りに見つけた、異様な子犬の死骸を思い浮かべる。口ごもると、雛子は再び尋ねてきた。

「誰か、大人のひとに話した？」

「――ううん」

あのときの光景がよみがえり、落ち着かない気分になってくる。雛子ちゃん、といくぶん緊張しながら問いかけた。

「向日葵男って、本当にいるの……？」

ぎこちなく問いを発すると、雛子が答える。

「いるよ」

吸い込んだ冷気が喉を刺した。固まるみのりの前で、雛子は静かに立ち上がった。真剣な面持ちで、みのりに告げる。

「向日葵男はいつだって近くにいるの。だから、子供は殺されないように、気をつけなきゃいけないの」

ぞくっと背すじを冷たいものが走り抜けた。それが寒さによるものなのか、恐怖なのかわからなかった。

残酷なほど白く埋もれた世界に、みのりはただ立ち尽くしていた。

第四章　卒業

三学期の始業式が終わると、体育館はたちまち賑やかになった。

児童や教師の他に保護者らも加わり、こうして皆で昼食を取るのが冬休み明けの恒例行事なのだという。体育館には長机がくっつけて並べられ、わいわいと調理が始まった。

教師らが中心となり、大鍋で乾麺をどんどん茹で出す。ひっぱりうどんといって、丼に納豆を入れてかきまぜたところにうどんを投入し、めんつゆやだし醬油を絡めて食べるらしい。サバ缶やかつおぶしや大根おろしをまぜたり、ネギやゴマといった薬味を加えたりして、各々好きな食べ方でうどんをすする。熱々のうどんを食べながら、こんなに楽しくて美味しいことが学校の授業だなんて不思議だな、とあらためて思った。

食事中に低学年の子たちがまとわりついてきて、「みのりちゃん、これ食べたー?」「あのね、生卵入れると美味しいんだよ!」などと懸命に教えてくるのが微笑ましい。一人っ子のみのりにとって、年下の子供たちと一緒にご飯を食べたり、身内みたいに甘えて膝に乗られたりするのは新鮮な経験だった。

と、いつのまにか、校長と今井の姿が見当たらないのに気がついた。さっきまで率先してうどんを配っていたのに、どこに行ったのだろう、と不思議に思う。そういえば少し前から、教師たちが妙に落ち着きなく体育館を出入りしている気もする。

やがて昼食を終え、後片付けが始まった。みのりたちが廊下の手洗い場で食器や鍋《なべ》を洗っていると、隣で手を洗剤の泡だらけにして皿を洗っていた由紀子が「ねえねえ、なんか変だよねえ？」と意味深に耳打ちしてきた。

「変って、何が？」

怪訝に思って尋ねると、「だからあ」と由紀子はもどかしげに呟いた。

「校長先生と今井先生、途中でいなくなったでしょ。さっき先生たちが何かこそこそ相談してた。それに、役場の人たちも来てないよ」

云われて初めて気がついた。……そういえば、いつもは率先して学校行事に協力している様子の隼人の両親も来ていない。

「どうしたのかな」

戸惑うみのりに、由紀子がやや興奮気味に囁いた。

「絶対、なんかあったんよ。うちらに聞かせたくないようなことかも」

「ちょっと、お喋りしてないでちゃんと洗って。それに子供が大人の事情をあれこれ勘ぐるのはよくないって、うちのお父さんが云ってたよ」

布巾で食器を拭いていた小百合がませた口調で注意する。けれどそんな小百合の目にも、何があったのだろうという好奇と不安がちらついていた。

と、廊下の向こうから二人の中年男性が連れ立って歩いてくるのが見えた。手洗い場の側にある男子トイレに向かうのだろう。みのりたちを気に留める様子もなく、大声で話している。

「近藤さんとこのお婆《ばあ》ちゃんが、今朝早くに山菜採りに山さ入って帰ってこないんだってなあ」

「あそこの婆さんも年だがらな。いま役場と消防団の若衆が動いでるみたいだけど、見つかんねば午後から山狩りだべ」

みのりたちは思わず顔を見合わせた。今の話が本当なら、地元住民が行方不明になったため、学校関係者にも山狩りの連絡があったのだろう。

「こだい雪も残ってんのに、一人で山さ行くなんてなあ」

二人は無遠慮に声を張り上げて尚も喋り続けている。冗談めかした口ぶりで男性が云った。

「ひょっとしたら、西野さんとこの爺さんみたいに、頭がおかしくなって入っちまったのかもしんねえな」

彼らがおかしそうに笑い声を上げるのとほぼ同時に、ガシャーン、というけたたましい金属音が廊下に響いた。反射的に身がすくむ。

濡れた大鍋が、水滴と洗剤の泡を撒《ま》き散らしながら廊下に転がった。手洗い場の前で隼人がまっすぐに立ち、鋭い目つきでこちらを睨みつけている。洗っていた大鍋を床に叩き付けたのだろう。

隼人の全身から、青い炎のような揺らめきが立ち上るのが見えた気がした。それは純粋な怒りの気配だった。ぎょっとし、その迫力に息を呑む。

一瞬で場が凍り付いた。彼らを睨み据え、隼人が低い声を発する。

「――もういっぺん云ってみろ」

そのとき、派手な音が聞こえたのか、廊下の向こうから佐古が姿を現した。

「隼人、お前、何騒いでるんだ」

厳しい表情で近づいてくる佐古の側で、男性たちはきまり悪げに会釈してそそくさとその場から立ち去った。隼人が苛立たし気に舌打ちする。

「おい、聞いてるのか。また問題を起こす気か」

乱暴に肩を摑んだ佐古の手を、隼人が勢いよく払いのけた。ぎらぎらした目で怒鳴る。

「うるせえ！　何も知らねえヤツは引っ込んでろ」

その瞬間、佐古の表情が引き攣った。すうっと目つきが変わり、激昂《げきこう》するのが、近くにいたみのりたちにもはっきりとわかった。佐古が隼人の胸倉を摑み上げる。それでも隼人は睨んだまま、彼から目を逸らさなかった。佐古が拳を固めるのが見えて血の気が引いたとき、静かな声がその場に響いた。

「――佐古先生」

ハッとしたように佐古が動きを止める。

振り向くと、廊下に立っていたのは今井だった。今井はゆっくりと窓の方に目を向けると、緊迫した状況には場違いなほど飄々とした声で云った。

「今日は、珍しく晴れで気持ちいいがらなあ」

そう云い佐古を見て、穏やかに微笑む。

「ちょっと外の空気ば吸ってきたらいいんねが」

佐古は不意をつかれた様子で今井の顔を見つめていたものの、やがて、ぎこちなく隼人から手を離した。今井に軽く頭を下げ、どことなく力ない足取りで歩いていく。

殺伐とした場の空気が消え去った。固唾《かたず》を吞んで見守るみのりたちの前で、今井は隼人に向き直った。

「隼人」

隼人は返事をせず、意固地になったように険しい面持ちをしている。今井がどこか悲しげな表情で隼人を見た。それは、雨に打たれる小さな動物を見るかのような同情と愛情のこもった眼差しだった。棒立ちになったままの隼人の両肩に手をかけ、諭すように、今井がまっすぐ語りかける。

「お前が自分の祖父さんば好きなのはわがる。んでもな、ほだなやり方では、お前の気持ちは誰さも伝わらね。伝わらねのだ」

隼人は黙ったまま、じっと今井を見返した。みのりはどうしていいかわからず、その場にただ突っ立っていた。

その日の夕暮れ前、行方がわからなくなっていたお婆さんが見つかったとの知らせがあった。幸い怪我もなく、元気だという。

夕飯を食べながら、「近藤さんとこのお婆ちゃん、無事に見つかってよかったわ」と母が口にした。その声には、嫌なニュースを聞かなくてよかった、という安堵がにじんでいた。本当になあ、と祖母も頷く。

母が湯を沸かしに席を立ったとき、ふと学校での出来事が気になって、祖母に尋ねた。

「隼人のお祖父さんて、どんな人だったの？」

太一《たいち》さんかい、と祖母が懐かしむように目を細める。それが隼人の祖父の名前らしい。

「ずいぶんと風変わりな人だったねえ。昔から突拍子もないことばかりして周りば驚かせてだっけがら、地元では良く思わない人もいるがもすんねな。んだけど、決して性根の悪い人じゃながったよ。……あだな死に方するなんてなあ」

しんみりとした祖母の呟きに、みのりは箸を止めた。

「あんな死に方って……？」

祖母はそのときのことを思い出すように遠い目をし、ぽつりと云った。

「山で、沼さ入って死んだんだ」

◇

授業が終わって帰り支度をしているとき、どことなくぼんやりした様子の雛子が視界に映った。そういえば、今日は朝からなんだか元気が無かった気がする。

「どうしたの？」と気になってみのりが尋ねると、「うん……」と答えになっていない声が返ってきた。よく見ると、うっすら顔が赤いようだ。

何気なく雛子の頬に触れ、自分より体温がずっと高いのに気がついた。ぎょっとして「雛子ちゃん、熱があるみたい」と口にする。

「えっ、嘘」「大丈夫？」などと心配そうに寄ってくる由紀子たちの向こうで、こちらを見る隼人と視線が合った。雛子の具合が悪いときにまた意地悪く絡まれたりしては面倒だと思い、「わたし、保健室に連れていく」と雛子の手を引いて足早に教室を出た。

保健室で熱を計ってもらうと、やはり微熱があるらしい。養護教諭が連絡し、ちょうど家に居た雛子の父がすぐ迎えに来ることになった。ベッドに横になった雛子が心細そうに手を握ってくるので、そのままみのりも一緒に待つことにする。

十五分ほどして、パーティションの向こうから「雛子ちゃん、お迎えが来てくれたみたいよ」と養護教諭が声をかけてきた。雛子が起き上がり、ベッドから下りようとして、突然よろめく。まるで軸を抜かれたやじろべえみたいに、その場にくずおれてしまった。

驚いて「雛子ちゃん！」と声を上げると、誰かが足早にこちらへ近づいてくる気配がした。大きな手が、乱暴ではない程度の力強さでぐいとみのりを押しのける。

ハッとして見ると、背の高い中年男性が屈み込み、雛子の額に手を当てた。通った鼻筋が雛子と似ているといえなくもない、理知的な顔。……雛子の父親だ。

養護教諭に向かって、「大丈夫です」と医者らしい落ち着いた声で告げる。

「たぶん、ただの風邪でしょう。娘は毎年、この季節によく体調を崩すんでね」

そう云うと雛子の華奢《きゃしゃ》な身体を抱き上げ、「早く帰って横になろうな」と囁いた。気だるげに頷く雛子を抱えたまま、「お手数をお掛けしました」と会釈する。それから、そこで初めてみのりの存在に気づいたように、「雛子を心配してくれてありがとう。車で送るから一緒に帰ろうか」と微笑んだ。

我に返り、慌てて「大丈夫です」とかぶりを振る。

「あの、帰りに、図書館に寄るので。……お大事に」

雛子の父はそれ以上みのりを誘うことはせず、「ごめんね、また遊んでやってね」と短く告げて出ていった。去っていく親子の後ろ姿を見つめ、みのりはぼんやりとその場に立ち尽くした。

帰り道、のろのろと歩きながら、自分でもうまく説明できない感情で胸がもやもやしているのに気がついた。……いや、違う。理由なら本当はわかっている。

みのりを押しのけ、娘を大切そうに抱きかかえていった雛子の父親が脳裏に浮かぶ。

幼い頃、遊園地ではしゃぎ疲れて眠くなってしまったみのりを、父が帰りにおぶってくれた。自分は守られていると感じさせてくれた、温かくて大きな手。雛子にも、怜にも、当たり前に差し出されるだろうその手が、自分にはない。

そんなことはとっくにわかっていたつもりだったのに、実際に目の当たりにして、自分でも意外なほど心が打ちひしがれていた。具合の悪い雛子を心配するより先に、羨ましい、と感じてしまった。

きっと今の自分はひどい顔をしているだろう。暗い表情のまま帰宅したくなくて、云い訳のつもりで口にした図書館へと向かう。

図書館でお気に入りの画集や植物図鑑を眺めていても、今日は一向に気分は晴れなかった。ぼうっとしていると、やがて閉館を告げる『蛍の光』が流れてきた。仕方なく、重い足取りで図書館を後にする。

外はもう、日が沈んでいた。祖母が心配しているかもしれない。けれど、家に帰りたくなかった。憂鬱を影法師のように引きずりながら川べりをあてどなく歩くうちに、あっという間に辺りが暗くなってくる。冷たい風に身震いをした。

そのとき、背後で突然クラクションの音がした。どきりとして振り返ると、一台の白い車が近づいてきてみのりの側で停まる。

運転席の窓が開き、佐古が顔を出した。「こんな所で、一人で何してるんだ?」と驚いた様子で声をかけてくる。

「あの……図書館で、調べ物とかしてたら遅くなっちゃって。今、帰るところです」

とっさにそう答えると、佐古が思惟《しい》するように黙り込んだ。図書館はもうとっくに閉館しているという事実を思い出し、冷や汗をかく。問い詰められるかと思いきや、佐古はそれ以上は追及せずに手招きをした。

「もう暗いぞ。家まで送るから、車に乗れ」

いつまでもうろうろしているわけにはいかない。迷ってから、みのりはやむなく頷いた。

助手席に座ると、車内にはうっすらと煙草の匂いが漂っていた。独特のその匂いを、どこかで嗅いだことがあるような気がした。いつだったろう……？

車がゆっくりと走り出す。ぽつぽつと外灯や民家の窓明かりがあるとはいえ、周辺は濃い藍色に沈んでいた。光源のない田畑や山林の道に至っては、深い闇が広がっている。運転しながら、佐古が唐突に尋ねた。

「ここにいるのは辛いか？」

不意をつかれて、佐古を見る。なんと答えればいいかわからずためらっていると、みのりの沈黙をどう解釈したのか、佐古は小さく笑った。

「色々と大変だろう？　他所《よそ》から来た人間が田舎になじむっていうのは、なかなか時間がかかるもんなんだ。言葉も、風習もだいぶ違うしな。自分なりに理想を持って来たつもりでも、受け入れてもらえないことや、価値観の差異を感じさせられることはいくらだってあるさ。実際、うまくいかないことの方が多いしな」

みのりは、意外な思いで佐古の横顔を見た。気さくで快活な教師、という印象の佐古がそんなふうに感じているとは思わなかった。

「先生も、そういうふうに思ったりするんですね」

何気なく口にすると、佐古は複雑な表情で唇の片端を上げた。

「そりゃ、な。良くも悪くも、集落には限定された土地と人間関係の中で形成されてきた概念があるんだ。概念って、わかるか？　そういうものに触れるとき、表面上はどれだけ打ち解けていても、結局のところ、オレはここでは部外者なんだと肌で感じるよ」

そこで言葉を切り、どこかぼんやりとした眼差しで遠くを見つめる。

「何ヶ月も雪に降りこめられる冬場なんかは、本当にどこにも行き場がない気がしてきて息苦しくなるときもある。……もちろん、いいことだってそれと同じくらい沢山あるけどな」

なんとなく、最後の台詞はとってつけたもののような気がした。車内に沈黙が落ちる。

深海の底みたいに暗く沈んだ田園が後ろに流れていく。アスファルトに引かれた路側帯が、車のライトに朧《おぼろ》に浮かび上がって見えた。

車が細い山道に入ったところで、ふと見慣れない風景に違和感を覚える。……家に帰るのに、こんな道を通るのだろうか？

「……道、こっちでいいんですか？」

不思議に思って尋ねると、「大丈夫だ」とそっけない答えが返ってきた。次第に街灯が遠のき、寒々しい真っ暗な道を車が進んでいく。

——違う。これでは、明らかにみのりの家と方向が逆だ。にわかに不安を覚え、運転席の佐古を見た。こわばった声で、訴える。

「先生、道が違うよ」

佐古は黙ったまま答えない。無言でハンドルを握るその横顔はどこか張り詰めた色を宿しており、にこりともしていない。

急に、自分の隣にいるのが見知らぬ人間のように思えた。それはみのりの知っている、いつもの朗らかな教師ではなかった。

「佐古、せん——」

名を呼びかけて、頰が引き攣る。——思い出した。どこかで嗅いだことのあるような気がした、煙草の匂い。

夕暮れの境内で何者かに襲われたとき、物の腐るような甘ったるい臭気に微かに混じっていたのは、この匂いではなかったか。

ふと、大人しいハナが、佐古に向かって怯えたように激しく吠え立てていた記憶がよみがえる。残酷に殺されていた子犬。隼人を目の敵にしていた、佐古。

……向日葵が切り落とされた日、佐古はずっと正門で作業をしていたという。不審な人物を見なかったかという問いに、佐古が答えた。

――不審な人物など誰も見なかった、と。

背すじを、ぞくっと冷たいものが走った。まさか、まさか――。

佐古先生が、向日葵男なのか？

全身から血の気が引いていくのを感じた。緊張に大きく喉が鳴る。

「みのりは、さみしいんだろう？」

佐古の低い呟きに、反射的に身を硬くした。

「先生もだよ。先生もさみしい」

昂った様子のない、淡々とした声の響きが怖かった。みのりは上ずった声を発した。

「せ……先生。車を停めて」

みのりの言葉を無視し、スピードを緩めることなく車が人気《ひとけ》のない山道に入っていく。信じられない思いで佐古を凝視した。こちらを見ないまま、佐古が囁く。

「――お前なら、わかってくれるよな？」

今やはっきりと、自分の足が震えているのがわかる。このまま暗い場所に連れて行かれたら、もう二度と家に帰れないのではないかと思った。嫌、助けて――誰か。

恐怖心に駆られ、悲鳴に似た声が漏れる。

「先生……！」

次の瞬間、車の前に勢いよく何かが突っ込んできた。ヘッドライトに一瞬照らされたのは、自転車に乗った隼人だ。

思わず叫び声を上げた。佐古がブレーキを踏む軋んだ音とほぼ同時に、ボンネットに鈍い衝撃が走る。外で自転車が転倒する音がした。急ブレーキをかけた弾みで前のめりになり、ダッシュボードでしたたかに肘を打つ。

車が停まった。心臓が痛いほどに鳴り、うまく呼吸ができなかった。

顔をこわばらせて前方を見ている佐古の隣で、みのりは慌ててシートベルトを外した。転がるように車の外へ飛び出す。冷たい外気が顔に触れた。

暗がりの中、動揺しながら隼人に駆け寄る。倒れている隼人の側で、横倒しになった自転車の後輪が慣性でカラカラと回っていた。

「だ……大丈夫⁉」

焦って助け起こそうとしたとき、背後でエンジン音がした。驚いて振り返ると、佐古の車が暗闇の中をそのまま走り去っていく。

信じられない思いで遠ざかる車を見つめていると、隼人が呻いた。右腕の辺りを押さえながら顔をしかめ、ゆっくりと上半身を起こす。

「ってぇ……ッ」

隼人はくぐもった声を漏らし、うずくまるように身を折った。暗くてよく見えないが、その顔は苦痛に耐えるべく歯を食いしばっているように思えた。

狼狽《ろうばい》しながら声をかけようとしたとき、突然、隼人が目を見開いて叫んだ。

「――アイツは頭おかしいんだって云ったろ。何やってんだよ、お前！」

思いがけない激しさで怒鳴りつけられ、身がすくむ。隼人は燃えるような目でみのりを睨み、苛立たしげに続けた。

「東京から来たヤツは、本当にバカなのか!?」

みのりは言葉を失い、立ち尽くした。そこでようやく、隼人が佐古の車を停めようとして飛び出したのだ、と理解する。

頭の中が真っ白になった。混乱し、何を考えればいいのかわからない。隼人が荒々しく呼吸する気配がした。

「だって」

自分でも驚くほど頼りない声が、口から漏れる。堪えきれず、息が震えた。

「……だって」

突然、生温かいものが頬を伝った。まるで何かの機能が壊れてしまったかのように涙が流れてきて、止まらない。引き攣ったようにしゃくり上げ、自然とその場にしゃがみこんだ。

――怖かった。とても怖かった。そして、同時に、悲しかった。

辛いときは辛いと口にしてもいいのだと、子供には味方をしてくれる存在が必要なのだと、優しくそう云ってくれたのに。

認めたくなかった。父親のいない寂しさにつけ込まれたのかもしれない、などという残酷な事実を信じたくなかった。だって、そんなのは、辛すぎる。

隼人は何も云わなかった。慰めたり、声をかけるでもなく、嗚咽するみのりの側でただじっとうずくまっている。

しばらくそうやって泣いていると、少しだけ気持ちが冷静になってきた。洟《はな》をすすりあげて、涙を拭う。二人の間に沈黙が落ちた。

やがて、隼人が立ち上がった。倒れた自転車に近づき、手探りであちこち確かめていたものの、使える状態ではなかったのか、忌々しげに舌打ちする。

あらためて不安になり、みのりは周囲を見回した。寒い。その上、辺りは完全に真っ暗だった。ここは、どこなのだろう……？

と、暗闇の中で隼人が接近する気配がした。みのりの顔の前に、無造作に片手が突き出される。その表情は見えなかったが、すぐ近くでぞんざいな声がした。

「帰るぞ」

ためらった後、おずおずと隼人の手を握った。右も左もわからないこの闇の中で、もし隼人に置いていかれたら為《な》す術が無かった。

夜の暗がりは、昼間とは全く別のもののように世界を塗り潰していた。暗闇の中で、自分たちはとても小さく、頼りない存在だと思った。足元がほとんど見えないため、確かめるようにしながら慎重に歩く。

互いにほとんど一言も喋らないまま、歩き続ける。暗闇の中で、自分たちはとても小さく、頼り

ふいに起こる木々のざわめきや、物音が恐ろしかった。疲労だけではなく、恐怖心から次第に呼吸が速くなる。それはどうやらみのりだけではないようで、暗がりの中で聞こえる隼人の息遣いもどこか苦しげで、荒かった。

歩く間、ずっと手をつないでいた。深い闇の中で、それはごく自然なことに思えた。墨汁を流したような黒い空に星が散っている。並んで前を見ながら歩いているのに、向かい合って鼻先まで顔

を近づけているような気がするほど、相手の存在を間近に感じた。

……しばらく歩いたとき、少し先から二人を呼ぶ声が聞こえた。驚いて顔を上げると、外灯の下に、自転車にまたがった怜がいる。

その姿を見た途端、安堵が胸に込み上げた。隼人の手を離し、衝動的に走り寄る。怜は自転車を降りると、「よかった、無事だったんだね」と目を細めた。

「みのりが帰ってこないって聞いて、手分けして捜してたんだ。心配したよ。どうしたの、道に迷ったの？」

みのりが口を開きかけたとき、突然、怜が顔色を変えた。

「隼人！」と鋭く叫び、血相を変えて隼人の側に駆け寄る。驚いて振り返ったみのりは、外灯に浮かび上がった隼人の姿を目にして、凍りついた。

隼人の右腕からはおびただしい出血があり、破れた服の袖を黒っぽく汚していた。額に汗が浮き、顔色が悪い。佐古の車に引っかけられたとき負傷したのに違いなかった。息を呑んで絶句する。

……歩きながら隼人が辛そうに呼吸していたのは、怖かったからではなく、怪我をしていたからだったのだ。

「騒ぐな。大したことねー」

怪我した腕を押さえながら、隼人が億劫《おっくう》そうに眉をひそめる。

そのとき、車のクラクションが鳴り、眩いヘッドライトがみのりたちを照らした。向こうから一台の車が近づいてくる。

一瞬、佐古が戻ってきたのではないかと思い、ぎくりとした。暗がりで車が速度を落とし、路肩に停まる。中から、今井がひょっこりと禿頭を出した。

立ち尽くす三人の顔を見回し、間延びした口調で云う。

「お前ら、こっだなどごで何しった？」

その声は、他のどんなものよりもみのりたちを安心させた。みのりは今度こそ、本格的に泣き出した。

◇

……翌日以降、佐古が登校してくることはなかった。

市内の病院に連れていかれた隼人は、腕を十針縫う怪我をしていた。

佐古が隼人を轢《ひ》き逃げした事実は大問題となり、狭い集落でたちどころに噂が広まった。学校で臨時の保護者説明会が行われるなど、一時期は大変な騒ぎだったようだ。

——事件に関して、佐古が運転していた車にみのりが乗っていたという部分は伏せられた。おかしな噂が立ったり、警察に根掘り葉掘り問い質されるのは、ただでさえショックを受けているみのりにとって大きな負担なのではないか、という周りの大人たちの配慮らしかった。怜と隼人も、みのりについては硬く口をつぐんだ。

佐古にどのような処分が下ったのかは知らない。しかし彼は、この桜沢から姿を消した。

あれこれ噂していた集落の人々もしばらくすると、あの男は所詮「よそ者」だから、「よそ者」は何をするかわからないから、というお決まりの結論に落ち着いたようだった。みのりはそれを、複雑な思いで眺めていた。

日曜日の午後、みのりは居間で家事の手伝いをしていた。食べきれない林檎が傷んでしまう前に、ジャムにしようというのだ。

母と祖母はさっきから台所でせっせと林檎を切っていた。大量の砂糖を投入し、林檎の入った鍋をストーブに載せてくつくつとジャムを煮詰めていく。焦げ付かないよう時々かきまぜるのと、完成したものをうちわで扇いで粗熱を取り、瓶に詰めるのがみのりの役目だ。

部屋いっぱいに広がる甘い香りを楽しみながら作業をしていると、前触れも無く隼人と怜が庭先に現れた。散歩の途中らしく、ハナを連れている。みのりがガラス戸を開けて縁側に腰掛けると、嬉しそうなハナに引っ張られるようにして二人がこちらにやってきた。すぴすぴと鼻をならしてみのりの膝小僧に顔を近づけるハナを見下ろし、自然と顔がほころぶ。ハナが側にいると、弱っている心が慰められる気がした。怜はきっとそれを知っていて、散歩のたびにこうして立ち寄ってくれるのだろう。

「なんか、いい匂いがする」と鼻をうごめかす怜に、みのりはにっこりと笑った。手近な鍋底に残ったジャムを指ですくい取り、悪戯っぽい仕草で舐めてみせる。まだ温かいジャムは我ながらとても美味しかった。怜もくすくす笑い、みのりを真似てジャムを味見する。

と、怜の傍らで隼人が仏頂面をしていることに気がついた。隼人は左手にハナのリードを持ち、右手に分厚い包帯を巻いている。

あ、と思い当たって、みのりは指先でジャムをすくい、隼人の口元に差し出した。それはごく自然に出た動作だった。

隼人が不意をつかれたような顔をする。それから、少し身を傾けると、みのりの手からジャムを口にした。指先に一瞬触れた舌の感触がくすぐったくて、まるで大きな動物に餌をあげているような気分になる。隼人は、自分の唇の端に付いたジャムをぺろりと舐め取った。

そこでようやく、隼人に助けてもらった礼をまだ直接伝えていないことを思い出す。――もし、あのとき隼人が強引に佐古の車を止めなければ、自分は一体どうなっていたのだろう？　恐ろしい想像に身震いがした。

ひょっとしたら隼人は、これまでみのりが思ってきたような、ただ野蛮な子ではないのかもしれない。

……乱暴だが、まっすぐに自分の信条を貫こうとする少年。そんなふうに思えた。

立ち上がって見つめると、隼人が怪訝そうに眉をひそめる。ためらった後、みのりは息を吸い込み、本心から口にした。

「……ありがとう」

隼人は驚いた表情になり、ふん、というようにすぐさまそっぽを向いた。やっぱり云わなきゃよかった、と後悔しかけたみのりに怜が苦笑する。

去り際、「じゃあね」と声をかける怜の隣でふいに隼人が立ち止まった。それから、ぶっきらぼうに片手を上げる。

「――またな、みのり」

思わず目を瞠った。前を向いて歩いていく隼人の後ろ姿を、まじまじと眺める。

……今まで「お前」としか呼ばなかった隼人がみのりの名前を口にしたのは、初めてだった。

◇

白い小鳥が無数に枝に止まっているようなハクモクレンがほころび始める頃、思いがけないニュースが飛び込んできた。

――桜沢分校が、三年後に廃校になることが決定したという。

みのりにとっては寝耳に水だったが、住民の間でその話題はずいぶん前から囁かれていたらしく、やっぱり、というようなどこか諦めにも似た空気が落胆の中に漂っていた。

なにせ、桜沢には子供が少なかった。分校の児童数は、最上級生のみのりたちの学年が一番多く、学年が下がるにつれて減っていった。二年生と三年生は複式学級で同じ教室に黒板が二つあり、背中合わせに学んでいる光景を初めて見たときは驚いたものだ。

なんとも云えないさみしさを覚えたものの、集落の子供は減っていく一方だったから、それも仕方がないことなのかもしれない。

隼人はひどく不満そうで、なんでオレらの学校がなくなるんだ、ずっと今井先生が教えればいいじゃないか、とぶつぶつ文句を云っていた。今井が呆《あき》れ顔で、「無茶ば云うな。それに、おれももう年だがらなあ。腰が痛くてわがんねえ」とのんびり諭す。

小さな世界が、せっかく見つけた居場所が失われるような喪失感があった。分校の卒業生だった母もみのりと同じように廃校を残念がっているらしく、押し入れから古い卒業アルバムを引っ張り出して、「なんだかさみしいわねえ」としんみり呟いていた。

卒業式の日はよく晴れて、空がまぶしかった。校庭に残る雪の白さと、校舎内に飾られた折り紙の花の明るい色が印象的だった。卒業生の保護者だけでなく、地域の人たちも参列していて、列席者の方が多いくらいだ。

普段はみのりたちにきゃっきゃとまとわりついたり、ふざけて走り回る低学年の児童たちも、きれいな服を着て行儀よく立っている。小さい子たちががんばって、みのりたちを晴れの日にきちんと送り出そうとしてくれているのを感じ、切なくなった。振り向くと保護者席にお化粧をした母が座っていて、その隣には、父の代わりに来てくれた祖母がいる。小さな体育館いっぱいにのびやかな合唱が響く。

泣くまい、と思っていたのに、若い教師らの鼻が朝から赤いのに気づいてしまったり、見守るような今井の澄んだ眼差しを見たら、じわりと目頭が熱くなった。

皆で仲良く、といった言葉を幼い頃から学校などで繰り返し耳にしてきたが、それはいつもどこか嘘っぽく、大人が建前で口にする言葉という印象があった。しかし人数が少ないこの分校では、その言葉は、子供たちの間にごく自然に横たわっていた。あたたかい式だった。

卒業証書を手に教室に戻ると、クラスメイトたちは皆不自然なほどはしゃいだり、名残惜しそうに寄り集まって喋り出した。途中から転入してきたみのりでさえもぽっかりと胸に穴が開いたような気持ちになるのだから、六年間をここで過ごした彼らはきっと、もっと感慨深いのに違いない。

すぐに他の学年の児童たちもやって来て、教室内はいっそう賑やかになった。隼人に憧れて真似ばかりする光太が、懸命に何か話しかけている。男子たちに囲まれている隼人と怜をぼんやり眺めていると、みのりの隣で雛子がぽつりと呟いた。

「……中学校なんて、行きたくない」

そう云ってうつむく雛子に戸惑い、「どうして?」と首を傾げた。雛子が一瞬黙り込み、それから低い声で云う。

「ばらばらになるのは、嫌」

その言葉に、やや驚いて雛子を見た。大人びた雛子がそんなことを口にしたのも意外だったが、乱暴な真似をする隼人と離れられる機会に、内心ホッとしている部分もあるのではないかと思っていたのだ。

しかしどうやらそれは本心らしく、雛子は沈んだ表情で目を伏せてしまった。そんな様子がいじらしく思えた。中学でも一緒のクラスになるといいね、とみのりが慰めるように口にすると、雛子は素直に頷いた。

いつのまにか近くにいた今井に気づき、みのりは「先生」と話しかけた。少しためらい、おずおずと尋ねる。

「卒業しても、また遊びに来ていいですか……?」

すると今井は大袈裟に目を見開き、「なに云ってんだが」と明るく笑った。

「ここはお前らのうちだべ。自分のうちさ帰るのに、なして許可がいるんだ?」

そう云って、低学年の子にするみたいにみのりと雛子の頭を撫でる。しわだらけの温かい手が心地よかった。嬉しくて、さみしくて、ここを出て行きたくないな、と思った。

窓の外の景色が少しずつ、けれど、確実に変わり始めていた。

第五章　ハナ

中学校は、桜沢からバスに乗って三十分ほどの距離にあった。

山を下ると、さくらんぼ畑や、花卉《かき》栽培のビニールハウスが連なる風景の中に校舎がぽつねんと建っている。山野辺町にある中学はこの辺り一帯の三つの小学校区から成り、一年生は五クラスあった。みのりたちの住む桜沢地区だけが離れているのでバス通学になる。

みのりと同じ一組になったのは、由紀子だ。怜と隼人は三組、雛子は五組と、残念ながらクラスが分かれてしまった。何組の誰それ、という云い方は久しぶりで、妙に新鮮に感じられる。自分で思っていた以上に桜沢の空気に馴染んでいたのかもしれない。

まだ着慣れないセーラー服はごわごわと重たくて、大人の服、という感じがした。革靴を履くのは父の葬儀のとき以来だと思った。

田舎であれば尚のこと、思春期を迎えた子供たちはテリトリー外の人間に対して頑なだ。入学当初は自然と同じ小学校の出身同士で固まり、規模の大きい小学校にいた生徒たちがクラス内で主導権を握るような雰囲気があった。そして、小学校の頃と大きく異なったのは、男子と女子の間の距離感だ。

みのりがそれに気づいたのは、入学式が始まってすぐだった。

体育館に集まった新入生の中に怜の姿を見つけて小さく手を振ると、怜は微笑んで手を振り返してくれた。直後、周りの空気が微かにざわつく気配があった。

近くの女子生徒が、なぜか驚いたようにみのりの顔をまじまじと見つめてくる。彼女たちの表情にどこか咎めるような、怪訝な色が浮かんでいることに気づき、みのりは思わず戸惑った。

式典を終えて教室に戻ると、ひそひそと喋っていた女子たちが「ねえ」と興味深げに話しかけてきた。

「もしかして、三組の男子と付き合ってるの?」

予想外の問いに、あっけに取られて彼女たちを見る。一瞬遅れて、慌てて首を横に振った。それから、ようやく理解する。

どうやら中学では、男女が親しく口を利いたら周りから冷やかされるような、そんな空気があるらしい。男子なんて、女子なんて、と互いを意識するがゆえの複雑なよそよそしさが全体に漂っていた。

しかし思い返すと、みのりが東京の学校にいた頃も、男子と女子の間には多少なりともそんな雰囲気があったかもしれない。関係性が密接にならざるを得ない、桜沢という空間の方が特別なのかもしれなかった。

それにしても、隼人と怜は初めから集団の中ではっきりと目立っていた。

桜沢から来た存在感のある二人を、周りが興味本位に遠巻きにしている気配を感じた。

特に隼人については、市のサッカーチームの勧誘を断ったことがあるという噂も加わり、「生意気」「調子にのってる」とあまり好意的でない見方をする者もいるようだ。隼人の発する光は、他の少年たちと比べてひと際強く感じられた。

分校の子供たちの間で絶対的に君臨していた隼人だが、その輝きは大勢の中に入ってもまるで消えなかった。そしてその隣には、いつも怜が一緒だった。

隼人と周囲の生徒を隔てる出来事が起きたのは、入学してまもなくのことだ。

体育館での全校朝礼が終わり、生徒たちがざわつきながらクラスごとに教室に戻ろうとする。そのとき、一人の男子が隼人の方へと近づいてきた。

中学には学年ごとに決まったカラーがある。その男子の上履きの紐《ひも》は、最上級生であることを示す青だった。けれどもしそれを目にしなくても、彼が新入生でないことは容易に察せられた。だらしなく制服を着崩したその男子には、どこか擦れた雰囲気があった。

列を離れて歩いてきた彼が、隼人の前でおもむろに立ち止まる。

一部の生徒たちが不穏な空気に気がつき、微かにざわめき始めた。みのりは緊張し、離れた場所の彼らを見守った。一体、何が始まるのだろう？

周囲の視線を気にする様子もなく、彼が隼人に向かってぞんざいな口調で尋ねる。

「西野って、お前だろ？」

隼人は訝しげな表情で相手を見た。

成長期の二年の差は大きい。向かい合う男子生徒の上背は、隼人よりゆうに十センチは高く見えた。筋肉のつき方も、骨ばった関節も、まだ若木のような滑らかさを残す隼人の肉体より明らかに頑健そうだ。男子が唇の片端を吊り上げ、威圧するように隼人を見下ろす。

「色々目立ってんだって？　いいけどさあ、あんまし調子づいてっと、これから大変かもしんねーぞ？　一年」

隼人は黙ったまま答えない。息を詰めて見つめていると、ふいにぎゅっと腕を掴まれた。隣から由紀子が不安そうに身を寄せてきて、みのりの耳元で囁く。

「あれ、三年の橋本大輝《はしもとだいき》って人だよ。うちの中学で一番怖い先輩なんだって。やっばい、隼人、絶対目ェつけられたんよ」

由紀子の言葉に、頬がこわばるのを感じた。隼人が無言なのを怯えていると受け取ったのか、大輝は薄笑いを浮かべる。

と、隼人が首を傾げた。その勝ち気な眼差しに卑屈な色はまるでなかった。まっすぐに相手を見返し、せせら笑う。

「関係ねーよ」

隼人がそう口にした途端、大輝の顔からすうっと笑みが消えるのがわかった。

まずい、と身を硬くする。彼らの間で、見えない何かがぱちん、とはじける音を聞いた気がした。周囲に張り詰めた空気が走る。

大輝が剣呑《けんのん》な目つきになり、片腕でやおら隼人の胸倉を摑んだ。そのとき、「そこ、何してる！早く自分の場所に戻れ」と教師の鋭い叱責が飛んだ。

大輝は舌打ちして隼人から手を離した。犬歯を覗かせ、低く笑う。

「――また今度、遊ぼうぜ」

そう呟いて隼人を睨み、歩き去っていく。

掌が汗ばむのを感じた。ざわざわと緊迫した空気はまだその場に残っていた。隼人の近くにいた怜が、「大丈夫？」と硬い表情で声をかけている。隼人はひょいと肩をすくめた。

「くだらねえ」

隼人自身はさほど意に介している様子も無かったが、大勢の前で演じられたその一幕は、いっそう彼を悪目立ちさせてしまったようだ。

学校で恐れられている三年生からあからさまに目を付けられた隼人に、積極的に関わりを持とうとする者はいなかった。まるで腫れ物に触るような周囲の態度は、隼人と一緒にいる怜に対しても同様だった。

しかし異質なものを見るような視線を向けられながら、隼人も怜も、少しも怖がってなどいなかった。互いがいる限り、怖いものは何もない。言葉にしなくても、彼らの顔にははっきりとそう書いてあった。

昼休み、手洗いから戻る途中の廊下で隼人の姿を見つけた。みのりが声をかけると、顔をしかめて振り返る。校内で女子と親しげに口を利くのが嫌らしい。

「……なんだよ」

露骨に迷惑そうな態度に怯みながらも、みのりは口を開いた。

「この前、怖そうな先輩に声かけられてたけど、大丈夫……?」

隼人が片眉を上げる。大輝の物騒な目つきを思い出し、不安に駆られて続けた。

「上級生にああいう喧嘩腰《けんかごし》な態度、やめた方がいいよ。何かされたらどうするの? 怜だって——」

みのりの言葉を遮るように、隼人が「あーあー」とわざとらしく耳を押さえる。

「っせーな。いいから放っとけよ」

「よくないよ。由紀子ちゃんも、心配してるよ」

ムッとして云い返すと、「お喋り由紀子。あいつ、マジでうぜー」と隼人が茶化すように云った。

眉間にしわを寄せるみのりを見やり、鼻で笑う。

「向こうが勝手にムカついてるだけだろ。心配しなくても、やられたりしねえよ」

そう云って口笛を吹き、さっさと廊下を歩いていってしまう。周りの心配などどこ吹く風といった様子だ。思わずため息が出た。

中学に入り、みのりは美術部に入部した。

絵を描くのは昔から好きだったが、父が亡くなってからはなんとなく描くことから遠ざかっていた。父が買ってくれたスケッチブックを開くのが悲しかったし、いつも大袈裟なくらいみのりの絵を褒めてくれた父との思い出がよみがえって辛くなると思ったからだ。けれど今は、色々なものを描いてみたい、という欲求を素直に感じていた。

花や木々や空や、目に映る風景を興味の惹《ひ》かれるままに描くのは楽しかった。祖母の手、母の横顔や庭の落ち葉。そうしたものを、飽きることなく丹念にスケッチしていく。自分の手で線を引き、色を落として、そこにある世界を感じながら紙の上に刻んでいきたかった。それはみのりにとって世界とつながる行為であり、移ろいゆくものを永遠に閉じ込める作業でもあった。

美術部の顧問は、田浦恭子《たうらきょうこ》という三十代の教師だった。

痩せていて頬骨が高く、髪の毛を思いきり短くしている。野暮ったい印象のロングスカートを腰骨に引っかけるようにして穿《は》き、男のひとみたいにぶっきらぼうな喋り方をする女性だ。不愛想で怖い、あの先生は変わっている、と生徒間で囁かれることもあるようだ。

イーゼルに向かうみのりの斜め後ろから、恭子が絵を覗き込む。みのりの描いているチューリップを指し、「対象物をよく見ろ」と平坦《へいたん》な声で話しかけてくる。

「頭の中にあるチューリップじゃなく、まずはきちんと自分の目で見て描くんだ。葉の裏側はどうなっているか、がくや茎の部分はどんなふうか。それが大事だ」

ともすると不機嫌そうにも聞こえるぼそぼそした喋り方は、不思議と落ち着く気がした。ちっとも生徒に好かれようとしていない感じが、自分が正しいと思っている事柄をただシンプルに伝えようとする姿勢が、みのりにはむしろ好ましく感じられた。対象物をよく見ろ、と恭子が繰り返す。

「描くことでわかることがあるんだ。世界がどんなふうか、自分が世界をどう見ているのか」

由紀子はソフトボール部に入ったため、残念ながら帰宅時間が別々になってしまった。一人で帰りのバスに乗ることが多くなるのはさみしいが、部活動で思いきり絵を描けるのは嬉しかった。

授業を終えたみのりたちが部活に向かおうとすると、帰宅するところらしい雛子と廊下で顔を合わせた。

雛子は部には入っておらず、放課後は市内の学習塾に通っているのだそうだ。塾名を聞いて、由紀子が「へえーっ」と甲高い声を上げる。進学校への合格者を多く輩出している、地元では有名な学習塾らしい。

「医学部に入らなきゃいけないから」という雛子の言葉に、みのりは目を瞠った。

「雛子ちゃん、もうそんなことまで決めてるの？　すごいね。将来、お医者さんになるの？」

「ううん」と雛子が軽くかぶりを振る。

「そうじゃなくて、お医者さんになる男の人と結婚して、うちの病院を継いで欲しいみたい」

淡々とした口ぶりでさらりと云われ、絶句した。バスの時間を気にしてか、雛子が時計を見やり、「部活、頑張ってね」と告げて歩いていく。

中学に上がると同時に髪を切ったセーラー服姿の雛子は、前よりもずっと大人びて見えた。神社の境内に咲く鮮やかな彼岸花みたいに、どこか触れてはいけない種類の美しさを漂わせていた。

ケッコンだって、と由紀子が大袈裟に目を見開いて繰り返す。

「なーんかすっごいねえ。医学部って、お金もたくさんかかるんでしょ？　やっぱり雛ちゃんちはうちらとどっか違うんよ。物質面の愛情、半端ない感じ」

感心したような、半ば呆れた口調で呟く由紀子の隣でふと思った。……もし父が生きていたら、進路についてどんなふうに話したのだろう。みのりに将来、何になって欲しいと願っただろう？

◇

集落に春が訪れると、みのりはさっそく「山に行こうよ」と怜を誘った。

雪の積もっている間は植物をめでたり、採ったりする機会がめっきり減ってしまったため、怜と山歩きをするのが待ち遠しかった。

日々、山が生きている、変容している、という実感があった。若芽がものすごい勢いで一面を覆い、ほんの少し目を離した隙に、景色が一斉に変わっていく。雪に覆われていた田んぼの土が貪欲に呼吸しているようだった。畦道に可憐な福寿草が咲き、黄色い風切羽のカワラヒワがかわいらしい声で鳴く。

わくわくしながら山道を歩くみのりを見て、怜が「やっぱり母さんに洗脳されてる」などと真面目くさった顔で云う。けれど、そういう怜自身も一緒に散策するのを楽しんでいるようで、「みのりみたいに面白がってくれると、連れていきがいがあるよ」と笑っていた。

採って帰った花や野草や山菜に、春美は「すごいわねえ」といちいち大袈裟に感心してくれた。みのりの家に集まり、祖母や母も加わってそれらを調理することもあった。春美はみのりたちが摘んだヨモギで美味しいヨモギパンを焼いたり、ちぎってきたうこぎの若芽をゴマや塩と一緒に炊き立てのご飯にまぜ、緑の香りがするうこぎ飯を作ってくれた。可憐な菜の花はおひたしや辛し和《あ》えになった。

怜は巧みにみのりの興味をそそるような話し方をするため、気がつくといつも引き込まれてしまう。

「この植物、面白いんだよ。なんだと思う？」

土手に生えている細長い草を指して問われ、みのりは考え込んだ。正解を答えて、余裕の表情の怜を驚かせてやりたかった。まじまじと観察すると、水仙の葉に似ている気がする。

「水仙じゃないの……？」と口にすると、怜は悪戯っぽく唇の端を上げた。

「残念。匂い、嗅いでみて」

ためらいながら草に顔を近づけると、ほのかにネギのような匂いがする。「ノビルって云うんだよ」と怜が続け、根元を摑んで慎重な手つきで引き抜いた。柔らかな土から抜けた根っこの先に、小さならっきょうみたいな白い玉が付いている。よく見かける草なのに、土の下がこんなふうになっているなんて知らなかった。

「これも食べられるの？」

うん、と怜は頷いた。「やってみる？」と訊かれて、負けん気がもたげる。柔らかくて細長い草を力任せに引っ張ると、ぷちんと途中で切れてしまった。ああっ、と思わず声を上げると怜がおかしそうに笑う。何度も根を切ってしまいながら、それでも二人合わせてそれなりの量を採ることが出来た。

「これくらいで十分だから、そろそろ終わりにしようか」

「もう？　もっとたくさん採りたいな」

物足りない思いで返事をすると、「ずいぶんはりきるね」と怜が小さく苦笑した。

「だって春美さんを驚かせたいし、喜ばせたいもん」

みのりの言葉に、怜が不意をつかれたように動きを止める。それから、春美が怜に向けるのとよく似た優しい眼差しで、みのりを見つめた。

「何……？」

戸惑って尋ねるみのりに、怜は微笑んで「ううん」とかぶりを振った。

採ったものを家に持ち帰ると、母が「やだ、懐かしいわねえー」と笑い声をあげて祖母と楽しそうに料理し始めた。みのりも手伝い、泥を落として根っこの玉を切り落とす。

母と一緒にベーコンとノビルを炒《いた》めたパスタと、具にノビルをまぜたぎょうざをたくさん作った。特に球根の部分はほのかな辛さと甘みにコリッとした触感が加わり、美味しい。祖母が汁物に入れたのも、ユリ根のようなほくほくとした触感になって絶妙だった。母がお椀を手に目を細める。

「なんか、春を食べてるって感じがするわね」

季節を食べる、という表現はいいなと思った。

その日は地元の子供たちが集まり、分校の教師らが引率して裏山に山菜を採りに行った。恒例の地域行事で、かつては分校に新任教師や新入生を迎える際、採れた山菜をご馳走《ちそう》としてふるまっていたらしい。

卒業してあまり構ってもらえなくなったためさみしいのか、年下の子供たちはしきりとみのりらにまとわりついてきた。うるせえ、などと隼人に憎まれ口を叩かれながらも嬉しそうにはしゃいでいる。そう云う隼人自身も、中学で顔を合わせるときとは違ってごく自然な態度でみのりたちに話しかけてきた。

学校では邪険にするくせに、変なの、とやや釈然としない気分になる。

皆で南向きの土手を歩くと、溶け残った雪の隙間から薄緑色の可憐なフキノトウがぴょこぴょこと顔を出していた。今井に教えてもらいながら、こごみや山ウド、よもぎやコシアブラといった山菜を採っていく。一つ見つければその周囲に固まって生えていることも多く、コツをつかむと次第に楽しくなってきた。

光太はあちこちで草をむしっては「これ食べられるやつ？」と目を輝かせていちいち今井に確認している。

「ほれは毒だ。ほっだなもの食ったら泡吹ぐぞ、お前」

わざと恐ろしげな声音で云う今井に、光太がギャーッと大袈裟に声を発して手にしたそれを放り投げた。それからくすぐられたように大笑いして由紀子にこづかれていた。

隼人は早々に飽きてしまった様子で、水たまりに張っていた氷を踏み割ったり、草や枯れ枝を蹴散らして遊び始めた。他の男の子たちもそれにつられてふざけ出す。

案の定というか、児童の中でいちばん多く収穫したのは怜で、その量はみのりが採ったものの倍近くもあった。見事なタラの芽が生えている枝に手が届かず、みのりがあぐねていると、怜は持っていたタオルをひょいと引っかけて枝をたぐり寄せ、器用にそれを摘んでみせた。

「刺があるから、こうすると簡単に採れるよ」

そう云って瑞々しいタラの芽をみのりの持っているビニール袋に放り込んでくれる。すごいね、と思わず感心すると怜ははにかんだように笑った。

残雪を踏んで陽の当たる斜面を行くと、薄紫の蝶々《ちょうちょ》のような花が一面に群生していた。カタクリの花だ。おひたしにすると云って、美しい花を摘む。

会場となる体育館は、調理する保護者らでわいわいと活気づいていた。大皿に紙を敷いて、そこに天ぷらが山のように盛り上げられていく。揚げ油や汁物の匂いなどが館内に漂う。

みのりの母と祖母、春美はせっせとばっけ味噌のおにぎりを作っていた。フキ味噌を炒める甘じょっぱい匂いに食欲をそそられてしまう。和気あいあいと喋りながら作業をしている彼女たちを横目に、みのりも準備を手伝った。

雪の下から芽吹いた山菜は微かにほろ苦く、快い口ざわりだった。「これ、何だかわかる？」と屈託なく天ぷらの種を当てさせようとする子供たちが愛らしい。賑やかに楽しむ彼らを見回し、ふと、いなくなった佐古のことが頭に浮かんだ。

——いつでも相談に乗ると、子供には味方が必要だと、みのりにそう云ってくれた佐古。ひょっとしたら彼は、この場所でそんなふうに皆から頼りにされる教師になりたかったのかもしれない。自分の理想とする「良い教師」になろうとし、けれど思うようにいかなくて、少しずつ何かが壊れてしまったのかもしれない。

理想を持って努力することが人を辛くさせたり、心を歪めてしまうことがあるんだろうか。……何かに憧れるのも、懸命に頑張るのも、良いことのはずなのに。

車を運転する佐古の昏《くら》い眼差しがよみがえった。先生もさみしい、という低い声が耳の奥で響く。お前なら、わかってくれるよな？　と。

もしあのとき、わかる、とみのりが答えていたら、佐古を受け入れていたら、彼は少しは救われたのだろうか。あんな形で、桜沢を去らずに済んだのだろうか？

鈍い痛みが胸をよぎり、唇を噛んだ。……やめよう。ただの子供に過ぎない自分が今更そんなことを考えても、仕方がない。もう、終わったことだ。

それから、去年の夏、大量に切り落とされていた向日葵のことを思い出した。

連れ去られそうになったときの恐ろしさを思い出したくなくて、なるべく考えないようにしていたけれど、あれは全部、先生のしたことだったんだろうか。

あの異常な出来事は、精神的に不安定になった教師の奇行に過ぎず、特別な意味など無かったのだろうか？　殺された犬も、境内で襲ってきた影も、全て佐古の仕業だったのか。……本当に？

さざめくような不安に襲われそうになり、みのりは慌てて思考を切り替えた。

◇

放課後、いつものように美術室に向かう途中、雛子と出くわした。

「これから塾に行くの？」

尋ねると、「今日は、お休み」と雛子が首を横に振る。

並んで廊下を歩きながら、みのりは何気なく口にした。

「クラスも別々だし、あんまり会えなくなっちゃったね。……そうだ、今度、雛子ちゃんもハナのお散歩しない？」

春休み頃から、ハナの散歩にみのりも時々付き合うようになっていた。初めのうちこそ「ハナはオレたちの犬」と聞こえよがしに主張し、みのりの同行に面白くなさそうな顔をしていた隼人だったが、ハナがみのりによくなついており、嬉しそうに尻尾を振る姿を見ていつしか何も云わなくなった。

我ながらいい思いつきだと思ったが、黙ってうつむいてしまった雛子を見て、しまった、とうろたえる。今のは、隼人には近づかない方がいいと度々みのりを心配してくれていた雛子の気遣いを無視する発言だったかもしれない。

と、雛子がぽつりと呟いた。

「……羨ましいな」

思いがけない言葉に、え、と間の抜けた声が漏れる。どういう意味かと訊き返そうとしたとき、急に雛子が顔を上げた。つられて視線の先を辿《たど》り、少し前を歩く怜を見つける。

雛子は唇を緩めて「怜」と呼んだ。振り返った怜に、歩み寄る。

「最近おばさんの具合はどう？　うちのお父さんも、心配してた」

云いながら、小首をかしげて雛子は続けた。

「今度、久しぶりにおうちに遊びに行ってもいい？　おばさんにも会いたいし」

困ったような表情を浮かべた怜に、雛子が長い睫毛をしばたたかせて「ねえ、いいでしょ？」と云い募る。

次の瞬間、雛子の身体が近くの壁に叩きつけられた。その口からくぐもった悲鳴が発せられる。とっさに何が起きたのかわからず立ちすくむと、いつのまにか、目の前に隼人が立っていた。

一瞬遅れ、隼人が雛子を突き飛ばしたのだと気がつく。壁にぶつけた肩を押さえ、雛子が痛みに顔を歪める。しかし隼人はまるで心を動かされた様子もなく、吐き捨てるように云った。

「馴《な》れ馴《な》れしくしてんじゃねーよ。ブス」

みのりは我に返り、「大丈夫？」と慌てて雛子に手を伸ばした。隼人が不快そうにこちらを一瞥し、そのまま歩き去ろうとする。

「行くぜ」

自分についてくるのをまるで疑わない口調で、立ち尽くす怜に告げる。みのりは声を荒らげた。

「いきなり何するの」

「うるせえ」

顔をこわばらせて睨むみのりに、隼人が「学校で話しかけんな」とそっけなく云い放つ。そのまま、ふいと顔を逸らして歩いていった。

怜が表情を硬くし、ごめん、と気まずそうに呟いてから隼人の後を追った。そこでようやく、近くにいた数人の生徒たちが興味深げにこちらを窺っているのに気づく。胸の内がもやもやした。急になんてことをするのだろう。まるで訳がわからない。

みのりは下唇を嚙み、遠ざかっていく隼人たちの後ろ姿をただ見つめた。

◇

教室で給食を食べていたとき、ふと、歯の根元にうずくような痛みを覚えた。

指でそこを押してみると、ぐにぐにと変な感じに痛い。虫歯だろうか？

祖母が昔から通っているという近所の小さな歯医者に行くと、ひょろりとした眼鏡の医師がみのりの口の中を覗き込んだ。いくつか質問をしながら、手にした器具でコンコンと右下の奥歯をつつく。「痛いのはこの歯が？」と問われ、「歯、っていうか、歯茎が痛いっていうか……」と考えながら答えると、医師はふうむと唸った。レントゲンを撮ってみのりに見せ、「こりゃ虫歯でねえな」と呟いた。

「歯茎の中で親知らずが生えてきちまって、腫れっだんだ。歯茎を切開して抜かねえとなんねえから、総合病院で抜歯してもらわねどだめだ」

「ええっ」

恐ろしげな説明におののく。みのりが覚悟を決める間もなく、医師はさっさと山形市内の総合病院に予約を入れ、施術の日取りを二日後に決めてしまった。書いてもらった紹介状を手に、しょんぼりと帰路につく。

当日、みのりは重い気分で市内行きのバスに乗った。市場に売られていく羊のような気分で車窓から通りを眺めていると、広い道路の表面がうっすらとくすんだ赤に染まっている。血塗られた道だ、などとつい殺伐とした空想をしてみるもそんなわけはなく、これは、消雪パイプから散布される地下水に含まれた鉄分が酸化したものなのだそうだ。冬のあいだは道路の凍結などを防ぐために散水するので、路面に付着して赤錆色になるらしい。

総合病院で受付を済ませると、あれよあれよという間に手術室に通されて麻酔を打たれた。横たわったまま、道端にたくさんある石碑の一つになったつもりでひたすら心を空っぽにする。前に親知らずを抜歯したことがあるという由紀子が、「歯を抜くときって、ばりばりっ、て口の中で飴を噛み砕いたときみたいな感じなんよ」となぜか得意げに話してみのりを震え上がらせたが、予想に反して、医師はまるで地層の中から貴重な化石を発掘するみたいに慎重な手つきで処置を進めていった。切った歯茎をちくちく縫われ、ようやく施術が終了する。

短い説明を受けた後で解放されたみのりは、患部がうずくのを感じながらだるい気分で院内の廊下を歩いた。血が止まるまでそうしていて、と口の中に詰められたままの小さな綿をなんとなく噛む。ふと、葬儀のとき口内に綿を詰められていた父の姿が思い浮かんだ。

手すりのついた白い壁。消毒液の匂い。廊下を行きかうストレッチャーや、水色の検査着姿の人。

……病院に来るのは憂鬱だった。抜歯ももちろん気が重いけれど、この独特な匂いに、空気に、どうしても父が倒れたときのことが頭をよぎってしまう。

どっと疲れた気分になり、総合受付で会計を済ませて帰ろうとしたとき、「みのりちゃん?」と背後から声をかけられた。振り返ると、春美が立っている。

どうしたの、と問われて「親知らずが……」ともごもご答えると、その一言で理解したらしい春美が「ああー」と同情の声を発した。

「春美さんはどうしてここに?」

「定期的な診察よ。あと、お薬を出してもらいにね」

云われて、心臓の持病のために春美が病院に通っている事実を思い出した。そうか、ここは雛子ちゃんのお父さんの病院なんだ、と今さらながら思い当たる。

「ちょうど私も会計が終わったところなの。一緒に帰りましょう」

こくりと頷き、春美と並んで歩き出す。正面玄関に向かう途中、何気なく周囲を眺めると、行き交う人たちの中に偶然、見知った姿を見つけた。……雛子だ。

呼びかけようかと思ったものの、病院内で大きな声を出すのは憚《はばか》られた。と、雛子が一人ではなく、彼女の隣に背の高い男子がいることに気がつく。

みのりがためらっている間に彼らは通路を曲がり、どこかにいなくなってしまった。あの男の子は誰だろう。後ろ姿しか見えなかったけれど、なんとなく、見覚えがあるような気がした。……気のせいだろうか?

「なあに、忘れ物でもしたの?」と春美に怪訝そうに問われ、ううん、と慌てて視線を戻す。春美の車に乗せてもらい、「頂いた野菜をお裾分けしたいの。ついでだから、少し寄って休んでいって」

と誘われて家に上がった。怜と茂は出かけていて不在のようだった。

お茶を淹れてくれた春美が、「ほっぺたが少し腫れてきてる」と心配そうに口にする。云われてみると、麻酔が切れてきたのか、さっきよりも患部がじんじんと熱く痛んだ。

「抜くのって、下の歯の方が大変なのよね。でも、大丈夫。骨折と同じで、若いからきっと回復も早いはずよ」

労《いた》わるように云い、そっとみのりの頬に触れる。春美の指はひんやりとして気持ちよかった。

口から湿った綿を取り除いてお茶を飲むと、唇の周りがまだ少し痺れている感じで、含んだお茶に微かに血の味がまじった。

「髪がぐしゃぐしゃになっちゃったわね」という春美の言葉に、頭に手をやる。耳の上で後ろ髪を上側だけまとめて結び、残りの髪を自然に垂らした髪型にしていたのだが、施術中にずっと仰向けで寝ていたので乱れてしまっていたようだ。「私に直させて」と春美がヘアブラシを持ってくる。

さらさらと髪をいじられると、口の中の違和感がほんの少し紛れる気がした。みのりの髪を触りながら、かわいい、と春美が何度も口にする。客観的に見て、春美の方がだんぜん美人だと思う。しかも今は頬が腫れていて、ぜったい不細工に違いない。けれど彼女が本心からそう云ってくれているのを知っていたので、身内贔屓《びいき》と思いつつ、面映ゆい気持ちになった。

「女の子がいると、家の中が明るくなるみたい」

娘も欲しかったのよねえ、と春美が冗談めかして云い、ふふっと笑う。笑ったときに目尻の下がる形が怜と同じだった。

……心臓を患う春美にとって、怜を産むのは文字通り命懸けの行為だったらしい、と母から聞いたことがある。

髪の毛を丁寧に結い直してくれた後、みのりの家にお裾分けする野菜をあれこれまとめながら、春美がおっとりと話しかけてくる。

「夏は庭に向日葵を植えようと思うの。みのりちゃんも楽しみでしょう？」

一瞬ためらってから、「うん」と笑みを繕った。去年の不気味な出来事を思い出すと気持ちがざわついたけれど、向日葵の花がなんだか怖い、などと云って楽しそうな春美に水を差したくなかった。

「怜は中学ではどう？　元気にやってる？」

そう問われ、隼人が上級生に絡まれて悪目立ちし、一緒にいる怜まで周りから孤立している事実が頭をよぎる。さりげなく聞こえるよう注意しつつ、みのりは答えた。

「……たぶん。怜とはクラスが別だし、学校では、あんまり顔を合わせないから」

そっか、そうよね、と疑う様子もなく頷いている春美を横目にホッとする。じくじくと口の中が熱い。

大人になるというのは、たやすく口にできないことが増えていくということなのかもしれないな、とぼんやり思った。

◇

口内にぽっかりと空いた穴にびくびくしながら過ごしていたみのりだったが、春美の云った通り、数日もすると腫れや違和感はだいぶ消えた。

近所の歯医者で抜糸を済ませ、なんとなくほっとする思いで帰路につく。今日の夕飯は美味しく食べられそうな気分、などと考えながら道を歩いていると、正面から自転車に乗った怜と隼人がやってきた。二人が、同時にあっと声を発してみのりの前で自転車を止める。

学校での乱暴な態度を思い出し、とっさに文句の一つも云ってやろうと思ったみのりだったが、二人がなぜかひどく真剣な顔をしているのに気がついた。自転車にまたがったままの怜から「ハナを見なかった？」と早口に訊かれ、思わず戸惑う。

「見てないけど……ハナがどうかしたの？」

「隼人んちの庭からいなくなったんだ」

えっ、と驚いて声が出る。

「つないだリードが外れてた。捜してんだけど、どこにもいねえ」

苛立たしげに舌打ちし、隼人が落ち着きなく視線を動かした。あの怖がりのハナがどこかに行ってしまったなんて、と急に心配になってくる。もし車に轢かれたり、川に落ちたりしていたら、どうしよう。

「私も捜すの、手伝う」

みのりがそう口にすると、隼人は一瞬ふいをつかれた顔をした。すぐに神妙な面持ちになり、短く頷く。

隼人は「オレはもう一回、いつもの散歩コースを回ってみる。お前らは向こうを捜してくれ」と指示し、風のように自転車をこいで遠ざかっていった。いつもと少し様子が違う気がした。

なんだか、やけに焦っていた……？

行こう、と怜に急かされて、隼人とは反対側に歩き出す。ハナが近くの側溝に落ちてしまった可能性なども考えて、周りに注意しながらゆっくりと歩いた。

怜が自転車を引きながら「ハナは怖がりだし、そんなに遠くに行くはずないと思うんだけど」と不安そうに呟く。その横顔がいつになく険しかった。怜もだ、怜もいつもとどこか違う、と感じた。

夕暮れの中、大声で名前を呼び、あちこちを覗き込みながら捜す。しばらく歩いて回ったが、ハナの姿は見当たらない。時間が経つと共に、徐々に焦りが強まっていく。——もし、このままハナが見つからなかったらどうしよう。

当たり前の存在が急にいなくなる、うすら寒い感覚がみのりの胸をよぎった。

そのとき、道に沿って続く雑木林の中から微かに犬の声が聞こえた気がした。立ち止まり、互いに顔を見合わせる。ひゅん、と頼りない鳴き声がもう一度した。

もどかしげに自転車を捨て、怜がガードレールを飛び越えた。みのりも急いで後に続く。すると少し先の茂みで、生き物の動く気配がした。

叢《くさむら》を踏んで近づくと、いびつなハートに似た茶色のぶち模様が見えた。

「いた！」ととっさに声を上げる。

茂みの中、ハナは怯えた様子でふるふると身を震わせていた。みのりたちを見て尻尾を振り、くぅーん、と哀れっぽい声で鳴く。ハナ、と怜が側にしゃがみこんだ。確かめるようにその柔らかな耳や鼻面に触れる。どうやら、目立った怪我はしていないようだ。

二人はようやく安堵の息を吐き出した。頭を撫でてやると、ハナはまだ小刻みに震えている。よほど怖い思いをしたのだろうか。

「もう、どうしてこんな所に来ちゃったの？」

叱るように云って顔を近づけると、ハナは甘えるみたいに桃色の舌でみのりの顔を何度も舐めた。

くすぐったさを堪えて目を細め、ふと、ハナの首輪に着けられたリードの状態に気がついた。ハナの赤いリードは、近くの低木に巻きつくような形で複雑に絡まり合っている。このせいで身動きが取れずにいたらしい。なぜ、こんなふうに絡まってしまったのだろう。

訝しく思いながら、もつれたリードを木から外そうとしていると、隣で怜が動きを止めるのがわかった。怜は警戒するように周囲をじっと見つめている。その表情には、微かな緊張が見てとれた。つられてみのりも身構える。

「怜……どうしたの？　林の中に、何かいるの？」

尋ねると、怜はハッとしたように視線をみのりに戻した。すぐさまポケットから折り畳みナイフを取り出し、邪魔な細枝を切ってくれる。

「——何でもないよ。早くハナを連れていこう」

やんわりと促され、ハナを連れて、来た道を戻り始める。隣を歩く怜はずっと言葉少なだった。まるで、不用意な発言をしたら誰かに聞き咎められるとでもいうかのように。

歩いていると、正面から自転車がものすごいスピードで走ってきた。隼人だ。急ブレーキの音と共に、みのりたちの目の前で自転車が止まる。

隼人は路上に自転車を放り出すと、じゃれつくハナの首に勢いよく腕を回した。怒ったような顔できつく唇を引き結んだまま、無言でハナの毛をかいぐる。

「みのりと一緒に林の中で見つけたんだ。リードが木に絡まって、動けなくなってた」

怜の言葉に隼人は一瞬表情を硬くしたが、そうか、と低い声で呟いた。みのりの方を見やり、ぼそりと云う。

「……助かった。サンキュ」

それから背を向け、「帰ろうぜ」と怜に声をかけた。ハナのリードを握ったまま自転車にまたがり、さっさと先に行ってしまう。

まったく、というように怜が苦笑した。みのりに「捜してくれて、ありがとう」と告げて後を追おうとする怜を、とっさに引き留める。

「ねえ、ここには、何か危険なものがいるの？」

みのりが発した問いに、怜は「え……」と虚をつかれた表情になり静止した。ややあって狼狽した様子で視線を逸らし、かぶりを振る。

「——いないよ。だけど山は危ないから、気をつけて」

そこで云い淀むように言葉を切り、怜は続けた。

「特に、沼には、絶対に一人で行っちゃ駄目だ」

珍しく強い口調にみのりが戸惑っていると、れいー、早く来いよ、と遠くから隼人の呼ぶ声がした。怜がみのりに片手を振り、自転車で夕暮れの中にこぎ出す。消えていく少年たちの背中を見送りながら、みのりはふと、さっき怜たちに感じた違和感の正体に気がついた。そう——あれは、恐れだ。

彼らは、確かに何かを恐れていた。

◇

その日は部活が休みだった。

仕上げたばかりのデッサンを顧問の恭子に見て欲しかったのに、つまらない。

大人しく帰ろう、とみのりが廊下を歩いていると、窓の外に隼人の姿が見えた。単調な足取りで歩いていくその背中に何気なく目を向け、ぎょっとする。

隼人は、一人ではなかった。あからさまにふてくされた顔をした隼人の隣に、ひとまわり体躯の大きい男子がいる。

――全校朝礼で隼人に絡んでいた、橋本大輝だ。

隼人が「目を付けられている」として、周囲からはっきりと遠巻きにされる要因となった上級生。なぜ、二人が一緒にいるのだろう？

遠目にも、彼らの間に漂う不穏な空気が感じられた。隼人の億劫《おっくう》そうな態度からして、ひょっとしたら大輝が強引に連れ出したのかもしれない。

みのりが戸惑っている間に二人は校舎の角を曲がり、姿を消してしまった。まずい、と緊張に息を呑む。どうしよう。怜を捜そうか、教師を呼んでこようか。

彼らの間の張りつめた空気に、今すぐ何かが起きてしまってもおかしくないという気がした。一瞬ためらってから、みのりは隼人たちを追いかけた。慌てて靴を履き替え、彼らの消えた方向へ急ぐと、人気のない裏庭で向かい合う二人を見つけた。

とっさに校舎の陰に身を隠す。心配になり追ってきてはみたものの、どうすればいいかわからず、息をひそめて様子を窺う。

壁を背にした隼人に対し、大輝が威圧的な物腰で何か云っているようだ。一触即発、という雰囲気がこちらまで伝わってきてひやひやする。

隼人が不機嫌そうに何か云い返した。直後、興奮した表情の大輝が隼人の胸倉を摑み上げる。

「調子に乗ってんじゃねえ。お前なんかが――」

手荒に締め上げられ、離せ、と隼人がもがいて悪態をついた。大輝の目に凶暴な光がよぎる。大輝が拳を握るのが見えた瞬間、考えるより先に、みのりは声を張り上げた。

「先生！」

ぎょっとしたように二人が動きを止めた。みのりは校舎の陰から飛び出し、手招きする仕草をしながらもう一度大声で叫んだ。

「先生、こっちです。早く来てください！」

大輝が乱暴に隼人を突き放し、走り去っていく。大輝の姿が見えなくなったのを確認してから、みのりはようやく騒ぐのをやめた。……なんとかうまくごまかせたようだ。

自分の大それた行動に、今さらながら冷や汗が流れる。心臓が痛いほどにどきどきしていた。壁にもたれかかった隼人の方を向き、「だい、じょうぶ……？」と声をかける。遠慮がちに手を伸ばした途端、勢いよく払いのけられた。

「触んな」

隼人が顔を上げ、みのりを睨む。その目に宿る強い光に怯んだ。隼人が乱れた前髪を掻き上げ、「余計なことしやがって」と苛立ちをあらわに唸る。

思いがけず怒りを含んだ反応に、みのりは戸惑いながらも反駁《はんばく》した。

「だって、あの人、暴力ふるってたじゃない」

「頼んでねーよ」

ちっと舌を鳴らし、隼人が立ち上がった。みのりに向かって忌々しげに云い放つ。

「学校で話しかけんなって云ったろ。――オレに構うな」

鋭い口調で告げ、こちらを振り向きもせずに歩いていく。

隼人の態度に、当惑しながらムッとした。……怖い思いをして助けてあげたのに、どうしてそんなふうに怒るの？　全然意味がわからない。

もし今みのりが出ていかなかったら、大輝は本当に隼人を殴っていたのではないだろうか。想像し、肩に力が入った。

それにしても、あの怖い先輩はなぜこんなにも隼人を目の敵にするのだろう。

噂好きの由紀子が聞いてきた話によれば、気に入らない教師を殴ったとか、大輝を怖がって不登校になった同級生がいるらしいとか、彼にまつわる嘘か真実かわからない物騒な噂話は校内にいくつも流布しているようだった。

それでいて成績は悪くないらしく、進学塾にも通っており、頼れるリーダーとして友人たちからは慕われている一面もあるらしい。いわゆる不良少年、というイメージとも少し違うようだ。

隼人は確かに目立つ存在かもしれないが、生意気な下級生というだけでここまで敵視するものなのだろうか？　……男の子同士の関係は、みのりには理解できない。

大輝のぎらついた眼差しがよみがえる。このまま何もなければいいけれど、という懸念が頭から消えなかった。

◇

日曜の昼下がり。よく晴れた空は、誰かが薬液を一滴垂らしたら、ぱっと橙色に染まりそうな青だった。

ここ数日は季節特有の崩れやすい天気が続いていたので、久しぶりに外でスケッチをしようと思った。手提げバッグに必要な画材道具を詰め、ぶらりと道を歩き出す。心地いい風が吹き、土臭いような春の匂いがした。遠くの山桜のつぼみを背景に、火の見櫓が佇んでいる。

描くのによさそうな風景を探して歩いている途中、ハナを連れて散歩中の怜と遭遇した。道沿いの原っぱから、おーい、と怜が手を振る。

みのりは微かに露に湿った雑草を踏み、原っぱに入っていった。向こうの線路を、二両しかない列車がのどかに走っていくのが見える。

嬉しげに尻尾を揺らして近寄ってくるハナの頭を撫でた。つぶらな黒目がみのりを見上げる。ハナは人間でいうとそろそろ高齢に差し掛かる年だそうで、以前よりも寝ている時間が多くなった。けれど、みのりたちの後を嬉しそうについてきたがるのは相変わらずだった。ハナの温かく柔らかい体を撫でると、いつも気持ちが安らぐ。

ハナの皿から庭の雀《すずめ》がよく餌をついばんでいるそうだが、ハナはちょこんと座ったまま、怒りもせずにそれを眺めているのだそうだ。コイツ大人し過ぎて全然番犬にならねえ、と隼人がぼやいているという。

「今日は隼人は一緒じゃないの？」

「おじさんから頼まれた用事が終わらないみたいで、先に行っててくれってさ」

怜がみのりの手提げバッグからのぞくクロッキー帳を見やり、「写生？」と尋ねてくる。見せて、と手を差し出され、慌ててかぶりを振った。怜の手から遠ざけるようにバッグを胸に抱え込む。

「だめ。下手《へた》だって馬鹿にされたら、落ち込むもん」

「しないってば。みのりの描いた絵、見たいな」

にこにこと云われ、言葉に詰まった。怜の優しげな面立ちを見つめ、そうだ、とふいに思いつく。

「……じゃあ、交換条件」

みのりは続けた。

「怜を、描かせて。時々でいいから、絵のモデルになってくれる？」

怜が驚いた顔をし、「僕を描くの？」と怪訝そうに首を傾げる。思いつきで口にしてみたものの、それはなかなか良いアイディアのように思えた。

「怜を描きたいの」と尚も主張すると、戸惑った表情をしていた怜は苦笑した。

「別にいいよ。みのりがそうしたいなら」

怜の返事に、口元がほころぶ。どんな構図で描こう、とわくわくしながら頭の中でイメージを思い浮かべたとき、突然、あおう、とハナがおかしな声で鳴いた。

ハナは何かを警戒するように両耳を後ろに寝かせ、怯えた様子で唸り声を上げている。「どうしたの？」と驚いてハナを見ると、怜がはじかれたように顔を上げた。つられて同じ方向に目を向け、ぎょっとする。

原っぱに、三人の少年たちが踏み込んでくるのが見えた。こちらに近づいてくる彼らはいずれも怜より上背があり、一様にどこか不穏な気配をたぎらせている。

たじろぐみのりたちの前で、浅黒い肌をした少年が怜を指差し、「見ーつけた」とにやにやと笑った。その隣にいる、背の高い少年がすかさず野太い声を放つ。

「大ちゃん、いたべー」

のそりとした動きで彼らの後ろから歩み出てきたのは、大輝だ。怜を見やり、大輝が唇を歪めるようにして嗤《わら》う。

「西野とつるんでる一年て、お前だろ？」

大輝の問いに、ハッと状況を理解した。

校内では人目もあり、なかなか隼人に手出しができないため、業を煮やして仲間と連れ立ってやってきたのだろう。隼人と親しくしている怜を巻き込むつもりに違いない。

人質にして隼人を呼び出すか、あるいは見せしめに痛めつけようとでもいうのか、いずれにせよ彼らが怜に危害を加えるつもりなのは明白だった。

隣で怜が身を硬くする気配がした。怖くなり、怜の腕をきゅっと摑む。

みのりと目が合い、大輝が怪訝そうに目をすがめた。まじまじとみのりの顔を眺めていた彼の口から、低い声が発せられる。

「――思い出した。どっかで見たことあると思ったら、その女、この前オレの邪魔しやがったヤツだ」

大輝の言葉に足がすくんだ。彼らの視線が、一斉にみのりに向けられる。眉間にしわを寄せた大輝が、険しい口調で呟いた。

「ははあ。お前ら、グルになってやがったな」

怜が、みのりを自分の後ろに庇《かば》うように立ちはだかる。みのりが大輝を追い払った件は知らないはずだが、何やらまずい状況だということは瞬時に理解したようだ。

緊張に口の中が干上がった。お願い、誰か、誰か助けてくれる大人はいないの……？　すがる思いで周りを見回すも、近くに人の姿は見当たらない。年上の少年たちに取り囲まれている異様な状況に、うまく声が出てこない。

剣呑な目つきで近づいてくる彼らに後ずさりしたとき、足元で尻尾を丸めていたハナが、少年たちに向かって急に吠え立てた。怯えて身を震わせながら、それでも彼らをみのりたちから遠ざけようとしてか、懸命に声を発している。

少年たちは一瞬怯んだものの、ハナが吠えるばかりで一向に襲いかかってこないことに気がつくとせせら笑い、すぐさま態勢を立て直した。

一人が「うっせー」と怒鳴り、ハナを乱暴に蹴りつけようとする。とっさに怜がリードを放し、ハナは素早く横に飛び退《の》いた。

振り上げた足が空を切り、無様にバランスを崩した長身の少年は逆上して顔を歪めた。足元に落ちていた棒きれを拾い上げ、それを勢いよくハナに打ち下ろす。

間一髪で直撃は免れたものの、棒きれが体をかすめ、きゃんっとハナが哀れっぽい鳴き声を上げた。少年が再び棒を振り上げる。

「だめぇ！」

みのりはとっさにその腕にしがみついた。揉み合い、不意をつかれた少年が手から棒きれを落とす。

みのり、と叫んで怜がこちらに駆け寄ろうとした。

次の瞬間、頭部に鋭い痛みが走った。浅黒い肌をした少年が後ろからみのりの髪の毛を掴んだのだ。乱暴に髪を引っ張られ、たまらずに悲鳴を上げた。

怜がハッとしたように動きを止める。みのりはうめいた。頭皮が引きつれるような痛みと恐怖に、ぽろぽろと涙がこぼれてくる。

怜は青ざめた表情で、少年たちを睨んだ。

「――その子を、放せ」

追いつめた獲物を見るような目つきで、大輝が薄笑いを浮かべる。

大輝は身構える怜に近づくと、その首にフックをかけるように勢いよく片腕を回した。怜が苦しげに呟き込むのにも構わず、無遠慮に腰のあたりを探る。大輝の手が、怜のズボンのポケットから折り畳みナイフを掴み出した。茂から貰った、怜がいつも身につけているものだ。

「へえ、生意気にナイフなんか持ってんのかよ。没収だな」

大輝は奪ったナイフをしげしげと眺めると、素早く自分のポケットにねじこんだ。返せ、と身じろぎした怜の首に回した腕に力をこめる。

「抵抗すんなよ。じゃねえとそいつ、マジでどうなるかわかんねーぞ？」

顎でみのりの方をしゃくってみせた大輝に、怜が歯噛みした。大輝は「西野と同じ反抗的な目しやがって」と苛立った様子で舌打ちする。残酷な口調で、長身の少年に向かって指図した。

「おい、コイツの腹殴れ」

みのりは顔から血の気が引くのを感じた。ひょえー、と他の少年たちが冗談めかした声を上げる。

「大ちゃん、こえー」

「一年だからって容赦ねーべ」

加虐的な目つきで怜に近づく少年の姿に、みのりの口から「やめて」とこわばった声が漏れた。命じられた少年が正面に立つと、歯を食いしばった怜の目に緊張がよぎる。耐えきれず、みのりは目をつぶった。

次の瞬間、ぎゃっと裏返った叫び声が上がった。後ろから髪を引っ張っていた力が急に消え、みのりは驚いて目を開けた。

……てっきり怜が殴られたものと思ったが、彼らはなぜかあっけに取られたような表情で動きを止めたまま、こちらを見つめている。

振り返ると、たった今みのりの髪の毛を摑んでいた少年が顔を歪めて肩甲骨の辺りを押さえていた。うずくまった少年の足元に、直径十センチくらいの石が落ちている。

そこで、離れた場所に立つ人の姿に気づき、みのりは目を瞠った。

――隼人だ。少年目がけて、隼人がこの石を投げつけたらしい。

「隼人」と驚いたように呼ぶ怜に向かい、隼人がにやっと不敵に笑う。

「オレ以外のヤツにやられてんじゃねえよ。ダセェ」

ワン！　とハナが勢いよくひと声鳴いた。その声で我に返り、苦痛にしゃがみこんでいる少年の側から慌てて離れる。みのりが少年の手から逃れたのを確認し、怜が素早く視線を動かした。すかさず右足を持ち上げ、大輝の足の甲を勢いよく踏みつける。

隼人の登場に気を取られていた大輝は、予想外の攻撃にあっと怯んだ。その隙を逃さず、怜が急いで距離を取る。

「てっめえ……」

大輝が怒りを露《あら》わにして隼人を見据えた。荒れた肌に散らばる吹き出物は、彼の内部で渦巻く濁った感情を連想させた。

「いい加減、目障りなんだよ。お前」

唸るように云う大輝の剣呑な眼は、今や隼人だけを映していた。隼人が挑発的に嘲笑う。

「こっちの台詞だ」

二人を包む不穏な空気が急速に膨らんでいくのを感じた。みのりが息を詰めて見守っていると、ふいに誰かに腕を引っ張られてビクッとした。――怜だ。

「危ないから、離れて」と鋭い口調で促され、みのりは慌てて後ずさった。怜が油断なく少年たちに視線を向ける。

客観的に見て向こうの方が体が大きく、人数も多い。形勢は明らかにこちらが不利なはずだった。しかし突然現れ、上級生を前にして全く怯む様子のない隼人に彼らが困惑しているのがわかった。

そんな場の空気に苛立ったのだろう。長身の少年が、いきなり隼人に殴りかかった。隼人は俊敏な動きでそれをかわし、さっと相手の懐に潜り込むと、目にも留まらぬ速さで投げを打った。あっけに取られるほど見事に少年の体が宙を舞う。背中から勢いよく地面に叩きつけられ、少年がぐふぅっとおかしな声を発した。間髪を入れず、隼人が少年の右腕を取り背中に捻《ひね》り上げる。

容赦なく腕を捻られ、少年は苦痛の声を上げた。その表情には、先ほど怜を痛めつけようとしたときの優越も加虐の色も、もはや存在しなかった。

大輝がいっそう頭に血を上らせた様子で怒鳴る。

「てめえ、舐めやがって」

摑みかかってきた大輝に、隼人が腕を捻り上げていた少年から手を離し、ぱっと飛び退く。

そのとき、隼人から投石を受けてうずくまっていた少年が素っ頓狂な声で何か叫んだ。「くらえ！」と自棄《やけ》になったようにわめき、持っていた物をいきなりこちらに投げつける。飛んできたそれを目にし、みのりは身をこわばらせた。爆竹だ。

しゅるると蛇の威嚇音に似た耳障りな音を立て、みるみるまに導火線が縮んでいく。

直後、静寂が弾け飛んだ。何かが破裂したような音。耳が痛くなるような爆発音に、近くの木から鳥が一斉に飛び上がる。爆音と同時に、ハナがキャインキャインと狂ったように鳴き声を上げてその場で回った。恐怖に駆られ、そのまま脱兎《だっと》のごとく駆けていく。大きな音が怖いハナは爆竹に驚き、完全にパニックを起こしていた。

みのりは慌てて「ハナ！」と呼んだ。怯えきったハナが、原っぱを突っ切るように走っていく。ふいに、遠くで遮断機のカンカンという無機的な音が聞こえた。みのりは息を呑んだ。ハナが一目散に駆けていく先の踏切に、電車が近づいてくるのが見える。怜が短く声を上げた。

次の瞬間、ハナを追って隼人が飛び出した。それは一陣の風が抜けるような、信じられない速さだった。

「戻れ、ハナ！」

隼人が空気を震わす大声で叫ぶ。しかし、興奮状態で疾走するハナは止まらない。

ハナが線路を横切ろうとしたその瞬間、勢いよく電車が通過した。

ハナの痩せた体が、一瞬で巨大な鉄の塊に呑み込まれる。ぐしゃっ、と何かが握りつぶされるような鈍い音が聞こえた気がした。

喉から悲鳴がほとばしる。顔を覆いながらみのりは絶叫した。叫び声は、自分でも止められなかった。全身から血が引いていく。

けたたましい警笛を鳴らし、電車が遠ざかっていく。

少年たちは予想外の出来事に呆然としていたが、やがて我に返ったように、挑発的な言葉を投げつけてきた。

「――ざまーみろ！」

頬を歪めて笑い、虚勢と興奮の入り混じった表情で罵声を浴びせる。立ち尽くす隼人の背中に向かって大輝が命令した。

「これに懲りたら、もうオレらに逆らうんじゃねーぞ」

そう云い捨て、運転士から通報されて騒ぎにでもなればまずいと思ったのか、彼らが足早にその場を去っていく。

「あ、あ、あ……」

腰が抜けたようになり、みのりはその場にへたりこんだ。冗談みたいに歯がかちかちと鳴っている。

線路には、様々なものが飛び散っていた。桃色の肉片や血液はレールだけでなく、付近の草むらにも付着していた。その光景は生々しかった。あまりにも、生々しかった。

空気中に火薬の臭いと、それから生臭いような臭いが漂った。怜は大きく目を見開いたまま、線路を凝視していた。そこから視線を逸らしたくてもできない、という風に見えた。

ショックで視界が暗くなる。喉の奥が苦しくなり、ううっ、とえずきそうになった。目の前の光景が信じられない。自分の両腕に触れたとき、びっしりと鳥肌が立っているのに初めて気がついた。

と、黙っていた隼人がこちらに背を向けたまま、「怜」と低い声で呟いた。

「――バケツを貸してくれ」

怜がぎこちなく顔を動かし、隼人を見る。隼人は再び、口を開いた。

「お前んちが一番近い。バケツを、持って来てくれ」

みのりは混乱しながら、震え声で尋ねた。

「どう……するの？」

そのとき肩越しに振り返った隼人を見て、みのりと怜は同時に息を詰めた。隼人の頬には、飛散したハナの血が付いていた。

「決まってんだろ」

汚れを拭うことさえせず、前方を睨むように見据えて、隼人が口にする。

「連れて帰る。ハナはオレたちの犬だから。いつもオレたちの側に、居たがったから」

きっぱりと告げた隼人の目には、まるでその意志を映し出すかのようにぎらぎらと強い輝きがあった。峻烈《しゅんれつ》な光に、みのりは言葉を失った。

怜の表情が一瞬、泣きそうに歪んだ。ぐっと唇を噛んで小さく頷き、そのまま家の方へと走り出す。

青空の下、隼人は身動きもせず立っていた。みのりはどう言葉をかけていいかわからず黙ったまま、そんな隼人を見つめ続けた。

しばらくして、息を切らせた怜がバケツとスコップを幾つか持って戻ってきた。ひったくるようにそれを摑み、隼人が迷いなく線路に入っていく。みのりは呆然としながら隼人を見守った。遠くで、隼人が白っぽい固まりを持ち上げるのが見えた。轢かれたときに切断されたと思しき、ハナの前足らしかった。

気圧されて立ちすくむみのりの前で、隼人は燃えるような目をして愛犬の欠片《かけら》を拾い集める。隼人に続き、怜も無言のまま線路に歩いていった。隼人の側にしゃがみこみ、悲愴《ひそう》な面持ちで手伝い始める。怜は何かに耐えるように唇を引き結び、かつてハナだったものを、バケツに詰めていった。

隼人の額から透明な汗が落ちる。みのりは居たたまれない思いで彼らを眺めていたが、やがて意を決し、線路に近づいた。

「わ……わたしも、手伝う」

か細い声で口にすると、二人が驚いたようにみのりを見た。「無理しなくて、いいよ」と真顔で制止する怜に、弱々しくかぶりを振る。

「やる。やらせて」

今にも泣き出しそうなみのりに、彼らがふっと黙り込んだ。みのりの迫力に圧されたのかもしれないし、単に拒否するのが億劫だったのかもしれない。

恐る恐る線路の側に行き、ついさっきまでハナだったものの一部を、震えながらスコップで掬《すく》い上げた。地面からむっと生臭い臭いが立ち上る。思わず意志が折れそうになった。しかし、真剣な表情をして動く二人を目にし、どうにか気持ちを奮い立たせた。

周囲に飛び散ったそれらは、人のものとも動物とも区別がつかなかった。まるで人間の死体を拾い集めているようだ、などという妄想が頭をかすめる。みのりたちは殺人者で、自分たちが殺してしまった人間の血や骨をこうして片付けているところ。……では、殺されたのは一体誰だろう？

我ながらおかしなことを考えていると思った。目の前の異様な状況に、頭が現実逃避をしているのかもしれない。

と、線路の横に見覚えのある物を見つけた。地面に転がっていたのは、ちぎれた赤いリードだった。散歩のときにハナがいつもつけていたものだ。電車に撥《は》ねられたときに切れたのだろうリードの一部には、白い毛が付着し、血液らしきもので黒っぽく濡れている。

それを目にした途端、ハナの優しげな目と柔らかな感触がよみがえり、胸が締め付けられるような悲しみが込み上げてきた。

ハナのバカ。リードを放したとき、そのままどこへでも逃げてくれればよかったのに。どれだけ痛くて、怖かったろう。少年らに向かって懸命に吠えていた臆病なハナを思い出し、たまらなくなって、わあわあ泣いた。

バラバラになったハナを三人で拾えるだけ拾うと、既に日が暮れかかっていた。誰も口を利かなかった。

近くの水飲み場で手を洗うと、流れる水があっというまに朱色に染まった。こんなにも沢山の血がハナの身体から流れたのだという事実に、また悲しくなる。いくら洗っても、身体から生臭さが取れない気がした。それは父が亡くなったときとも全然違う、むき出しの「死」そのものだった。

バケツを手にした二人に、ぐずぐずと洟《はな》をすすりながらみのりは尋ねた。

「……ハナをどこに連れて行くの？」

少し考えた後で、「裏山に行く」と隼人が真剣な顔で答える。きっと彼らなりのやり方でハナを弔うつもりなのだろう、と察せられた。

「わたしも……」

行く、と云おうとして声が小さくなった。痛々しい彼らの姿を、バケツの中身を直視するのが辛くて、これ以上は心が壊れそうだった。大好きなハナを見送ってあげたいのに、胸が苦しくなり、ひくっと嗚咽がもれてしまう。

するとみのりの言葉を遮るように、隼人が「お前はもう、帰れ」と口にした。

困惑して顔を上げると、そうした方がいい、というように隼人の隣で怜も神妙な面持ちで頷く。

みのりはどうしていいかわからずに彼らを見つめた。

怒ったように唇を引き結んでいた隼人が目を逸らし、しばらくして、ぼそりと呟く。

「――巻き込んで悪かった」

それはみのりに云ったようにも聞こえたし、同時にハナに向けた言葉にも思えた。隼人のその声に、なぜか不安な感じを覚えた。

みのりの返答を待たずに隼人が踵を返す。怜が「送れなくて、ごめん」と云い残し、隼人の後を追った。そうすることが唯一の正しい方法だと確信しているかのように、隼人と並んで歩き出す。

みのりは彼らの背中を見送った。踏み込めない一線を、彼らの世界をそこに感じた気がした。

その場に立ち尽くしたまま、彼らの後ろ姿をみのりはずっと見つめていた。

◇

——騒ぎが起こったのは、その翌日だった。

体調は最悪で、さんざん泣いたせいで朝から頭が痛かった。まだ少し目が腫れていて、重い気分で登校する。

一時間目の予鈴が鳴ってまもなく、急に廊下が騒がしくなった。

物が倒れるような音や悲鳴。先生を呼べ、といった複数のわめき声が聞こえてくる。教室で席に着いていたみのりたちは驚いて廊下の方に目を向けた。一体、何が起きているのだろう？

騒ぎに気づき、生徒たちがざわつき出す。若い女性教師が困惑した顔で、静かに、席を立たないで、と繰り返した。教室の外をバタバタと行きかう足音がし、緊迫した声が飛んでいる。明らかにただごとではない。

室内を見回すと、近くの席の由紀子と視線が合った。その目にも好奇と不安が浮かんでいる。

突然、どこかでガラスが割れたような派手な音がした。きゃあっと大きな悲鳴が上がる。嘘、何なの、と生徒たちが興奮した様子で次々と立ち上がった。

「騒がないで、教室から出ないで！」

いっそう張り上げられた教師の声にも、はっきりと動揺が混じっている。

そのとき喧騒に混じって、西野、と誰かが叫ぶのが聞こえた。みのりは反射的に息を詰めた。

まさか――この騒ぎは、隼人が関係しているの？

嫌な予感にじわじわと汗がにじんでくる。昨日、別れ際の隼人の思いつめた様子がよみがえった。

まさか……。

じっとしていられず、みのりはついに席を立った。由紀子がぎょっとした顔でこちらを見る。何事かと教室の外を覗こうとしているクラスメイトたちの間をすり抜け、みのりは廊下に飛び出した。

戻りなさい、と背後で慌てたような教師の制止が聞こえた。振り返らず、そのまま廊下を走り出す。

緊張した面持ちの教師や、同じく騒ぎが気になって教室から出てきたらしい生徒たちが校内を動き回っている。階段の上から、激しい物音と叫び声が聞こえてきた。騒ぎは上の階で起こっているようだ。

みのりは階段を駆け上がった。急に走ったせいで脇腹が痛くなってくる。何が起こっているのかわからないけれど、心配で仕方なかった。

突如、階段の上でどよめきが起こった。甲高い悲鳴がそれに重なる。

一人の少年が、慌てふためきながら階段を駆け下りてきた。顔面を押さえる両手の隙間から、勢いよく鮮血が滴っている。鼻血を流しているようだ。

近くの生徒たちが驚いたように道を空ける。苦痛に歪んだ少年の顔を目にし、みのりはあっと声を上げた。大輝と一緒にみのりたちを襲った、長身の少年だった。

少年はひいひいと泣き声を上げ、必死の形相で逃げていく。足をもつれさせながら走り去った後の床に、点々と血が落ちていた。みのりはあっけに取られてその後ろ姿を眺めた。すぐさま我に返り、再び階段を上る。

二階と三階の間の踊り場まで来たとき、突然、「やめなさい、西野！」という男性教師の鋭い声がした。

次の瞬間、階段の上からいきなり少年の体が降ってきた。周りにいた生徒たちが悲鳴を上げて壁際に避ける。

少年はごろごろと無様に階段を転がり、ようやく踊り場の床で止まった。みのりは不意をつかれて後ずさった。倒れたままうめく、色黒な少年の横顔に目を瞠る。……間違いない。爆竹を投げつけた、あの少年だ。

少年はよろめきながら立ち上がると、階段を仰いだ。その目に怯えた子供のような感情が浮かぶ。少年の視線の先に目を向け、みのりは思わず固まった。――隼人だ。階段の上に隼人が立っている。その姿は、まるで谷間に凜と立つ一匹の野生動物のようだった。

隼人の目に、恐れやためらいは微塵《みじん》もなかった。初めて会ったときと同じ火のような眼差しをして、まっすぐにこちらを見下ろしている。

みのりは射抜《いぬ》かれたように立ちすくんだ。……なんて目をするんだろう。

少年が引き攣った声を漏らした瞬間、隼人は階段から思いきり跳躍した。足や腰にバネが入っているみたいな、体を動かし慣れている生き物の敏捷《びんしょう》な動きだった。勢いよく踊り場に着地し、ひたと少年を見据える。

隼人の鋭い視線を受け、少年の身体が小刻みに震え出した。そこにあるのはもはや上級生と下級生という関係などではなく、ただ純粋に強者と弱者だった。

威圧感に耐えきれなくなったのか、いきなり少年が奇声を発した。思いがけない素早さで階段を駆け下りると、二階の廊下のロッカーに立て掛けてあった野球のバットを摑み、やけくそのように振り回す。巻き添えを食ってバットの先が当たりそうになり、近くにいた生徒が悲鳴を上げた。「危ない」「よせ！」と周りが血相を変えて怒鳴るが、力任せにバットを振り回されて近づくことができない。追い詰められた彼は、必死で反撃するつもりのようだ。

少年はバットを振り上げ、追ってきた隼人に向かって殴りかかった。周りから甲高い悲鳴が上がる。一瞬動きを止めた隼人が床を蹴り、少年の足にタックルした。バランスを崩した少年の手からバットがすっぽ抜け、近くの壁にぶつかった。

二人はもつれ合って床に転がると、やがて隼人が馬乗りになり、少年を拳で殴りつけた。少年が情けない声を上げて顔を庇《かば》う。隼人はガードをこじあけるように、相手の腕の上から尚も拳を叩きつける。鈍い打撃音がした。一発、二発。

「やめないか！」

男性教師が隼人を羽交い締めにし、無理やり少年から引き離した。荒く息を吐いてぎらぎらした目で睨みつける隼人とは対照的に、少年は身を縮めて弱々しくすすり泣いていた。腕で隠したその顔が、血で染まっている。

みのりは呆然とその光景を眺めた。それは対等な喧嘩でもなんでもなかった。あまりにも一方的で、圧倒的な暴力だった。

そのとき、隼人がハッと何かに気づいたように顔を上げた。つられて視線の先を追う。

大輝だ。大輝はこわばった表情で階段の上からこちらを見下ろしていたが、突然、背を向けて走り出した。隼人が教師の腕を振り払い、大輝を追って階段を上がっていく。「待て、お前ら！」と教師が慌てた声を発した。

一瞬ためらった後、みのりも急いで彼らを追った。

屋上に続くドア付近で、野次馬らしき生徒たちがざわつきながら様子を窺っている。隼人たちは屋上に出たようだ。階段にたむろする生徒らをかき分けるようにして、どうにか彼らの姿が見える場所まで進む。

真っ青な空の下、追いかける隼人に大輝が振り向きざまいきなり拳を放った。パシッと乾いた音がして、隼人の首が横に捻《ね》じれる。みのりの口から、きゃっと小さな悲鳴が漏れた。

はらはらしながら見守っていたとき、誰かに肩を摑まれた。驚いて見ると、微かに息を切らせて怜が立っている。同じく騒ぎを知って駆けつけてきたのだろう。れい、と慌ててすがりつく。

「お願い、隼人を止めて」

怜は戸惑った表情でみのりを見下ろし、無言のままかぶりを振った。隼人を制止するのは不可能だという意味なのか、あるいは止めるつもりがないということなのか、その仕草からは判断がつかなかった。

みのりが尚も訴えようとしたとき、他の生徒たちを突き飛ばす勢いで教師が駆け上がってきた。肩を上下させ、「お前ら、いい加減にしろ」とがなる。

「来るんじゃねえ!」

制止の声を上げる教師を、大輝がただならぬ迫力で一喝した。その剣幕に、思わずビクッと肩が跳ねる。

顔を紅潮させた大輝が拳を固め、再び隼人に躍りかかる。隼人は今度はそれをかわし、素早く足払いをかけた。前のめりによろけた大輝のみぞおちに、すかさず蹴りを叩き込む。くぐもった呻き声を発し、大輝が背中からフェンスに激突した。そのままくずおれて咳き込む。

苦しげに顔を歪めながらも、大輝はきっと隼人を睨んだ。

「お前が——お前が舐めた真似、すっからだろうが……ッ」

大輝の血走った目には、たぎるような怒りがあった。

「お前なんかが、アイツに——」

と、遠巻きに二人を見つめていた生徒たちの間から、誰かがゆっくりと前に歩み出るのが見えた。——雛子だ。

「雛子ちゃん……？」

怪訝な呟きがこぼれた。何をする気なのだろう。いけない、興奮している彼らの前に出て行っては危険だ。

慌てて雛子を止めようとすると、怜に腕を掴まれて引き戻された。何、と困惑して怜を見上げ、いつになく険しい色を宿した眼差しにどきりとする。

野次馬の群れから抜け、近づいてくる雛子を見て大輝がハッとした顔になった。その口が、かすれた声で雛子の名を呼ぶ。

「——犬飼」

みのりは驚いて固まった。大輝が雛子を知っていたことが意外だった。しかしそれ以上に、大輝が今まで発していた声とは違う、どこか切実な響きで雛子を呼んだことに動揺を覚えた。

隼人を睨み、大輝が憎々しげに口にする。

「なあ、コイツだろ。コイツがお前にひどい真似しやがったんだろ？」

蹴られた箇所が痛むのか顔をしかめ、腹部を押さえながら、大輝は声を発した。

「オレ、お前のために——」

雛子さえわかってくれるのならそれでいいという、すがるような声だった。

ふいに、雛子は足を止めた。うずくまったまま自分を見上げる大輝に向かって、静かに口を開く。

「……隼人にこんなことして欲しいなんて、思ってないわ」

それはまるで、子供がいらない玩具を放り捨てるような無関心さだった。

大輝が表情をこわばらせる。雛子は、突き放すような口調で続けた。

「こんなことしてなんて、頼んでない」

それから大輝を見下ろし、ごく当たり前のことを告げるように淡々と云う。

「私、あなたのこと、ちっとも好きじゃないわ」

大輝の目が見開かれた。信じられないというように、まじまじと雛子の顔を凝視する。傷ついた幼子のような、ひどく無防備な顔だった。

大輝の足元から、暗く湿った妄念が影みたいに広がっていくのを見た気がした。怒りのような、絶望のような感情が彼の中からにじみ出す。

直後、大輝がぐしゃりと顔を歪めた。地面に拳を叩きつけ、そこに額をこすりつけるようにして吠える。それは聞いている方が居たたまれなくなるほど、苦しげな声だった。みのりは呆然と目の前の光景を見つめた。

「どういうこと、なの……?」

混乱していると、怜がためらった顔でみのりを見た。やがて、仕方がないというように口を開く。

「……隼人があの先輩に目をつけられたのは、たぶん、雛子のせいだよ。隼人の周りから人を遠ざけようとして、雛子がやらせたんだ」

怜は暗い表情で云い、ふうっと息を吐き出した。

「雛子は昔から、隼人に近づくものを嫌ってたから。隼人が興味を持ったり、大切にするものを排除しようとしてたから」

「どうして？」と驚いて訊き返す。雛子は、そこまで隼人を憎んでいたのだろうか。ひやりと冷たい緊張が湧き起こる。

しかし、怜の口から発せられた言葉は、みのりがまるで予想しないものだった。

「隼人のことが好きだから」

とっさに言葉を失い、まじまじと怜の顔を見る。――怜は、何を云っているのだろう？

ショックを受けているみのりの様子に表情を曇らせながら、怜は続けた。

「昨日あの人たち、わざわざ僕らにちょっかいをかけに来ただろう？　あの橋本って人は勉強も出来るらしいし、受験生で内申もあるのに、生意気な下級生をこらしめるためだけにそこまでするなんて不自然だよ。それで、雛子が絡んでるんじゃないかって気がついた」

怜の言葉に、ふいに一つの光景がよみがえった。病院で雛子らしき人物を見かけたとき、背の高い男の子が一緒だったこと。その後ろ姿に、どこか見覚えがあると感じたこと。

大輝は進学塾に通っているらしいと、前に由紀子が云っていた。

もし、大輝と雛子が同じ進学塾に通っていたら。二人の間に、そんな思いがけない接点があったとしたら――？

「……嘘」

否定の呟きが洩《も》れた。動揺し、半笑いのようなおかしな表情になってしまう。

「だって雛子ちゃん、隼人は乱暴者だっていつも云ってたもの。すごく怖くて、酷《ひど》い目に遭わされるから、近づかない方がいいって」

初対面のとき、隼人に蹴られて痛々しい痣を作っていた雛子。そうだ。あんなふうに理不尽な暴力をふるう隼人を好きだなんて、どうしてそんなことがありえるだろう？

「神社で初めて会ったときも、隼人は雛子ちゃんを本気で蹴ってたじゃない。ただムカついたから蹴ったんだって、死ねって云われたって、雛子ちゃんはそう云ってた」

むきになるみのりを、怜がなぜか気の毒そうな眼差しでじっと見つめる。それから、静かに口を開いた。

「あのとき、隼人が雛子に暴力をふるったのは」

悲しげな表情で怜が告げる。

「——雛子がハナの子犬を盗んで、殺したからだよ」

がん、と固い何かで殴られたような衝撃を覚えた。頭の中が真っ白になる。

「なに、云ってるの……？」

ようやく発した言葉はかすれていた。……殺した？　雛子が子犬を？　まさか。

「そんなこと、あるわけ」

云いかけ、唐突にあることを思い出して息を呑む。——空き地で子犬の死骸を見つけたときのことだ。

学校帰り、藪の隙間から雛子の水色のシャツが見えて後を追ったみのりは、しゃがみこむ雛子と埋められた子犬を発見した。下校途中でそれを見つけ、不審に思って近づいたのだと、雛子はみのりにそう説明した。

——しかし思い返せば、雛子の発言はおかしくはないだろうか。あのとき、空き地には背の高い草が生い茂っていた。実際、通りかかったみのりが見かけたのは雛子のシャツ——上半身だけだったのだ。

それなのに、どうして雛子は、地面に埋められた子犬の足を見つけることができたのだろう……？

恐ろしい考えに背すじがぞくっとした。強い風が吹き、屋上に立つ雛子の制服のスカートを揺らす。その綺麗な横顔を見つめ、緊張に喉が上下した。

――そうだ。隼人は残酷な少年だと、容赦なく誰にでも暴力をふるうのだとみのりに告げたのは雛子だ。だから決して近づくなと、雛子が――雛子だけが、みのりに何度もそう吹き込んだ。

「この前、ハナを無理やり連れていって山につないだのは、おそらく雛子だ。……僕も小学二年生の頃、雛子に沼に突き落とされたことがあるんだ。ほんの子供だったたし、ただの事故ってことで大事にはならなかったけど、一歩間違えば死んでたかもしれない。きっと、僕が隼人と一緒にいるのが気に入らなかったんだ」

口の中が干上がった。……雛子が怜に話しかけるとき、近づくんじゃねえ、と隼人がいつも強引に割り込んできたことに思い当たる。

「みのりは雛子と仲良くしてたみたいだったし。引っ越してきたばかりで、あの辺は同い年の女の子も少ないから、そんな話をしたらみのりがショックを受けて怖がると思ったんだ」

言葉が継げずにいるみのりに、怜は神妙な面持ちで呟いた。

「それにあの頃、みのりは隼人のこと、すごく嫌ってただろ。隼人と仲が悪かったから、雛子がみのりに手出しする心配はないと思って」と重々しくため息をつく。

「昨日、あの人たちが僕を狙ったのは、雛子がたきつけたからだと思う」

厳しい表情になり、怜はきっぱりと告げた。

「僕のことも、みのりのことも、雛子はきっと目障りに思ってるはずだから」

射抜かれたように息が詰まった。

絶句するみのりの目に、教師に両脇を支えられるようにして連れていかれる大輝の姿が映った。額から血を流した大輝は大きな背中を丸めてうなだれ、何かに耐えるように唇を噛みしめていた。みのりたちの姿すら視界に入っていない様子で階段の脇を通り過ぎていく。その姿は、昨日とはまるで別人のようだった。

ようやく騒動が収拾したかと思われた、そのときだった。

生徒たちの間から悲鳴に似たざわめきが起こった。どうしたのだろうと怪訝に思って目を向け、瞬時に身体がこわばった。

隼人と雛子が、屋上で向かい合うように立っている。隼人を見つめる雛子の右手に、いつのまにか鋭く光るものが握られていた。――ナイフだ。あれは、大輝に奪われた怜のナイフだ。

思いがけない事態に、怜がさっと顔色を変える。

「雛子ちゃん！」とみのりは驚いて叫んだ。場に動揺した空気が走る。

よせ、バカなことをするな。今すぐそれを置きなさい。教師たちが雛子に向かって懸命に呼びかけている。

しかし雛子はこちらを見なかった。雛子の視線は、ただまっすぐ、隼人だけに注がれていた。黙ったまま立つ隼人に向かって、雛子が思いつめた表情で何か云った。声は喧騒にかき消されてはっきりと聞き取れない。しかしみのりの耳には、雛子がこう呟いたように聞こえた。

――隼人が、私のものに、ならないから。

雛子の顔が一瞬、泣き出しそうに歪む。そこに、いつもの人形めいた印象は存在しなかった。めくった皮の下につやや かな桃色の肉が覗くように、雛子の面にはただむき出しの感情があった。決して光が届かない深海の底を懸命に照らし出そうとしているような、痛々しい切実さがあった。

立ちすくむみのりの目前で、雛子がおもむろにナイフを握り直す。まるでそれが自分の望みを叶えてくれるたった一つの物だとでもいうように両手で硬く握りしめ、鋭い刃先を隼人に向けた。一歩ずつ、隼人に近づいていく。

「隼人、離れろ！」

怜が必死に叫んだ。しかし隼人は動かなかった。雛子から目を逸らすことすらせず、じっとその場に立ち尽くしている。対峙《たいじ》する二人の距離がじりじりと縮まった。

周りのざわめきがいっそう大きくなる。教師も、刃物を手にしている雛子に対してうかつに手を出せない様子だ。

やめて、早く逃げて。背中を冷たい汗が伝うのを感じた。彼らから一瞬でも視線を外したら、取り返しのつかないことが起こってしまう気がした。焦りと恐怖がせり上がる。

隼人はなぜ動かないのだろう？　まさか先程の騒ぎで怪我でもしたのだろうか。あるいは、刃物を向けられた恐怖心から動けずにいるのか。

そのとき、唐突に雛子の足が止まった。

どうしたのだろうと怪訝に思い、雛子の視線の先にあるものを目にして、みのりも同時に動けなくなる。

隼人が、正面から雛子を見据えていた。その挑むような光を目にした瞬間、思わずたじろぐ。

隼人の眼差しには、まっすぐな威厳のようなものがあった。何者にも自分の意志を曲げさせまいとする、揺るぎない矜持《きょうじ》があった。

離れた場所にいても、雛子が気圧されるのがはっきりとわかった。思わず息を詰める。

――隼人が雛子に向けたのは、蔑みの視線だった。

まるで、高貴な人間が卑しい者を見るような眼差しだった。残酷なその目が、雛子を受け入れることなど決してないのだと、言葉よりも遥《はる》かに雄弁に告げていた。

その場に凍りついた雛子の顔が、みるまに色を失っていく。彼女の肩が小さく震えるのが見えた。直後、手からナイフが滑り落ちる。

全ての力が抜けてしまったように、雛子は地面に座り込んだ。そのまま放心したような表情で空を見つめる。

緊迫した空気が解けると同時に、教師が雛子のもとへ駆け寄った。地面に落ちたナイフを慌てて回収し、痩せた肩を抱くようにして隔離するみたいに雛子をどこかへ連れていく。

まだ興奮冷めやらぬ様子でざわついている野次馬たちに向かって、教室に戻るよう教師たちが声を張り上げている。怜がこわばった顔で隼人に駆け寄った。怪我はないか、と尋ねているようだ。

みのりはその場に立ったまま、動けなかった。目の前で起こった出来事があまりにも強烈すぎて、どうしていいかわからなかった。呆然と彼らを眺める。

どこか上の空で怜の問いに頷いていた隼人が、ふっと顔を上向けた。空を見上げた隼人の横顔には得意そうな色も、高揚さえもまるで感じ取れなかった。

遠くを見るように目をすがめた隼人が一瞬、苦しげに顔を歪めた。その唇が、ちくしょう、という呟きを形作る。ちくしょう、ちくしょう。

胸を撃ち抜かれたような気がして、みのりは思わず身じろぎした。

手の届かない空が、抜けるように青く、どこまでも広がっていた。

◇

隼人が上級生のクラスに単身で乗り込み、彼らを叩きのめしてしまったという噂話は、たちまち校内を駆け巡った。

あれだけの騒ぎを引き起こしたのだから、無理もないだろう。

隼人に対して学校側から何らかの処置が下されることを思い、みのりはひどく不安になった。隼人はどうなってしまうのだろう……？　もしかしたら、ここにいられなくなってしまうのだろうか？

これまでずっと隼人の無鉄砲さを目の当たりにしてきた怜も、さすがに今回は落ち着かない様子だった。

騒ぎの後、事情を聴くために教師たちに連れていかれた隼人はそのまま教室には戻って来なかったらしく、翌日は学校を休んだ。怜によると、両親と共に呼び出されて学校との間で話し合いが行われることになったらしい。

隼人の厳格な両親は、涙ぐみながら必死に頭を下げて息子のしたことを詫びるのかもしれない。隼人はまた食事を抜かれたり、殴られて蔵に閉じ込められたりするのかもしれない。想像したら、ざわざわと胸が落ち着かなくなった。

授業中もずっとそのことが気になってしまい、学校が終わるとすぐに桜沢へのバスに乗ることにした。

今日は部活を休ませてほしい、と伝えたみのりに、恭子は何も訊かず「わかった」と無愛想に頷いた。不真面目な部員だと思われたのかもしれないと一瞬不安になったが、恭子はいつものように淡々とした口調で、「帰り道、急いで転ぶなよ」と呟いただけだった。みのりと同じ分校出身の子供たちが起こした昨日の騒ぎを知っていて、気遣ってくれたのかもしれない。

桜沢のバス停で降り、隼人の家に行ってみよう、と思い立った。家の場所は知っているものの、みのりが一人でそこを訪れたことはこれまで一度も無かった。隼人との間にはいつも怜が介在していたし、みのりにとって、隼人は単純に親しい友達というわけではない。けれど、あんな出来事の後で隼人がどうしているのか、気がかりで仕方なかった。

隼人の家は舗装されていない広い農道沿いにある、古くて大きな家屋だ。暗褐色の屋根瓦が、どことなくよそ者を拒絶しているかのように感じられる。板塀がぐるりと巡らされ、門扉《もんぴ》から整然と刈り込まれた植込みや椿の木が覗いた。砂利《じゃり》の敷かれた敷地の奥に見えるのは小さな納屋と、土蔵のようだ。

心配になって家の前まで来てみたものの、いざとなるとためらいが生じた。こんなときにいきなり来たりして迷惑がられるかもしれないし、そもそも、会って何を話せばいいんだろう……？

やっぱり帰ろう、とみのりが立ち去ろうとしたとき、勢いよく戸を開閉する音と怒鳴り声がした。驚いて立ちすくんでいると、急に玄関から隼人が転がるように飛び出してきた。「隼人ォッ」という怒声が家の中から追いかけてくる。隼人の父親の声だ。あの痩せて温厚そうな中年男性が発したとは思えない、迫力のある声だった。

「バカみでえなごどばっかりして、なして問題ば起こすのや。お前は——お前は、まだ懲りねのが。ハナが死んでもなんとも思わねんだが、悲しいと思わねのがあっ」

その声は、傍で聞いているみのりですらすくみ上ってしまうほどの怒りと、それから切羽詰まったやるせなさみたいなものが感じられた。

「ほだなごどばっかりしてっど、お前も祖父さんみたくなっちまうぞ。祖父さんみたいな不孝もんのろくでなしになりたいのがあッ！」

「うるせえ！」

隼人が全身で叫ぶように云い返した。制止する母親の涙声と、激しく呼ぶ父を振り切って駆け出す。こっちに来る、と動揺したみのりはとっさに門扉の陰に身を隠した。別に悪いことをしていた訳ではないのに隠れる必要はないのでは、と思ったものの、よその家族の事情を覗き見てしまったようでばつが悪かった。

隼人は振り向きもせず、がむしゃらに道を走っていく。迷ってから、みのりはその後を追った。追いかけてどうしようと考えたわけではなく、ただ、今の隼人を一人にしておいてはいけないという気がしていた。

轍《わだち》に足を取られながら未舗装の道を進むと、前をひた走る隼人の背中がぐんと遠くなり、あっという間に木々の向こうに消えてしまう。どうしたものかと逡巡《しゅんじゅん》したとき、ふと周りの光景に見覚えがあることに気がついた。……確か、この近くには、向日葵流しのときに「人の来ないとっておきの場所だ」と云って怜と隼人が連れてきてくれた場所があったはずだ。

細かい枝葉に制服を引っかけてしまわないよう注意しながら、隼人を捜して歩いていく。しばらく進むと藪の向こう側に、開けた小さな丘が見えた。

——そこに、隼人がいた。夏に来たときよりもまだ草木のまばらな地面に腰を下ろし、膝を抱えてうずくまっている。

ためらいながらみのりが近づいていくと、足音に気がついたらしい隼人が振り返った。みのりを見て驚いた顔をし、ぎゅっと眉を寄せてしかめっ面のような表情になる。

何しに来た、帰れ、というような言葉を投げかけられるものと思って身構えたが、隼人は何も云わず、そのまま再び前を向いてしまった。

遠慮がちに歩み寄り、ぎこちなく隼人の隣に腰を下ろした。隼人は黙ったまま、唇を引き結んで前方を睨んでいる。

小高い場所にある丘からは、ざあざあと流れていく川が見渡せた。少し冷たく感じられる風が前髪を揺らしていく。どれくらい、そうしてそこに座っていただろう。しばらくして、隼人はぼそりと呟いた。

「……オレの祖父ちゃん、すげー面白かったんだ」

こちらを見ないまま、隼人が云う。

「いっつも楽しそうに目ぇきらきらさせてて、全力で怒ったりふざけたりしてて、オレの知ってる他の大人と全然違ってた。子供だからってバカにしないでちゃんと話を聞いてくれた。ガキの頃、祖父ちゃんといるとなんでもすげえ楽しかったんだ。いつでも、なんだって」

懐かしむように、隼人はふっと口元を緩めた。

「でかい雷が鳴ると、祖父ちゃんが大声でオレを呼ぶんだ。隼人、雷が来るぞーって、すっげえわくわくした顔してさ。大急ぎで二階のベランダに出て、並んで座って雷を見てた。地響きみたいなでかい音がして、花火みたいに空が白く眩しく光るんだ。二人で興奮してずっと空を見上げてた。雷が怖いなんて、オレはちっとも思わなかった」

みのりは黙って話を聞いていた。隼人の言葉は、みのりに対してというより半ば独白のようにも思えた。隼人が暗い声になる。

「うちの親は、死んだ祖父ちゃんのことを嫌ってる。変人だって、祖父ちゃんのせいで迷惑をかけられて家族はずっと肩身の狭い思いをしてきたんだって憎んでる。あんなふうに勝手気ままな生き方をしてたら、自分も周りも目茶苦茶にして、人生を駄目にするって云うんだ。オレは祖父ちゃんとそっくりだって。祖父ちゃんみたいなろくでなしになりたいのかって、そう云って何度もオレを怒る」

膝を抱える隼人の腕に、力がこもる気配がした。

「祖父ちゃんはボケて、一人で山を徘徊《はいかい》して沼で溺れ死んだんだって皆云う。かわいそうな年寄りだって。でも、そうじゃないって、オレは知ってる」

ひどく真剣な声で隼人は続けた。

「祖父ちゃんは、向日葵男をやっつけるために沼に行ったんだ。まだ小さかったオレがその噂を聞いて怖がったから。大丈夫だ、そんなものオレがやっつけてやるから任せろって威勢よく笑ってた。頭がおかしくなった気の毒な年寄りなんかじゃない。祖父ちゃんは、最後まで祖父ちゃんだったんだ。自分の意思で沼に向かうとき、きっといつもみたいに目をきらきらさせてたはずだ。親父がどれだけ祖父ちゃんを悪く云ったって、誰がバカにしたって、オレは絶対にそう信じてる」

切実な口調に、みのりは思わず隣を見た。隼人の横顔は、何かに挑むかのようにまっすぐ前を見据えている。虚空を睨み、そうやって隼人が全身で耐えているのがわかった。先日の喧嘩騒ぎで負傷したらしく、手の指に包帯を巻き、右頬にも痛々しい痣ができていた。さっき父親に殴られたのか、噛みしめたその唇の端から微かに血がにじんでいる。まるで、収まりきらない悲しみが彼の内側から染み出てきたみたいに見えた。

それを目にした瞬間、胸を錐《きり》で突かれたような鋭い痛みを覚えた。……ああ、と思う。

ほんとうに悲しいときに何をするかなんて、どうやって悲しむかなんて、人それぞれだ。隼人は、悲しいんだ。これが隼人の悲しみ方なんだ。ハナが死んで悲しくないのか、と罵倒していた隼人の父親に、強くそう云いたかった。

けど、と隼人が苦しげな声で呟く。ぐっと唇を嚙みしめた隼人の表情が、揺らぐ。

「――全部、オレのせいなのかな。オレがいるから、周りがおかしくなっちまうのかな。いつか何もかも全部、目茶苦茶にして、オレは一人きりで引き返せないどっかに行っちまうのかな。オレのせいで、オレがいたから、ハナは死んだのかな」

みのりは言葉を失った。

――唐突に、父が亡くなったときのことがよみがえる。葬儀が終わった後で、夜中に母が電話しながら泣いている姿を見てしまった。通話の相手はたぶん、祖母だった。

(もっと早く兆候に気づいていたら、あの人は死ななかったかもしれないのに。私がもっと健康に気を遣ってあげてたら、注意して見てあげてたら。あの人がこんなふうに亡くなったのは私のせい、私のせいなの)

違う、とそのとき強く思った。お父さんが死んだのはお母さんのせいなんかじゃない。そう云いたかったのに、大人がこんなふうに泣いているという事実がショックで、見てはいけないものを見てしまった気がして、母に気づかれぬよう、一人でそっと部屋に戻った。痛みを堪えるような隼人の表情があのときの母の横顔と重なって、たまらない気持ちになる。……後悔するのは、自身に非を探してしまうのは、失ったものをとても大切に思っているからだ。

「違うよ」

気がつくと、そんな言葉が口から漏れた。じわっと目頭が熱くなって、なぜかみのりの方が泣き出しそうだった。声が震えそうになるのをうつむいて堪えながら、懸命に云う。

「ハナが死んだのは、隼人のせいじゃ、ない」

隼人が驚いたようにこちらを見る気配がした。戸惑いを含んだ視線が、みのりの頬に突き刺さる。

そのとき、ふいに背後から声がした。

「――みのりの云う通りだね」

振り返ると、後ろに怜が立っている。いつからそこに居たのだろう。

怜は普段と変わらない態度で微笑み、隼人の隣に腰を下ろすと、「それにさ」とさりげなく続けた。

「隼人はどこにも行かないよ。僕らを置いて、一人きりでどこかに行ったりなんて絶対しない。そうだろ?」

怜の言葉に、隼人はあっけに取られたような顔をした。それから、おかしそうにくっと笑う。

その表情から先程のあやうい空気は消えていた。

みのりと怜はどちらからともなく顔を見合わせ、笑みを浮かべた。ほら立って、と怜が自然に促す。

「おばさんがすごく心配してたよ。帰ろう」

げえ、と露骨に顔をしかめてみせながらも、隼人は大人しく立ち上がった。

そんな隼人の様子に幾分ホッとしながらも、これからどうなってしまうのだろう、と考えてみのりは憂鬱になった。校内は、隼人の起こした暴力騒ぎの話題で持ちきりだった。

来た道を戻りながら、どうか隼人がこれ以上傷つくようなことにならなければいい、と祈るように思った。

事態が動いたのは、その翌日だった。――周りがざわつく中、隼人が何食わぬ顔で登校してきたのだ。

複数の三年生が、小柄な新入生たった一人を相手取った喧嘩。その事実だけを客観的に見るなら、分は明らかに隼人の方にあった。おまけに以前から大輝が一方的に隼人に絡んでいたのを、多くの生徒や教師が目撃している。

……それ以上に学校で問題と見なされたのは、雛子が隼人に刃物を向けた事実らしかった。

田舎の中学校で女子生徒が同級生を刺そうとしたというだけでもセンセーショナルなのに、当事者の雛子は、地元で知られる総合病院の一人娘だ。進学塾に通い、両親が大いに期待をかける「優秀な少女」なのである。教師たちが頭を抱えたであろうことは容易に想像がついた。

隼人が起こした騒動を問題にするなら、雛子の行動も公に取り沙汰しないわけにはいかない。そして中学生同士の小競り合いよりも、雛子が屋上で取った行為の方が遥かに問題視されるのは明らかだった。

学校側としては、雛子の件を大事にするのは可能な限り避けたいらしかった。雛子の両親と学校との間で、どのような話し合いが行われたのかは知らない。

しかし結果として、先日の騒動については、関わった生徒とその家族が学校に呼び出されて厳重な注意を受ける、という形で事態が収められることになったようだ。

かくて隼人は、他の生徒を動揺させるような真似はくれぐれも慎むようにと教師たちから念を押された後、周囲の視線などどこ吹く風といった体で学校に戻ってきた。隼人らしい、とやや呆れながらも安堵する。

前に校内でみのりが声をかけたとき、「学校で話しかけんな」と隼人が露骨に不機嫌な顔をしたのを思い出す。女子と喋っているところを見られるのが嫌なのかと思っていたけれど、奔放な隼人がそんなふうに周りの視線を気にするのもおかしな話だ。今にして思うと、あれは大輝との揉め事にみのりたちを巻き込まないようにという、彼なりの配慮だったのかもしれない。

周りが隼人を見る目は、まるで危険な動物に対するようなものだった。

みのりの周りで、とりわけ反応していたのは小百合だった。小百合は入学早々に隼人と雛子が騒ぎを起こしたことについて相当腹を立てているらしく、「まったくもう、信じらんないッ」とみのりたちに向かって彼女らしい正義感で興奮気味にまくしてた。

「入学してすぐにこんな問題起こすなんて、分校出身の子はおかしいんだって皆から思われちゃう。それってつまり、私たちの学校や先生たちをも貶《おとし》められるってことよ？　そんなの、許せない」

由紀子はおろおろと小百合をなだめながら、ひたすら困惑した様子で呟いた。

「……雛子ちゃん、どうして、あんなことしちゃったんだろう」

どうして、あんなことしちゃったんだろう。由紀子の呟きは、みのりの胸に重く沈んだ。

……雛子は翌日も、その翌日も、学校を欠席した。

みのりは何度も雛子の家の近くまで足を運んだ。けれどどうしても呼び鈴を鳴らすことができず、引き返した。どんな顔をして雛子に会えばいいのかわからなかった。

もやもやとしたまま十日ばかりが過ぎた日曜の朝。気分転換にスケッチをしようと思い立ち、画材を抱えて外に出ると、家のすぐ近くで怜と出くわした。みのりの顔を見た怜が、あ、とやや戸惑ったような声を発する。

「どうしたの？」

怪訝に思って尋ねると、怜は少しためらうそぶりをした。ポケットから、おもむろに何かを取り出す。――大輝に奪われたあのナイフだ。

「これ……」と驚いて見ると、怜はぽつりと呟いた。

「今朝、うちの郵便受けに入ってた」

真顔でみのりを見つめ、怜が続ける。

「病院で母さんが聞いたんだけど、雛子、療養を兼ねて遠くの学校に行くことになったらしいんだ。今日、引っ越すって」

どきりと大きく鼓動が跳ねた。――雛子が、桜沢からいなくなる。その手で隼人を刺そうとしたナイフを怜に返し、ここを離れようとしている。

混乱するみのりに向かって、静かな、けれどきっぱりとした声で怜は告げた。

「僕は、見送りには行かない」

怜のもう片方の手に、庭から手折《たお》ってきたらしき小さな花が数本握られていることに、そのとき初めて気がついた。もしかしたらハナを埋めた場所に供えるのかもしれない。

「隼人もみのりも、近づかせたくない。大事なものをこれ以上傷つけさせたくない。……でもたぶん、みのりは」

そこで一度言葉を切り、怜は小さな声で云った。

「自分の知らない間に、身近に居た人がいきなりいなくなったら、きっと悲しむと思ったから」

みのりは動揺して立ち尽くした。頭の中でいろんな光景がぐるぐると回る。嬉しそうに一緒に散歩をしたハナ。あの優しい、いとおしい生き物に危害を加える気持ちなど、みのりは知らない。わからない。――わからないけれど。

胸のどこかが、ぎゅうっと苦しくなった。

どうしたいのかわからないまま、自然と足が雛子の家の方に向かう。意図せずどんどん早足になり、ついには駆け出していた。間に合うだろうか。雛子はまだ、ここにいるだろうか。

雛子の家の前にある通りに出たとき、向こうから一台の大きな車が走ってきた。目の前を通り過ぎるその車に、ハッと目を奪われる。……雛子だ。見慣れぬ車の助手席にうつむいて座っているのは、まぎれもなく雛子だった。

「雛子ちゃん！」

考えるより先に、大声で名前を呼んでいた。みのりの声が届いたのか、車の中の雛子がはじかれたように顔を上げるのがわかった。走る車窓から、雛子が顔を出してみのりを振り返る。風に髪をあおられた雛子の顔が、泣きそうにぐしゃりと歪んだ。それは今まで見た雛子のどの表情よりも、一番幼い顔だった。初めて見る女の子みたいだった。

風とエンジン音にかき消されて聞こえなかったけれど、雛子の唇が、みのりちゃん、としゃくりあげるように動くのがわかった。

その場に立ち尽くすみのりを残して、みるまに車は遠ざかっていく。雛子の姿が消えていく。

みのりはしばらく呆然とそこに佇んでいた。胸にあったのは、苦い後悔と、喪失感にも似た感情だった。雛子に何か云わなければいけなかったし、訊かなければいけなかったのだと思った。けれどいくら考えても、今の自分が雛子にかけられる言葉など見つかりそうになかった。

自分はどのくらい、素の雛子が見えていただろうか。思えばいつも雛子のことを、庇護《ひご》すべき女の子としてばかり見ていた気がする。

……もしかしたら自分は、はかなげな雛子に、不安な自分自身を投影していたのかもしれない。

雛子を守ろうとしたのは、みのり自身が誰かに守ってもらいたかったからかもしれない。

画材を抱えた手に力がこもる。ふと、雛子を描いてみればよかった、という考えが頭をよぎった。彼女を描いてみたかった。

――そうすれば、恭子が口にするように、ほんの少しでも相手を理解できたのだろうか。

◇

入学してすぐに上級生と揉め事を起こした隼人は、「何をするかわからない」「乱暴な男子」とみなされ、特に女子からは決定的に敬遠されることとなった。隼人の率直な態度や物云いは、多感な彼女たちを時にひどく怒らせたり、誤解させてしまうようだった。

そんな空気にさすがの隼人もうんざりした様子で、「女はすぐ泣くし、すぐ怒る」と面倒そうに顔をしかめて小百合にどやされていた。女と話をするなんて、という突っ張った態度を崩さず、なるべく女子とは関わらないようにしているようだ。

しばらくおっかなびっくりといった様子で隼人を遠巻きにしていた生徒たちだったが、日が経つにつれ、まず男子との距離が縮まっていった。あいつはすごい、周りがそう気づき始めたのだ。

隼人はずば抜けて運動神経が良かった。足の速さも、同学年で隼人に勝てる者などいなかった。球技が得意で、バレーボールでもバスケットでも抜群の動きを見せた。そして二番目は、怜だった。

隼人と怜はサッカー部に入ると、他の部員と毎日ボールを蹴飛ばしていた。分校では体育の時間にサッカーをする人数が足りないため、若い教師や事務員までもが駆り出されてメンバーに加わっていた。だから年の近い少年たちと思いきりサッカーができることが、彼らにとっては嬉しくて仕方がないようだった。桜沢から来た二人は、すごいな。サッカー部の顧問がそう口にし、驚きと興奮の入り混じった表情で彼らを見つめていた。

隼人は相変わらず傲慢といっていい性格だったが、もう誰も隼人に喧嘩を売ろうとする男子はいなかった。男の子たちはいったん服従すると草を食《は》む羊のように大人しく、少しばかりずるくて、善良だった。

何より、隼人には確かに人を引きつける力があった。隼人が右を向くと、そこに何か面白いものがあるのではないかと思ってそちらを見てしまうような引力がある。隼人が何か楽しいことを始めるのを、なんだかんだ云いつつも皆が無意識に期待しているような空気があった。

一方で、怜は頭が良く、きちんと相手と向き合おうとする思慮深さのようなものを持っていた。それは自意識との折り合いをつけるのに苦心する思春期の男子たちにとって習得し難い貴重なものであり、彼らが怜を信頼して一目置く理由にもなった。悪気なしに吐かれる隼人のきつい言葉に対し、怜がさりげなくフォローしてやるような場面も幾度となく見られた。

他の男子と交流するようになっても、二人の関係性は全く変わらないようだった。その様子になんとなくホッとすると同時に、誰も割り込めない彼らのつながりをあらためて羨ましく思った。自分と雛子が作り上げることができなかった、強い絆《きずな》のようなものを。

◇

同じ服を着た少年少女がひしめき合う空間にも徐々に慣れ出した頃、中学生になって初めての期末テストが近づいてきた。

ここ、テストに出るぞ、と教師が頻繁に口にするようになり、皆慌ててノートを取る。日に日に、夏の気配の訪れを感じた。

テストから解放されるとゆるやかに終業式があり、そのまま吸い込まれるように夏休みに突入した。怜と隼人は、夏休みの間も部の練習のため、ほとんど毎日バスに乗って学校に通っていた。

みのりはといえば、桜沢を歩き回ってひたすら風景を描いたり、家族や友人をデッサンしたりした。一度だけ、隼人にもモデルになってくれないかと気まぐれに頼んでみたことがあるが、苦虫を噛み潰したような顔で「ぜってぇ嫌だ」と断られた。美術という分野に対し、隼人は「ゲージュツカぶってる」「気取ったヤツがやること」とあまりにも偏った認識を持っていた。そもそも、じっとしていること自体が苦手のようだった。

隼人をモデルにするのを早々に諦めたみのりが次に目をつけたのは、恩師の今井だった。絵を描かせて欲しいと頼み込むと、今井は「こだな年寄りば描いて、おもしぇえんだが」とおどけた調子で眉を動かしながらも快く了承してくれた。

みのりは暇さえあれば分校に通い、飽きることなくデッサンを続けた。今井は特に気にする様子もなく、のんびり鼻歌を口ずさみながら事務仕事をしたりして、「中学はどだな感じだ?」などとみのりと和やかに雑談をした。すっかり定番となったその光景に、他の教師たちが「今井先生、今日もモデルですか」「モデルさんはお肌に気を遣わないといけないから大変ですねぇ」と口々に冗談を云う。

丁寧に、今井の姿を描いていった。しわも、骨ばった関節も、下まぶたに落ちた影でさえ、味わい深く感じられた。その佇まいは、穏やかに湿った苔を生やし、幾重もの年輪を刻んで立つ大きな木を連想させた。無心にデッサンしていると、まるで森の中に佇んでいるような気持ちになった。

そんなとき、描くことでわかることがある、という恭子の言葉が頭の奥でよみがえった。

部活動に忙しそうな怜も、約束した通り、時々モデルになってくれた。描く場所はたいていみのりの家だった。縁側で他愛もないことを喋りながら、椅子に腰掛けた姿や、くつろいでいる姿を描く。

たまに隼人がやってきて、「また捕まってんのかよ」と怜を冷やかした。ふざけてグラビアモデルのようなポーズを取ってからかい、怒ったみのりに追い出される。そんなとき、怜は特に気分を害する様子もなく、仕方ないなあ、という顔で黙って微笑むだけだった。

澄んだ湖面を覗き込むようにして、みのりは何枚も怜を描いた。けれど怜の眼差しは、描いても描いても掴めない気がした。どこまでも透明にゆらめき、決して水底《みなぞこ》までたどり着けないようで、もどかしかった。

描いた絵を見せると、怜は決まって「うまいね。うん、よく描けてると思う」と感想を口にし、出来に満足していないみのりの様子に、怪訝そうに首を傾げていた。

部活が休みの日には、怜と隼人と一緒に出掛けることもあった。

二人に連れられ、本当にこんなところを行くのだろうか、と不安になるような笹藪を分け入っていく。

涼し気な水音を立てる沢に着くと、彼らはさっそく釣りを始めた。隼人はライターとひと掴みの塩を持参しており、慣れた様子で火を起こした。怜がナイフで器用に木の枝を削って串を作り、沢で釣れたイワナやヤマメを手際よくそれに刺していく。

みのりと二人で出かけるときには見せたことがない怜の一面に、男の子同士で遊ぶときはこういうこともするんだな、となんだか新鮮な驚きを感じた。みのりも手伝っておっかなびっくり焼いたイワナやヤマメは、軽く塩を振っただけなのに信じられないほど美味しかった。

満腹になると、沢に入って水遊びをした。水の深さはふくらはぎの真ん中くらいで、心地よかった。陽射しは暑かったけれど、沢の水は長く入っていると冷たすぎるくらいだ。少し上流の方に行くと大人の背丈くらいの小さな滝つぼがあり、怜と隼人はそこで迷わずTシャツを脱ぎ捨てた。水の中に飛び込み、あっけに取られているみのりの前ですいすいと巧みに泳ぎ出す。まるで野生の自由な生き物を見ているみたいだった。

冷えると、大きな岩に寝転んで身体が温まるのを待った。陽光で温められた岩肌にトカゲみたいにぺたりと身を寄せていると、濡れた髪から落ちた滴が岩の表面にぽたぽたと黒っぽい染みを作り、たちまち乾いていく。水に浸《つ》かった後の気だるさを感じながら、目を閉じて岩に横たわっているのは気持ちよかった。

……認めるのは癪だけれど、隼人は面白いことを見つける天才だった。蛇の抜け殻だの動物の死骸だのにやたら興味を示すのには閉口したし、時には信じられないほど高い場所からジャンプしてみのりをぎょっとさせたり、はがれかけた自分のかさぶたをひらひらとめくってみせて悲鳴を上げさせたりもするけれど、一緒にいるとまるで退屈しなかった。

青空の下、向日葵は何か呪術的な力が働いているのではないかと不安になるほどの勢いでぐんぐん伸びていった。集落のあちこちで鮮やかな黄色い花を目にするようになり、そのたびにバカみたいだと思いながらも、まるでじっと見張られているような落ち着かない気分になった。一人で畦道を歩いているとき、道端で背の高い向日葵がこっちを向いていると、前を通るのがためらわれてしまう。

怯えるみのりとは対照的に、怜の家に行くたび、春美は楽しそうに庭に植えた向日葵の成長を報告してくれた。

「ほら見て。土に埋めたらこんなに綺麗なものが出てくるなんて、不思議ねえ」

いつものようにそんなことを云いながら庭いじりをする春美を見ていると、自分の不安がただの子供じみた妄想なのではないかという気がしてくる。それでもやはり、心の中に巣くうざわざわした感情は拭い去れなかった。

――夏になると、不穏な気配が満ちていくのを感じるのは、自分だけなのだろうか？

桜沢の夏祭りの日、怜と隼人に誘われて、三人で向日葵流しの見物に出かけることにした。

その日は朝から、神輿の練り歩く賑やかな掛け声が集落に響いていた。夜には公民館で親睦会と称した酒盛りが行われるため、大人たちも準備に慌ただしく動き回っている。大きなせいろで赤飯を炊いたり、大鍋で煮物を作るいい匂いが家々から漂ってくる。神社の境内や川沿いの道路に並んだ出店などを眺めて回るうち、少しずつ辺りが暗くなってきた。

通い慣れた畦道を駆けて分校に向かうと、祭りの飾りつけを施された校庭には人がざわめいていた。頭上で提灯がゆらゆらと揺れる。

とっておきの場所、と称するあの小高い丘で今年も見物するつもりなのだろうと思っていたが、隼人と怜は一向に側から離れる気配のない光太たちを見て苦笑し合い、子供らと一緒に川べりへと歩き出した。自分たちの秘密の場所について来られたら面倒だと思ったのか、あるいはもしかしたら、彼ら自身も一抹の寂しさのようなものを感じているのかもしれない。

今日流す灯ろうが自分たちのものではないこと、向日葵流しの準備に今年から自分たちはもう参加しないことが、なんとなく物寂しい。灯ろうを手にはしゃぐあの子供たちは、去年までの怜で、隼人で、そしてみのり自身だと思った。

暗い川沿いを歩きながら、怜が時々右手を緩く握り、また開くような動作をする。散歩するときいつも握っていたハナのリードがないことに違和感を覚えているのかもしれなかった。側に居るものが突然いなくなってしまうという感覚は、たとえ経験していても、慣れることはないのだと知る。

ロウソクを持つ教師の元に集まる光太たちから離れ、みのりたちはゆっくりと下流の方へ歩き始めた。児童が手にしている向日葵を目にし、自然と小学生の頃が思い出される。

「……ねえ。向日葵男って、本当にいると思う？」

そう尋ねると、二人は驚いたような顔をした。「なんだよ、いきなり」と隼人が眉をひそめる。

だって、とみのりは云い淀んでから続けた。

「やっぱり気になるんだもの。去年の夏、向日葵の花が切り落とされたのは、佐古先生がしたことだったの？　でも、先生は何のためにそんなことをしたの……？」

みのりが佐古の名を口にしたことに、彼らがやや戸惑った表情を浮かべる。みのりの前で佐古の話題を出さぬよう、周りがさりげなく気を遣っているらしいのは感じていた。恐ろしい記憶を、慎重にたぐり寄せるように話す。

「――神社の境内で、わたし、怪物みたいな何かに襲われたの。あのときは信じてもらえなかったけど、嘘じゃない。すごく、すごく怖かったの。でも、引き返したとき、境内には誰もいなかった。わたしを襲ったのがもし佐古先生だったとしたら、先生は、どうやって煙みたいに姿を消せたの？」

謎めいた不気味な出来事は、今も、みのりの胸をざわつかせる。

怜は返答に困ったように黙ってしまった。「知んねーよ！」と隼人が顔をしかめて面倒そうに云い放つ。

「頭のおかしいヤツの考えることなんか、知るかよ。興味ねえ」

みのりが尚も云い募ろうとしたとき、あっ、と隼人が声を上げて何かを指差した。つられて怜とみのりもそちらに目を向け、動きを止める。

薄闇の中、向日葵を載せた幾つもの灯ろうが上流から流れてくるのが見えた。ロウソクの明かりが、浮かび上がるように暗がりで揺れる。

向日葵流しが始まったのだ。自然と会話が途切れ、川べりに立ったまま、その光景を眺める。

突然、隼人が川に向かって駆け出した。みのりたちがあっけに取られている間に、奇声を上げて勢いよく水に足を踏み入れる。

隼人は飛沫《しぶき》を立てて水を蹴り上げ、なぜか得意そうにこちらを振り返った。

「お前らも来いよ」と隼人が呼ぶのとほぼ同時に、隼人おっ、なに危ないごどしったんだ、と離れた場所から大人の怒声が飛んできた。うっせえ、などと隼人が悪びれた様子もなく云い返している。

やれやれ、というように怜が苦笑し、みのりを見た。さっきの話題はなんとなくうやむやになってしまったが、再び持ち出すのもためらわれて、みのりはそのまま黙って光の流れる川を見つめた。

暗い川面を眺めながら、頭の片隅でぼんやりと思う。

――恐ろしい怪物は、本当に実在するのだろうか。この集落のどこかに、今も密やかに身を潜めているのだろうか？　それとも……。


その晩、久しぶりに父の夢を見た。

父は、分校に続く棚田の畦道に立っていた。明るい顔で父が笑う。迎えに来たよ、みのり。

懐かしさでいっぱいになり、みのりは父の元へ駆け寄ろうとした。そのとき、何か柔らかいものを踏みつける。地面に落ちていたのは、切り落とされた向日葵の花だった。

再び視線を上げると、そこにいたはずの父の姿は消え、背の高い影が立っていた。不気味な影が手にしているのは、鋭く光る鉈《なた》だ。

恐怖でへたりこみそうになるのを堪え、必死で逃げ出そうとした。近づいてくる足音が後ろから聞こえた。来る、みのりを追っている。

背後で荒々しい息遣いと、生臭い臭いを感じた。空を切る鋭い音がして反射的に振り返ると、それはみのりの頭を切り落とすべく振り上げられた鉈だった。

頭が真っ白になり、悲鳴を上げた。——飛び起き、そこでようやく今のが現実ではなく、夢だということを理解する。

全身に汗をびっしょりかいていた。大きく肩で息をつく。

まだ速い鼓動をなだめるように深呼吸してから、みのりは乱れた布団の中から起き上がった。見回すと、辺りはまだ暗い。

開け放したままの窓の外で、夜風に、ひっそりと向日葵が揺れていた。

◇

朝晩少しずつ肌寒さを感じるようになってきて、秋が来た。

その日、テスト期間で早めに帰宅したみのりは、机に向かって勉強していた。

ここしばらく美術室で取りかかっていた絵を仕上げたかったのだが、テスト中は部活動が休みで不満だった。その上、朝からお腹が痛かった。下腹部がなんだか重苦しい感じだ。

みのり、と階下から祖母が呼ぶ。

「まだ、腹痛いのが？　晩ご飯食えっか？」

大丈夫、と返事をして、夕食の支度を手伝おうと台所に向かう。祖母は割烹着姿で煮物を火にかけていた。家の中に、いい匂いが立ち込める。味噌汁の具に使う豆腐を切っていると、再びお腹に鈍痛が走った。

いたた、と顔をしかめるみのりを見て、祖母が心配そうに呟く。

「なんも悪い物は食ってないのになあ。勉強で疲れだんだべがねえ」

みのりの額に手を当て、熱はないみたいだけんど、と祖母は続けた。

「頑張るのはいいけど、人間なんでもほどほどでないとなんねえ。体壊したら、なんにもならねえんだがらな」

みのりにそう云いながら、祖母が珍しく、ややしょんぼりとした顔をした。もしかしたらみのりが小さい頃に亡くなったという祖父か、他界したみのりの父のことを思い出したのかもしれない。

器に盛られた細竹《ほそたけ》と鶏肉の煮物をつまみ、みのりは意識して明るい声を出した。

「お祖母ちゃん、これ美味しい」

「んだが」と祖母がにこにこ笑う。事実、祖母の作る煮物はどれも美味しかった。同じ材料を使っているのに、みのりや母が作っても祖母が作る味にはならないのが不思議だった。

「細筍はな、今年の春に、容子《ようこ》さんと採ってきたやつだ」

容子さん、というのは叔父である良平の妻だ。見ると、製造年月日と「委託加工品」という文字が印字された空っぽの缶詰が捨ててある。集落の人たちは、山から採ってきた細竹やフキ、ミズなどといった山菜を処理して裏山の缶詰工場に持っていき、缶詰や瓶詰にしてもらって季節の味を長く楽しんだり、親戚同士でお裾分けし合うようだった。

ほのかな歯ごたえを楽しみながら、ふと、父のことを思い出す。

父は子供の頃に滑り台から落ちて怪我をしたという話を、どこか得意げな口調でよく口にしていた。ざっくり切れて、たくさん血が出たもんだから周りが大騒ぎしてな。でもお父さん、全然泣かなかったんだぞ。そう云って、手の甲に残るうっすらと盛り上がった二センチほどの傷痕らしきものを誇らしげにみのりに見せる。何度もその話をするものだから、はいはい、と母が横で呆れたように笑っていた。

……古い傷痕があった父の手は、右だったろうか、それとも左？　そんな細部が、自分の中から少しずつ剝がれ落ちていくのを自覚するたび、切なくなる。

大切な記憶も缶に詰めて保存しておければいいのに、と思った。必要なときに、そっと取り出して、味わえたらいいのに。

母はパート先の懇親会に出る予定だそうで、その日は祖母と二人きりで夕食を済ませた。

食後、みのりが茶の間でぼんやりとテレビを眺めていると、外で車の音が聞こえた。遅くなったので叔父が送ってくれたのかもしれない。そう思って立ち上がり、玄関のドアを細く開けたとき、車から降りる母の姿が見えた。

外に停まっているのは、見覚えのない車だった。どうやら職場の人に送ってもらったらしい。車中から、微かになまりのある穏やかな男性の声がした。男性に向かって、母が朗らかに礼を口にしている。

車が走り出す際、母は丁寧に頭を下げて見送った。

「なんだて、帰り気を付けてけらっしゃい」

それを耳にした途端、反射的に固まった。玄関に歩いてきた母が、戸口に立つみのりに気づいて「ただいま」と笑みを浮かべる。

「お祖母ちゃんは？」

上機嫌な母に、ぎこちなく答える。

「疲れたからって、さっき、寝たところ」

「そう」

母は家に上がって上着を脱ぎながら、怪訝そうにみのりを見た。

「どうしたの？　ぼうっとして変な子ねえ。あなたも試験勉強で疲れてるんじゃないの？」と軽い口調で云い、煮物の入った鍋の蓋を開ける。

「あら、美味しそう。食べてきたけど、ちょっとだけつまんじゃおうかしら。みのりもお茶飲む？」

ううん、とみのりは小さくかぶりを振った。「お風呂、先に入るね」と告げてそそくさと浴室へ向かう。衣服を脱ぎながら、自分が動揺しているのを自覚した。

母が先程の男性に向けた華やいだ声は、家にいるときの母とは違う、みのりが聞いたことのないものだった。そして別れ際に発した母の方言に、少なからず驚きを覚えた。

桜沢に戻ってからも、母は東京で暮らしていたときの喋り方を変えたりはしなかった。よくわからないけれど、伴侶を失って地元に戻ってきた母なりの矜持《きょうじ》があるのかもしれない、と子供心に漠然と感じていた。みのりの言葉に地元の方言が交じるとき、「やあだ、みのりったら、すっかり桜沢の子ねえ」と母はおかしそうに笑っていた。なのに。

浴室でシャワーの蛇口をひねると、再び下腹部に鈍い痛みが生じた。顔を歪めてお腹を見下ろし、そこに手をやったとき、足元に何か赤いものが落ちる。

目を見開き、その姿勢のまま、動けなくなる。

タイルの上には一滴の血液がにじんでいた。まるで、そこに赤い花びらが落ちているかのように見えた。

ああ、とため息に似た声が漏れる。

それはフィクションなどで演出されるような特別な意味合いを持つものでも、女性の神秘でもなんでもなく、受け入れる以外無いただの現実だった。これまでのみのりの日常にはなかった、そしてこれから許容しなければならない、違和感だった。

経血がシャワーの湯で排水口に流されていく。お腹がしくしくと痛かった。この痛みはどれくらい続くのだろう、下着が汚れたらどうしよう、とぼんやり思う。みのりはそっと目を閉じた。

真っ暗な窓の外で、虫が鳴いていた。

何かがゆっくりと、しかし、確実に変わっていこうとしていた。

第六章　変化

二年生になるとクラス替えが行われた。

みのりは、怜と小百合と同じ二組になった。隼人は隣の一組だった。三年生になってもクラス替えは行われないから、卒業するまで同じ顔触れということになる。

貼り出されたクラス表を見て、隼人が「しょうがねー」と怜にぼやいた。どのみち彼らはサッカー部の練習で一緒にいる時間が多い。二年に進級し、隼人と怜はますます熱心に部活動に打ち込んでいるようだった。

隼人と怜は、一年の間にものすごい勢いで背が伸びた。中学に入学した当初は二人とも小柄な方だったのに、今ではクラスで二番目くらいに大きくなった。

その上、いつしかすっかり声変わりをしていた。風邪をひいたようになんとなく声が出にくそうにしていた時期があったが、気がつくと、まるでずっと前からそうであったように一オクターブ低い声で話すようになっていた。みのりとほとんど同じくらいの背丈で、少女のような面立ちをしていた小学生の頃の怜を思い、なんとなく複雑な気持ちになる。

怜は一時期、成長痛で膝が痛むとよく口にしていた。膝をさすって前屈みに歩く怜を、隼人が「年寄りみたいだ」と茶化した。けれどみのりの目には、卵の殻を破ったばかりの雛が歩き出すところのように見えた。

顕著な変化は彼らだけではなく、周囲にも生じていた。

――一年の頃に隼人と怜を遠巻きにしていた女子たちが、彼らに対し、はっきりと好意を向け始めたのだ。

開け放した窓から校庭を眺める女子たちが甲高い声で騒いでいるので、視線を向けると、ボールを蹴る隼人の姿があったりする。隼人と怜が通り過ぎるとき、頰を赤らめてひそひそ噂話をする女子や、中には積極的に話しかける子もいた。

レギュラーメンバーとしてサッカー部の試合で活躍する二人に、よその中学校の女子の間でも「かっこいい」と騒ぐ向きがあるのだと、由紀子が誇らしげに話していた。

今にして思えば、二人が入学時からあれこれ噂されたのも、目立つ存在である彼らを周りが過剰に意識していたためだったのかもしれない。そんな光景を目にするたび、みのりは少し戸惑うような、不思議な気持ちになった。

その日、部活を終えて下校する途中、バス停に向かう道を一人で歩く隼人を見つけた。隼人たちはいつも遅くまでサッカー部の練習をしているため、みのりと帰りが一緒になるのは珍しい。

隼人に歩み寄り、「いま帰り？　部活は？」と尋ねると、いかにも不機嫌そうな声が返ってきた。

「……コーチに、今日は練習禁止って云われた。頭を冷やせ、だとさ」

ふてくされた表情で歩き続ける隼人の横顔を目にし、ああ、と思い当たることがあった。先日、他校のサッカー部との練習試合があったそうだが、そこで怜と隼人が得点に絡むプレイを見せ、相手チームにかなりの点差をつけて勝ったらしい。恥をかかされた、と逆恨みした相手校の部員らは、試合後、隼人に「生意気だ」と絡んできた。数人がかりで喧嘩を売られた隼人は無傷では済まなかったが、隼人に返り討ちにされた相手校の部員たちは、もっとぼろぼろな有様だったそうだ。良くも悪くも目立つ隼人は、周囲から一方的な好意や悪意をぶつけられることが多いように見えた。そんなとき隼人は、決して自分を曲げることをしなかった。

隼人のまくり上げた袖口からのぞく絆創膏《ばんそうこう》を見やり、そっとため息をついた。

「もうちょっと、うまくやればいいのに。怜みたいに」

みのりが何気なく呟いた途端、隼人は急に足を止めた。立ち止まったまま、怒ったような口調で云う。

「――オレは怜じゃない。アイツみたいにはできねーよ」

思いがけず返ってきた強い反応にみのりが戸惑ったとき、夕暮れみたいな色をした羽根の蝶が二人の頭上を飛んでいった。あ、と小さく声を上げてみのりが目で追うと、隼人が空に向かって素早く手を伸ばした。蝶を捕えようとする隼人の手首を、「だめ」と反射的に摑む。

隼人の手をすり抜けて、蝶はひらひらとどこかへ飛んでいった。隼人がぎこちなく開いた指先に、微かに鱗粉《りんぷん》らしきものが付着している。

手を離そうとし、ふと、隼人の右腕に視線が向いた。皮膚の一部が数センチばかり白っぽく盛り上がっているのは、隼人が自転車で佐古の車に突っ込んだときの、十針縫った傷だった。

「……痕、残っちゃったね」

しょんぼりとした気分になり、古い傷痕をみのりが指でそっとなぞった途端、まるで熱いものに触れたみたいに隼人が自分の腕を引いた。

驚いて顔を上げると、隼人はなんだか怖い顔をして、じっとみのりを見つめている。怒っているような、戸惑いのような、奇妙な表情だった。

怪訝な思いで見つめ返すと、隼人がふいにうろたえたように目を伏せた。頰骨のあたりがわずかに赤い。

みのりは困惑して立ち尽くした。全てを焼き尽くすような強い眼差しをする隼人が、自分から視線を逸らしたのが意外だった。

ためらいなく蝶に手を伸ばすくせに、みのりに触れられた途端、はっきりと動揺した隼人になぜか落ち着かなくなる。

二人の間の不自然な沈黙を破るように、バスが来た。

◇

陽射しが軽やかになり、早足で歩くと、夏服でもやや汗ばむ季節になった。

日曜日、祖母が作った笹巻をお裾分けしたいと怜の家に電話をすると、部活が休みだった怜がお返しのさくらんぼを持たされて、すぐにみのりの家にやって来た。もち米を笹の葉でくるんで煮た笹巻に、きなこ砂糖をたっぷりつけて食べるのが、怜もみのりも大好きだ。

お互い部活動もあり、最近では一緒に山や川に行くことがめっきり少なくなってしまったので、学校以外で怜と話せるのが嬉しかった。玄関先で見送るつもりが、友達のことや、今描いている絵のことなどをとりとめなくお喋りしているうちに別れがたくなり、みのりは怜にくっついて家を出た。ゆっくり自転車を押す怜と並んで歩きながら、怜の家の方向に歩き出す。

途中、放置されたままの近所の畑に、無花果《いちじく》の木が自生していた。表面がうっすらと赤紫色に色づき、先端が割れている無花果に怜が手を伸ばす。もぎとったとき、茎の部分から滴った乳白色の汁が怜の手首を濡らした。白い液体が皮膚を伝うさまが妙に色っぽく見えて、どきりとする。

無花果を齧《かじ》る怜に「食べる?」と訊かれ、慌てて首を横に振る。同じ実を分け合って口にしたり、気軽に指で食べさせ合ったり、屈託なくそんな行為をしていた頃が、なんだか遠くに思えた。

濡れた手を無造作にTシャツの裾で拭う怜の目線が、いつの間にかみのりよりもずっと高いところにあることに気づき、さみしいような、感慨深い気持ちになる。うまく云えないけれど、最近怜といると、自分の方がうんとやわらかい生き物なのだ、ということを自覚する瞬間が多くなった。

「うちに寄っていきなよ。最近、みのりがあんまり顔を見せてくれなくてさみしいって母さんも云ってたし」

「うん。なんだ、最初から私が怜んちに届ければよかったね」

みのりが云うと、怜は「だって重いもの持たせたら悪いし」と当たり前のように口にした。なんとなく照れてしまい、うつむく。

怜からはいつも、密やかな優しい気配がしていた。

ポケットに入っていたコーラ味のあわ玉を、あげる、とみのりが差し出すと、怜は包みを破ってひょいとそれを口に放り込んだ。にこにこと飴を舐めながら歩く怜の横顔が急に子供っぽく、小学生の頃と同じに見えて、ほんの少し安堵する。

怜の家の前まで来ると、日よけ帽に長袖のTシャツ姿の春美がしゃがみこみ、庭先で土いじりをしているのが見えた。相変わらず日焼け対策は万全だな、と感心しながら苦笑する。庭に面した縁側には今井が腰掛けて休憩しており、二人に向かって、おう、とのんびり片手を上げた。

怜が分校を卒業した後も、今井はこうして時々やってきて、春美に指南しながら庭づくりを手伝っているらしかった。春美が立ち上がり、笹巻の入った袋をのぞいて「まあ、こんなにたくさん、ありがとう」と大袈裟に顔をほころばせた。

今井の横に並んで座り、縁側で冷たい麦茶を飲みながら、苗木の植え替えをする春美を眺める。

花壇の真ん中には、今年も向日葵を植えるつもりらしい。春美は楽しそうに鼻歌を口ずさみながら、きゅうりの花の明るい黄色や、血のように赤いゼラニウム、上品な紫のクレマチスなどをうっとりと眺め、呟いた。

「ねえ、見て。こんなに綺麗なものが」

「土の中から出てくるなんて不思議……でしょ？」

みのりは後半の言葉を引き取って、「春美さんてば、いつもそれ云ってる」とからかった。隣で怜もくすっと笑う。

「どれ、そろそろお暇《いとま》すっか。次に来るどききゅうりの支柱立てっぺ」

今井がとんとんと腰を叩き、「年取るど、あちこちガタが来てわがんねえ」とぼやきながら難儀そうに立ち上がる。縁側に置いてあった杖《つえ》を手にし、背中を丸めて歩き出した。その足どりは去年よりも重く、ゆっくりとしているように見えた。いつも助かります、と春美が笑顔で礼を云い、補助するように今井の背に手を添える。

「ちょっと先生をお送りしてくるから、留守番をお願いね」と怜に告げ、春美たちは軽自動車に乗り込んだ。

「みのりちゃんもゆっくりしていって。笹巻、ご馳走様ですってお祖母ちゃんに伝えてね」

「怜、みのり、んだらまたな」と今井が助手席から手を振る。

今井の腰痛は年々悪化しているようで、最近では集落の大人たちが当番制で買い出しを行ったり、日常生活における雑用を代わってあげたりしているらしかった。特に、世話好きな性分の石屋の近藤などは、「先生、遠慮すねで何でもおれらさ云ってけろ。困ったときは助け合わねばなんね」と積極的に手伝いを買って出ているようだ。皆が今井を慕っており、少しでも彼の負担を減らしたいと思っているのがみのりにもわかった。

「今井先生、腰、辛そうだったね」

二人の乗った車を見送って呟くと、怜が「うん」と頷く。それから、静かにため息を吐《つ》く気配がした。

「……僕が、どうにかしてあげられたら、いいのに」

どこか切なげな声の調子に、怜を見た。その横顔には、春美が救急車で運ばれたとき、雪原に一人きり立ち尽くしていた怜と同じ表情が浮かんでいた。、どうして自分はいま子供なのか、ともどかしそうに唇を噛んだ、あの少年の目だった。

何気なく怜の腕に触れようとし、春の間に彼の前髪が伸びて大人っぽく見えることや、自分よりも明らかに日に焼けた肌に気づいて躊躇《ちゅうちょ》する。

あのときの怜は確かにここにいるのに、少し違う。そんなふうに感じるのは、なぜだろう。

なんだか不思議な気持ちになり、みのりは黙って怜の顔を見つめ続けていた。

◇

陽射しが眩しさを増すにつれて、教室内の空気が少しずつ熱を孕《はら》んでいくような気配があった。

それはもっぱら、女子の間で休み時間に固まって行われる内緒話や、意味深に交わし合う視線などに感じられた。恋とか、愛とか、そんな単語が密やかな呪文のように教室のあちこちで囁かれている。

誰それがあの子を好きらしい、といった類の話題は、聞くつもりがなくても自然とみのりの耳にも入ってきた。自分の気持ちに気づかれたくないけれど気づいてほしい、といった感じのそわそわした雰囲気が、女の子たちの間に漂っていた。

そんな中、いち早く自分の好意をはっきりと表明したのは、同じクラスの大島夏希《おおしまなつき》だった。夏希は活発な性格で友人が多く、クラス内でも存在感のある少女だ。意志の強さを感じさせるきりっとした目や、スカートから長く伸びた足は、同学年の女子の間でもひときわ大人びて見えた。

最近、怜のことが気になっている、と友人たちに公言しているらしい。陸上部に所属している夏希は、同じグラウンドで練習しているサッカー部の怜たちとは何かと接する機会が多いのだそうだ。

「藤崎君て、すごく優しい」と、教室内で夏希が女友達のグループに喋っているのを聞いたことがある。怜の話をしているときの夏希は饒舌《じょうぜつ》で、甘いものを口にしたときみたいに、少しうっとりして見えた。

サッカーしてるところがかっこいい、笑った顔がかわいい、などと盛り上がる彼女たちの声は、みのりの耳を右から左へただ素通りしていった。全然別の、知らないひとの話をしているみたいな気がしていた。

女の子たちがかわいらしく恋の話をするのを、みのりはいつも、遠くの枝で花が色づくのを眺めるような気持ちでぼんやりと見ていた。

――その出来事が起こったのは、ある放課後だった。

教室の清掃中、数人の女子が掃除をしながら、例のごとくお喋りを始めた。怜はゴミ捨てに行っており、男子の騒々しい顔ぶれも廊下やトイレ掃除で教室内にいなかったため、これ幸いとばかりに秘密めかした口調で囁き合っている。

床掃除のためにどかした机をみのりが元の位置に戻していると、「ねえ知ってる？」とさえずるような話し声が聞こえてきた。

「藤崎君のお母さんて、ビョーキなんだって。生まれつき身体が弱いらしいよ」

その言葉に、みのりは手を止めた。ええー、大変だね、とわざとらしいほど甲高い声が複数上がる。

夏希が神妙な顔つきになり、うつむいた。微かに目をうるませ、同情をたっぷりと含んだ声で呟く。

「……藤崎君、かわいそう」

それを耳にした瞬間、考えるより先に、口を開いていた。

「怜は」

発した声が思った以上に大きく響いて、夏希たちが驚いたようにこちらを見る。みのりはこわばった声で、けれど一言一言、はっきりと告げた。

「怜は、かわいそうじゃ、ないと思う」

夏希が大きな目を瞠り、驚いたような表情でみのりを見つめた。他の女の子たちも、なんだかあっけに取られた様子で固まっている。

彼女たちはすぐさま我に返ると、「ひどい」「なんでそんなこと云うの？」と非難めいた口調で云い出した。それは怜のためというよりも、自分たちの正当な主張を否定されたことに対する憤り、という感じがした。女の子の一人が眉をひそめて、険のある声で云う。

「高橋さんて、結構冷たい人なんだねー」

夏希は黙ったまま、こわい顔をしていた。そこへ、女子トイレの掃除を終えた小百合が戻ってきた。女子の間に漂う緊張した空気に怪訝そうな顔をし、「どうかしたの？」と尋ねてくる。

「――別に、なんでも」と夏希が硬い声で答えた。そのままみのりたちに背を向け、作業に戻る。

彼女たちは時折睨むようにこちらを見ながら、小声でひそひそと喋っていた。

「……絶対……好きなんだよ」

「夏希に取られると思って……」

「怜、なんて、これみよがしに呼び捨てにしてさ……」

漏れ聞こえてくる会話の一部に、心臓がぎゅうっと痛くなる。掃除が終わると、みのりは逃げるように教室を出た。緊張に掌が汗ばんでいた。

……どうして、あんなことを云っちゃったんだろう。

目立つ存在で、女子の間でもリーダー格の夏希に反発するような物言いをしたことに、今さらながら怖気《おじけ》づく。自分でもよくわからないけれど、さっきの彼女たちの言葉を、なぜか嫌だと思った。

翌日。もしかしたら夏希たちは昨日の一件などすっかり忘れているかもしれない、と希望を抱いて登校したみのりだったが、教室に入るなり、強い視線を感じて戸惑った。窺うと、一部の女子が不穏な空気を漂わせながら遠巻きにこちらを見つめている。彼女たちは聞こえよがしに、いい気になってる、夏希がかわいそう、などと囁き合った。自分とはまるで関係ないと思っていた遠い嵐にいつのまにか巻き込まれていることに気づき、愕然《がくぜん》とする。

ドアの所で突っ立っていると、後ろからやってきた怜が「どうしたの？」と不思議そうに声をかけてきた。

「怜……ううん、別に」

曖昧に笑ってごまかし、そそくさと自分の席に着く。すると、少し離れた場所から「れい、だって」と揶揄《やゆ》するような女子の小さな声が聞こえた。無意識に、肩に力が入る。

やがて朝礼が始まり、日直が「起立、礼」と声を発すると、数人の女子がくすくすと含み笑いをしてわざとらしくみのりの方を見た。れい、と誰かが大袈裟に媚《こ》びをにじませた声音で呟く。悪意のある声だった。

怜のことを好きな夏希の存在を差し置いて、みのりがなれなれしい態度を取るのが許せない。彼女たちは暗にそう告げているのだ。

怜本人には気づかれないよう、遠回しなやり方で攻撃してくる女子にうろたえる。教室で怜がみのりに何気なく話しかけてくるとき、周りの視線を感じて落ち着かない気分になった。

そんなふうに妙な雰囲気がしばらく続いた、ある日。授業が終わり、席で帰り支度をしていると、一人の女子がみのりに聞こえるように云った。

「高橋さんて、藤崎君の絵とか描いてるんだって。やっらしー」

あからさまに冷やかす調子の声に、思わず頬が熱くなった。大切なものを貶《おとし》められるような物言いに動揺し、傷つくのを自覚する。とっさにどう反応すればいいかわからなかった。

——直後、教室内に低い声がした。

「くだらねーこと云ってんじゃねえよ」

みのりは驚いて視線を向けた。他の子たちも、ぎょっとしたように一斉に声のした方を見る。

戸口に隼人が立っていて、不機嫌そうにこちらを見ていた。

みのりに当てこすりを云っていた女子数人が、気まずそうに顔を見合わせてうつむいた。

……いま発言したのが隼人ではなく、別の誰かだったなら、彼女たちは反発して云い返したかもしれない。あるいは他の男子らが、みのりを庇った、などといってからかいの言葉を投げたかもしれない。

しかし、隼人の言葉には、正しいと信じることをまっすぐ伝えようとする力みたいなものがあった。それは、威厳と呼べるものですらあったかもしれない。

しん、と教室が緊張したように静まり返る。

怜を捜していたのか、あるいは単に通りかかっただけだったのか、隼人はみのりたちをそっけなく一瞥すると、乱暴な足取りで歩いていってしまった。

一瞬遅れ、鞄《かばん》を掴んでみのりもそのまま教室を出る。廊下を歩く隼人に追いつき、慌てて何か云おうとしたけれど、言葉が出てこなかった。並んで歩きながら、少し考えて、自嘲的に呟く。

「……れい、って呼ばない方がいいのかな」

「は？」

みのりがそう口にした瞬間、隼人が怪訝そうな目つきになった。眉をひそめてまじまじとみのりを見やり、さっきよりも強い口調で云い放つ。

「くだらねえ」

心なしか呆れたような、怒ったような声で云い切られ、ますます心がしぼむのを感じた。隼人が再び前を向き、歩き出す。その凛とした眼差しを眩しく思った。雛子があんなふうに隼人を欲しがった気持ちが、少しだけわかるような気がした。

部活の時間が終わり、しょんぼりと筆を洗っていると、他の部員たちがいなくなったのを見計らったようなタイミングで「元気ないな」と恭子に話しかけられた。何かのついでみたいなさりげない恭子の口調につられ、ためらった後、重い口を開く。

「……クラスの子と、ケンカ、みたいになっちゃって」

先日の夏希とのやりとりを話しながら、もやもやと説明しがたい感情が胸に広がっていく。みのりはうつむき、ぽつりと呟いた。

「どうしてあんなことを云ったのか、自分でもよくわからないんです。でも、なんだかすごく、嫌で」

恭子は微かに片眉を上げて、みのりの話を聞いていた。みのりが黙ってしまうと、ややあって、

「ふうむ」とため息とも呟きともつかない吐息まじりの声を漏らす。

慰めるでもなく、突き放すでもなく、恭子は静かに口を開いた。

「――人を構成するものは、これまで見聞きしたことや感じたこと、好きなものや嫌いなもの、出会った人や食べ物だったり、言葉だったり、要するに、そういったもの全部だ。一つ一つが積み重なって、その人自身を構築しているんだ」

淡々としたその口ぶりは、部活中に絵の構図や色合いについて説明しているときと何ら変わらないように聞こえた。戸惑うみのりに、恭子が続ける。

「高橋が引っかかったのは、きっと、それをないがしろにされた気がしたからだろう。かわいそう、という単語で藤崎の全てを括ってほしくなかったんだ」

そっけなくさえ見える恭子の顔に、ちらりと笑みがのぞいた。重なった葉陰の隙間から差し込む陽射しみたいな笑みだった。

「……高橋は、藤崎のことを大切に思ってるんだな」

ごく自然な口調でそう云われ、すとん、と何かが腑《ふ》に落ちた。……そうか、そうだったんだ、と初めて自分の心の動きを理解する。

同時に、「藤崎君、かわいそう」という夏希の言葉を思い出し、あらためて切なくなった。

あれは怜が聞いたら悲しむ言葉だ。怜を、春美を悲しませる言葉を、口にして欲しくなかった。

彼女が怜に共感するための、恋愛に酔うための、「物語」にして欲しくなかったのだ。

自分の感情をうまく処理できなくて、黙って下を向いていると、恭子がふっと息を吐く気配がした。低い、けれど妙に力強い声で云う。

「生き残れ、高橋」

それはふざけた様子の一切ない、真面目な声だった。恭子がまっすぐ口にする。

「生き残って、大人になれ」

驚いてはっと顔を上げると、恭子はいつもの不愛想な表情のままで立っていた。一瞬だけ別の人がそこに居たのではないかと思ってしまうくらい、力のこもった響きだった。

「片付けたら、早く帰れよ」と短く告げて恭子が歩いていく。みのりの母や春美のように、髪に触れたり、抱きしめてくれたりするわけではないのに、それと同じ種類の行為を受けた気がした。

恭子のぶっきらぼうな優しさに心を慰められつつも、夏希たちとのことを思い、自然とため息が出た。

◇

夏休みに入ると、少しだけホッとした。

教室の中では、どこか気まずいような、一部の女子の視線を意識して緊張する日が続き、気分が沈みがちだったからだ。

彼女たちに面と向かって何か云われたり、意地悪をされるわけではなかったが、怜と話しているときに物云いたげな視線を向けられたり、遠巻きにされるのは気詰まりだった。なんとなく教室ではおとなしくなってしまい、部活の時間になると呼吸が楽になるような感じだった。

怜と隼人は、夏休み一日目からサッカー部の練習で学校に通い詰めだった。二人は行き帰りのバスの中でも、こうすればもっといい攻め方ができる、などと熱心にサッカーの話ばかりしていた。彼らは県大会に出場し、決勝で敗れたものの大いに活躍を見せていた。同点にもつれこんだ試合の後半、怜のアシストで隼人が得点を決める、胸のすくような場面もあったそうだ。

すごい、と騒ぐ周りの声に対して、隼人の両親はむしろそんなふうに息子が注目されることは不本意だというような、渋い顔をしていた。怜は期末テストで学年三位になり、「ええー」「部活ばっかりしてて、いつ勉強してるん」とみのりたちを悔しがらせた。特に小百合は本気で対抗心に火が付いた様子で、さっそく夏休みに分校の教師たちから勉強を見てもらう約束を取り付けたらしい。

みのりはといえば、もっぱら家の手伝いをしたり、課題の絵を描いたりと、のんびり夏休みを過ごしていた。中学の友達と会おうとすると、バスに乗って町まで出かけていかなければならない。バスの本数も少ないし、と億劫になってしまい、あまり桜沢から出ることはなかった。

そのくせ画材を持って山の中を歩き回るのは苦にならないのだから、我ながらわかりやすいな、と思う。描いても、描いても、足りなかった。

好きなものや、大切なものというのは、ある日突然ドラマチックに出会うわけではなくて、実は身近にずっとあるものがそうだったりするのかもしれない。何かのきっかけで、それがすごく大事だということに気がつくのかもしれない。くだらない冗談ばかり云ってみのりを呆れさせていた父のことを、どれだけ愛していたか、いなくなってから痛感するように。

真昼の陽射しが降り注ぐ庭に降り、家庭菜園から青々とした大葉やミョウガを適当にちぎってくると、台所に向かった。鼻歌を歌いながら、採ってきたばかりのそれらと共に茄子ときゅうりを細かく刻み、ボウルに放り込む。そこにたっぷりと白ゴマを投入し、適当にまぜれば「だし」の完成だ。

醤油をかけてご飯に載せたり、冷ややっこやそうめんに載せても美味しい。暑くて食欲が落ちていてもさっぱりと食べられるので、夏のあいだ、地元の食卓にはよくだしが登場する。

刻んだミョウガの残りをさっと味噌汁に入れると、祖母が「みのりも慣れだもんだなあ」と楽しそうに云った。えへへ、と自然に笑みが漏れる。

午後になると、一緒に宿題をしよう、と怜が家にやってきた。座卓にノートや問題集を広げ、二人して苦手な国語の課題に取り組む。

「このときの主人公の気持ちを答えなさい、って、すごく不思議な問題だと思わない？」

麦茶を飲みながら問題文と格闘し、みのりはため息まじりにぼやいた。

「だって、その人が本当は何を考えているのかを知っているのはその人だけなのに。これが正解だなんて、どうして他人に断言できるの？」

「みのりは変わってるよね」

真剣に選択肢に悩むみのりに、怜が苦笑する。

「東京から来た大人しそうな子かと思えば、隼人に食ってかかるし。変なところで頑固だったり、ちっちゃい子みたいに素直だったり。普段はぼんやりしてるのに、いったん夢中になるとものすごい勢いで集中してたりとか。時々僕の予想もつかないことを云ったり、したりするんだ」

しみじみと呟かれ、妙に居心地が悪くなってくる。

「そんなことない」

「あるよ」

釈然としないみのりの表情を見て、怜は小さく笑った。他愛ないおしゃべりをしつつも真面目に宿題を進めていると、あっという間に夕方になった。

帰る怜を見送ろうと外に出たついでに、「見て」と家庭菜園を披露する。庭の隅に植えられたミニトマトの側にしゃがみこみ、鈴なりの真っ赤な実を得意げに指さしてみせた。

「すごいでしょ、採っても採っても次々生えてくるの。地球を侵略する異種生命体みたい」

「何それ。みのりの発想って、やっぱり変わってる」

怜に笑われたけれど気にせず、みのりはつややかに色付いた赤い実を一つもいで齧《かじ》った。瑞々しい甘みが口の中に広がり、満足する。もう一つちぎり取り、隣に屈んだ怜に食べさせようとして、ふいに夏希の顔が頭に浮かんだ。クラスの女子が揶揄するように口にした、いやらしい、という言葉がよみがえり、思わず動きが止まってしまう。

怜の口元に近づけた手をぎこちなく下げ、彼の掌にそっとミニトマトを載せると、怜はやや不思議そうな顔をした。

美味しいね、と口を動かす怜の横顔を見やり、なんとなく気まずい思いで視線を逸らす。夏希たちとのことを思い出して気分が沈みそうになり、みのりは慌てて別のことを考えた。今日の夕飯は何がいいだろう。冷たいものばかりでもよくないから、採れたてのトマトを使って母の好きなミネストローネを作ろうか。魔女のように大鍋でぐつぐつとスープを煮込むのを想像すると、なんだか楽しくなってきた。

と、家の前で車が停まる音がした。良平叔父さんが来たのだろうか、と何気なくそちらに視線を向け、反射的に固まる。

職場の人に送ってもらい、母が帰ってきたようだ。時折、母がそうやって仕事帰りに家まで送り届けてもらうのを目にすることがあった。初潮が来た日にみのりが見たのと、いつも同じ車だった。運転席から中年男性が降りてきて、後部座席から大きな紙袋を取り出して母に手渡している。荷物が多かったから送ってくれたのかもしれない。

母が男性に何か云い、二人は親し気に笑い合った。向かい合う彼らの足元に、大きな二つの影法師が寄り添うように伸びていた。それを目にした瞬間、自分でも戸惑うほど不安定な感情が込み上げてくる。

――この家に来たとき、小さな影と大きな影がくっつくみたいにして、母は自分と歩いていたのに。

車が走り去っていく。しゃがみこんでいるみのりたちの姿がちょうど菜園ネットの陰になっていたのか、母は二人に気づかず家に入っていった。黙ったまま動こうとしないみのりを気にしてか、怜も立ち上がることなく隣でじっとしていた。

胸の奥が、ざわりと揺れる。何か喋らなくては、いつもと同じ空気に戻さなくては、と焦る気持ちで思うのに、なぜか言葉が出てこなかった。

何もひどいことを云われたり、されたりしたわけじゃないのに、裏切られたような悲しい気持ちが湧いてくる。自分の感情に、苛立ちに似た怒りが含まれていることに気づいて動揺する。

そのとき、隣にしゃがんだ怜がぽつりと呟いた。

「みのりのお母さんは、みのりのことを大事にしてるよね」

それはまるで天気の話でもするような、ごく自然な口調だった。怜の穏やかな眼差しにつられ、こくんと頷く。

「……うん」

「うちの母さんも云ってた。みのりのお母さんは、父親と母親の両方になろうと努力してるんだって」

あくまでさりげない怜の言葉に、ハッとした。涙をこらえ、声が震えないように努力しながら、口を開く。

「……疲れてても、毎日仕事に行って、学校の話を聞いてくれる。休みの日には、好きなものを作ってくれたりするの」

「みのりはお母さんのことが好きだよね」

「――うん」

さっきよりも大きく頷くと、怜は柔らかな声で続けた。

「僕も、みのりのお母さんに感謝してるんだ」

怪訝に思って顔を向けたみのりに、怜が明るく微笑む。

「だってみのりのお母さんが連れてきてくれたから、みのりと友達になれただろ」

反射的に息を呑んだ。それは、初めて出会った日に怜がみのりに向けたのと同じ、来てくれて嬉しい、という純粋な笑みだった。みのりの存在をまっすぐに肯定してくれようとする目だった。

この子、わたしのことが好きだ。あたたかい気持ちで、素直にそう感じられた。清涼な水を注ぎ込まれたみたいに、体の中でわだかまっていたものがどこかへ押し流されていく。

ああ、もう大丈夫だ、と思った。家に入ったら、母に普通に「おかえり」と云える。誰のことも嫌いにならずにいられる。怜が側にいてくれるなら。

安堵に似た感情が胸に広がり、手のひらで目をこすりながら話しかける。

「怜、あのね」

いつか、怜に同じように思ってもらえる存在になりたい。怜と隼人の強い結びつきには勝てなくても。

「怜のこと、これからもずっと怜って呼ぶ。一生。ぜったい」

みのりの唐突な台詞に、怜がきょとんとした顔をする。怜は軽く首を傾げ、いいと思うよ、ととぼけた口調で返事をした。

くだらねえ、という隼人の怒ったような声が頭の中で再生される。しかしそれは先日聞いたときよりも、みのりの心に痛みを与えなかった。

◇

頭上から降る蟬の鳴き声が、日ごとに激しさを増していく。

空調の効いた図書館から外に出ると、いっそう暑さを肌で感じた。陽射しが頰を、頭のてっぺんを焼く。

午後になり少し暑さがやわらいでから家を出てきたのだが、今日はとりわけ気温が高いようだ。分厚い画集の入った鞄を引きずるようにしてここまできたことを思えば、帰りは荷物が軽くなっただけましだと思いたい。

汗を拭いながら人気のない道を歩いていると、刀隠神社の前に差しかかった。境内へと続く古びた石段に、草木が濃い影を落としている。風に揺れて生き物のように蠢《うごめ》く影と、その向こうの赤い鳥居を目にし、緊張して体に力がこもった。あの日、境内で自分に襲いかかってきた、不気味な何か——。

おぞましい記憶がよみがえり、みのりは慌てて視線を逸らした。なるべく神社の方を見ないようにして、早足で歩き出す。

何もいない。恐ろしい怪物が子供を殺しになんか、来るはずない。繰り返し自分にそう云い聞かせ、急いで遠ざかろうとする。背中を丸めて坂道を歩き、ふと、前方で何かの気配を感じた気がしてみのりは顔を上げた。直後、目を射るような鮮やかな黄色が視界に飛び込んでくる。

ひっ、と声をもらして反射的に後ずさった。

息を呑んで見ると、それは向日葵の花だった。道の端に咲いた大きな向日葵がゆらゆらと揺れるのを見つめ、放心したようにその場に立ち尽くす。

と、いきなり「おい」と声をかけられた。驚きに悲鳴を上げかけ、目の前の人物に気づいて我に返る。――そこにいたのは、自転車に乗った隼人だ。

隼人は自転車にまたがったまま、みのりのこわばった表情を覗き込み、不審そうに尋ねてきた。

「何やってんだよ?」

思わずかすれた息を吐く。……怖かった。もう、こんなふうにびくびくするのは嫌。まだ速い鼓動を鎮めるように、もう一度深く呼吸する。隼人が何か問おうとするのを遮り、みのりは云った。

「お願いがあるの」

みのりの真剣な口調に、「なんだよ」と隼人が怪訝な表情になる。意を決し、みのりは訴えた。

「あの沼に――鳥虫沼に、行きたいの。一緒に行ってくれない?」

「……は?」

隼人が驚いた様子で目を瞠る。それからあっけに取られたような顔で、まじまじとみのりを見返した。

「沼って——なんでそんなとこ行きたいんだよ」

戸惑いを浮かべる隼人の問いに、みのりはきっぱりと答えた。

「〈向日葵男〉を捜しに行く」

隼人が今度こそ言葉を失う。混乱している隼人を見据えたまま、みのりは真顔で口にした。

「本気よ、確かめたいの。本当にそんなものがいるのかどうか」

幼い子供のように、自分が心の底で怪物の幻影に怯えているのを認めざるをえなかった。日常のふとした瞬間、それはみのりの前に顔を覗かせる。こんなふうにずっともやもやしたままなのは、嫌だ。

「だって、お前……」

困惑した声で云い淀む隼人に、たたみかけるように云う。

「あそこに向日葵男がいるって云ったのは、隼人でしょ。昔、わたしを連れていって、置き去りにしたくせに」

木に縛りつけられて置いていかれた恐怖体験を思い出し、恨みがましい目でじとっと睨むと、隼人はうっと言葉に詰まった。それから自棄《やけ》になったように叫ぶ。

「わーかったよ！　沼に連れてきゃ、そんで気が済むんだな？」

隼人は息を吐き出し、ふてくされたように「乗れよ」と自転車の後ろをしゃくった。二人乗りをすることに一瞬怯むと、隼人が鼻先で小さく笑う。こんなことが怖いのに本当に向日葵男を捜しに行くつもりか、と云いたいのだろう。

みのりはムッとし、思いきって荷台に腰掛けた。スカートを穿いてこなきゃよかった、とやや後悔する。慣れない体勢に不安を覚えつつ、ぎこちなく隼人の肩のあたりを摑んだ。日に焼けた隼人の首が近くなる。落ちるなよ、と隼人が呟き、力強く自転車をこぎ始めた。慌てて摑む手に力を込める。

景色があっという間に後ろに流れていく。風が、耳元でごうごうと唸った。角を曲がるときや、段差などで自転車が揺れるたびに思わずひやりとしたが、ペダルを踏む隼人はいたって真剣な様子で、安全運転を心がけているらしかった。陽射しの下をしばらく進むと、ようやく裏山の入口に着いた。次第に道が細くなり、傾斜がきつくなっていく。軽く息をはずませた隼人が、降りろ、とみのりに指示して脇道に自転車を止めた。

「こっからは坂が急だし道も悪いから、歩いた方が早い」

流れる汗を腕で拭い、「行くぞ」とさっさと歩き出す。みのりは慌てて隼人の後を追った。

夏特有の熱風が、むっと顔を撫でていく。二人は夏草を踏み、生い茂る草木の間を歩き続けた。靴底が地面のでこぼこした感触を足の裏に伝えてきた。羽の長い黒い虫が、時々顔にぶつかっては飛び去っていく。布越しに背中を焼く陽射しと、草いきれ。

隼人は、大丈夫か、などといちいち声をかけてくることこそ無かったが、時おり確かめるようにみのりの方を振り返り、足を止めて待っていた。歩きながら、脈絡なしに隼人が口を開く。

「お前、今も何か云われてんのかよ」

唐突な問いに、とっさに何のことかわからなかった。一瞬考え、同じクラスの女子に怜との仲を揶揄されたことを指しているのだと思い当たる。隼人のことだからそんなことは意にも介していないか、とっくに忘れたものと思っていたので、急に尋ねられて意外に思った。ためらった後、こくりと頷く。

「うん。……でも、いいの」

本心でそう答えると、隼人はあっそ、と短く呟き、それ以上は追及してこなかった。さして関心なさげに隼人が続ける。

「顔には出さねーけど、怜も最近ちょっと面倒そうだよな。知らねえ女がきゃあきゃあ話しかけてきたりして、試合の後とかうるせーんだよ。アイツは切り捨てるのが苦手だから」

「……怜のこと、よくわかるんだね」

「しょっちゅう一緒にいるからな」

当然のことのように返され、やや面白くない気分になった。意図せず、声が尖ってしまう。

「隼人は、いつも怜を独り占めしてる」

「はあ？」

みのりの言葉に、隼人が意表をつかれた顔になる。不機嫌そうに眉を寄せ、みのりを睨んだ。

「なんだよそれ。お前こそ、怜にばっかりくっついてたくせに」

「だったら何？　どうして隼人が怒るの」

「怒ってねーよ」

隼人はがなるように云い、そっぽを向いた。互いに無口になり、黙々と山道を歩く。木々の隙間から光が眩しく差すと思えば、ふっと翳《かげ》ったりして、見えないトンネルをいくつもくぐり抜けているような気分になった。緑が深くなっていって、さっきよりも虫が多い。暑い中を歩き続けたせいで、体のあちこちが熱を持っているのがわかった。

しばらく進んだ頃、着いたぞ、と隼人がぼそりと口にする。おでこににじんだ汗を拭って視線を上げると、鬱蒼とした木々に囲まれた沼に出た。まるでそこだけ、深い色合いに沈んでいるように見えた。生ぬるい風が吹き抜ける。

「危険。立入禁止」という古い看板が、斜めに傾いてかろうじて立っていた。辺りに漂う、生臭いような水のにおい。緑色の水の中でゆらゆらとたゆたっている藻が、まるでこちらを手招きする死人の手みたいに見えて、怯んでしまう。

ぴーちちち、と鳴くのどかな鳥の声がうんと遠い場所で聞こえた。ここだけが他の場所から切り離された空間のような気がして、蒸し暑いのに寒気を覚える。――ここだ。ここが、向日葵男がいるとされる場所。

いつか図書館で見た、沼で慰霊祭が執り行われたという新聞記事を思い出した。この沼で人が死んでいる、という事実を急に生々しく実感する。

突拍子もない想像だけれど、子供を殺す向日葵男が今にも沼底から這い上がってきそうな気がした。あるいは、振り向いたら、自分のすぐ後ろに立っているのではないか――。

云い出したのは自分なのに、いざ訪れるとどんどん怖くなってきて足がすくんだ。すぐ近くにいることを確かめるように、隣に立つ隼人を盗み見る。

木漏れ日がまだらに照らす隼人の横顔を見やり、そっと息を吐き出した。……悔しいけれど、たぶん、一人ではここに来られなかった。

隼人に一緒に来てほしいと頼んだのは、彼がいれば大丈夫だと、心のどこかで信頼しているからだ。隼人にはひどい目にも遭わされたのに、こんなふうに感じるなんて自分でも不思議だった。

濁った水面を真顔で見つめていた隼人が、口を開く。

「沼を回ってみたいんならあっち行くか。向こうの方が、足場が少しなだらかだ」

沼べりの、土がわずかに踏み固められたようになった道を指す隼人を怪訝に思い、「詳しいんだね」と話しかけると、隼人は自然な口調で返した。

「……時々、一人で来てたからな」

「ここに？　どうして？」

みのりの問いに、隼人が沼から目を逸らさないまま答える。

「祖父ちゃんが死んだ場所だから」

反射的に、あっ、と思った。山に入って沼で亡くなったという、隼人の祖父の話を思い出す。

みのりは屈み込み、足元に咲いている小さな待宵草《まつよいぐさ》を摘んだ。水辺から手を伸ばし、沼に花を浮かべてそっと掌を合わせる。昏《くら》い水面で明るい黄色がささやかに揺れるさまは、なんとなく向日葵流しを連想させた。

隼人は黙ってみのりのすることを見ていたが、何か云いかけ、ぎこちなく口をつぐんだ。もしかしたら礼を云おうとしたのかもしれない。行くぜ、とぶっきらぼうに声をかけられ、みのりは隼人の後を追って歩き出した。

沼の反対側に回り、並んでぼうっと沼を眺めていると、ここに来たときの不穏なざわつきが次第に薄れていくのを感じた。なんとなく憑《つ》き物が落ちたような気分になり、ほう、と長く息を吐き出す。

そんなみのりを見やり、しばらくして「そろそろ帰ろうぜ」と隼人が口にした。素直に頷き、来た道を引き返そうとしたそのとき、視界が翳った。

見上げると、あんなにも遠く感じられた空が急に低く、近くなっていた。暗い色の雲が、カエルの卵みたいにむくむくと広がり空を覆っていく。

ぶわっ、と湿気を含んだ生あたたかい風が吹いた。次に吹いた風は、細かい水の粒を含んでいた。波のように木々の緑が蠢く。

隼人がハッとした表情で空を見た。山に慣れている隼人は、普段からよく鼻が利いた。隼人が雨の匂いがする、と云えば必ずその通りになった。あっという間に変わる山の天気や、温度の変化にどう行動すればいいかを彼はよく知っていた。けれどこのとき、隼人の注意は何か別のものに向いていたのか、雨の気配に気づくのが遅れたのだ。

墨をたっぷりと浸した脱脂綿のような雲から、重たい雨が落ちてきた。さっきまでの青空は一瞬にして消え去り、叩きつけるような勢いで雨が降ってくる。それは、尋常ではない降り方だった。あっけに取られて立ち尽くすほどの目まぐるしい変化だった。みるまに全身がずぶぬれになる。

はじめに気を取り直したのは、隼人だった。互いの顔もろくに見えないくらいの雨の中、こっちだ、とみのりに声をかける。慌ててそちらに歩き出そうとした瞬間、濡れた靴底が泥で滑った。視界が反転し、直後に手のひらと臀部《でんぶ》に地面の硬さを感じた。転んだみのりの元に隼人が駆け寄ってくる。動揺し、半ば手探りで隼人の腕にすがりついた。

風の音が怪物の咆哮《ほうこう》みたいに聞こえる。木々の枝が、怖いくらいにしなって揺れていた。何かものすごく大きな存在が、いきなり牙をむきだして暴れ出したみたいだった。黒い空から今にも恐ろしいものが顔を覗かせるのではないか、という気がした。みのりは地面に座り込んだまま、圧倒されて動けなかった。転んだ拍子に片方の靴は脱げてしまい、白い靴下が泥に汚れている。スカートが膝のあたりまでめくれ上がり、濡れた衣服は肌に張り付いてひどい有様だった。本能的に怯え、隼人に身を寄せる。屈み込んだ隼人のあたたかな息が鼻先で混じり合った。至近距離で視線がぶつかる。

ふいに、隼人の腕が包むようにみのりの背中に回された。そのまま力強く引き寄せられる。腕に込められた強い力に、息が詰まった。

いつかこの場所でみのりを置き去りにした隼人の腕は、今、確かにみのりの身体をきつく抱きしめていた。まるで、手を離したらみのりを何かに奪われてしまうとでもいうような切実さだった。雨音でよく聞こえない中、耳元で隼人の真剣な声が、みのり、と呼んだ気がした。薄い布越しに隼人の胸の鼓動を感じた。

こうしていてはいけない、と頭ではわかっていた。けれど凄《すさ》まじい雨の中で、言葉にできない力のようなものに支配され、動き出せなかった。誰も助けに来られない、嵐に翻弄される船の上で、必死にマストにしがみついているような感じがした。隼人の肩越しに、真っ白な蝶が泥水に流されていくのが見えた。遭難した帆船みたいに押し流されてたちまち視界から消える。雨の冷たさにぞくぞくと寒気が走った。冷えた足がしびれたようになってくる。世界を覆い尽さんばかりの雨の中で、痛いくらいに自分を抱きしめる腕の力を感じていた。隼人の髪の毛や耳朶《みみたぶ》から滴り落ちる雨粒を眺めながら、ふいに恍《こう》惚《こつ》とした目まいのようなものに襲われる。

蝶の羽は、鱗粉が剝がれ落ちたら透明になるという。――それなら、雨が何もかも洗い流してしまったら、自分たちは一体どんな姿になるのだろう？

残酷に降りしきる雨の中、得体の知れない奔流に呑み込まれそうで、みのりはただ震えることしかできなかった。

帰り道は、どちらもほとんど喋らなかった。

うかつに口を開いてはいけないような、どんな話をすればいいのかわからないような、ぎこちなく張りつめた沈黙が二人の間に横たわっていた。自転車を引く隼人の少し後ろを、ただ無言で歩く。みのりたちが通り過ぎる時だけ、気配を殺すように叢の虫の声が止んだ。

雨上がりの夕暮れの中、ようやくみのりの家の近くまで戻ってきたとき、「みのり、隼人」とふいに名前を呼ばれた。ぎくりとして声の方を振り返ると、怜が路地に立っている。

怜は驚いたように目を瞠り、びしょ濡れの二人をまじまじと見つめた。

「どうしたの、雨に降られたの？」

理由もわからず動揺し、みのりは視線を避けるようにうつむいた。隣で隼人がばつの悪そうに頷く気配がした。

いつもと違う二人の様子に、怜が戸惑ったように黙り込む。みのりと隼人の間に漂う静かな緊張や、明らかにただならぬ状態に触れていいものかどうか計りかねているらしかった。

豪雨の中で抱き合うような形になった自分たちや、さっき感じたおぼつかない感情の流れを怜に悟られたくなくて、みのりは雨と泥に濡れた身体を隠すように自身を抱いた。怜が一瞬、動揺したように息を詰める。

しかしすぐにいつもの穏やかな声で、下を向いたままのみのりに話しかけた。

「隼人が一緒だったんだね」

なんでもない口調で、怜が呟く。

「なら、よかった。すごい雨だったから」

早く帰らないと風邪をひくよ、と云う怜の顔を、なぜか、直視することができなかった。

◇

窓の外から、神輿《みこし》の掛け声が聞こえてくる。夏祭りの今日は、朝から集落全体が浮かれた空気に包まれていた。

向日葵流しを見に行くみのりに、夕方、祖母が浴衣を着せてくれた。みのりの母が着ていたものだという、あやめの咲いた紺地の浴衣は、なじみのない不思議なにおいと手触りをしている。身に着けると自分が女の子ではなく、おんなのひと、になった気がした。金魚の形の髪留めを付け、薄紅色のリップクリームを塗ってみた。鏡を覗き込み、そこに映る自分の姿を丹念に見て、おやっと思う。

いつのまにか首が細く、長くなって、頬の輪郭がすっきりしているように見えた。鏡の中から見つめ返す自分の目が、濡れたようにきらきらと光っている。まるで水辺の小石みたいだ。

転ばねよう気ぃ付けてな、という祖母の言葉に送り出され、外に出る。道には仄かなぼんぼりが灯り、川沿いにゴザが敷かれたり、ぽつぽつ出店が出たりしていた。りりりりり、と虫が鳴く。例年の祭りの風景だ。

嬉しさとはにかみのないまぜになったような心地で分校に向かうと、途中の畦道で、みのりちゃーん、と名前を呼ばれた。電柱のところに女の子たちが数人たむろしていて、みのりを見て「あっ浴衣着てる！」「いいなー」と口々にヒナがさえずるように声を上げる。みのりの下の学年の子たちだ。小枝みたいな手足をぶんぶん振って元気よく声をかけてくる彼女たちを見て、驚いた。日に焼けて笑う女の子たちは、どの子も幼く、とてもあどけなく見えた。身に着けている半袖のTシャツも、ショートパンツも、いかにも親に選んでもらった子供服、という感じがした。たったひとつふたつしか違わないのに、今までそんなふうに思ったことなどなかったのに、と動揺する。去年の自分たちもそういう生き物だったのだろうか。じゃあ、今は……？

見知った顔ぶれとすれ違いながら学校に着くと、校門の近くに立つ怜と隼人を見つけた。賑やかな空気の中を浮かれて近づく。よく描けた絵を見せるときのような気分で、見て見て、とくるりと回ってみせると、驚いた顔をした後で怜が柔らかく目を細めた。

「その浴衣、かわいいね。みのりに似合ってる」

「ありがとう」と声がはずんだ。怜はあからさまに人をけなすような言葉を口にしないとわかっていても、自分でも意外なくらい、幸せな気持ちになった。

高揚した気分のまま、おどけた口調で「どう？」と隼人に向かって尋ねかける。似合う、とか、綺麗だ、などと隼人が口にするはずが無いのをよく知っていた。きっとからかうか、髪や帯を引っ張るといった悪ふざけを仕掛けてくるだろうと思い、含み笑いをしながら反撃態勢をととのえる。

しかし隼人は何も云わなかった。不自然に黙ったまま、みのりの前で立ち尽くしている。直後、まるでいけないものを見てしまったように、ぱっとみのりから目を逸らした。その横顔が紅潮する。

予想外の反応に、とっさに言葉を失った。いつも勝気な表情を浮かべ、率直すぎるほどに真正面からものを云う隼人がそんなふうに固まるなんて思いもしなかった。

隼人の動揺に引きずられ、急にみのりもどぎまぎしてしまう。自分のうなじや、唇や、指の一本一本が、外気にさらけ出してはいけないものだったような錯覚を覚え、云いようのない羞恥に頬が熱くなってくる。緊張が伝播したように、側にいた怜も動きが止まってしまった。三人の間に気まずい空気が流れる。

そのとき、「おっ、みのり、めんこい格好しったな」と朗らかな声がかけられた。にこにこしながらこちらを見て云ったのは、今井だった。おかしな沈黙から解放され、急に小学生に戻ったようなほっとした気持ちになる。

今井の横から、由紀子がひょこっと誇らしげに顔を出した。向日葵の柄の浴衣を着て、短い髪に星の形をした金色の簪《かんざし》をつけている。互いを指差し、「かわいい！」「かわいい！」と叫び合う。女同士の挨拶にたじろぐ怜たちの隣で、今井が「もうすぐ流すぞー」と皆を促した。川べりに向かってじゃれるように歩き出すみのりたちを眺め、今井は自然な口調で呟いた。

「雛子にも、見せでやりだいっけなあ」

その声にどこかしんみりとした響きがにじむのを感じ、みのりは一瞬はっとした。卒業するとき、ここはお前らのうちだべ、と微笑んでくれた今井の姿がよみがえった。振り返り、薄闇の中に佇む校舎を眺める。ここは大きな巣。そして巣立っていった後も、親は子供を、忘れない――。

隼人は何も云わなかった。ざわめきに流されるようにして、陽が沈む川辺に歩いていく。

少し後ろで野太い笑い声がして、男たちが数人連れ立って道を横切っていくのが見えた。親睦会の用意のため、公民館に移動するところだろう。大人たちの間から上機嫌な笑い声が上がる。祭りだからもうお酒が入っているのかもしれない。行列の中に茂がいることに気づいた怜が振り向いて、飲みすぎちゃだめだよ、と眉をひそめて呼びかけている。茂は笑いながらおざなりに手を振ってそれに応えた。茂の手にした煙草の煙が、ぬるい風に流される。

浴衣の帯が少し重かった。慣れない格好で叢を進みながら、汚したり破いてしまったらどうしよう、と不安になったので、ひたすら足元に注意して歩く。

怜と隼人は「秘密の場所」と称する小高い丘には行かず、今年も川べりで皆と共に向日葵流しを楽しむつもりらしい。川に下りるなだらかな坂で、二人が率先して今井に手を貸している。腰を患っている今井の歩みは、わざとそうしているのではないかと思うくらいに、ゆっくり、ゆっくりとしたものだった。その動きは、ゼンマイがきしんで動かなくなる時計をみのりに連想させた。

怜も隼人も、部活が休みの日は今井の庭の草むしりをしたりと、時々彼の手伝いに行っているらしかった。

若い教師の一人が「今井先生、こっちにどうぞ」と、川沿いに用意したパイプ椅子に誘導する。迷惑かけでわれなあ、と恐縮する今井に、教師は「年功序列でＶＩＰ待遇ですから」と冗談めかして返した。きっと今井に余計な気を遣わせまいとしているのだろう。

「帰りは私に車で送らせてください」と頼もしく申し出る教師に、今井が感謝と遠慮のないまぜになったような笑みを浮かべて眉を下げている。

いつのまにかすっかり子供たちに囲まれていた隼人は、面倒くせえ、とぶつくさ云いながらもロウソクに火を灯すのを手伝ってやったりして、その場から離れようとしなかった。怜やみのりも「灯ろうの端っこが破けた」とべそをかく子をなだめたり、お喋りに興じたりしながら、灯ろう流しに参加する。

暗がりが人を親密にしている気がした。今井の側から、友人たちの近くから、なんとなく離れがたいような心持ちになる。

成長すれば、一人でも平気なことが増えるのだと思っていた。けれど大きくなるにつれて、さみしさはもっと深くなり、誰かに、何かにもっと近づきたい、触れていたい、という欲求が強くなっていく。そんな気がする。

やがて川面に次々と灯ろうが放たれ始めた。いくつもの小さな光が揺れながら川を進む。子供たちが興奮した様子で笑い声を上げながら、流れる花を追いかけていく。目を細めてそれを見守る教師や大人たち。

優しい風景なのに、どこか胸が疼《うず》いた。うんと幼い頃、平穏なものはいつまでも変わらずそこにあると信じていた。今はそういうものこそ脆《もろ》いのだと知っている。幸福は、不安や切なさと背中合わせなのかもしれない。

隣で今井が息を漏らした。それは灯ろうの美しさに対する感嘆の吐息にも、弱々しいため息にも聞こえた。

「……おれも、来年も見れっか、わがんねえ」

腰掛けているせいでみのりよりも低い位置から聞こえた低い呟きは、喧騒にかき消されてみのり以外には届かなかったかもしれない。

ふいに、水に入っていって、流れていく花を残らず拾い集めたいような衝動に駆られた。

暗い水面をゆらゆら、ゆらゆら、光が流れていく。

◇

夏祭りの翌日。昼食を済ませると、みのりはスケッチブックを手に家を出た。

今日はサッカー部の練習が休みだと聞いていたので、久しぶりに怜に絵のモデルになってもらおうと思ったのだ。

陽光の下、片手で庇《ひさし》を作りながら怜の家に向かうと、茂と春美は出かけているらしく車が停まっていなかった。網戸だけが閉められた玄関の横を通り抜け、勝手知ったる庭の方へと向かう。

庭に足を踏み入れると、縁側で怜が眠っていた。物音や気配に敏感な怜は、いつもならすぐに目を覚ましてしまうのに、今日はみのりが近づいてもすうすうと規則的な寝息を立てている。珍しいな、と思った。昨日の夏祭りで疲れているのかもしれない。

仰向けになった怜の無防備な全身に、夏の陽射しが注いでいた。怜の片方の腕は何かを求めるかのように伸ばされ、もう片方の手は胸のあたりに置かれている。陽に透ける髪や、鎖骨の窪《くぼ》みにうっすらとにじむ汗や、軽く仰《の》け反《ぞ》った顎の輪郭が綺麗だった。呼吸に合わせて、下腹が微かに上下する。まるで怜自身が、夏の庭でのびやかに生命力を放つ植物みたいだ。

日に焼けたその肌に頬を押し当て、皮膚の下で脈打つ心臓の音を聞いてみたい、と思った。そんなふうに感じた自分がふいに気恥ずかしくなり、とっさに目を逸らす。ばつの悪い思いで庭の方を見やり、直後、視界に映った光景に息を呑んだ。

――庭が荒らされている。

花壇の中心で見事に咲き誇っていた向日葵が、全て手折られ、無残に地面に転がっていた。いずれも暴力的に引き千切られ、執拗に踏みにじられたかのように目茶苦茶な有様だ。土の上に散らばった鮮やかな黄色い花弁が、まるで花の血痕のように見えた。

ひゅっ、と喉が奇妙な音を立てた。呆然として立ち尽くす。どうして――一体、誰がこんなことを？

驚いて力が抜け、手からスケッチブックが滑り落ちた。その音で目が覚めたのか、怜がだるそうに目元をこすりながら、緩慢な動きで身を起こす。

「……みのり？」

れい、と呼びかけた自分の声が微かにこわばっていた。花壇を指差し、緊張しながら尋ねる。

「あれ……どうしたの？」

みのりの視線の先を追って庭の方へ顔を向けた怜が、途端にぎょっとした表情になった。潰れたような声で小さく叫ぶ。

向日葵の花々を、まじまじと凝視する。

「――知らない」

怜の口から、困惑と動揺を含んだ声が発せられた。残酷に折られた向日葵から視線を外さないまま、硬い面持ちでかぶりを振る。

「昼寝する前は――ついさっきまでは、こんなふうじゃなかった。なんで……」

怜がごくりと唾を呑む気配。つられてみのりも肩に力がこもった。どういう、こと……？　混乱しながら、折り重なる向日葵の残骸を見つめる。

こんなふうに花壇を目茶苦茶に荒らされて、すぐ側で眠っていた怜がまるで気づかないなどということがあるだろうか？　しかも犯人は、怜がうたた寝していたほんの短い間にそれを行い、姿を消したことになる。そんなことが、可能なのか……？

ふいに、近くの植物が微かに揺れた。吹き抜けた風のせいだと頭では理解しているのに、思わずビクッとしてしまう。すぐ近くで、誰かがこちらを見ているような錯覚に襲われた。鼓動がどくどくと速まる。

緊張して棒立ちになっていると、怜が地面に落ちたスケッチブックを素早く拾い上げ、みのりに渡した。

どこか余裕の無さを感じさせる動きでみのりの手首を掴み、引っぱる。

「――行こう。送っていくよ」

張り詰めた声で短く告げた怜の態度に、早くこの場から立ち去りたいという意志のようなものを感じて、みのりはぎこちなく頷いた。

手を引かれ、自然と早足になりながら二人で歩き出す。

ためらいながら一瞬だけ振り返ると、誰もいない庭で、草木が妖しくざわめいていた。

◇

その夜は布団に入る時間になっても気持ちが高ぶり、なかなか寝つけなかった。

目を閉じると怜の家の荒らされた庭が頭に浮かんできて、不安になってくる。あの後、どうなったんだろう、と心配だった。子供じみているとわかっていても、つい現実離れした妄想をしてしまう。怜の家を、恐ろしいものが襲っていなければいい……。

みのりは暗闇の中でぎゅっと目を閉じ、朝、来い、と久しぶりにあのおまじないを唱えてみた。

翌日の昼下がり、恐る恐る怜の家を覗きに行くと、ちょうど出先から帰ってきたらしい春美が車から荷物を下ろしているところだった。

いつもと同じ春美の姿を目にし、ホッと胸を撫で下ろす。春美は帽子こそ被っていなかったが、長袖にジーンズという相変わらずの日焼け対策に徹した格好だった。重い物を運び出そうとしているのか、トランクに上半身を突っ込んで苦心している様子だ。

「手伝おうかー?」と声を掛けると、春美はこちらを振り返って表情を緩めた。

「ありがとう、助かるわ」

近づき、ふと春美の右足に包帯が巻かれているのに気がついた。

「うっかり転んで、捻挫しちゃったの」

怪訝なみのりの視線に応えるように、春美がため息まじりに口にする。

「ええっ、足を怪我してるのに重い物なんか持っちゃ駄目だよ」

驚くみのりに、「だって、ホームセンターに寄ったら、いい土がありえないくらい安かったんだもの」と拗《す》ねたように返された。ありえないくらい、と子供っぽくむきになって強調する春美に、苦笑する。最近、自分の母や春美に対してふと目線の近さを感じる瞬間があるのは、女同士の気安さからか、みのりがほんの少し大人になったせいかもしれない。

トランクに積まれている園芸用土の袋が視界に入り、荒らされていた庭のことがあらためて気にかかった。やや緊張しながら、口を開く。

「春美さん、庭に咲いてた、向日葵って……」

「ああ、怜から聞いたの？」

春美は拍子抜けするほどあっさりした口調で云い、苦笑した。

「留守のときに、誰かが勝手にひっこ抜いちゃったらしいのよ。近所の子供の悪戯か何かだと思うけど。怜も出かけてたみたいで、いつ荒らされたかもわからないんですって」

「え、でも……」

春美の言葉に戸惑って口ごもり、すぐに察する。きっと怜が、家族を不安がらせまいとそんなふうに説明したのに違いなかった。確かに、縁側でうたた寝していたわずかな間にすぐ横でそんなことが行われたらしい、などという気味の悪い話をしたら、春美たちは気にするだろう。春美が小さくため息をついて肩をすくめる。

「せっかく綺麗に咲いてたのに残念だけど、そろそろ時期も終わりだったし、仕方ないわ。代わりに、秋に向けてまた色々植えようと思って」

そう、と頷き、みのりはさりげなくその話題を切り上げた。

手伝って荷物を運ぼうとしたとき、ごめんくださーい、と背後からしわがれた声がかけられた。

振り返ると、人好きのする小柄な中年男性が立っている。石屋の近藤さんだ。

「あら」

春美が、すっと大人の顔に戻る。近藤は一瞬怪訝そうに、春美の隣にいるみのりを見たが、すぐさまにこやかな表情になった。手に持ったプリントの束から一枚を春美に渡し、「これね、来月の境内の掃除当番表。秋祭りも近いんでよろしく頼みます」と告げる。河川敷や刀隠神社の境内の清掃は地区ごとに持ち回りで行われているため、連絡用のプリントを配布して回っているらしい。

「暑い中、ご苦労さまです」と春美が笑顔で会釈すると、いいえ、と近藤はお辞儀を返した。

「夏の疲れが出る時期だから、気ぃつけでな」と愛想よく二人に告げて去っていく。日頃からよく長話をするお喋り好きなおじさん、というイメージを持っていたので、そそくさと歩いていく近藤の後ろ姿を見やり、珍しいな、と思った。きっと大人たちは秋祭りの準備などで色々忙しくしているのかもしれない。

ふと、桜沢に来た年に初めて見た秋祭りを思い出した。眦に紅を引き、神楽舞いの踊り手を務めていた怜。あれは男でも女でもない、神様により近い存在なのだと、隣で教えてくれた雛子の声がよみがえる。

「……怜のお神楽、すごく綺麗だった。またやればいいのに」

何気なく口にすると、プリントに視線を落としていた春美が「うーん」と苦笑を漏らした。

「あのときは無理にお願いしたから一度だけやってくれたけど、怜、目立つことが元々あんまり好きじゃないのよ。それに、今は部活が忙しいみたいだし」

「怜は春美さんのお願いならなんでも聞いてくれると思う」

「あらー、みのりちゃんの頼みを断るところだって、見たことないけど?」

冗談めかして笑いながら再び重い袋に手を伸ばそうとする春美を、「いいってば、わたしが運ぶ」と慌てて制する。

大丈夫よ、駄目だってば、と庭先で攻防していると、いつのまにか帰ってきた怜が目を丸くしてこちらを見ていた。

「二人で何やってるの」

みのりは春美と目を見合わせ、それからトランクを指差してにっこり笑うと、揃って「お願い」を口にした。

「はいはい、これを運べばいいんだね。人遣い荒いなあ」と怜が呆れ顔でぼやきながら、荷物に手を伸ばす。

重たげな袋を抱えた怜が、ちらりとみのりの顔を見た。その視線の動きに、春美の前で先日の出来事に触れないでほしいのだろうとなんとなく理解する。無言で頷きを返すと、怜は少し安堵したように眉を下げた。

土は庭の方に運んでちょうだい、という春美の言葉に、「わかった」と怜が何事も無かったように歩き出す。生温い風が髪を乱していった。

みのりは一瞬ためらい、それから、怜に続いて庭の方へと歩き出した。

◇

新学期になり、また憂鬱な学校生活の始まりを覚悟したみのりだったが、夏希たちのグループからの風当たりは意外なことから沈静化した。

事情を知った小百合が、彼女たちにぴしゃりと云い放ったのだ。

「桜沢の子はみんな怜って名前で呼ぶけど、そんなに嫌なら呼び方を変えましょうか？　でも、私たちがいきなり名字で呼び出したら、怜は絶対変に思うでしょうけど」

このことを怜にばらしてもいいのか、とほのめかされて怯んだらしい。不満そうにしながらも、彼女たちは渋々口をつぐむことにしたようだ。

もともと小百合と夏希たちはあまり相性が良くない。勉強が出来て、どこまでも生真面目に正論を口にする小百合のことを、彼女らは苦手としているらしかった。

「あり、がとう」

珍しく下校が一緒になった小百合とベンチに座ってバスを待ちながら、みのりがおずおずと口にすると、「別に」とごくあっさりした声が返ってきた。

手にした文庫本から視線を上げもせずに返事をした小百合は、何か大したことをしたとは本当に思っていないらしかった。二年生になって眼鏡を掛け始めた小百合は、大人のひとみたいな顔つきで熱心によく本を読んでいた。

「それ、面白い？」

みのりが手元を覗き込んで会話の接ぎ穂に尋ねると、小百合は文字を追いながら「まだ途中だけど、まあまあかな」と答えた。

「何の本が一番好き？」

みのりが続けた問いに、小百合がページから顔を上げる。それから「あのね」と真顔で口にした。

「愛読書とか、堂々と口にするのは恥ずかしいことよ。ブスイ、っていうか」

ブスイ、という単語が頭の中ですぐに変換できず、少し考えてようやく「無粋」だと理解した。

上目遣いで、遠慮がちに尋ねる。

「……そうなの？」

「そうなの」

みのりの問いにきっぱりと答えると、小百合は再び難しい表情になり、本に視線を戻した。まるでそこに世界を解き明かす重大な秘密が記してあるかのように、真剣に文字を追っている。

夏の残光が、小百合の頰の上で揺れていた。その横顔がなんだか違う人みたいに見える。ちいさくて狭い、同じ場所に並んで押し込まれていたはずなのに、莢《さや》がはじけてそれぞれ違う場所に飛んでいく――そんな気がする。

不思議な感慨のようなものを覚えながら、みのりはぼんやりと、バスが来るのを待っていた。

◇

秋の風が山から吹き下りてきて、枝の残り柿が物寂しげに揺れる頃、思いがけないニュースが飛び込んできた。

――今井が、桜沢を離れるという。

今井の腰痛は悪化の一途を辿り、数年前から、日常生活を営むのにはっきりと支障が出始めていた。大人たちが当番制で用足しを手伝っていたが、冬の間の毎日の雪かきや雪おろしは重労働だ。

周りに迷惑をかけることを厭った今井は、これ以上ここで冬を越すのは困難だ、と判断したらしかった。雪が降る前に桜沢を離れ、神戸にいる息子夫婦の元で暮らすのだという。

「……神戸かあ」と、一緒になった帰り道で由紀子が呟いた。

「神戸って、東京よりも遠いん？」

うん、とみのりが頷くと、由紀子はいっそうしょんぼりとした表情になった。

身近な人が、去っていく。その事実に、きゅっと胸が締め付けられる。

怜や隼人も、今井がいなくなることに少なからずショックを受けている様子だった。怜は今井の引っ越し先の環境を気にかけたり、腰の痛みが少しでもよくなればいい、などとしきりに心配していたが、隼人は頑なほどにその話題に触れようとしなかった。まるで、自分さえ口にしなければそれが無かったことになると信じてでもいるかのように。

休みの日に三人でぶらりと散歩していると、どぉん、と遠くで空気を振動させる重い音がした。猟銃の音だ。狩猟が解禁される季節になると、山の奥から時々聞こえてくる。どん、とまた一つ、低い音。

「怜んちの父ちゃんもいるんじゃね」

適当な口笛を吹きながら歩いていた隼人が、軽い口調で呟いた。

「昔、ふざけて猟銃に指突っ込む真似したら、怜の父ちゃんにすっげえ怒られてさあ」

隼人はけらけら笑って他愛ない話ではしゃいでみせるものの、いつのまにかうわの空な表情になり、黙り込むことがよくあった。そんな隼人の態度は、今井がいなくなるという事実を認めまいと抵抗しているようにも見えた。何も失われない、変わらないのだと、懸命に虚勢を張っているみたいだった。

今井は付き合いのある家を一軒一軒訪ねて回り、これまで世話になった礼と挨拶を告げたらしかった。分校で行われた送別会では、教師や児童らが花を贈り、皆で歌を歌って別れを惜しんだそうだ。特に低学年の子らは泣きじゃくり、なかなか今井から離れようとしなかったらしい。今井は住民の一人ひとりと、そうやって丁寧にお別れを済ませていった。

いよいよ桜沢を離れる日、みのりは朝早くに怜と隼人と共に今井の家に向かった。学校に遅れるかもしれないという懸念が頭をかすめたが、どうしても、最後にもう一度だけ顔を見たかった。ちょうど出発するところだったのか、今井は門の前に停まったワゴン車に乗り込もうとしていた。近藤が空港まで送っていくのだという。息を切らして現れたみのりたちを見て、今井はやや驚いたような顔をした後、「なした、学校さ遅刻すっぞ」といつものようにおどけた調子で柔らかく笑いかけてきた。

「先生、身体に気をつけて」「手紙を書くね」と競う勢いで話しかける怜とみのりの横で、隼人が口をへの字にし、納得のいかないといった面持ちで睨むように今井を見る。

「……雪かきくらい、毎日オレがやってやんのに」

隼人の言葉に、ほお、と今井はわざとらしく目をきょろりと動かしてみせた。

「三日坊主なお前さ、ほだなごど出来んのがや。いっつも朝顔ば枯らしったたっけどれ」

「そんくらい出来る」

むきになった様子で云い返す隼人に、今井が穏やかに目を細める。苦笑と、いとおしさの入り混じった笑い方だった。

「来年はお前だも受験生だべ」

尚も不満げに何か云いかけた隼人の頭に、今井がなだめるように手を載せる。

「元気でやれな」

飄々とした静かな声で云われ、隼人はふてくされた顔で口を閉じた。隼人がこんなふうに突っかかったり、子供っぽく自儘《じまま》な態度を取るのは、気を許した相手に対してだけだと知っていた。

不機嫌そうな表情のまま、これ、と隼人が何か小さな物を今井の手に押し付ける。怜と作ったという木彫りのキーホルダーだった。今井が釣り好きだったからだろう、木で出来た魚と、それからハナに似た形の犬が金具の先で揺れている。丁寧にニスを塗られたそれは、店で買ってきたように見事な出来栄えだった。まるで生きていて、今にも動き出しそうだった。いつでも桜沢を思い出せるようにと思って、と怜がにこにこ笑う。

「ここ、隼人が手を滑らせてちょっと削っちゃったんだけど」

「るせー。そんなもん、云わなきゃわかんねえ」

じゃれるように云い合う二人を見やり、今井は木の表面に走る小さな傷をそっとなぞった。いつくしむ眼差しで笑い、「ありがとうな」と口にする。

ふと視線を向けると、今井の家の玄関先に並べてあった鉢植えの類は全て無くなっていた。引き戸の向こう、何度も訪れた家の中も既にがらんどうなのだろうと当たり前のことを思い、切なくなる。自然と沈黙が落ちた。

運転席に乗り込んでいた近藤が腕時計を確認し、「先生、そろそろ」と促した。みのりたちはその場に立ったまま、ワゴン車に向かう今井の背中を見守った。云いたいことがたくさんあるはずなのに、今まさに訪れようとしている別れの気配に緊張し、心と体が硬くなる。張り詰めた糸が目の前で切れるのをただ待つしかないような気持ちで棒立ちになっていたとき、突然、隣で怜が動いた。

怜は今井に駆け寄り、しがみつくようにぎゅっと腕を回した。力のこもった怜の指先が微かに震える。まるで、迷ってしまった幼子が親を見つけたときのような切実な動きだった。

不意をつかれたみのりたちの前で、怜が呼吸を整えるように息を吸い込む気配がした。数秒の間の後、感情を抑えた低い声で、ぽつりと呟く。

「……母さんが、悲しむから」

頼りなくかすれた怜の声を耳にし、ハッとした。県外から桜沢に嫁いできた春美にとっても、庭仕事を教わったり、家族ぐるみで親しく付き合っていた今井の存在は、少なからず心の支えになっていたに違いなかった。

そんな怜を見つめる隼人は何も云わず、ただ唇を引き結んでいる。寂しい、行ってほしくない、と口にしないのは怜と隼人だからなのか、それとも男の子とはそういう生き物だからなのかわからなかった。ただ、彼らが間違いなくそう思っているであろうことは、側で見ているみのりにも痛いほどに伝わってきた。……きっと、今井にも。

そっと身を離した怜の顔を見つめ、れい、と今井は名を呼んだ。隼人、みのり、と順番に呼びながらみのりたちの顔を見回す。どこまでも静謐《せいひつ》な今井の眼差しに、一瞬、怖いくらい真剣な光が浮かんだ。

「いつでも会いさ来い。いつでも、どごさ居でも、困ったどぎは必ず力になっから」

それから少しとぼけた感じのする、鷹揚《おうよう》な表情に戻り、にっと笑ってみせる。

「約束だ」

微笑む今井を乗せ、ゆっくりと車が動き出した。いつも通る道とは違う、集落の外へと走っていく車を見送りながら、疼くような痛みを覚える。

……近くで見守ってくれる存在がいること、それがどれだけ自分を安心させていたか、気づくのはいつだって失《な》くしてからばかりだ。

棚田に挟まれた広い農道を、車が走り去っていく。その姿が見えなくなるまで、みのりは腕の付け根が怠《だる》くなるほど手を振り続けた。

隼人はその場にまっすぐに立ったまま、遠ざかる車をじっと睨み据えていた。それはまるで、目には見えない何かに挑んでいるかのようにも思えた。

ふいに、どぉん、と高い音が響いて、鳥たちが一斉に飛び立った。どこかで狩りをしているのだ。

怜が無言で目をすがめ、頭上を仰ぐ。つられて見ると、物悲しいほどに澄んだ秋の空が広がっていた。

第七章　事件

全てが雪に閉ざされたような季節がようやく重い腰を上げた、四月の初旬。

みのりはスケッチブックを手に、久しぶりに山に入ってみた。

冬の間は危険だから、滅多なことでもなければ一人で山歩きなどしない。ほとんど毎日雪が降り続くため、舗装されていない踏み分け道は雪原と化し、わずかにてんてんと続く足跡でここが道だとわかるだけだ。足跡のところだけが踏まれて固くなっているため、長靴を重ね合わせるようにして、一歩ずつ慎重に歩かなければならない。うっかり踏み誤れば、ずぶりと腰まで沈みこんでしまう。氷の塊のように肥大した根雪で転んで骨折する事故や、落雪事故も珍しくなかった。

だから、うららかな春の陽気を感じさせる日に、緑が芽吹き始めた山に誘われてみのりが歩き出したのはごく自然なりゆきだった。

雑木林に足を踏み入れると、高木の樹冠が空を覆った。雪解け水をたっぷりと含んだ膨軟《ぼうなん》な地面を踏み、間隔を空けて生えている大木の間を歩いていく。陽射しは林床まで十分に届いてはいなかったが、生ぬくい春風が吹いて心地よかった。

頭上で、鳥の声と葉擦れの音がした。背中が瑠璃《るり》色のトカゲが木の幹を登っていく。

人の立ち入る気配のない自然のかそけさに、どこか罪深いようなおごそかな気持ちになりながら歩き続けると、ふと奇妙なものが目に留まった。

絨毯《じゅうたん》のように地面を覆う叢に、何か白っぽいものが転がっている。何気なく近づいて目を凝らし

――思わず、ハッと動きを止めた。

草木に埋もれるように落ちていたのは、カモシカの頭蓋骨《ずがいこつ》だった。

角が二本生えており、眼孔と鼻先の部分がぽかりと空洞になっている。角先と、骨の窪みにうっすら土がこびりついているものの、風雨に洗い流されたようなそれは不思議と生々しさを感じさせなかった。死後かなり時間が経っているらしく、生き物だったものというよりは、何か趣のある骨《こっ》董《とう》品のように見えた。

もしかしたらこれは、いつか雪原で怜と一緒に見たカモシカかもしれない……そんな根拠のない考えが、一瞬だけ頭をよぎる。

生命力に満ちた瑞々しい緑の中で、やわらかな乳白色をした頭蓋骨は、ひどく静謐な感じがした。まるでそこだけ時間が静止しているようだった。生と静の対比は残酷で、それでいて永久にそこにあるもののように穏やかで、胸が震えた。なんて、綺麗、なんだろう――。

みのりはそこに佇み、しばらくその光景を見つめていた。手が、自然にスケッチブックを開く。濡れたようにつややかな緑に囲まれた骨を、真剣に描き出した。世界を包む静けさを、土と草の匂いを、永遠を思わせる佇まいを、懸命に紙の上に刻んでいく。

苦心しながらもどうにか形にし、息を吐き出したとき、ひどく喉が渇いているのに気がついた。夢中になって描いているうちに、だいぶ時間が過ぎてしまっていたらしい。

骨にそっと掌を合わせ、立ち去りがたく思いつつ、急いでその場から歩き出す。冬から春になったとはいえ、まだまだ陽が沈むのは早い。周囲が暗くなる前に帰らなくては、とみのりは慌てて足を速めた。

絵を完成させて部活中に見せると、恭子は顔を近づけて隅々まで熱心に観察した。ふうん、と顎先を撫でながら呟き、今度は少し離れてキャンバス全体をまじまじと眺めている。

いつもより時間をかけて絵を鑑賞している恭子の様子に、自然と肩に力が入る。……生き物の死体を描くなんて中学生らしくない、と思われただろうか？

みのりが緊張気味に見守っていると、恭子は無言で大きく頷いてみせた。

「……いいんじゃないか、これは」

みのりは驚いて顔を上げた。恭子がもう一度、真顔で独白のように呟く。

「うん、これは、いいと思う」

普段からあまり大袈裟な言葉で褒めることをしない恭子の、それは一番の賛辞だった。思いがけない反応に戸惑うと同時に、嬉しさが込み上げてくる。

みのりの絵は美術コンクールに出品され、それからしばらくして、特別賞に入選したとの連絡が入った。家族や部の仲間たち、友人らは大いに喜んでくれたが、隼人だけはピンとこない面持ちで、へえ、よかったんじゃねえの、などと適当な口調で呟いていた。

……三年生になってすぐ、怜はサッカー部を辞めた。

主力選手の突然の退部に周りは驚いたが、怜がいつも試験で上位の成績にいることから、高校受験を見据えての決断だろうとそれなりに納得したらしかった。いずれにせよ、遅かれ早かれみのりたち三年生は部活動を引退しなければならない。

その日は顧問の恭子が不在だったため、一年生のデッサンを見てあげたり、石膏《せっこう》像の片付けを手伝ったりしていたら、いつもより学校を出るのが遅くなってしまった。暗くなった道をバス停に向かって歩いていると、前方に怜の姿を見つけた。夜道を一人で帰らなくてもよいことにホッとしながら駆け寄り、「いま帰り？」と尋ねる。部活動を辞めたはずなのになぜこんな時間に帰宅するのだろうと不思議に思っていると、怜は小さく苦笑してみせた。

「コーチに呼ばれてさ、ちょっと話してたんだ」

その返答に、ああ、となんとなく事情を察する。サッカー部での怜と隼人の活躍は、学校の外でもちょっとした注目を集めていた。いくつかの高校から誘いが来るだろう、と噂されているのも知っていた。そんな中、怜の退部は彼らにとって寝耳に水だったのだろう。

「部活、皆から引き留められてるんじゃないの？」

みのりの問いに、怜はやや困ったように目を伏せた。

「うん。でも、僕は……」

言葉が途切れたとき、桜沢行のバスが来た。乗客はみのりたち二人だけだった。今日学校であった出来事について他愛ない会話を交わした後、隣の席の怜はすぐに窓へと視線を向けた。そのまま物憂げな表情で、暗い窓の外を眺めている。

怜の横顔をそっと盗み見ながら、どこか落ち着かない気分になった。

今井が桜沢を去ってから、怜はあまり笑みたいに笑わなくなった。口数が減り、みのりに対しても以前のような屈託のない親密さはなりを潜めた気がする。

進路のことで思い悩んでいるのか、それとも男の子とは成長するにつれて皆そんなふうになっていくものなのか、兄弟のいないみのりにはわからない。

部活で怜が隼人といつも一緒にいるのをつまらないと、心の片隅にずっと羨む気持ちがあったけれど、怜が急にサッカー部を辞めてしまうと、嬉しさよりもむしろ戸惑いが先立った。

ひょっとして怪我でもしたの、と心配になって訊いてみたこともあるけれど、怜は「そんなんじゃないよ」とやんわり否定しただけだった。ちょっと前までは特に喋らなくても、並んで自然の中を歩いているだけで、互いの間に流れる親しげな空気を感じられた。けれど今は、沈黙が二人を隔てる壁みたいに思えてしまう。昔より少しだけよそよそしい、距離。

みのりは意識して明るい声で話しかけた。

「日曜に家に遊びに行ってもいい？　最近、春美さんにも会えてないし。雪が溶けたから、そろそろ山にも……」

みのりの言葉に、怜が微かに表情を曇らせる。

「ごめん、ここんとこ、母さんの体調があまりよくなくてさ」

そっか、とみのりがぎこちなく頷くと、怜は「ごめんね」ともう一度口にした。慌てて首を横に振り、「春美さん、大丈夫？」と尋ねると怜が小さく笑った。

「そんな大袈裟なことじゃないんだ。ただ、季節の変わり目はどうしても体調を崩しやすいみたい」

怜の言葉に、「そう……」となんとなくしょんぼりしてしまい、うつむく。そのまましばし、会話が途絶えた。

二人の間の沈んだ空気を察したわけではないだろうが、山道の途中で、顔見知りの運転手が「おおい、外が綺麗だよ」と気さくに話しかけてきた。

声につられて見ると、バスの窓から、夜景が美しく光って見えた。黒々と静かに並び立つ奥羽《おうう》山脈を背景に、町の明かりが眼下に広がっている。夜空に、怖くなるくらい星がびっしりと散らばっていた。冴え冴えとした美しさに思わず目を奪われる。

窓を開け、真っ暗な山道から見える地上の明かりと空の輝きに瞠目《どうもく》していると、運転手が気を利かせて見晴らしのいい場所でバスを停めてくれた。

ちょっとだけ、と許可を得て二人でバスの外に躍り出る。山の空気は冷たくて頬がひやっとしたけれど、胸が透き通っていくようで心地良かった。

「ゴッホの絵みたい」と思わず呟くと、怜も自然に反応を返す。

「ああ、前にみのりの家で見せてもらった画集に載ってたやつ？　『星月夜』だっけ」

「あれじゃなくて、『ローヌ川の星月夜』っていう方。『星月夜』はぎらぎらしてて、見てるとなんか落ち着かなくなるっていうか」

並んで夜景を眺めながら、遠くを見つめる怜の横顔にふと不安を覚え、ねえ、とみのりは声をかけた。

「悩んでることとかあったら、話してね」

唐突な上に思いがけず強い口調になってしまい、怜が驚いたようにこちらを見る気配があった。ばつの悪い気分になりみのりが視線を下げると、「ありがとう」と穏やかな声が返ってくる。

押し付けがましかったかもしれない、と心配になり、「こういうこと云われるの、迷惑じゃない……？」とおずおずと尋ねると、怜はふっと息を吐き出すようにして笑った。

「そんなことないよ」

怜の柔らかい声に、こわばっていた肩から力が抜ける。

それから、今の自分の云い方をちょっとだけずるいな、と感じた。自分が発したのは純粋な質問ではなく、たぶん怜が否定してくれることを期待した問いかけだった。怜の中にみのりの存在がどれくらい、どういう形で在るのかを確かめようとするような行為だった。自分の感情の動きに、少し戸惑う。

背後で、バスのクラクションが軽く一回鳴った。そろそろ行くよ、という合図だ。

「帰ろう」という怜の言葉に頷き、二人で小走りに戻っていく。

暖かなバスの中に入るとき、ひんやりとした夜の空気も一緒に連れてきてしまった気がした。

◇

放課後、みのりが美術室に行こうとすると、正面玄関の近くでジャージ姿の隼人を見かけた。これから部活に向かうのだろう。

なんとなく視線を向けていると、気配を感じたのか、隼人がみのりの方を見た。同時に、彼がクラスメイトらしい数人の女子と話していたところだったことに気づく。慌ててそのまま立ち去ろうとしたとき、隼人が彼女らとの会話を止めてこちらに向かって歩いてきた。

隼人と喋っていた女子たちが、心なしか恨めしそうな目つきでみのりを見やり、去っていく。

「……ごめん、話の邪魔しちゃった？」

いささか気まずい気分になりながらそう口にすると、隼人は「は？　別に構わねーけど」とあっさり答えた。

でも、と尚も気にしていると隼人が怪訝そうな顔になり、「バーカ」と呆れたように云ってみのりの額を指ではじいた。いたあい、と大袈裟に額を押さえる。にくたらしい顔で、へっと笑う隼人を軽く睨みながら、それでも隼人の態度に、以前とはだいぶ違うものを感じていた。

無造作にみのりの腕を摑んだり、髪を引っ張ったりしたあの頃とは異なり、最近の隼人はめったにみのりに触らなくなった。ふざけて手を出すにしても、やんわり小突く、といった感じだった。

それは枝にかかった雪をそっと払うような、脆いつぼみの輪郭をなぞるような、本当に手加減された優しい触れ方だった。

いつのまにか変わったのは隼人か、自分か、それとも両方だろうか。

「で、なんだよ?」

しげしげと隼人の顔を見つめていると、どこか居心地悪そうに眉をひそめた隼人に尋ねられた。

「さっき、なんか云いたそうな顔してこっち見てたろ」

そう云われて、このところ怜との間に感じている寂しいようなもどかしい気持ち、を話したかったのだと自覚する。

「怜のこと、なんだけど」

「あー」

既に何度も周りからその質問を受けているのか、隼人が面倒くさそうな顔をして頭を掻いた。みのりはためらった後、続けた。

「あんなに頑張ってたのに急に部活をやめるなんて、怜らしくないっていうか……最近、ちょっと元気が無いようにも見えるし。……隼人は気にならないの? 怜がやめちゃっても、なんとも思わないの?」

怜と一緒にボールを追いかけてきたのは、多くの時間を共有しているのは、誰よりも隼人のはずだ。その隼人がどう思っているのかを知りたかった。

みのりの言葉に、隼人は顔をしかめてふうっと息を吐いた。みのりを見据え、きっぱりと云い放つ。

「怜がやめるっていうんだから、仕方ねーだろ」

それは何ら含みのない、こちらが怯むほどに潔い云い方だった。

「そう、だけど……」

隼人のまっすぐな物云いにたじろぎつつ、胸の内にもやっとした何かが広がっていく。少年同士のシンプルで、強い関係を恨めしく思った。

その感情は、ハナの死体と共に山へ向かう彼らの背中を見送ったときに抱いたものとよく似ていた。決して混じれない、自分だけがはじき出されたような心許《こころもと》ない気持ち。

八つ当たりじみた感情に駆られ、「……わかった、もういい」と小さく唇を尖らせて歩き出す。おい、と隼人が声を発したが、部活の時間を気にしてかそれ以上追ってはこなかった。

廊下の途中で、みのりはそっとため息をついた。……隼人の云う通りだ。別に、他人が口を出すことじゃない。怜が部活をやめるのも、それを隼人がどう思うのも、もちろん彼らの勝手だろう。けれど、なんだかさみしかった。こんなふうに感じてしまうのは、きっと自分自身も不安なせいかもしれない。まもなく受験の時期が来て、みのりが美術部にいられる時間もあとわずか。そう考えると落ち着かなくなる。

変化は、いつだって意図しない揺らぎをみのりにもたらす。

ふと廊下の窓から外を見ると、下校する怜に、部活に行く途中らしい夏希が何か話しかけているのが見えた。二人は顔を見合わせて親しげに笑い合っている。別れ際、じゃあね、というように夏希が怜の腕にさりげなく触れた。

それを目にした途端、胸の奥がざわついた。半ば無意識に、制服の裾をきゅっと摑む。

夏希はみのりに何か云ったり、したりすることは無くなったが、以前よりもはっきりと怜への好意を態度に出すようになっていた。

途中まで帰りが一緒になったとき怜が親切に手袋を貸してくれた、自分に合わせてゆっくり歩いてくれて嬉しかった、などと夏希が誇らしげに友達に喋っている声が教室で聞こえてきたことがあった。わざと大きな声を出しているようで、そんな懸命さをみのり自身も知っているような気がして、心が波立つ。

怜のそうした優しさは、傍に春美がいるからだ。心臓の悪い春美を幼い頃から見てきたから、相手を気遣う習慣が自然に身についているのだ。みのりにだって、桜沢に来たときからずっとそんなふうに接してくれていた。別に夏希が特別なわけじゃない……などとぐるぐる考え、自分の思考にうろたえる。何を考えているんだろう。

誰々ちゃんに触らないで、なんてまるで子供だ。——けれど違う。こんな気持ちは、少し知らない。

心を、体をいつくしまれたいと思った。無性に、切実に込み上げてくる衝動から目を逸らすように、みのりは早足で歩き続けた。

◇

日曜日、昼下がりに家を出た。

春はすっきりしない天気の日が多い。薄曇りの空の下、片手に傘、もう片方の手に枇杷《びわ》の入ったビニール袋をぶら下げて歩き出す。

叔父の所から貰った枇杷を怜の家にもお裾分けしようということになり、みのりが届ける役を買って出た。

ちょっとだけ、お見舞いを届けるだけだから、と自分に云い訳しながらそそくさと怜の家に向かう。敷地には春美の軽自動車が一台停まっているだけで、どうやら茂は不在らしい。愛用の自転車があるところを見ると、怜も家に居るようだ。

いつものように庭の方へ向かうと、勿忘草《わすれなぐさ》やガーベラといった花壇の花々が微かに風に揺れていた。曇天の下、誰もいないしんとした庭を眺めていると、見知った光景のはずなのになんだか落ち着かなくなってくる。無残に手折られた向日葵が地面に散らばっていた光景を思い出し、ほんの一瞬、ぞくっとした。

こんにちは、と縁側に向かって声をかけると、奥の障子が静かに開いた。縁側に出てきた怜が、やや驚いたようにみのりを見る。

来たのは迷惑だったろうか、と不安になりながら、みのりは口を開いた。

「ちょっとだけ春美さんのお見舞いにって思って……これ、持って行ってって頼まれたの」

たどたどしく伝えると、怜は「ありがとう」と微笑み、枇杷の入った袋を受け取った。それから、申し訳なさそうに眉を下げる。

「ごめん、いま母さん、眠ったところなんだ。朝から少し熱があって」

「そう、なの……」

怜の言葉に、表情が曇るのを自覚する。楽しそうに庭仕事をする春美の姿が見えないと、元気の無い怜を目にすると、自然にこちらまでしゅんとしてしまう。

「動くと動悸がしたり、眩暈《めまい》を起こしたりするみたいで。ほら、はりきってすぐ無茶しちゃう人だからさ、困ったもんだよね」

口調こそ冗談めかしているけれど、怜の表情には春美を案じる色が浮かんでいた。

その顔に、早朝の雪原に一人きりで立ち尽くしていた、いつかの怜が重なった。一瞬、あのときみたいに駆け寄って怜の手を摑みたいという衝動に駆られる。けれど、怜の中の何かが、みのりにそうされることを拒んでいるような気がした。それが彼の謙虚さからか、矜持によるものなのかわからなかった。

不安に揺れる怜を見ていると、同じように心が揺らぐ。いつのまにか、そんなふうになっていた。

「みのりが来てくれたって云っておくよ」と静かに告げる怜の顔に影が差す。

そのとき鈍《にび》色の空から、ぱらぱらと細かい雨が落ちてきた。波しぶきのような水滴がみのりの指に、頰にかかる。風に流された雨粒がわずかに縁側に差し込み、広縁のふちを濡らした。

……屋根の下にいても、守れないものも、ある。

「雨がひどくなる前に、帰った方がいいよ」

庭に佇むみのりにそう云い、どうもありがとう、と怜はもう一度口にした。大人が子供に云うような優しい口調に、なぜか泣きそうになる。

「——うん、またね。春美さんに、お大事にって伝えてね」

ぎこちなく笑みを返し、みのりは傘を差して歩き出した。来た道を戻りながら、胸の奥に微かな痛みを覚える。名前のない、けれどずっとそこにある感情。

怜が自分に向ける言動の一つ一つに心が揺さぶられる。水を吸い上げる花みたいに、幸福と切なさがしみこんでくる。

何度も何度も思い返す。これまで怜の発した言葉を、仕草を、表情を。……怜が自分にしてくれたように、自分も怜の不安を取り除いてあげたい。笑ってほしい。

そう思うのに、頼ってほしいのに、それをさせてもらえないことがもどかしかった。

——目に見えないものを、どうやって、伝えたらいいんだろう。

小雨の降る中、肩を落として帰宅すると、居間から「おせーよ」とふてくされた様子の隼人が顔を出したので驚いた。聞けば、みのりが出かけたのと入れ違いにやって来たらしい。

「怜んちになんか届けに行ってたって？」

祖母が出してくれたオレンジジュースをぐいっと飲み干し、みのりに促されて階段を上りながら、隼人は云った。珍しい来訪者に戸惑いつつ、うん、と頷く。

怜の家にはしょっちゅう入り浸っていても、みのりの家に隼人が一人で訪れることはこれまでほとんどなかった。怪訝に思い、「何かあったの？」と尋ねると、隼人が一瞬口ごもった後で「……別に」とぶっきらぼうにそっぽを向く。

そこでふと、先日の放課後に隼人と交わしたやりとりを思い出した。あのときみのりが不機嫌な態度で会話を打ち切ってしまったため、もしかしたら気に掛けていてくれたのかもしれなかった。

いつもの隼人ならば、そのまま自分もさっさと怜の家に押しかけてきそうなものだが、みのりが怜のことを話したがっていたので、あえてここで待っていてくれたのかもしれない。

みのりの部屋で物珍し気にスケッチブックを眺め出す隼人に、勝手に触らないで、と釘《くぎ》を刺すと、「見るくらいいいだろ」と隼人は不満そうにぼやいた。

「駄目。それ、昔描いた絵だから。今よりもずっと下手くそなの」

慌てて彼の手からスケッチブックを取り返し、尚もぶつぶつ云う隼人を軽く睨む。

「描こうとすると、すぐ逃げちゃうくせに」と恨みがましい声で云うと、すっと隼人が真顔になった。みのりの顔を見つめ、おもむろに口を開く。

「——いいぜ」

え、と驚いて訊き返すみのりに、隼人はこちらを直視したまま妙にきっぱりとした口調で云った。

「お前になら、描かれてもいい」

正面からそう告げられ、鼓動が大きく跳ね上がる。みのりを見る隼人の眼差しには、こちらがたじろぐほど強い光が宿っていた。彼の中にある火を思わせるような視線だった。

なぜだかうろたえ、みのりはうつむいた。動揺をごまかすように、手にしたスケッチブックを弄《いじ》る。

下を向いたままページをめくると、ずいぶん前に、父と公園へ行ったときに描いた桜の絵が現れた。古ぼけたページに描かれた桜の花を、指先でそっとなぞる。あのときの花は散り、父はもう会えない場所に行ってしまった。

皆、どこかに行ってしまうのだろうか。どこかに行くのが大人になる、ということなのだろうか。

怜の遠い眼差しを思い、何もかもが自分から離れていくような気がして、急にざわつくような不安を覚えた。

「……どこにも行かないでね」

深く考えるよりも先に、そんな言葉が自然に口をついて出た。隼人が驚いたように身を硬くするのを感じる。

まるで駄々をこねる子供みたいだと思った。幼い、みっともない、けれどそれはまぎれもなくみのりの中に存在する素直な願いだった。どうかいなくならないで。誰に、何に乞うているのか自分でもよくわからないまま、かすれた呟きがこぼれる。

「ずっと、どこにも、行かないで」

「──それがみのりの欲しいものなのか？」

力強い声が、確かめるように尋ねた。数秒の沈黙の後、隼人が小さく息を吸い込む気配がする。

オレは、と誓いのように隼人は云った。微塵《みじん》のためらいもなく、みのりに向かって云い放つ。

「変わらない。絶対、いなくなったりしない」

その声の響きに、みのりはハッとして顔を上げた。隼人と目が合い、途端に動けなくなる。

そこにあったのは、いたいけで、苛烈な視線だった。怒っているようにも見える隼人の鋭い視線は揺らぐことなく、恐ろしくなるほど真剣にみのりの顔を見つめていた。

何もかも呑み込まれそうな気がして、隼人の視線から逃れるように、みのりはとっさに目をつぶった。閉じた瞼の裏が熱くなる。まるで炎に炙《あぶ》られるようだ。内側から、甘やかに焦がされていく。

おずおずと目を開けると、こちらを見つめている隼人と再び視線がぶつかった。隼人が一瞬迷うそぶりをした後、みのりに向かって手を伸ばす。

触れてもいないのに、その指はきっとひどく熱いのだろうという気がした。みのりの頬に触れようとした指先に、ビクッと反射的に身じろぎすると、隼人はそのまま手を引っこめた。

ぎこちない沈黙が漂う中、みのりは顔を伏せ、遠慮がちに口を開いた。

「……怜のことが、心配なの」

その言葉に、隼人が不意をつかれたように黙り込む。

けれど、隼人は踏みとどまるように、みのりから視線を逸らさなかった。挑むみたいに強気な表情で目をすがめ、それから、真摯な声できっぱりと告げた。

「知ってる」

◇

隼人がみのりの家を訪れた日から、表面上は何ら変わりない日々が続いた。

けれどあの日、二人の間で、確かに何かが違ってしまった。直接的な言葉を口にしなくても、あのときの隼人の眼差しが、全身が、みのりを好きだとはっきりそう告げていた。

隼人とぎくしゃくしてしまったり、気軽に話せなくなったりしたら嫌だ、と思ったみのりだったが、次に顔を合わせたとき互いに「おはよう」とごく自然に会話を交わせたので、いっそ拍子抜けするような安堵を覚えた。

隼人はみのりに対してこれまでと特に態度が変わることもなく、憎まれ口を叩いたり、他愛のない話をして大声で笑ったりしていた。

ただ、時々、隼人からふっと強い視線を感じることがあった。隼人がみのりに向ける眼差しには、いつくしみのような、もどかしさのような、幾重にも重なった感情が含まれているように感じられた。行き場のないその熱を、隼人自身も抱えきれずに持て余している気配が時折伝わってきた。

いなくなったりしない、という隼人の言葉を思い出すたび、熾《おこ》った火が心のどこかを温めてくれるように感じた。

隼人は、あのときのみのりが一番欲しい言葉をくれたのだ。

自分の拙い願いを正面から受け止めてくれた隼人に、いとおしさのようなものを覚えた。それは隼人を独占したいといった生々しい欲ではなく、流れ星を見つけたら、彼の願いが叶いますように、と真っ先に祈りたいような気持ちだった。

隼人の乱暴な優しさや、頼もしさをみのりは知っていた。隼人には、自分の身が傷つくと知っていても正しいと信じることのために飛び出せるようなまっすぐさがあった。傲慢で自分勝手なくせに、厭らしくひねこびたところのない高潔さみたいなものを隼人は持っていた。

そんな彼らしさを嫌というほど知ってしまった今、どうして嫌いになったりできるだろう？　隼人の気持ちに対して、自分がどうすればいいのかわからなかった。

六月になり、三年生は部活を引退し、いよいよ本格的に受験を意識する季節に突入した。

サッカー部は、五月の大会に出場したのを最後に大半の三年生が退いたようだが、隼人は不定期に顔を出しては練習に参加していた。隼人いわく、「一週間も走らないと足がなまっちまう」のだそうだ。

梅雨の時期は雨が続いてグラウンドが使えないため、つまらないとバスの中でよくぼやいていた。グラウンドで見かけるとき、隼人は疲れというものをまるで知らない、風のような動きでいつもボールを蹴っていた。

一方、怜とはあまり話せないまま、どことなくぎこちない距離の日々が続いていた。

喧嘩をしたとか、あからさまに避けられているということでは全く無く、怜はいつだって穏やかな態度でみのりに接していた。自分たちの関係は、傍目《はため》にはきっと何も変わっていないように見えるだろう。

けれど、それとなく距離を置かれているような、みのりと話していても心はどこか遠い所にあるような気配を怜から感じることが幾度もあった。前みたいに、一緒になってはしゃいだり、屈託なく笑ったりすることもめっきり減った。怜の気持ちを摑めない、いや、摑ませてもらえない感じがする。そんな怜を見つめながら、密かに心がさざめいた。

怜は、自分と親しくすることが迷惑なのだろうか？　いつまでも小学生の頃と同じように接するみのりのことを煩わしく思って、けれど優しいから、邪険にできずにいるのだろうか？

それとも――もしかして、隼人がみのりを想うのを知っていて、気を遣って離れようとしているのか。あるいは夏希のことが好きになり、みのりとの仲を誤解されたくないと思っているとか……。

不安ばかりが目まぐるしく浮かんでは、みのりを落ち着かなくさせた。

じりじりと、夏が近づいてくる。

七月になり、陽射しが真夏を思わせるくらい強くなってきた頃、教室内で密やかな噂が耳に入ってきた。

夏希がついに怜に告白する、という。

狭い世界の少女たちにとって、それはちょっとした事件だった。同じクラスの女子たちは顔を寄せ合うようにして、朝から興奮気味に囁き合っていた。どうやら彼女たちの中では、怜と夏希は同じグラウンドで練習をしているうちに相手を意識し始め、互いに恋愛感情を抱くようになったのだ――というようなストーリーが出来上がっているらしい。

彼女たちのはしゃぎ声や含み笑いは浮き立った緊張を孕んでおり、なんだかみのりまで居心地の悪い気分になった。授業が終わると、みのりは彼らの方を見ないようにしてそそくさと席を立った。

廊下に出るとき、背後で女子が怜を呼び止める声が聞こえてきた。……これからどこかで夏希は怜に想いを告げるのかもしれない。想像し、胸の奥がいっそうざわついた。

一日中微かな熱を孕んでいたような教室の空気から逃れ、気持ちを静めようと深呼吸する。じっとしていると何か息苦しいものに搦め捕られそうで、早足に美術室に向かった。

運動部は大半の三年生が六月で引退したようだが、文化部は夏休みに入るまで部活動を続けている生徒も多かった。みのりもまだ、変わらず部に顔を出していた。

絵を描いているときは、無心になれる。もやもやした気持ちを振り払って、今すぐ描くことに集中したかった。

美術室に入り、視界に映った意外な光景に、おや、と思う。いつものようにデッサンをしている部員たちから少し離れた場所で、顧問の恭子が珍しくイーゼルに向かっていた。

隅にあるエッチングプレス機の側に控えめな作業スペースを作り、黙々と絵筆を動かしている。恭子が部活中に自分の作業をすることなど滅多にないので、少し驚く。

挨拶して入ってきたみのりを一瞥し、恭子は手を動かしながら淡々と口にした。

「悪い、今日は描きながらやらせてもらう。一応校長の許可はもらってる」

「それはもちろん、構いませんけど――先生がここで絵を描くの、珍しいですね」

ああ、と恭子は目の前の絵を睨むように見つめながら頷いた。

「同じ画塾にいた友人たちとグループ展をやるんだ。ここのところ忙しかったものだから、期日が近いのに、展示予定の作品がまだ何枚か仕上がっていなくて」

みのりにそう説明しながらも、恭子の意識は半分以上、描きかけの絵の方に向けられているようだった。握っている平筆を、真剣な面持ちでキャンバスの上に走らせている。

好奇心に駆られ、みのりはパイプ椅子に座る恭子の背後から絵を覗き込んだ。

そこに描かれていたのは、青空を背景に飛ぶ一匹の蝶だった。キャンバスいっぱいに羽を広げた蝶は妙に生々しく、触れたら指先に鱗粉が付きそうな錯覚を覚える。

蝶の羽には、まるで人の目玉のような、開いたばかりの花のような、奇妙な形の模様が描かれていた。禍々《まがまが》しさと表裏一体の繊細な美しさを感じさせるその絵は、じっと見ているとどこかへ連れていかれそうに思えた。あくまですっきりと描かれた空と対比する、幻惑的なモチーフ。蝶は、死者の使い——そんな云い伝えがふと頭に浮かんだ。

ものすごく、うまい。ついまじまじと細部まで眺めてしまう。

大抵のことにおいてぞんざいな感じのする恭子が、パレットや筆の扱いには普段から神経質なほど丁寧なのを思い出した。道具を見ればその人がどれくらい絵を好きなのかわかる、という言葉が頭をよぎる。

感心して絵を見つめながら、みのりは何気なく尋ねた。

「先生はどうしてプロにならなかったんですか？」

返事は無かった。きっと作業に集中していて聞こえなかったのだろうと思い、邪魔をしないよう、みのりはそっと恭子の側から離れようとした。

そのとき、恭子がぼそりと口にした。

「——憎みたくなかったから」

不意をつかれて、みのりは足を止めた。恭子はこちらに背を向けたまま、独白のように続けた。

「絵で成功することを夢見て、死に物狂いで努力して、苦しんでのたうちまわって潰れていく人間を何人も見てきた。強くて真剣な願いほど、それが打ち砕かれたときのダメージはどうしようもなく深い。好きで大切なものだからこそ、手が届かないと嫌いになって、憎んでしまうことが怖かったんだ」

大きな声で喋っているわけでもないのに、恭子の声には得体の知れない力があった。素《す》の、生身の言葉だった。

筆を動かしながら、恭子が呟く。

「……何かを愛するのには、たぶん、いろんな形があるんだ」

みのりは目を瞠った。その瞬間、気がつく。

──おそらく自分は、恭子のことを舐めていた。執着や情念といった感情とも、それに伴う苦しみとも無縁に見える恭子に対し、漠然とした憧れめいたものを勝手に抱いていた。はじけるような若さを持たず、常に洗いざらしたような目をしているこの女性を、人として無意識に見くびっていたのだ。けれど、違った。

生き残れ、とみのりに向かって口にした恭子もまた、かつて激しい嵐を抜けてきた人だったのだ。パイプ椅子に座っている痩せた背中が、一瞬、みのりと同じくらいの女の子に見えた。愛想のない、偏屈な少女がただひたすらに絵筆を動かす姿が見えたような気がした。窓から差し込む埃っぽい陽射しが、まるで舞台照明のように、彼女の姿を浮かび上がらせていた。

意図せず、ぎゅっとみのりの手に力がこもる。

鬼のように集中している恭子に周りが気を遣ったわけではないが、その日はきりのいいところで早めに部活を終えることになった。

教室に鞄を取りに戻るとき、なんとなく遠回りして、皆があまり使わない、校舎の端側にある階段を通ってみた。今日は自分が子供だと思い知らされた一日のような気がして、とぼとぼと歩いていると、突然、階段の上から足音が聞こえてきた。ばたばたばた、という感じの荒々しい足音が近づき、埃のたまった踊り場から誰かが飛び出してくる。

勢いよく駆け下りてきたその人物と目が合い、あっ、と同時に固まった。

──目の前に現れたのは夏希だった。彼女の顔を見て、思わずハッと息を呑む。

夏希の目のふちは赤くなっていて、瞳に涙がたまっている。夏希は怒ったように目を吊り上げ、頬をこわばらせたままこちらを見下ろした。みのりは驚いて彼女の表情を凝視した。

そこにあるのは、怒りのような、悲しみのような、吹き荒れる嵐を思わせる激しさだった。ざっくりと裂けた傷口が、生々しく血を流しているようだった。

夏希の瞳からぽろっと涙が落ちた瞬間、互いに呪縛が解けたように我に返る。みのりの横をすり抜けるように彼女は階段を駆け下りていった。

その背中を見送り、呆然としたまま立ち尽くす。

ぴかぴかと輝いていたはずの少女が　痛々しいほどに乱れるさまを目にしてしまい、動揺を隠せなかった。

夏希と怜の間でどんなやりとりが交わされたのかは知らない。夏希はどこかで一人で泣いていたのか、そうじゃないのかはわからない。

けれど、彼女が拒絶されたのだ、という事実だけはみのりにもはっきりと伝わった。

放心気味に佇み、急に、空恐ろしいような気持ちが込み上げてきた。

恋とは、もっと愛らしい、幸福な形をしているものだと思っていた。なのに目の前に突きつけられた、昏く、湿った熱を孕んだ心の動きに狼狽する。

自分に向けられた隼人の眼差し、夏希の涙。あんなふうに怖い目をしたり、目を腫らして泣いたりするのが、恋というものなのだろうか。まるで自分が自分じゃないみたいになってしまうのが。

怜の顔を思い浮かべる。側に居たい、彼に近づかせてもらえないのは嫌だ、という感情が自然とみのりの胸に湧き起こった。

だけどそれと同じくらい、手を伸ばすことが怖い。

もし、自分の望みが叶わなかったら？　受け入れてもらえなかったら？

心の底から求めて、それでも手に入らなければ辛くなったり、大好きなはずのものを憎悪してしまったりする日が来るのだろうか？

絶望に似た予感が広がっていく。

恋わずらい、という言葉がふいに脳裏をよぎった。恋とは、わずらうものなのだ。それは病のように身の内に巣くい、自分の意思では制御することなどできないもの、なのかもしれない。

夏希が走り去っていった方に視線を向ける。

夏希と同じく、自分も怜の優しさを「特別」だと勘違いしているのだろうか。……こんなふうに切なく、もどかしい気持ちを抱えているのは、自分の方だけなのか。

足元が崩れていくような不安に、動けなくなる。

今年も、向日葵が咲き始める——。

◇

その年の夏は特別だった。

来年の春には桜沢分校が廃校となることが決まっているため、児童らによって長年行われてきた向日葵流しは、惜しまれつつも今年で最後となる。

見納めということもあり、今年の夏祭りには集落の外からも多くの人が集まるそうで、例年以上の参加者数が見込まれているらしかった。消えゆく分校の締めくくりとなる宴《うたげ》を、集落全体で盛り上げるつもりのようだ。

今年の夏祭りでは地元企業や商店街から出資を募り、花火を打ち上げるという。町長が開催の挨拶をする予定で、地元の新聞社なども取材に来るそうだ。当日は桜沢分校の歴史をまとめた記念パンフレットを配布したり、神輿の担ぎ手を増員して練り歩く距離や時間を長くするなど、様々な計画が進められているらしかった。仮設トイレの設置や、駐車場や出店スペースの確保など、大人たちは祭りに向けて慌ただしく準備を進めている様子だった。

集落一帯がそんなふうに盛り上がっていく一方、みのりの教室では、どことなく静粛な空気が漂っていた。

夏希が怜に告白した日から、彼らが親しげに会話したりする場面を一切見かけなくなった。夏希が失恋したのだ、という事実は誰の目にも明らかだった。教室内の怜と夏希は普段と何ら変わらず授業を受け、友人と会話していたけれど、偶然目が合ってしまったときなどは二人の間にぎこちないような、よそよそしい空気が流れる瞬間があり、そういう場面を目撃してしまうと、なんだかこちらまで居たたまれなくなった。クラスメイトたちはどこか腫れ物に触るように二人に気を遣っている様子だった。

教室の中に妙な雰囲気が流れ始めてまもなく、夏休みに入った。

みのりたち三年生は、夏休み中に五日間の夏期講習が行われる。それまでは登校する必要がないため、おのおの受験勉強に取り組むことになっていた。みのりは自然と桜沢にこもりがちになり、小百合や由紀子と分校に集まって宿題をしたり、家で勉強したりして過ごしていた。

夏祭りを二週間後に控えた夕方、みのりはいつもより高揚した気分で家を出た。

今日は地区の集会所で、慰労会が催される。

毎年祭りが終わった後に親睦会と称して大人たちだけで宴会が行われるのが恒例だけれど、今年は最後の向日葵流しということもあり、子供たちへのねぎらいの席が設けられたのだ。

平屋建ての集会所に着くと、既に人が集まっているらしく、玄関にはたくさんの靴があった。他の靴を踏まないよう、えいっとサンダルを脱いで賑やかな広間に向かうと、割烹着姿の女性らを中心に大人たちがきびきびと動き回っている。広間中にいい匂いが立ち込め、なじんだ顔ぶれがあちこちに座って、楽しそうにお喋りしながら食事をしていた。

夕餉《ゆうげ》の準備をしている中には祖母もおり、来たのが、とみのりを見つけて目を細める。

「お代わりいっぱいあっがらなあ、遠慮すねで食《け》」

にこにこ笑ってそう云い、大きな寸胴《ずんどう》の中身をお玉ですくってくれる。差し出された大きめの椀には、湯気の立つ具だくさんの豚汁が盛られていた。美味しそうな匂いに、急に食欲が湧いてくる。

「ほらほら、空いてる所さ座って食べろ」

促されて奥に進むと、広間の中央にコの字型に座卓が設置されており、料理の載った大皿が所狭しと並べられていた。たっぷりの煮物や、茹でたとうもろこしやだだちゃ豆、茄子やきゅうりの浅漬けに、ぺそら漬け。大きな盆を持ったお婆さんがテーブルの皿におにぎりを追加して回っている。

こちらに気づいた分校の女の子たちが、みのりちゃん、と笑顔で手招きした。話し声や笑い声のさざめく中、みのりもテーブルの一角に腰を下ろす。

由紀子がにこにこしながら「こっちのおにぎりが梅干しで、向こうがシャケ」などと説明してくれる。菓子の大袋を開けてはしゃぐ低学年の子たちに「お菓子ばっかり食べないの」と注意する小百合も、今日はいつもより少し浮かれている様子だ。今年の夏はあまり遊べないので、この賑やかな時間が受験勉強の合間の息抜きになっているのだろう。

ほくほくのジャガイモや大根、肉やニンジンなどの入った熱い豚汁をかきこみながら、和気あいあいとお喋りをした。周りの大人から「食べろ食べろ」と勧められ、調子に乗ってみんな次々とおにぎりや豚汁をお代わりしている。さらにはデザートに大量のスイカがふるまわれ、動けないほど満腹になった。

冷たい麦茶をちびちび飲みながら広間でひと休みしていると、壁にもたれかかってくつろぐ隼人と視線が合った。隼人は片膝を立て、膝のあたりを気にするようにズボンの上からしきりとそこを掻いている。

隼人に近づき、隣にしゃがみこんで「虫刺され？」と訊くと、「ちげー」と不本意そうな声が返ってきた。

「サッカーしてるときにこけて擦りむいたとこがでっかいかさぶたになってて、むずがゆくてしょうがねえ」

どうやら相変わらずグラウンドを走り回っているらしい。

「受験勉強とか、ちゃんとしてるの？」

「親みてえなこと云うなよ」

みのりの問いに、隼人が顔をしかめて云う。

「同じ一時間でもサッカーしてたらあっという間に過ぎるのに、勉強してるとなかなか時間が進まねーのって不思議だよな」

ぼやく隼人に、みのりは呆れてため息をついた。隼人は決して頭が悪いわけではなく、自分が興味を持ったことに対しては周りが驚くほどの集中や閃きを見せるのだが、そうでないものにはすぐ飽きてしまい、じっくりと忍耐強く取り組むことが苦手なようだった。隼人がムッと唇を尖らせる。

「みのりだって絵ばっか描いてるだろ」

「勉強だってしてるもん」

じゃれるような云い合いの後、お互いなんとはなしに黙り込む。腹が満たされているときに文句を云うのは難しい。ごろりと横になって、あくびの一つもしたい心地。

外から、はしゃぎ声が聞こえてくる。お腹がいっぱいになった子供たちが遊んでいるのだ。小さい子供たちも出来る遊びということでフルーツバスケットやだるまさんが転んだなどをしているようだが、白熱しているらしく、ひっきりなしに笑い声や歓声が上がっている。

「まざらないの?」と尋ねると、隼人は壁に寄りかかったまま億劫そうにかぶりを振った。

「もうちょいここに居る。あいつらがうるせーから、さすがにちょっとくたびれた」

冗談めかしたその言葉に、分校の男の子たちがさっきまで隼人を囲んでいたのを思い出す。隼人が顔を見せると、構って欲しい彼らは「隼人にーちゃん」と競い合うようにまとわりついた。

「今は、怜がちびどもの相手してるしな」

何気ない隼人の言葉に、どきりとした。怜の名前に思わず反応してしまった自分にうろたえ、横目で隼人を盗み見る。しかし隼人は意に介した様子もなく、みのりの横で悠然とくつろいでいた。

……なんだかおかしな感じだった。中学のひととき、隼人はみのりの顔をまともに見ることすらしなくなり、目が合うと赤くなったり、怒ったように視線を逸らしたりしていた。けれど、今の隼人は違った。

隼人はまるでやるべきことをやり終えた勇者のように、堂々として見えた。晴れの日も雨の日もそこに立つ、まっすぐな木を思わせる揺るぎなさがあった。

こんなふうにいちいちどぎまぎしたり、相手の顔色を窺ったりしているみのりの方が、片思いをしている人みたいだ。

——変わらない。絶対、いなくなったりしない。隼人の言葉を反芻する。

たぶん、隼人はあのとき、心を決めたのだ。

負けず嫌いでプライドの高い彼が、素直にみのりへの恋心を認めるのには勇気がいったに違いない。慎重にみのりの気持ちを探り、時間をかけて自分への好意を確かなものにしてから思いを告げるようなやり方のほうが、彼の自尊心は傷つかないはずだった。

けれどあのとき、幼くすがるような願いをみのりから向けられ、隼人は一瞬で選んだのだ。自分の意地よりも、みのりのさみしさに寄り添う方を。

当たり前に隣に居てくれる隼人が急に眩しく思えた。その勇敢さは、うじうじと悩んで静止している今の自分には無いものだと思った。

……気がつくと、そこら中で騒いでいた声が少なくなって、だいぶ人が減っていた。子供たちをねぎらう慰労会はそろそろお開きの頃合いらしく、まだ遊んでいる子もぽつぽつと家に帰っていく。公民館の方では若衆を中心に設営の打ち合わせや酒盛りをしているそうで、そちらに流れていく大人たちも多かった。公民館はかなりの人数が集まっているらしく、いつのまにか姿の見えなくなったみのりの祖母も向こうへ手伝いに行っているようだ。いま広間に残っているのは、後片付けをする女性たちがほとんどだ。

「ふたりとも、お腹いっぱいで眠くなっちゃったんでしょう？」

エプロン姿でテーブルの皿を片付けている春美が、みのりたちを見てからかうように云う。みのりは微笑み返し、「後片付け、手伝うね」と立ち上がった。どうするかと問うように隼人を見やると、隼人も面倒そうに腰を上げた。

「外に行ってくる。ちびどもの相手まとめて押し付けたから、怜がへばってるかもしんねーし」

そうしてあげて、と春美が軽く肩をすくめる。広間から出ていく隼人を尻目に、春美と台所に向かうと、流し台は洗い物をする女性たちで混み合っていた。あまり大人数が居ても作業の邪魔になるので、二人は外に出て、お勝手の裏にある小さな水飲み場で洗い物をすることにした。

来るときは夕陽に染められて赤みがかっていた辺りの景色が、今は焼き鈍《なま》しされたような藍色の中に沈んでいる。昼間の暑さを残した生ぬるい空気は汗ばむくらいで、水に触れているのがむしろ気持ちよかった。

水まき用のホースで桶《おけ》や鍋を洗っていると、りー、りー、と虫の鳴く音が聞こえてきた。台所の窓から白っぽい明かりが漏れ、暗い芝生にちょろちょろと水が流れていくのが見える。

たわしで大鍋をこする春美の細い腕に、ふと視線が向いた。元々ほっそりした人だったけれど、前よりもまた少し痩せた気がする。

「体調、大丈夫……？　怜も心配してた」

いつも楽しそうに土いじりをしている春美が、今年の夏はあまり庭に手を入れていない様子なのも気掛かりで尋ねると、春美は笑ってあっさり頷いた。

「平気よ。あの子は昔から心配性なの。庭に出ないのは具合が悪いからっていうよりも、最近暑いから単にサボってるだけ。だって、さすがに受験生の息子を庭仕事でこき使うわけにはいかないじゃない？」

「春美さんたら」

苦笑するみのりの横で、春美が「あーもう、年ねえ」と大袈裟に肩を回した。しゃがんで鍋を洗いながら、他愛のないお喋りを続ける。

「そういえば、秋の祭事のお神楽、今年は光太君が踊るんですって。さっき怜に色々聞いてたわ」

へえ、と相槌を打ち、怜が踊り手を務めたときの秋祭りを思い出した。隼人のことで喧嘩して気まずくなったこと、落ち込むみのりに怜がこっそり菊の花を届けてくれたこと、仲直りしたときの温かな気持ち。

それが呼び水となったように、次々と記憶がよみがえってくる。ハナを連れて散歩したことや、怜が教えてくれた秘密の呪文。

いくつもの季節を近くで過ごしてきた。怜と一緒に過ごした時間が大切で、これからも、そうして共に過ごしたい。

……それがみのりの、本心だ。

「向日葵流しも、今年で終わりね」

春美がため息まじりに呟いた。大人なのに、なんだかすごく無防備な表情だった。明かりにつられてやってきた一匹の蛾《が》が、ひらりゆらりと、窓の辺りを飛び回っている。

「毎年見てきたからさみしいわ。ずうっと続いてくれればいいのに」

何気なく発せられた春美の言葉に、自然に手が止まった。そうだ、と思う。

――ずっと続くものなんか無い。形を変える、遠くに行ってしまう。だからこそ。

「みのりちゃん?」

急に黙り込んだみのりを訝るように、春美が顔を覗き込んでくる気配がする。何かに追い立てられる焦りにも似た感情に駆られ、口を開く。

「わたし、も」

声が、みっともなくかすれた。胸がいっぱいで、息が詰まりそうになる。

「これからもずっと、ここで夏祭りを見ていたい」

自分の声が、たどたどしく告げる。

「ずっと、怜と一緒に、見たい」

口にした途端、留《とど》めていた感情が溢れるみたいに涙がこぼれ落ちた。自分でも少しびっくりして、けれどどうしようもなくて、そのまま動けずにいると、黙って見守っていた春美がふいに蛇口を捻って水を止めた。

春美は濡れた手を拭い、それから、うつむくみのりの肩を優しく抱いた。

「……怜のことを好きになってくれて、ありがとう」

やわらかな声で囁かれ、息を呑む。春美に触れられた場所から温かいものが流れ出し、内側に広がっていくような気がした。ささやかな指のぬくもりが、みのりの中の何かを溶かしていく。

……あんなに怖かった気持ちが、ごく自然に受け止めてもらえたことで、怖くなっていく。

気恥ずかしいような、けれどどこかすがすがしい気分になりながら、みのりはそっと目元をこすった。春美が「後は片付けておくから、行ってらっしゃい」とにこやかに云い、みのりの背中をポンと叩く。

一瞬迷った後、みのりは素直に頷いた。二重の意味を込めて「ありがとう」と口にすると、春美が笑ってかぶりを振る。

立ち上がり、歩き出しかけたとき、あ、と春美が何か云いかけた。足を止めて振り返るみのりに向かって、悪戯っぽく片目をつぶってみせる。

「万が一、怜と仲違《なかたが》いしても、私はみのりちゃんの味方だからね」

わざとおどけた軽い口調に、つられて笑みが漏れた。互いに顔を見合わせ、ふふっと笑う。

外にいるはずの怜を捜しに、みのりはその場を後にした。小さな子供たちも一緒なら、たぶんそう遠くには行っていないだろう。

はやる気持ちで集会所の表に飛び出したとき、こちらに歩いてきた大人たちと危うくぶつかりそうになった。「おっと」と驚いたように立ち止まったのは、茂だった。

煙草の匂いにまじって、熟した柿に似た酒の臭いがみのりの鼻先をかすめる。茂は火照った顔を弛緩《しかん》させ、「気をつけねど、怪我すっぞ」と陽気に云った。宴会でふるまわれた地酒やビールなどをだいぶきこしめしている様子だ。それは他の男たちも同様らしく、彼らは野太い笑い声をあげながら上機嫌に玄関へと歩いていった。特別な祭りを控えて、みんな士気が上がっているのだろう。

みのりは夜道を歩き出した。意図せず、自然と歩調が速くなる。怜に会いたい、そんな思いが胸をいっぱいに満たしていく。

道端の木々が風に揺れ、外灯の淡い光に吸い寄せられるように虫が集まっている。怜の姿を求めて、いつのまにか小走りになっていた。

夏の夜は何もかもが熱くて、全身が燃え出してしまいそうだった。吐く息も、心臓も、夜風にたなびく髪の毛も。

集会所の前の通りには姿が見当たらなかったため、近くをあちこち捜して回るも、見つからない。ひょっとしたら、入れ違いにもう戻っているのだろうか？

そう思って集会所に引き返そうとしたとき、少し先にある田んぼの畦道に立っている人影が視界に映った。砂利を踏んでそちらに近づくと、わずかな月明かりの下、怜が一人きりで佇んでいる。

軽く息をはずませながら、れい、と駆け寄った。怜が少し驚いたようにこちらを振り向く。

「他の子たちは？」というみのりの問いに、「ああ」と怜は軽く頷いて答えた。

「さっきまで一緒に遊んでたけど、皆もう帰った。でかいカブトムシを捕まえたって光太が大はしゃぎしてさ。道が暗いから隼人がついていったよ。僕は、少しだけ散歩して戻ろうと思って」

云いながら、暗がりの中でじっとみのりの顔を見る。それから笑いを堪えるような表情になり、「みのり、髪」と呟いた。

「え？」

云われて頭に手をやると、走ったせいで前髪がくしゃくしゃになっている。派手に乱れている髪の毛を慌てて手で直し、全開になったおでこを隠すみのりを見て、怜はおかしそうにくすっと笑った。

「ほんと、ちっちゃい子みたいだ」

怜の目が柔らかく細められる。それはいつもみのりに向けられる、たまらない眼差しだった。優しい目で見つめられ、素直な呟きが漏れる。

「……よかった」

「え？」

怪訝そうに訊き返す怜に、みのりはぎこちなく微笑んで答えた。

「最近、あんまり喋れなかったから」

怜がすっと笑みを消して真顔になる。みのりは息を吸い込み、言葉を続けた。

「怜と話せるのが、嬉しくて、大好きだから」

怜は黙ったままこちらを見ている。相手に聞こえてしまいそうなほど動悸が激しくなり、心臓が痛い。緊張のあまり唇が乾いている。誰かに想いを伝えようとする人は、みんな勇者だ。ごくりと唾を呑み、みのりは思い切って口を開いた。

「あの、ね——」

そのとき、ふいに鋭い声が飛んだ。

「怜！」

驚いて同時にそちらを見ると、懐中電灯を手に、物凄《ものすご》い速さで畦道を走ってくる隼人の姿があった。その顔に険しい表情が浮かんでいるのに気づき、今のやりとりを聞かれていたような錯覚を覚えて反射的にうろたえる。

隼人は駆けてくるなり、春美さんが、と口にした。

それを耳にした途端、暗い中でも、怜がハッと顔色を変えるのがわかった。とっさに頭に浮かんだのは、春美の具合が悪くなったのか、ということだった。けれど、隼人の口から発せられたのは予想もしない言葉だった。

「春美さんがいなくなった」

一瞬、隼人の云おうとしていることが理解できずにぽかんとしてしまう。何を云っているのだろう？　春美なら、ついさっきまで一緒にいたのに。

みのりが口を開くより早く、怜が尋ねる。

「いなくなった、って……？」

怜のこわばった問いに、隼人は早口に告げた。

「外で洗い物をしてるはずの春美さんがなかなか戻ってこないって、おばちゃんたちの一人が呼びに行ったら、洗い終わった鍋とかが地面に落ちてて、水飲み場のコンクリートに、血が付いてたって――」

怜が息を呑む気配がした。頭の芯が凍り付く。血？　一体、どういうこと……？

思いがけない事態に混乱していると、怜が勢いよく飛び出した。「おい、怜！」と隼人が慌てたように呼ぶが、怜は振り返らずに駆けていく。

隼人はもどかしげに舌打ちし、手にしていた懐中電灯を「持ってけ」と無造作にみのりに放り、すぐさま怜の後を追って走り出した。

たちまち暗がりに消えていく彼らの背中を、みのりは呆然と見つめた。ついさっきまであんなに熱かった身体が、今は冷水に浸けられているみたいだ。

何があったのかわからないけれど、ただならぬ事態が起きているのだ、ということだけはひしひしと感じられた。春美の身が心配で仕方なかった。

不安を覚えながら慌てて来た道を戻ると、集会所の周りをうろついている大人たちの影が遠目に見えた。春美を捜しているのかもしれない。

暗闇を切り裂く勢いで、自転車のライトがふたつ、集会所の前の通りを突っ切っていく。怜と隼人だ。春美が家に戻っていないか確かめるつもりなのか、彼らはぐんぐんペダルを踏んで怜の家の方向へ走っていく。

ショックに痺れたようになった頭で、とにかく春美を捜さなくては、と思った。

手の中に残された懐中電灯を握り締め、みのりはそのまま夜道を歩き出した。他の人と捜す場所が重ならないよう、あえて人がいなさそうな方を選んで進んでいく。

ざわついている様子の集会所付近を迂回《うかい》し、裏の小道を歩いてみることにした。集会所の裏側には狭い林道が伸びており、遠回りにはなってしまうが、怜の家の前にもいちおう道がつながっている。両側を背の高い木々に囲まれた細い道は鬱蒼として足場が悪く、車も入れないため、昼間でも通る人はほとんどいない。春美がわざわざこんな道を通ったとも思えないけれど、皆が表の通りを中心に捜しているようなので、念のため裏道も捜してみようという気持ちだった。

田舎の夜道は、墨汁を流し込んだように真っ暗だ。あまりに視界が利かないので、幾度もつまずきそうになった。ささやかな月明りの下、懐中電灯で足元を照らし、恐る恐る前に進む。

どくん、どくん、と心臓が冷たい鼓動を打っていた。静まり返った夜の中で聞こえるのは、木々の葉が擦れ合う音と、虫の鳴く声くらいだ。近くに誰かがいるような気配は無い。

自然と早足になりながらうら寂しい道を歩いていたとき、ふと、どこかから妙な音が聞こえた気がした。とっさに足を止め、耳を澄ます。

「春美さん」と闇に向かって小声で呼びかけてみるも、返ってくる声はない。懐中電灯を何気なく周囲に向け、視界に飛び込んできたものにぎくりとした。

……向日葵の花びらが数枚、地面に落ちている。暗い中、その鮮やかな黄色を目にして思わず身がこわばった。昨年の夏、春美の庭で、向日葵が無残に手折られていた光景が生々しくよみがえる。

嫌な汗が背中を伝った。……決して忘れていたわけじゃない。けれど、なるべく思い浮かべないようにしていた。恐ろしいものが――向日葵男なる怪物が、自分たちのすぐ近くに潜んでいるかもしれない、などという噂話を。

懸命に不安をなだめていたとき、うう、と暗がりでうめき声のようなものが聞こえた。驚いて、反射的に飛び上がりそうになる。間違いない。確かに、いま何か聞こえた。

呼吸が浅くなるのを感じながら、みのりは音のした方に光を向けた。真っ暗な空間を照らし、ふと林道脇の叢に何かが転がっているのに気づく。目を凝らし、一瞬遅れて、それが何なのかを理解した。

――叢からのぞいているのは、人の足だ。片方のサンダルが脱げ、土に汚れた素足がぞっとするほど青白く見える。誰かが、うつ伏せに倒れている。

地面に投げ出されたか細い腕の表面に、赤と紫が混じったような痣が見えた。禍々しい花びらを連想させるそれは、指の痕か何かに見えた。

ぐったりと動かない人物の頭部が黒っぽく濡れているのを目にし、それが誰かを悟って、血の気が引く。——春美だ。

悲鳴が喉からほとばしった。パニック状態に陥る思考の中で、どうして、という問いがめまぐるしく回る。どうして？　一体どうして、こんな——。

遠くから複数の足音と、大人たちの声が聞こえてくる。その場にくずおれそうになりながら、みのりは必死の思いで「助けて」と叫んだ。

◇

……その後のことは、よく覚えていない。

なごやかな慰労会の空気は一変し、大変な騒ぎと化した。市内の総合病院に搬送された春美はそのまま入院することとなった。

春美は頭を強打して出血し、気を失っていたらしい。幸い怪我そのものは命に係わるような重傷ではなかったものの、もともと心臓が弱っていたため、身体に大きな負荷が掛かってしまったらしかった。

病院に運ばれた春美は意識が朦朧《もうろう》としており、まともに話せる状態では無かったそうだが、何があったのかという周囲の問いかけに、「覚えていない」と弱々しく答えたという。彼女の話によれば、集会所の外で洗い物をしていて中に戻ろうとしたところ、突然頭に衝撃を覚えたのだそうだ。背後から何者かに殴られたらしい。

当時の状況について尚も尋ねられた春美は、しばらく考えるように黙り込んだ後、こう答えた。

――自分に危害を加えたのは、まるで見たことのない人物だった、と。

その話を、みのりは家族から聞いて知った。春美のことが心配でたまらず、すぐにでも見舞いに飛んで行きたかったけれど、今はかえって迷惑になるから、と母からきつく止められていた。

春美を襲った不審者が付近をうろついている可能性を懸念し、あまり一人で出歩かないように、と大人たちから注意喚起がなされた。みのりが自宅で落ち着かない時間を過ごしていると、午後になって思いがけない来客があった。隼人だ。

自転車を飛ばしてきたらしい隼人は、額の汗を拭いながら「よう」と玄関先で不愛想に云った。みのりが家に上がるよう勧めると、「ちょっと外、出ねえ?」と口にする。

いつかのようにみのりの部屋で二人きりになるのが気まずいのだろうかと思ったが、春美の件について、大人の目がないところで話したいのだろうとすぐに思い当たった。こくりと頷き、隼人を追って玄関を出る。

陽射しの下、自転車を引く隼人の隣を歩きながら、重い空気が流れた。

隼人は午前中、春美の見舞いへ行くという両親に無理やりついていって病院を訪れたらしい。彼らの父親は元同級生で長年の友人なので、家同士の関係が近い。加えて、隼人の父親は役場の人間という立場からも春美の身に起きた出来事を気にかけているのだろう。

オレは病室にも入れてもらえなかったけど、と隼人が不機嫌そうに唸る。大人たちから締め出されて、結局春美には会えなかったらしい。

「……ドアの隙間から一瞬見えただけだけど、すげー青い顔して眠ってた。管とか、たくさんつながれてた」

そう云ってぎゅっと唇を噛む。隼人の横顔には春美を心配する気持ちと、同時に不穏な感情が強くにじんでいた。春美をこんな目に遭わせた犯人に対する怒り、に違いなかった。

暗闇の中で血を流し、ぐったりと倒れていた春美の姿を思い出して、緊張から指先に力がこもる。……自分たちが会わせてもらえないくらい、そんなに春美の容態は悪いのか。みのりはとっさに口を開いた。

「怜は、どうしてる……？」

「ずっと付き添ってる」

隼人は睨むように前を見つめたまま、ぼそりと答えた。それ以上何も訊けなくなって、黙り込む。しばし無言で歩き続けていると、ふいに隼人がこちらを向いた。さっきまでの険しい表情を消し、戸惑いにも似た、複雑な色を浮かべてみのりを見る。

「――お前が見つけたんだろ」

みのりに何かを訊きたそうな、ためらってそれを云い出せずにいるような、少し隼人らしくない態度だった。隼人は一瞬迷うそぶりを見せたが、結局何も云わずに目を逸らした。きっと春美が倒れていたときの状況を詳しく尋ねたくて、けれど衝撃的な光景をみのりに思い出させることを気にして止めたのかもしれない。……実際、ふとしたときにあの夜の場面が頭に浮かんでしまい、内臓が冷えるような感覚を覚える瞬間が何度もあった。

――どうして、こんなことになっちゃったんだろう。

大声で泣き出したいような気分になる。慰労会ではしゃいでいたのはつい先日のことなのに、まるでずっと昔のことみたいだ。皆笑って、お腹いっぱいご飯を食べて、楽しい時間だったのに。

こんなことが起きるなんて夢にも思わなかった。あのとき、洗い物の途中で集会所から離れたりするんじゃなかった。春美の近くにいればよかった。そうすれば――。

そこまで考えて違和感を覚え、息を吞んだ。

「みのり……？」

急に立ち止まったみのりを、隼人が怪訝そうに振り返る。しかし、それに応じる余裕はなかった。思いついた自分の考えに、動揺して動けなくなる。

ざあっ、と生あたたかい風が吹き抜けた。

――そうだ。あの日は慰労会や宴会で多くの住民が集まり、日が暮れてもなお、集会所の近くは賑やかだった。地元の子供も、大人たちも、いつもより遅くまで外を出歩いていた。

田舎の社会は狭い。見知らぬ人間が集落をうろついていたりしたら、誰かしらの目に留まらないはずがなかった。

それなのに、人目に付かずに「よそ者」が闊歩《かっぽ》し、誰にも見つからずに凶行を遂げるなどということが、はたして可能だったのだろうか。そんなことが出来るのは、本当に人間なのか？

暗闇の中に落ちていた黄色い花びらが思い浮かび、皮膚の表面が粟立った。

神社の境内で自分を襲った何か。無残に手折られていた、庭の向日葵。非現実的な想像だと頭ではわかっているのに、不気味な異形の存在を想像してしまい、恐ろしくなってくる。

隼人が帰ってしまった後も、気がつくと事件のことばかり考えて他のことが手につかなかった。早く元気になって、と心の中で春美に話しかけるように願う。

楽しそうに庭仕事をする春美を見るのが好きだった。あの晩、春美は確かにみのりの背中を押してくれた。みのりの味方だと、冗談めかしてそんなふうに云ってくれた。春美と交わしたやりとりを思い起こし、じわっと涙がにじみそうになる。

……春美さんはすぐ元気になって帰ってくるに決まってる。そう、絶対。

お願いだから、いつもみたいに笑って、早く自分たちを安心させてほしい。

祈る思いで、みのりは春美が病院から戻ってくるのを待っていた。

――春美が入院して三日後。

夜中に、電話の音で目が覚めた。呼び出し音が数回鳴った後、一階から母が応答する声が聞こえてくる。

暗い部屋でぼんやり目を凝らすと、時計の針は既に午前零時を回っていた。目をこすり、けだるい思いでなんとなく布団から身を起こす。

……夜に鳴る電話は嫌いだ。まるで何かが起こったような、悪い予感を覚えさせるから。

半分寝ぼけた状態で階段を下りていくと、通話が終わったらしく、階下から聞こえていた話し声が止んだ。「誰から?」と尋ねようとし、とっさに言葉が途切れる。

電話の前に立つ寝間着姿の母の手には、受話器が握られたままだった。それを置くことを忘れてしまったかのように硬く握り締めたまま、寝起きで髪が乱れている母がこちらを振り返った。引き攣ったような母の顔を見て、反射的にぎくりとする。

……自分にもたらされたあまりにも大きな情報を、感情を、どう受け止めればいいのかわからない、そんな表情。

母のそんな顔を一度だけ見たことがあった。それがいつだったか、思い出すのを心が必死に拒んだ。

立ちすくむみのりを見て何か云おうとした母の唇が、一瞬震えた。

そこでようやく反応が追いついたように、静かに、目がうるんでいく。

「……春美さんが、ついさっき、病院で亡くなったそうよ」

第八章　祭りの夜

——春美が息を引き取ったのは、日付が変わる直前のことだったという。

持病の発作。心不全。説明されたそれらの言葉は意味をなさないまま、みのりの思考をただ上滑りしていった。

通夜と葬儀の席では、近所の人や婦人会の人たちなどが手伝いに奔走していた。茂の職場の人たちや、親族らも慌ただしく動き回っている様子だった。大人たちがそんなふうに全てを進めていくさまを、みのりはただ放心したように眺めることしかできなかった。

喪服の黒が並ぶ中、制服で参列した自分たちの夏服の白さが場違いみたいに思えた。夏祭りを控えた集落に立つ組みかけの櫓や、青空にはためくのぼりや吹き流しや、それら全てが不似合いに映った。春美の死というものに対し、どんな顔をして、どういうふうにこの場に居ればいいのかがまるでわからなかった。

父が亡くなったとき、周りからしきりに「ご愁傷さまです」と声をかけられたことを思い出す。その言葉に、どこか作り物めいた空々しさを覚えたこと。

けれど、定型の挨拶がいかに必要なものなのか、悔やみの言葉をかける立場になってようやく気がつく。……傷を負ったばかりの人間に向かって容易にかけられる言葉など、どう考えても、見つからない。

座敷の奥に正座する怜と茂の隣に、怜の伯母だという中年女性が気遣わしげに付き添っていた。

隼人の父も彼らの側に控えており、真剣な声で周りにあれこれ指示を出したりしている。

幹の途中で折れてしまった大木のように深くうなだれる茂の傍らで、怜は真顔で正面を見つめていた。

周囲からいたわりの視線が向けられる中、こんな形で母親を失った怜は大声で泣いたって許されるはずだった。けれど、怜は耐えるように腿《もも》の上で拳を握ったまま、まっすぐに顔を上げていた。その顔はひどく張りつめて見えた。

棺に納められた春美の顔に白い布が被せられているのを目にし、息ができなくなってしまうんじゃないか、とバカみたいな心配をする。最後のお別れを告げるために布が外され、あらためて春美の顔を見下ろした瞬間、不意打ちのように胸が詰まった。

うっすらと化粧を施された春美の顔は、ただ静かに眠っているみたいだった。みのりのよく知っている、動いて喋っていた春美と決定的に何かが違ってしまったようにはちっとも見えなかった。頭部の傷も、飾られた花で今は綺麗に隠されている。

こんなに穏やかな顔をしているのに、今にも目を開けて笑いかけてくれそうなのに、この身体を焼いてしまうなんて本当だろうか。ひょっとしたら眠っているだけとか、何かの間違いで仮死状態になっているだけかもしれなくて、なのに身体が無くなったら、春美さんが目を覚ましたとき、元に戻れなくなってしまう。そんな現実離れした不安に駆られて立ち尽くす。

ぐしゃぐしゃに泣き腫らした顔の由紀子たちや、目を赤くしている教師らの横で、隼人は唇を噛みしめるようにしてじっと春美を見つめていた。時々洟をすすりながら、それでも決して視線を外すことなく、無遠慮にすら思えるほど強い視線を亡骸《なきがら》に向けている。棺に釘が打たれると、隼人は悔し気に顔を歪め、幼い子供みたいな仕草で乱暴に目元をこすった。

焼き場で火葬を待つ間、控え室の隅で置物みたいに座っている老人たちがぼそぼそと囁き合うのが聞こえてきた。

「祭りの前に、まさかこだなごどになるなんてなあ」

「んだず。皆いだっけがら、油断しったっけのがもすんねえ」

ひそめられた声や、忌まわしいものに触れるように眉を寄せた彼らの周りには、どこか湿気を帯びた空気が漂っていた。なんとなく、よどんだ瘴気《しょうき》が肌にまとわりつくような錯覚を覚えて視線を動かし、さっきまで茂と一緒に参列者へ挨拶をして回っていた怜の姿が見当たらないことに気がつく。手洗いにでも行ったのだろうか……？

数分立っても怜が戻ってこないので、段々と心配になってきた。近くの席の母と祖母は、近所の人たちとしんみりとした口ぶりで何か話している。

みのりはそっと席を立ち、控え室を出た。通路や休憩所にもいない怜を捜して建物を出ると、一人きりで外に立っている彼の姿を見つけた。怜はこちらに背を向け、黙って空を見上げている様子だった。視線の先を追いかけて顔を上げると、火葬炉から上がる白い煙が見えた。煙は優しくたなびき、吸い込まれるように、澄んだ夏空に昇っていく。消えていく。

強い悲しみが込み上げてきて、胸を塞がれる思いがした。

――もう、会えない。

身近な人間が突然いなくなるということを、父のときに学んだはずなのに、残るのは必ず後悔ばかりだ。最後に自分が春美に向けた言葉は、表情は、どんなものだったかを懸命に思い出そうとする。彼女への感謝も、好きだという気持ちも、思いの半分もちゃんと伝えられていない。

みのりが声をかけようとしたとき、ふいに怜が口元を覆い、身を折った。一瞬泣いているのかと思ったけれど、その喉が引き攣ったような音を立てて空えずきする。

「怜」と慌てて駆け寄った。そこで初めてみのりの存在に気づいたように、怜がこちらに視線を向ける。背中をさすろうとし、間近で怜の顔を見て息を呑んだ。

怜の顔は、傍目にも痛々しいくらいに青ざめていた。いつも穏やかな笑みを浮かべている眼差しは、何かが削《そ》ぎ落とされてしまったように光が無い。

れい、と崩れた涙声でもう一度、彼を呼んだ。うまく言葉が出てこない。目の前で怜が苦しんでいるのに、どうにかしてあげたいのに、頭の中がぐちゃぐちゃで慰める術が見つからなかった。もどかしい思いでただ見つめていると、怜が口元を拭って顔を上げた。自分の背にかけられたみのりの手を、大丈夫だというようにそっと外す。夏なのに、その指先はまるで水に浸けたみたいにひんやりしていた。

「……心配かけて、ごめん」

弱々しい、けれどしっかりした口調で怜が告げる。それ以上、何も云えなくなった。戻らないと、と口にして歩いていく怜の後ろ姿を見つめたまま、みのりはその場に立ち尽くしていた。

目まぐるしく葬儀を終え、ようやく帰宅して遅い夕食に着いたけれど、食欲はまるで湧かなかった。気がつくと怜たち家族のことが頭を占め、どうしようもなく気持ちが沈む。

親が死んだとき悲しかったか、と小学生の頃にみのりに真剣な表情で尋ねてきた怜は、その日が来るのをずっと怯え続けていたはずだった。こんな形で現実になってしまった今、一体、どんな思いでいるのだろう……？

春美の心臓は、みのりが思っているよりも本当はずっと悪かったのかもしれない。怜が部活を辞めたのは春美の身体が心配だったからかもしれない。だとしたら、退部した理由について怜が言葉を濁したのは当然だ。春美が死ぬかもしれないからサッカー部を辞めたいだなんて、春美にも、学校の皆にも、絶対に悟られたくなかったに違いない。怜はきっと誰にも心配をかけたくなかったのだ。いや、ひょっとしたら怜自身も口にするのが怖くて、認めたくなくて、密かに不安と戦っていたのかもしれない。——どうして気づかなかったんだろう。

気遣うみのりに、春美はいつだって「大袈裟ねぇ」とカラッと笑ってみせた。怜は決まって「大丈夫」だと口にした。

……柔らかな笑い方と、決して本音で弱音を吐かないところが、あの親子はそっくりだから。

さっき触れた怜の冷たい手と、顔色の悪さがよみがえり、貧血を起こしかけていたのではないかと思い当たって心配になった。春美が病院に運ばれてからろくに眠れていないのかもしれない。

怜はきちんと食べているのだろうか？　そこまで考え、愕然とする。

怜は、お母さんの作ってくれる温かいご飯を、二度と食べられない……。

次の瞬間、勝手に涙がぽろぽろと目からあふれ出た。母と祖母が驚いたようにこちらを見る気配がする。

うう一っ、と言葉にならない泣き声が漏れた。何かが決壊したみたいに、次から次へと涙が流れてきて止まらなくなる。息が、胸が、苦しくて仕方なかった。まるで真っ暗な場所に突き落とされたような気分だ。だけど怜の方がずっと、ずっと苦しいに決まってる。

辛いときや悲しいとき、怜はいつも支えになってくれたのに、そんな怜にかける言葉ひとつ、見つけられない。

自分の無力さと、頼りなさが心から恨めしかった。しゃくりあげるみのりを慰めるように、母の手がそっと肩に置かれる。おかあさん、と思わずすがるように呼んだ。崩れた涙声で「わたし」と続ける。

「なにもしてあげられ、ない」

言葉にするといっそう悲しくてたまらなくなり、うなだれた。

「あんなに優しく、してもらったのに」

泣きながら途切れ途切れに訴えると、黙って聞いていた母が、かすれた声で呟いた。

「……ええ、そうね」

なだめるように顔を寄せ、みのりに囁く。

「怜君も、春美さんも、とっても……とっても優しいものね」

優しい、と口にした母の声が何かを堪えるみたいに震えていることに気がつき、途端に胸が詰まった。過去形で話せない。……皆、あの優しい人たちに決定的な不幸が起きたことを、認めたくないのだ。

夜になり、布団に横たわってもなかなか眠れなかった。

――怜は、どんな気持ちで夜を過ごしているんだろう。

ぎゅっと拳を握り締める。真っ黒い何かが容赦なく流れ込んでくる感覚に抗うように、朝、来い、と口の中で呟いた。いつか怜が教えてくれた秘密の呪文を、今より幼かった小学生のときでさえこんなに真剣に唱えたことがないくらい、ただひたすらに繰り返す。

朝、来い。朝、来い。――怜のために、どうか早く。

◇

春美の葬儀が終わった後も、藤崎家には大人たちが忙《せわ》しなく出入りしている様子だった。お悔みに訪れる人の他にも、保険だとか銀行だとか、春美のいない家にいろんな人が上がり込み、神妙な顔であれこれしているらしかった。

心配する母や祖母と一緒に大量のおかずだの、炊き込みご飯だのを作り、せっせと怜の家に届けに行った。慰めの言葉を口にしたり、元気を出して、と励ましたり、自分にできる思いつくことを片端からやってみた。彼らの悲しみを少しでも和らげたかった。

けれどその度、「ありがとう」「美味しそうだね」と明らかに無理しているであろうぎこちなさで怜に微笑まれると、むしろこちらが気を遣わせているような気分になった。必要以上に気丈にふるまわせているのではないかと感じ、罪悪感めいたものを覚えてしまう。そもそも、今の怜にまともに食欲があるのか、積極的に人と会話したいと望んでいるのかさえ怪しかった。

——春美が亡くなったのは心臓発作が原因だけれど、その引き金《がね》となった事件はまだ解決していない。春美を襲った犯人は、捕まっていないのだ。恐ろしい行為に及んだ何者かは、まだ野放しになっている。

残酷な現実に唇を噛む。どうすれば傷ついている怜を元気づけられるのだろう？　それとも今は、そっとしておいて欲しいと願っているだろうか……？

怜の力になれないもどかしさにやきもきしたり、ため息をついたりするたび、春美の面影が浮かんでたまらなく切なくなった。

（……怜のことを好きになってくれて、ありがとう）

あのときの優しい声がよみがえり、視界がにじむ。――どうしよう、何もしてあげられないよ、春美さん。

どこまでも広がる暗がりに置き去られたような心細い気持ちで、みのりはそっと涙をぬぐった。思いがけない形で家族を失った怜にどう接していいのか計りかねているのは由紀子や小百合たちも同じらしく、彼女たちは怜をひどく心配しながらも――いや、だからこそ尚更、うまく声をかけられないでいる様子だった。怜の身近に居た人間なら誰でも、病を抱えた春美を彼がどれだけ気遣い、大切にしてきたかを知っていた。怜に対する周りの接し方は、どこか腫れ物に触れるようだった。

少年の傷は大きすぎて、深すぎて、誰も近づけない。……そんな気がした。

数日後に始まった夏季講習を、怜は欠席した。

怜の家に起こった不幸は、既にクラスメイトの知るところとなっていた。教室で怜のことを尋ねられるたび、小百合とみのりは葬儀に参列したこと、落ち着くまで周りはそっとしてあげた方がいいと思っていること、を控えめに伝えた。

結局、五日間の夏期講習に怜が出席することは一度もなかった。うだるような教室で授業を受けるみのり自身も、気を抜くとつい怜のことや春美の死を思ってしまい、あまり勉強に集中できなかった。こんなふうじゃ駄目だ、と深いため息をつく。

最終日、みのりは講習を終えると、美術室に置きっ放しにしていた私物を取りに寄ることにした。夏休み中の校舎はしんとしていて、なんだか違う場所にいるみたいな気がする。眩しすぎる陽射しが射し込む廊下を歩いていると、向かいからやってくる人の姿があった。……夏希だ。

みのりを見て、向こうも一瞬ハッとしたような顔になる。なんとなく気まずい思いで、視線を下げたまま足早に通り過ぎようとすると、すれ違いざま夏希が低く呟いた。

「――名前で呼べる、くせに」

不意をつかれ、みのりは反射的に足を止めた。振り返ると、同じように立ち止まった夏希がこちらを見る。

その目に、悔しそうな、苦しげな色が宿っているのに気づき、息を呑んだ。もどかしげに眉を寄せた夏希が、呻くようにかすれた声を発して、みのりを睨む。

「何、やってんのよ」

ひたむきなその強い眼差しに、思わず言葉を失った。夏希の声には、近い場所に居るのに怜の力になれないでいるみのりへの怒りと、懇願めいた悲痛な響きがあった。目の前の夏希は、はっきりと、怜が傷つくことに傷ついていた。みのりとおんなじだった。

みのりが何か云うより早く、夏希は顔を隠すように背を向けた。そのまま振り向かず足早に去っていく。

胸を衝《つ》かれ、みのりはしばし、その場から動けなかった。

◇

いよいよ夏祭り当日になった。

通りには寄進者を記した大きな看板が立てられ、商店街の庇にずらりと提灯が吊るされる。

朝から、桜沢では車や人の姿がいつもよりも多く見受けられた。掛け声や祭り囃子と共に、子供たちが山車《だし》を引き、男衆が華やかに飾り付けられた神輿を担いで集落を回る。素肌の上半身に法被を羽織った若者たちが神輿を激しく上下するたび、鈴の跳ねる音がした。担ぎ手が「どっこいどっこい、どっこいそーりゃー」と威勢よく声を上げながら道を行くのを、沿道で人々が見守っていた。

神社の境内や川沿いに屋台が並び、色とりどりのべっこう飴やりんご飴、いちご飴などが陽光を浴びてガラス細工のようにつやつやかに光る。薄荷パイプや金魚すくい、ラムネに焼きそば、どんどん焼きの屋台。ソースの焦げる芳《こう》ばしい匂いと、煙たい暖気が立ち上る。

今年の夏祭りは例年以上の賑やかさだ。家の中に居ても、遠くから祭りのざわめきが伝わってくる。集落の外からもかなりの人が集まっているらしい。

集落で起こった春美の事件が未解決のままであることを懸念し、祭りの実地については一部で慎重な意見もあったようだが、最後の向日葵流しということもあり、結局は予定通りに行われることになったらしかった。

自室で机に向かいながら、みのりは小さくため息をついた。……怜を祭り見物に誘うべきかと前日からさんざん悩んだけれど、結局、声をかけられなかった。

春美の初七日法要を済ませたばかりで、夏期講習をも欠席した彼を賑やかな場に誘うのは憚《はばか》られた。こんな状況で不謹慎かもしれないという気がしたし、それにみのり自身も、浮かれて騒ぐ気分にはなれそうになかった。

——ずっと一緒に怜と夏祭りを見たい、と勇気を出して本心を口にしたとき、みのりの隣で微笑んでくれたあの人はもう、いないのだ。

活気に満ちた空間で、春美が楽しみに準備してきた場所で、その不在を実感してしまうのが辛かった。

それでも怜の様子が気になり、午前中に祖母が炊いてくれた赤飯を持って家を訪れると、あいにく彼らは留守だった。たまたま外に出ていた近所の人が、墓参りに行ったようだと教えてくれる。しょんぼりと自宅に戻り、問題集を開いてみたけれど、遠くから聞こえてくる陽気なお囃子やざわめきは余計にみのりをさみしくさせた。春美のいないあの庭を、縁側を、怜はどんな気持ちで眺めているのだろうと想像するだけで、胸が痛くなってくる。

昼過ぎになると、祖母は迎えに来た叔父夫婦に連れられて祭りの手伝いに出掛けていき、家にはみのりと母の二人になった。

最近の母は帰りがあまり遅くならないようにしているらしく、以前よりも早く職場から帰宅するようになった。気持ちが不安定な状態で、かつ受験を控えているみのりを気遣ってか、休日もずっと家に居る。それに、きっと母自身も、親しくしていた春美の死について色々と感じるところがあるのに違いなかった。

日没に向かい、ゆるやかに熱を纏《まと》うように集落全体が高揚していく。連なる提灯に火が入れられ、屋台の軒にアセチレンのランプが灯る。まもなく向日葵流しや、花火が始まる頃合いだ。

母と二人で早めの夕食を済ませると、家の電話が鳴った。応答した母が、しばし誰かと会話した後、みのり、と声をかけてくる。

「ちょっと良平叔父さんのところに行ってくる。すぐ戻るから」

どうやら用事を頼まれたらしく、紙コップやそうめんの束などを詰めたビニール袋を腕に下げた母に、「わかった」と頷いた。

玄関を出ていく母を見送り、台所で食器を洗い終えると、外はもうだいぶ暗くなっていた。障子がうっすらと紫を帯び始め、縁側で蚊取り線香の煙がたゆたう。

少し涼しくなってきたので水やりでもしようかと外を見たとき、暗い庭先で不意に何かが動くのが見えた。

驚いて目を凝らすと、怜が庭に立っている。怜、と思わず安堵の息が漏れた。

無言のまま歩み寄ってくる怜に、玄関からではなく、庭の方に入ってくるのは珍しいな、と思った。みのりが午前中に怜の家に行ったのを知って、わざわざ来てくれたのかもしれない。

みのりが縁側の端まで行って屈んだとき、家の明かりに照らされて、初めて怜の表情が見えた。

怜は真顔で、じっとこちらを見ている。その眼差しは怖いくらい真剣だった。

「どうしたの？」

家に上がってとか、お赤飯を持っていってとか、口にしようとしていた言葉よりも先にそう尋ねていた。

ただ黙ってみのりを見つめている怜に、得体の知れない不安と、それから、身体の芯がぞくりとするような陶酔めいたものを感じた。いつもの怜と違う、気がした。

「向日葵流しを見に行くの？」

そう訊いたのは、なんとなく、怜がどこかへ行こうとしているような気配を察知したからだ。

みのりの問いに、怜は一瞬、目を瞠った。何かを思惟《しい》するような間を置いた後、静かに呟く。

「……行かないよ」

怜はさみしげに微笑んだ。

「僕は、行けない」

名残を惜しむような声だった。

ふいに、視界の端で怜の手が動いた。怜の両腕が首に回され、みのりの頭をそっと抱え込むように抱きしめる。

引き寄せられて、怜の鎖骨に鼻先が触れた。男の子の腕が見た目よりもずっと重いことに動揺していると、怜の掌が、壊れ物にでも触れるようにみのりの肩を包む。

薄闇に覆われた庭で、相手の吐息や、体温がひどく近くに感じられた。怜の肌は乾いた木に似た懐かしい匂いがした。こんなふうに怜の方からみのりに触れてくるのは、もうずっと無かったことだった。鼓動が跳ね上がり、その姿勢のまま思わず固まってしまう。

怜の動作は、まるで五感の全部を使ってみのりの存在を感じようとしているかのようだった。暗闇で道しるべとなる細い糸をたぐるみたいに、どこか切実で、慎重な触れ方だった。

器用にナイフをいじるその繊細な指で触れて欲しいと何度も思っていたはずなのに、高揚する一方で、小さな異物の存在を感じた。爪の間に刺さった刺のような、ちくっとする何かを。

うまく云えないけれど、これが最後みたいな、なんだか切羽詰まった空気が怜から伝わってきて、戸惑いを覚える。

と、怜が前触れもなく手を離した。離れるとき、怜の指先がほんの一瞬、微かに震えた気がした。

「怜……？」

うろたえながらおずおずと呼ぶと、怜はもう一度みのりの顔を見て、小さく笑った。春美の面影とよく似た微笑だった。

じゃあね、と短く呟き、こちらに背を向けて庭を出ていく。暗がりの中に消えていく後ろ姿を見送りながら、みのりはぼうっと縁側に座り込んだ。

眩暈《めまい》に似た感覚と、何か胸騒ぎめいたものを感じていた。同時に、今のは夢の中の出来事だったような気も少しして、呆《ほう》けながら庭を眺める。

たった今までここにいた怜の声を、匂いを、手の感触を思い返し、あらためて落ち着かなくなった。怜はなぜ、みのりの家に来たのだろう。どうして急に、あんなふうに触れてきた……？

ぼんやり思いを巡らせていると、しばらくして、玄関の呼び鈴が鳴った。来訪者の心情を伝えるように、何度も性急に鳴らされる。

誰だろうと訝しく思いながら、慌てて玄関に向かうと、血相を変えた隼人が飛び込んできた。急いで自転車をこいできたのか、激しく息を切らせ、額から汗が滴っている。

爛々《らんらん》と燃えるように光る隼人の目がみのりを見た。射抜くような強い視線を向けられ、一瞬、殴られるのではないかという錯覚を覚えて無意識に身構える。

「怜を見なかったか？」と隼人が早口に尋ねてきた。

「……さっき、うちに来たけど」

困惑しながらみのりが答えると、さっと隼人の顔色が変わった。

「どこにいる？」

間髪入れず鋭く問われ、勢いに圧されて口ごもってしまう。

「す……すぐ帰った。どこに行ったかは、知らない」

そう口にすると、くそっ、と隼人が苛立たしげに唸った。焦れた様子で再び外へ飛び出そうとする隼人のTシャツの袖を、慌てて摑む。

「ねえ、何があったの？」

さっきよりも近い距離で目を覗き込んで、気がついた。――隼人の顔に浮かんでいるのは怒りではなく、純粋な緊張と動揺の色だ。先程の怜の様子があらためて思い起こされ、急速に心がざわつきを増した。一体、何が起こっているのだろう？

みのりの手を振り払う勢いで、隼人が「何でもない」と拒絶する。もどかしさを覚え、みのりは尚も食い下がった。

「嘘」

「お前には関係ない」

「巻き込んでよ！」

思いがけず大きな声が出た。びっくりしたように隼人が動きを止める。胸を巡る不穏な熱を治めるべく息を吐き出し、みのりは隼人の顔を見た。

「わたしも巻き込んで」

すがる思いで、懸命に伝える。

「ハナのときみたいに蚊帳《かや》の外にされるのは、もう、嫌」

そう告げると、隼人の顔に逡巡が走った。渋面になり、みのりから顔を背けて不本意そうに呻く。しばらくして、嗄《しゃが》れた低い声で告げた。

「――猟銃が無くなってるんだ」

とっさに言葉の意味が理解できず、ぽかんとして隼人の顔を凝視する。猟銃？　急に、何の話だろう……？

「怜の親父さんの。今は、狩猟期間じゃないのに」とぎこちなく言葉を続ける隼人のこわばった頬や、忙しなく動く視線から、隠しきれない焦燥がにじんでいた。

混乱していると、突然、怯むほどの強い力で隼人に肩を摑まれる。

「――頼む。一緒に怜を捜してくれ」

怖いくらい真剣な表情の隼人に乞われ、戸惑いながらも大きく頷いた。隼人が安堵したような、それでいて苦しそうな、複雑な眼差しになる。しかしすぐに迷いを振り切るように、切迫した口調で云った。

「行こう」

みのりが「どこへ？」と尋ねると、隼人は緊張した顔つきで唇を引き結んだ。

睨むみたいに宙を見つめ、決意を宿した声で告げる。

「向日葵男を、見つけに」

◇

遠くで祭りの賑やかな気配がしている。

テーブルに残してきた家族への短いメモ書きと、今しがた別れたばかりの隼人の様子を思い返しながら、みのりは足早に暗い道を進んだ。訳がわからず、頭の中がまだ混乱している。

「オレは裏山の方を捜してみる、みのりは近くを捜してくれ。たぶん、人の多い場所にはいないと思う」

早口にそう云った隼人に慌てて状況の説明を求めたものの、隼人は「悪い、今は時間が無い」と険しい表情で告げ、疾風のように自転車を走らせて消えてしまった。

生ぬるい夜風に乗って、どこからかお囃子とざわめきが聞こえてくる。

怜はどこに行ったのだろう？　はやる思いで集落を歩き回り、時折知り合いに出くわすたびに尋ねてみたけれど、怜の居場所はわからない。

目方のある農業車両の往来によって凹凸の刻まれた農道を行きながら、いつもと違う怜の様子と、ひどく動揺していた隼人の挙動を思って不安になった。

ふいに、こちらを向いている道端の向日葵が人の顔のように見えて、ぞくっとする。さっき隼人が口にした言葉が思い出された。

(向日葵男を、見つけに)

あれはどういう意味だろう？　怜の身に、何が起こっている？

恐れと共に、目まぐるしく疑問符が浮かんでくる。向日葵男などという怪物が、本当に集落に存在するのだろうか？　春美を死に追いやったのは向日葵男なのか。恐ろしい向日葵男が一人でいた春美を襲い、そして——。

そこで、ふと何かが引っかかった。真っ暗な中、人気の無い林道の叢に倒れていた春美の姿が脳裏によみがえる。……そうだ。

——春美はなぜ、あんな場所で倒れていたのだろう？

春美の証言や、洗い物をしていた水飲み場のコンクリートに血が付いていた事実からも、彼女が集会所のすぐ裏手で襲われたことは間違いない。それなら、なぜ、春美は離れた林道で見つかった？

頭を負傷して朦朧《もうろう》としながらも、必死で誰かに助けを求めようとしたのだろうか？　……いや、あのとき集会所の近くには、まだ少なからず人がいた。

誰かを呼ぶつもりなら、建物の中か、表の通りに助けを求めるのが自然だ。なぜ人気の無い、集会所裏の狭い林道などに倒れていたのだろう……？

暗闇の中で倒れている春美を発見したときはすっかり取り乱してしまい、疑問に思わなかったけれど、あらためて思い返せば不自然な状況だ。

春美を襲った人物が、彼女を連れ去ろうとした？　しかし、あの道は車も入れない。しかも鬱蒼とした夜の林道は全く光源が無く、深い暗闇の中をただ歩くだけでも難儀する。実際、みのりも足元が見えずに何度もつまずきそうになった。ぐったりした大人一人を抱えたまま歩いて移動するなどというのは、大の男でも困難な上に、危険すぎる行為ではないだろうか。

春美を襲ったのは向日葵男だから、人ならざる異形の存在だから可能だった――？

……いや、違う、そうじゃない。

鼓動が、凄い速さで脈打ち始める。

さっきからひたひたと嫌な予感がしていた。それは、怪物だから、という理由で括った事象に、別の回答が当てはまる可能性に気がついてしまったからだった。

ばらばらに散らばっていた破片が、少しずつ、頭の中で繋《つな》がっていく。恐ろしいその考えに、目の前が暗くなっていく。

慰労会が催されたあの晩、集会所の付近にはいつもより多く住民が出歩いていた。なのに、どうして犯人は誰にもその姿を見咎められず、春美を襲うことができたのか。

――それは、春美を襲ったのが見知らぬ不審者などではなく、集落の人間だったからではないか？

住民なら、桜沢の人間ならば、そこに居ても誰も不自然になど思わない。……もし、そうだとしたら。

不穏な思考を巡らせながら、指先が温度を失っていく。

その先にある答えにたどり着きたくないと心が悲鳴を上げているのに、一度思いついてしまったおぞましい考えを消し去ることは、もうできなかった。

自分を襲った犯人について、まるで見たことの無い人物だった、と真逆の証言をした春美。もし犯人に連れ去られたのではなく、怪我を負った春美自身が自力であの場所まで移動したのだとしたら……？

想像しながら、背すじをぞくぞくと冷たいものが滑り落ちていく。

……あの鬱蒼とした林道は、怜の家の前の通りにもつながっている。

春美は怪我をしながらも、身を隠すようにわざわざ人気の無い林道を通り、自力で家へ戻ろうとしたのではないだろうか。人目を避け、どうにかして自分の怪我を誰にも知られまいとしたのかもしれない。しかし頭の傷は深く、出血がひどかったため、途中で意識を失ってしまった。だから、集会所のすぐ裏手で作業をしていたはずの春美は消え、離れたあの場所で発見されたのではないか。

痛みを堪え、血を流しながら、よろめくように必死で暗闇を歩く春美の姿が、まるで実際に見たもののように鮮明に思い浮かんだ。

――そこまでして春美が庇おうとする存在など、家族以外には考えられない。

ショックで思わずよろけそうになり、とっさに足に力を入れて踏みとどまる。気を抜くとそのまま地面に座りこんでしまいそうだった。

春美がいなくなったとされる頃、怜はみのりと一緒にいた。……後は片付けておくから行ってらっしゃい、と、春美が笑顔で背中を押してくれたから。

春美の言葉に頷いて怜を捜しに行こうとしたあのとき、集会所の前で、入れ違いにやってきた人物らと出くわしたのを思い出す。

酒くさい息を吐きながら野卑な笑い声を上げていた大人たちの一人は、茂だった。あの晩、公民館では宴会が行われ、今年の特別な祭りを前にした彼らは高揚し、かなり酔っている様子だった。あの直後、春美と会話した茂が、たとえば飲み過ぎを窘《たしな》められるなどの些細なきっかけで春美に手を上げてしまったのだとしたら――。

あ、あ、と引き攣った声が無意識に口から漏れ出す。その可能性に気がついた瞬間、これまで見ていたものが、みのりの中で全く違う意味を持ち始める。

夏の暑い日でも肌を隠すようにいつも長袖を着ていた、春美。昨年の夏祭りの翌日、無残に荒らされていた春美の花壇。そして次に会ったとき、春美は足に包帯を巻いていた……。

記憶の底から、いくつもの光景が浮かび上がってくる。

小学生の頃、怜の腕に痛々しい痣を見つけたことがあったこと。……思い返せば、それがきっかけで、みのりは怜が隼人に乱暴されているのではないかと疑ったのだった。

そう……傷といえば、怜が可愛がっていたハナの体にも、奇妙な古傷があった。見慣れぬそれは十円玉くらいの大きさで、引き攣れたような薄桃色の皮膚が毛の隙間から覗いていた。この傷はどうしたのか、まさか隼人に虐められたのでは、とみのりが尋ねても、怜は悲しそうな顔で否定するだけで、ハナが傷を負った経緯について一度も話してはくれなかった。

ひどく臆病な犬だったハナ。大きな音を特に怖がっていた、ハナ。そのために、大輝たちから襲われたとき、爆竹の破裂音にパニックを起こして事故に遭ってしまったのだが――。

思い浮かんだある可能性に、冷たい汗がにじんでくる。

あの傷は、もしかしたら、銃創だったのではないか……？

ハナは、銃で撃たれたことがあったのではないだろうか。だからこそ警戒心が強く、大きな音に異様なくらい怯えていたのではなかったか？

ハナは怜にとても懐いていた。まるで、本当の飼い主のように。

隼人が怜と散歩中に、ハナのことを「オレたちの犬」と口にしていたことを思い出す。「オレの犬」ではなく、「オレたちの犬」と、確かにそう呼んでいた。

しょっちゅう怜と一緒にハナを散歩をさせているからそんなふうに呼ぶのだろう、とさほど気に留めたことはなかったが、ひょっとしたら、あれは言葉通りの意味だったのではないだろうか？

——ハナは元々、怜の家で飼われていた犬だったのではないか。

事故か、それとも故意にかはわからないけれど、ハナがあんな怪我をする悲劇が起こり、それが原因で隼人の家がハナを引き取った。そう考えれば、辻褄《つじつま》が合う気がした。

錆びついた鎖が水底から引き上げられるように、さらに別の記憶がよみがえってくる。大人しいハナが、なぜか教師の佐古に対して怯えた様子で激しく吠えたことがあったこと。その理由に、今になって初めて思い当たる。

……ハナが恐れていたのは、ひょっとしたら、佐古自身ではなかったのかもしれない。

佐古はヘビーな喫煙家で、彼の体からはいつも煙草の独特な匂いがしていた。もしかしてハナが反応したのは、その匂いにこそだったのではないか。

長年煙草を嗜《たしな》み、体に同じ匂いを纏っている、身近な人物が思い浮かぶ。

その人物は——いや、回りくどい云い方はもうやめよう。

茂は、自分の家族に、日常的に暴力をふるっていたのではないか。かつてハナを撃ち、そしてあの夜、酒に酔って春美に手を上げ、死に至らしめたのはおそらく茂だった——。

意図せず、微かに指先が震え出す。何てことだ。

——答えは、最初からみのりの目の前にあったのだ。

直後に、猟銃が無くなっている、というさっきの隼人の言葉の意味を理解し、今度こそ悲鳴を上げそうになった。

まさか、怜の身に危険が迫っているのか。次の犠牲者は怜なのか。

(僕は、行けない)

先程の怜の悲しげな声と、隼人の取り乱しようがよみがえり、血の気が引いた。――大変だ。

怜を、助けなくては。

最悪の想像を頭から追い払いながら、懸命に怜を捜し続ける。いつのまにか小走りになり、みのりは息を切らせて夜道を駆けていた。

はやる思いが、一秒ごとに膨れ上がっていく。泣きそうになりながら、胸の中で懸命に秘密の呪文を繰り返す。

朝、来い。朝、来い。――お願いだから、怜を助けて。

腕の表面に鳥肌が立っているのに、全身からとめどなく汗が流れ落ちた。力の入らない足がふらつき、その場にくずおれてしまう。小石が膝に食い込んで、鈍い痛みが走った。苦しさに息を吐き、暗い空に向かって心の中で呼びかける。

怜、怜、どこにいるの。

乱れた呼吸には、今や嗚咽がまじっていた。土と草に手をつき、再びよろよろと立ち上がる。と、暗がりの中、一筋の光が畦道の向こうに見えた。きゅるきゅると摩擦音を立てながら、自転車のライトがものすごい速さでこちらに近づいてくる。

隼人だ。

一人きりらしい様子の彼に慌てて駆け寄り、もどかしい思いで「怜は?」と尋ねると、肩で息をしていた隼人は苦い表情でかぶりを振った。どうやら向こうも見つからなかったようだ。

青ざめて立ちすくむみのりの前で、隼人がきつく唇を噛む。思わずべそをかきながら、みのりは「隼人」とすがるように声を絞り出した。

◇

サドルから尻を浮かせ、ペダルを踏む足に力を込めて、挑むような勢いで隼人が急斜面を自転車で上っていく。みのりもその後ろ姿を追い、暗がりに目を凝らしながら懸命に坂道を走った。

離れた場所から、祭りの喧騒が潮騒《しおさい》みたいに聞こえてくる。息が上がり、全身から汗が噴き出すのを感じつつ、二人は無言で先へ進んだ。

なまぬるい風に煽《あお》られて、知らずに溢れてきた涙がこめかみへと伝う。泣くといっそう呼吸が苦しくなるとわかっているのに、それでも嗚咽を止められなかった。自然に拳を握り締める。

どうして、今まで気づかなかったんだろう。思い返せば、信号は幾つもあったはずなのに。怜、怜、無事でいて。こんな怖い、胸が潰れそうな思いで夜の中を捜し回るのは嫌……！

心の中で祈るように叫んだそのとき、荒い息の下から隼人が低く声を発した。

「——朝、来い」

苦しそうにかすれた呟きは、みのりの耳に、確かにそう聞こえた。

まるで自分の胸の内と共鳴したかのようなその言葉に不意をつかれ、思わず隼人の方を見る。それは間違いなく、怜が教えてくれた秘密の呪文だった。

「それ、そのおまじない、どうして……」

戸惑うみのりに、隼人は前方を睨みながら、切れ切れに怒鳴った。

「暗くて狭い場所は、苦手なんだ」

乱れた息の下から、隼人が絞り出すように声を発する。

「ガキの頃から、親の云うことを聞かないと、縛られて蔵に閉じ込められた。悪さをしてこっぴどく怒らせると、メシを抜かれて、一晩中蔵から出してもらえないんだ。親は、オレのする大抵のことが気にいらなかったから。いつも、オレを思い通りにしたがったから」

顔をしかめて坂道を上りながら、隼人は続けた。

「かび臭い、真っ暗な蔵の中に、一人で閉じ込められてた。でも、扉の外に怜が居てくれたんだ。扉に背中をくっつけて、地べたに座って、誰にも見つからないよう明け方までずっとそこに居て、オレに話しかけ続けてくれた。暗闇の中で、怜の声だけが、外の世界とつながってた。そのときアイツが云ったんだ。……早く夜が明けるおまじないだ、って」

ペダルを踏む足は止めないまま、隼人は一瞬、遠くを見るような目になった。

「同じだったんだ」

独白みたいに、隼人が云う。

「しんどくてどうしようもないとき、よく、自分の父親を殺す空想をした。オレたちはそんな他愛ない遊びを共有してた。ガキの頃から、ずっと」

隼人の声には、焦りと恐れが色濃くにじんでいた。もう、みのりに対してあえて事実を隠し通す気も無いようだった。

「怜の親父さんは高校を卒業すると同時に桜沢を出ていって、ずっと仙台で暮らしてたらしい。けど、怜が小学校に上がった頃に会社が倒産して、怜と春美さんを連れてやむなく戻ってきたんだとさ。オレと怜は、そのとき知り合った」

あがる呼吸の下から隼人が喋り続ける。そうやって怜のことを話していれば、見えない何かが怜の元へ導いてくれるとでもいうかのように。

「故郷に戻って、親戚の伝手《つて》で製材所で働くようになって。でも、怜の親父さんはそのことを挫折だと感じてたらしい。いつからか怜の親父さんは変わっちまった。よくわかんねえけど、うちの親父がそう云ってた」

神妙な声の響きに、聞いている方も胸がざらつく。突き付けられようとしている現実に耳を塞ぎたい気持ちと、知らなくてはいけない、という使命感めいたものが、みのりの中でせめぎ合っていた。あの男は、と険しい声で隼人が続ける。

「仕事で嫌なことがあったり、機嫌が悪くなると酒に酔って、時々、物を壊したり、家の中で暴力をふるったんだ。――春美さんに」

はっきりと口にされ、胃の腑に重たい衝撃を覚えた。

隼人が肩を上下させて、心底悔しそうに呻く。

「怜はいつだって、必死で春美さんを守ろうとしてた。どうにかして助けてやりたかったけど、オレにはどうしてやりようもなかった」

喉の奥で、微かに血の味がした。告げられる残酷な事実に反応が追いつかない。ようやく発した声は、呆けたようにかすれていた。

「ハナは、怜のうちの犬、だったのね……？」

茂が撃ったのか、と口にするのはあまりにも恐ろしかったのでそう尋ねると、数秒の間の後、隼人が「ああ」と怒ったような声で云った。

「親戚の農家で生まれた子犬を引き取ってくれって頼まれたとかで、元々は怜んちで飼い始めたんだ。けど、怜の親父さんは酒に酔うと、ハナも虐待するようになった。オレたちが小二の頃、家でひどく酔って暴れたときにハナに猟銃を向けて、弾が当たっちまったらしい。故意に撃ったのか、事故だったのかは知らねーし、どうだっていい。自分の父親のせいでハナが死ぬかもしれないって、あのとき怜は、死ぬほど取り乱してた。ハナ、ごめん、ハナ、ごめんな、って泣きながら何度もハナに謝ってた。見かねたうちの親父が、ハナを引き取ったんだ」

暗がりの中、隼人の声が苦しげな響きを帯びる。

「――すげえ腹が立ったし、同じくらい、怖かった。ひょっとしたら、撃たれたのは怜だったかもしれないし、春美さんだったかもしれない。いつそうなってもおかしくないんじゃないか、って」

「そんな……」

隼人の言葉に、ぐらりと眩暈がした。動揺しながら、尚も尋ねる。

「誰か、周りの人は……大人はそのことを、知らなかったの……？」

その問いに隼人が沈黙した。彼らしくなく、重苦しげに黙り込む。

やがて吐き捨てるように、隼人は云った。

「んなこと、絶対ねえよ……！　この狭い集落で、誰も全然気がつかないなんてことがあってたまるか。気づいてて、でも、皆見ないふりをしてたんだ。怜の親父さんは『桜沢の人間』で、春美さんは『よそ者』だから。身内意識で目を逸らし続けたんだよ。うちの親父も、お袋も」

肩越しに振り返った隼人の目に燃えたぎる怒りに、みのりはハッと息を呑んだ。その熱に炙《あぶ》り出されるように、過去の記憶が浮かんでくる。

去年の夏祭りの後、足に包帯を巻いた春美が園芸用土の重い袋を車から運び下ろそうとしているところに遭遇した。そのとき、用事でやってきた石屋の近藤のおじさんは、怪我している春美にどうしたのかと尋ねることすらせず、荷物を下ろす手伝いを申し出ることもなく、まるで逃げるようにそそくさとその場から立ち去った。日頃からお喋り好きで世話好きなおじさん、という印象があっただけに、なんとなく違和感を覚えたのを思い出す。

実際、今井が腰痛で日常生活に支障が出るようになったときは、近藤を始めとする地元の住民たちは率先して当番を決め、買い出しや庭の手入れなど、当然のように手助けをしていたはずだった。すまながる今井に、「ほだないちいち気にすんなっちゃ、先生。集落の人間同士で助け合うのは当たり前だべ」と朗らかに笑ってみせる近藤の姿を、みのりも目にしたことがあった。

坂道の両脇で、鬱蒼とした木々が枝葉を揺らす。背すじを、ぞくっと何かが駆け抜けた。

そうだ——思い返せば、気配は至る所にあったのかもしれない。

いつか春美が発作を起こして救急車で運ばれたとき、近所のおばあちゃんが「気の毒になあ」とごく自然に案じたのは春美本人ではなく、茂と怜だった。

怜たち親子が桜沢に引っ越してきてからずっと、今井は怜の家を訪れては、春美の庭仕事を手伝っていたという。ひょっとしたら今井はそんな一家を案じ、日頃から気を配っていたのかもしれなかった。

……今回、春美が何者かに襲われて大怪我をするという異常事態を受け、桜沢の住民の間に「不審者がうろついているかもしれないから、あまり一人で出歩かないように」と注意喚起がされた。

しかし、はたして彼らは春美を襲った「犯人」を本気で捕まえようとし、動いていたのだろうか？　あんな不自然な形で亡くなったというのに、春美の死はあまりにもひっそりと周囲に受け入れられていた。それは、春美の死の真相を周りが薄々察しており、茂の所業が明るみに出ないよう、暗黙の了解で庇おうとしたからではないのか。

――誰も、茂の支配から、彼らを救うことはできなかったのだ。

みのりは唇を噛んだ。小学生の頃の怜と隼人が一緒にいる光景が思い浮かぶ。彼らの強固な絆を、ずっと羨んでいた。どうしてそんなふうにわかり合えるのだろう、互いを必要とし合えるのだろう、と不思議に思っていた。

今、初めてその理由を理解する。

おそらく怜も、隼人も、二人とも家族という檻《おり》に囚《とら》われていた。逃げたくて、でも決して逃げられない、押し潰されそうな檻の中に。

だからこそ彼らは、互いの存在をよすがに固く結びついていた。まるで、片方の羽を失ったら飛べなくなる、生き物みたいに。

「どうして、助けを求めなかったの」

泣きたいような苛立ちを覚え、声が震えた。隼人はああ云ったが、何か、春美を助けるための手はあったはずだ。八つ当たりじみた感情だとわかっていても、なじりたい気持ちが込み上げる。

賢い怜が、行動力を持つ隼人が、表立って茂の暴力を訴えればきっと状況は変わったはずだ。なぜ沈黙した？　どうして彼らは声を上げなかった？

みのりの問いに、隼人がぎり、と歯嚙みする気配があった。それから、辛そうに声を絞り出す。

「――春美さんが望まなかったから」

……ああ！

その答えを聞いた途端、心臓を撃ち抜かれたような衝撃に口元を覆った。

なんて愚かな問いかけをしてしまったんだろう。答えなど、最初からわかりきっていたはずではないか。

春美は茂を糾弾し、社会的に罰することなど、ほんのわずかだって望みはしなかったはずだ。彼女が守りたかったのは、望んだのは、家族がずっと元気で幸せに暮らせること。いつだって、ただそれだけだった。

だからこそ春美は、酒に酔ったときの茂が自分に対して暴力をふるう事実を隠し通した。慰労会の夜、怪我を負って頭から血を流しながらも、誰にも見つからないよう助けを求めず、茂を庇おうとしたのだ。

いつかきっと、以前の優しい夫に戻ってくれる日が来ると信じて、どこにでもいる平凡で幸福な家族であろうとした。

恐ろしい問題など何も起こっていないかのように笑顔でふるまい、楽しそうに庭の花や野菜を育てることは、彼女にとっての祈りだったのかもしれない。

――春美もまた、彼女のやり方で必死に家族を守ろうとしたのだ。

みのりの知っている春美は、そういう人だった。誰よりもそれをわかっていた怜は、最後まで茂を信じようとする春美のひたむきな願いを尊重し、父親の蛮行を公にしなかったのだ。

さっき、縁側で怜に抱きしめられたときの感触が生々しくよみがえる。

みのりの身体から手が離れる瞬間、怜の指先が微かに震えた気がした。それは春美が救急車で搬送され、雪原に一人きりで立ち尽くしていた、いつかの朝と同じだった。記憶の中、あのときもみのりの手を離す怜の指は、小さく震えていた。

怜は、ずっと怯えていたのだ。

誰にも助けを求めてしまわないように、自分の叫び声が届かないように、自ら深い水底に沈むようにして、みのりたちから距離を取った。……何もかもを身の内に抱え込んで。

——気づかなかった。自分は何ひとつ、気づけなかった。

悔しさと悲しさが突き上げてきて、どうしようもなく胸が詰まった。声を上げて泣きながら走る。

怜、と呼ぶ声が、夜風にちぎれて飛ばされていく。

木々の黒い影がざわめき、いっそう闇が濃くなっていくように思えた。まるで道の先から夜が噴き出してくるみたいで恐怖する。

そのとき、ふいに隼人が叫んだ。

「おい、あそこ！」

ハッとして見ると、道路の脇に、見覚えのある一台の古いバンが停まっている。——茂の車だ。

慌てて近寄り、中を覗くと、真っ暗な車内は無人だった。直後、近くの叢に怜の自転車が転がっているのに気がついた。

焦った表情で舌打ちした隼人が自分の自転車を乗り捨て、道の脇の雑木林に突っ込んでいく。乱立する木々や、生い茂る茂みの間を躊躇せず駆けていく隼人の背中を、慌ててみのりも追いかけた。

道とも云えないような小径《こみち》を進む途中、羽虫が目に飛び込んできたり、細い枝が頰をかすめて小さなひっかき傷を作ったりした。構わず、無我夢中で走る。

お願い、どうか、間に合って……！

何度も転びそうになりながら藪を抜けると、見晴らしのいい場所に出た。小高い丘となっていて向こうに川を見下ろせるそこは、怜と隼人が「人の来ない、とっておきの場所」と称し、向日葵流しを見物していた例の場所だった。遠くの水面が、川沿いの提灯や屋台の明かりに仄かに照らされている。

そして、祭りの喧騒とは暗い川で隔絶されてしまったかのように、凝《こご》った闇の中で対峙する二つの人影が見えた。

丘にいるのは、怜と茂だ。二人は互いの間に三メートルばかり距離を開け、向かい合う形で叢に立っている。

声をかけようとし、彼らの間に漂う緊張した空気を感じてハッと動きが止まった。

——暗がりの中、茂が手にしているのは、猟銃だ。

それを目にし、みのりの口からかすれた悲鳴が漏れた。

茂はこちらに顔を向けることすらせず、ただぎらついた目で銃先を怜に向けている。みのりたちの存在すら意識に無い茂の様子は、明らかに酔っているようだ。

信じがたい光景に、頭が真っ白になった。まるで悪夢だ。

「やめて——お願い、やめて」

みのりは震える声で呟き、隣に立つ隼人をとっさにすがる思いで見上げた。直後、隼人の表情に気づいてぎくりとする。

隼人は顔を引き攣らせ、その場に立ち尽くしていた。緊張した面持ちで、怖い目をしたまま固まっている。一体どうしたのだろう？　早く、茂を止めなくてはいけないのに。

「はや」

焦れて名前を呼びかけ、そのとき、ふいに大きな違和感を覚えた。……そうだ。

なぜ、隼人は、大人に助けを求めない——？

茂の理不尽な暴力を周囲から隠してきたのは、茂を信じたい、と願う春美の意思を何よりも尊重したからだった。その春美はもうこの世にはおらず、そして今、怜は明らかに危険な状況に置かれている。もはや手段を選ぶ理由はないはずだ。

それなのにどうして隼人は、怜が茂に危害を加えられようとしていると周りに訴え、保護を乞おうとしないのだろう？　隼人が守ろうとしているのは怜の安全ではないのか。ならば、なぜ。

混乱しながら再び怜たちに視線を戻し、次の瞬間、反射的に身を硬くした。

銃を手にしている茂は、酒に酔った人間特有のどろりと据わった目で怜を睨めつけている。その横顔はやつれ、無精髭を生やし、前に顔を合わせたときとは別人のように憔悴《しょうすい》しきっていた。茂は落ち着かない様子でしきりに視線を揺らし、まるで何かに怯えているようにも見える。

その一方で、銃を向けられている怜に、泣いたり、取り乱している気配は少しもなかった。怜はただじっとそこに立ち、向かい合う茂を見つめている。

二人の態度だけを見れば、銃を突きつけられて追い詰められているのは怜ではなく、むしろ茂の方であるかのように思えたかもしれない。

怜が銃を向けられているというおぞましい状況にさっきは頭が真っ白になってしまったが、あらためて視線をやると、二人の様子は何かがおかしかった。

茂が、低く唸るような声を発する。

「どういうつもりだ、怜」

苛立ちや怒りの底に、微かに不安めいた響きが含まれているように聞こえた。怜を睨みながら、茂がだみ声でがなる。

「勝手に俺の猟銃ば持ち出すなんて、ただで済むと思ってんのが。お前、こだなごど、いつの間に覚えて――」

「……もうずっと前からだよ」

茂とは対照的に、怜は静かな口調で云った。隣で隼人が息を詰める気配。

怜は自分に向けられている銃などまるで見えていないかのように、体温を感じさせない声で続けた。

「時々、こっそり確かめてたんだ。その銃が確かにそこにあることを。普段のアンタは銃器の管理には神経質なくらい注意を払ってたし、絶対に他人に触らせなかったけど、酔った時だけは杜撰《ずさん》で隙だらけだったから。ケースの開け方は、そのときに盗み見たんだ」

怜の口から発せられた言葉に、思わず目を瞠る。

怜が、銃を持ち出した――？

どういうことだ。もしかしたら、自分は何か、大きな思い違いをしていたのではないか……？

ぐるぐると思考が渦を巻く。

わからない。怜が何をしようとしているのかがわからない。嫌な予感だけが、みのりの中にただ降り積もっていく。

いつもと変わらない、淡々とした声で怜が云う。

「銃がちゃんとあることを確認するたび、それが使われていないことに安心した。アンタがそれを家族に向けるんじゃないかって、心の奥でいつも不安だった。だってアンタは、無抵抗の犬を撃つ人でなしだから」

やりとりに戸惑いながら彼らの元へ一歩踏み出しかけて、視界に映ったものにハッと足が止まった。

叢に立つ怜の右手に握られているのは、ナイフだ。暗くてすぐに気づかなかったが、怜がいつも身に着けている折り畳みナイフのようだった。

闇の中で光る小さなそれは、まるで世界を終わらせる核兵器のスイッチでもあるかのような存在感を放っていた。

ひゅっ、と喉が鳴り、思わず緊張が走る。茂が歯嚙みして低く唸った。

「お前、親に、向かって――」

「暴力をふるったのも、ハナを撃ったのも、全部本当のことだ」

茂の荒々しい態度に怯む様子も見せず、怜は口にした。自棄になったように茂が怒鳴る。

「やがましい。痛い目に遭いたいのか」

「――母さんみたいに？」

怜の発した短い言葉に、茂がたじろぐ気配があった。

「アンタは、いつだってそうだ」

どこか冷ややかにさえ聞こえる声で、怜が告げる。この状況下でどうしてそんな声が出せるのだろう、と戸惑うような冴え冴えとした響きが、かえって不安を搔き立てた。

怜は真正面から茂を見据え、口を開いた。

「自分の思い通りにならないとすぐに不機嫌になって、そうやって脅して命令するんだ。酔って大声でわめいて、手を上げて。家族を傷つけて、それで母さんを」

「やめろ」

顔を歪めて茂ががなる。その表情には、自分のしてきたことから必死で目を背けようとする暗い激しさがあった。尚も怒鳴りかける茂に、怜が容赦なく言葉の刃を突き付ける。

「アンタが殺したんだ」

「黙れ」

「母さんを、殺した」

「黙れ……！」

滑稽なほど血走った目で叫んだ茂の口から、唾の小さな泡が飛んだ。その視線が、限界まで追い詰められたようにせわしなく動く。

茂の顔は暗がりでもわかるほどに大量の汗で濡れていた。呼吸困難に陥っている人みたいに、全身が小刻みに震えている。興奮した茂の指が滑って、今にも銃の引き金を引いてしまうのではないかと恐ろしくてたまらなかった。こんなふうに茂を煽る先に何が待ち受けているのかがわからず、動揺して立ちすくむ。

ナイフを手に暗がりで棒立ちになっている怜は、まるでどこかの縁《ふち》に立っているように見えた。ほんの一歩踏み出したら手の届かない闇の底に落ちていってしまう――そんな危うい空気を放っていた。

突然、どん、という乾いた音が周囲に響いた。とっさに銃の発射された音かと思い、鼓動が一気に跳ね上がる。しかし音と同時に空が光り、頭上で鮮やかな色が散った。祭りのフィナーレを飾る花火が打ち上げられたのだ。

濃紺の海原に花が咲くみたいに、遠くでいくつもの花火が瞬いた。

怜の中にある不穏な何かにスポットが当たるかのごとく、花火が打ち上がるたびにその姿が夜闇に浮かび上がり、沈んでいく。花火の赤い閃光《せんこう》が、まるで返り血か、彼自身を燃やす炎みたいに怜の顔を照らした。

そのとき、みのりの脳裏でふいに何かが危険信号のように明滅した。唐突によみがえったそれは、かつて怜と隼人が交わしていた会話の断片だった。

（——どうしたらうまく殺せると思う？）

（銃口にわざと物を詰めておいてさ、殺したいヤツに撃たせたらいいんじゃねえ？）

（そしたら銃が暴発して、事故に見せかけて殺せるじゃん。完全犯罪ってヤツ）

目を輝かせて口にしていたいつかの隼人の言葉を思い出し、反射的に息を詰めた。

まさか——まさか。

隣で隼人が凍ったように動けずにいる理由にようやく思い当たり、顔から血の気が引いていく。

無断で猟銃を持ち出して茂をおびき出し、人の来ない場所で、わざわざ銃を返した上で挑発する。

そんな理解不能な怜の行動の真意を想像し、口の中が干上がった。

まさか、茂が手にしているその猟銃には、何らかの恐ろしい細工がしてあるのだろうか？　隼人と話していた空想上の殺人計画を、怜は現実に実行しようとしているのでは？　——そう考えれば、全てが繋がる。

銃口に視線が吸い寄せられ、さっきとは違う冷たい汗が出た。

茂が怜を殺そうとしているのではない。殺意を持っているのは、怜の方なのだ。

母親を長年にわたって苦しめ、死に追いやった父親への復讐《ふくしゅう》。おそらく怜は、自らの手で茂を裁こうとしている。

自身に向けられた銃口をひたと見据えたまま、怜は云った。

「撃ってみろよ」

虚勢ではない、覚悟のこもった本気の声だった。みのりは思わず息を呑んだ。

静かな迫力のある眼差しを向けられ、茂の体がぶるぶるといっそうわななく。その目は、怜ではなく、ここにいない亡霊を見ているかのように大きく見開かれていた。

「撃つぞって、そう云って僕らを脅してたじゃないか」

怜の視線が、残酷なほどまっすぐに茂を射抜く。怜がもう一度口にした。

「撃てよ。——じゃなきゃ僕が、アンタを刺す」

そこから発せられる激しさに気圧されたように、茂の喉が引き攣った音を立てて上下した。茂に向かって、怜が一歩、踏み出す。身構えたまま立ち尽くしていた茂が興奮したように顔を歪め、「来るな」とわめいた。しかし怜は足を止めることなく、ナイフを手に、茂に近づいていく。

怜の痩せた身体を掠《さら》うように、夜風が吹き抜けた。怜の唇から漏れた呟きが風に流される。夜の中、みのりの耳に届いた微かなそれは、父さん、と云ったように聞こえた。

幼い頃に茂から貰ったというナイフが、怜の掌で鋭利な光を放つ。ひときわ強い風が吹いた瞬間、怜が叫んだ。

「撃て！」

とっさに声に反応してしまったように、闇の中で茂の体が動いた。その手が引き金に掛かるのが見え、総毛立つ。嫌、やめて——！

みのりの口から悲鳴がほとばしるのとほぼ同時に、呪縛が解けたように隣で隼人が動いた。

線路に向かうハナを追った時と同じ、迷いのない勢いで走り出す。信じられない速さで駆ける。頭上で花火が大きく光った。闇を劈《つんざ》く雷の光みたいに白く、眩く。

次の瞬間、隼人が銃を持つ茂の腕に飛びついた。勢いあまって、そのまま二人とも地面に倒れ込む。みのりは引き攣った叫び声を上げた。

屈強な成人男性と、中学生の体格の差異は遠目にも残酷なほどに明らかだ。茂の激昂が隼人に向けられることを思い恐怖したものの、予想に反して茂は抵抗するそぶりを見せなかった。隼人もすぐさまそれに気づいたのか、警戒しつつも、茂の手から猟銃を取り上げようと暴れるのを止める。

茂は呆然としたように、自分のしようとしたことが信じられないという面持ちでその場に座り込んでいる。そのさまは、まるで撃たれた人が自分の傷口を見て放心しているようにも見えた。

青ざめた茂は、ひ、とかすれた声を発すると、這いつくばるような格好でふらふらと立ち上がった。猟銃を握ったまま、よろめきながら走り去る。

危なっかしい足取りで暗闇に消えていく茂を尻目に、みのりは安堵からへたりこみそうになった。足が、冗談みたいにまだ震えている。

直後、立ち上がった隼人がぺっと土を吐き出し、憤然とした足取りで怜の元へと向かった。正面から近づき、いきなり乱暴に押し倒す。

「怜、てめえ——」

隼人は馬乗りになり、そのまま怜の胸倉を摑んで怒鳴りつけた。

「勝手な真似してんじゃねえ！」

空気をびりっと震わせる声は、思わず身がすくんでしまうほどの激しさだった。荒々しく揺さぶられ、怜が苦しそうに顔をしかめる。

火のような眼差しでのしかかる隼人を見上げ、怜は、ふっと皮肉っぽく目を細めた。

「……勝手するな、なんて、まさか隼人に云われるとは思わなかった」

「うるせえ」

隼人が大声で怒鳴り返す。とっさに、隼人が怜を殴るのではないかと思った。しかし隼人は怜を睨みつけたまま、どこかが痛くてたまらないみたいな、泣き出しそうな顔をし、きつく唇を嚙んでいる。

慌てて歩み寄り、「怜……！」と呼びかけると、怜が緩慢な動きでこちらを見た。虚《うつ》ろな視線をみのりに向け、ぽつりと呟く。

「……どうして、来たの」

感情を削ぎ落としたような、突き放した響きに息を呑んだ。怜の顔にあるのは、春美の葬儀のときに見せたのと同じ空虚さだった。それは悲しみと諦めの先にある感情だった。

怜の右手には、まるで身体の一部であるかのように、ナイフが握られたままだった。それを目にした途端、まるで胸を突き刺されたような痛みを感じた。

見えない壁によって怜に近づくことを阻まれ、怯みながらも、意志の力で踏みとどまる。

桜沢に来てからの日々が、みのりの頭の中でふいに走馬灯みたいに再生された。父を失った悲しみに打ちひしがれていたあの頃、怜は側にいて、みのりの心に寄り添ってくれた。今なら、わかる。

怜を失いたくない。もう、決して、彼を一人にしない。

みのりはまっすぐに怜の顔を見つめた。意を決して、語りかける。

「……怜、わたし、わかっちゃたんだ」

怜の孤独に思いを馳《は》せることで、これまで見えなかった真実が、奔流のようにみのりの中に流れ込んでくる。描いても描いても届かなかった、怜の奥底に、懸命に手を伸ばす。

怪訝そうな表情をする彼らに向かって、みのりはおもむろに口を開いた。

「向日葵男は」

緊張しながら、その先を口にする。

「――怜のしたことだったんだね」

その言葉を聞いた途端、怜が微かに身じろいだ。どこか遠くを見ているようだった双眸《そうぼう》が、ゆっくりと焦点を結ぶ。戸惑いと動揺を露わにした顔でみのりを見返す隼人を静かに押しのけ、怜は上半身を起こした。

張りつめた空気の中、言葉の続きを待つように二人から注視され、みのりは小さく唾を呑んだ。思いきって、口火を切る。

「覚えてる……？　小六の夏、学校の花壇から大量の向日葵が消えた事件のこと」

首を切り落とされた子供たちのように見えた、向日葵の群れが脳裏に浮かぶ。

向日葵男の仕業だと児童らが噂した、あの不気味な出来事。

二人からの返事は無かったが、みのりは構わずに続けた。

「向日葵の花が切り落とされて、忽然とどこかへ消えちゃった。その後に、私、燃やされた花を焼却炉で偶然見つけたの」

そのときの驚きと緊張を思い出しながら、みのりは云った。

「……一体誰が、どうやってあんなことをしたのか、ずっと不思議だった。でも、気がついたの。ある条件を満たす人になら、もしかしたら花壇の向日葵をこっそり切って学校の外に持ち出すことが可能だったかもしれない、って」

考えをまとめるべく息を吸い込み、再び口を開く。

「あの日は、皆で夏祭りの準備作業をしてた。校舎の掃除や飾り付けをしたり、校庭の草むしりをしたり。でも、刃物を扱ったり重い物を運ぶ作業を任されたのは、六年生の男子だけだったの」

その言葉が意味することを理解したのか、彼らが微かに身を硬くする気配があった。

そう――あのとき、怜と隼人は草刈り用の鉈を持っていた。作業中にふらりと現れた隼人が、それで蛇を叩き殺したのを覚えている。

彼らは、向日葵を切り落とすことが可能な刃物を手にしていたのだ。

「草刈りを任された児童が鉈を手に花壇の周りをうろうろしていたって、誰も不自然には思わない。それに、あのとき花壇の向日葵には、陽射しを遮るための覆いが掛けられてた。もし覆いの下の花が切り取られたとしても、周りはすぐには気づかなかったはずよ」

刈り取った大量の雑草をリヤカーに積んで、彼らが校庭と門の外を何往復もしていたのを思い起こす。積み上げられた雑草の山の中に、切り落とした花を隠したとしたら、正面から堂々とそれを運び出すことができたのではないか。

怜と隼人は二人で一緒に作業をしていたが、差し入れに来た両親から叱られた隼人はふてくされて、途中でどこかへ姿を消してしまった。

隼人がサボっていた間、怜が一人で作業をしていた時間があったはずだった。怜には、その行為が可能だったのだ。

……今にして思えば、焼却炉で向日葵の燃《も》え滓《かす》を見つけたとみのりが告げたとき、隼人はそれが怜の仕業である可能性に瞬時に気がついたのかもしれない。だからこそ動揺して、「向日葵男は本当にいるんだ」とむきになって主張し、あんなふうにみのりを山に連れ出したのかもしれなかった。

「あの奇妙な事件は、犯人が見つからないままだった。分校の児童は皆、学校の敷地内で作業をしてたけど、誰も私たちを疑う人なんかいなかった。だって私たちは、大切に育てた向日葵を切り落とされた被害者だったから。でも、あれは、怜のしたことだったんでしょう？」

みのりはそこで言葉を切り、怜を見つめた。

「そうよね……？」

隼人は唇を引き結んだまま黙っている。やがて怜が立ち上がり、みのりの問いにゆっくりと頷いた。

「……不安だったんだ」

怜が遠くを見るように、目をすがめる。

「向日葵流しが行われる夏祭りの日は、集落の大人たちが集まって、夜遅くまでお酒を飲んで盛り上がるのが恒例行事だから。僕らは学校に泊まらなきゃならないから、僕のいないときに酔って帰った父さんが母さんにひどいことをするんじゃないかって、怖くて仕方なかった」

どこか淡々としているその声は、鋭利なガラスみたいに胸を抉った。

「向日葵流しに使う向日葵がなくなってしまえば、行事が中止になるんじゃないかって、子供の必死な思いつきだったんだ。……今思えば笑っちゃうけど」

怜が自嘲的に小さく唇の端を上げる。みのりは痛々しいような思いでそんな怜を見守った。

「……あの年の秋、神社で、わたし、向日葵男に襲われたの」

怜が抱え込んでいるものを吐き出して欲しくて、一緒に受け止めさせて欲しくて、他人の生々しい傷に素手で触れるような居たたまれなさを感じながらも、先を続ける。

「境内から悲鳴が聞こえた気がして、行ってみたら、いきなり背後からものすごい力で押さえつけられたの。殺されるかもしれないと思って、本気で怖かった」

間近で感じた荒々しい息遣いと、唸るような声がよみがえり、ぞくっとする。あのとき嗅いだ、物の腐るような甘ったるい臭いと、草を燻したみたいな臭気。

「無我夢中だったからよく覚えてないけど、もがいたときに一瞬、鮮やかな黄色が見えたの」

必死に抵抗し、相手を突き飛ばして死に物狂いでその場から逃げ出した。恐ろしくて、夢に見た。

「襲われた直後、怜と隼人に道で会って、様子を見に神社に戻ったわよね。だけど向日葵男は、煙みたいに境内から消え失せた。あのときは信じてもらえなかったけど、現実にあったことなの」

あれは何だったのだろうと、ふとした日常の隙間に思うことがあった。そして、黄色い怪物の正体に、ようやく今思い当たる。

あんなふうな鮮やかな黄色を目にする機会が、日々の中で確かにあった。

狩猟者だ。猟を行う者は、誤射による事故を防ぐために、必ず明るい色の帽子やベストなどを着用する。蛍光イエローの目立つ派手な帽子を、茂が狩り以外に、祭りの場など普段の生活においても被っていたのを何度か見たことがあった。

――境内でみのりを襲ったのは、おそらく、茂だったのだ。

あの日、通りかかったみのりが聞いた悲鳴のような声は、酔って激昂した父親から逃げる怜のものだったのかもしれない。

当時、小学生の怜とみのりは同じくらいの身長だった。きっと怜を折檻《せっかん》しようと追ってきた茂は、背格好の似ていたみのりを怜と間違え、捕まえようとしたのだ。あのときみのりが嗅いだのは、アルコールと煙草の臭いだったのだろう。

「……怜が、あの場所からお父さんを消したのね」

怜の目に一瞬、悲しげな影が瞬いた。ややあって、うん、と小さく呟く。

「父さんに見つからないよう、神社の木の陰に隠れたんだ。そこに現れたみのりを、父さんは僕と間違えた。止める間も無かったんだ」

怜は沈痛な面持ちで云った。

「パニックを起こしたみのりに突き飛ばされた弾みで、したたかに酔ってた父さんはバランスを崩して近くの石灯ろうで頭を打った。気を失った父さんと、走り去るみのりの後ろ姿を目にして動揺したよ。ここで何が起こったのかを知られたら大事になる、父さんのことが皆にバレてしまうって、そう思ったんだ」

噛みしめるように、怜が口にする。

「どうにかしなきゃって、とにかくただ必死だった。それで、境内の隅の地面に敷いてあった古い板を外して、とっさに父さんを隠したんだ。——その下に掘ってあった、深い穴に」

「穴、だって……？」

隼人も初耳だったらしく、怜の言葉にあっけに取られたような顔になった。驚いて見つめると、怜はそっと目を伏せた。

「……誰にも知られないよう、小さい頃から時々、こっそりあの場所を掘ってたんだ。境内の片隅にはずっと前から古い木材が置かれたまま、何年も放置されてるだろ。掘った穴の上に板を被せて、傍から見ただけじゃわからないようにしてた。いつ見つかっても仕方ないと思ってたけど、意外にも、誰も気づかないままだった」

境内の一角に無造作に積まれた板にブルーシートが掛けられ、祭りの際には即席の荷物置き場にされていたのを思い出す。そこにあるのが当たり前の、見慣れた風景。確かに普段、理由がなければ、わざわざ古い板をどかせてその下を調べてみようなどと思う物好きはいないに違いなかった。

どうしてそんなことを、というみのりたちの戸惑いを見透かしたように、怜が続ける。

「誰も知らない、安全な場所が欲しかったんだ。身を隠せるシェルターみたいなものが」

ぽつりと発せられた言葉に、思わず目を瞠った。どれだけ言葉を費やされるよりも、その呟きは、当時の追い詰められていた怜の心情を切実に伝えてきた。

「小さい頃に母さんが話してたんだ。神社には神様がいて、見守ってくれるのよ、って。子供だったから、その言葉に影響されたんだと思う。神様が守ってくれる場所ならきっと安全だ、って」

怜が苦しみに耐えるみたいに、春美との思い出を口にする。

ふと、怜と初めて出会ったのが刀隠神社だったことを思い出した。あのとき、怜は一人で神社の石段を下りてくるところだった。小学生の頃、怜の爪が土で汚れているのを目にし、きっと隼人と男の子の粗野な遊びをしているのだろう、と眉をひそめたことも頭をよぎる。

しかしそうではなく、怜は一人きりで秘密の隠れ場所を作ろうとしていたのだという。

みのりを襲った犯人は境内から忽然と消えたのではなく、まさにあのとき、みのりたちの歩く地面の下に横たえられていたのだ。

気を失った茂の体を穴の中に隠し、その上に古板を載せて元通りにすると、怜は何事も無かったように今やってきたふりをして、みのりたちとは反対側の道から姿を現した。そして「誰も来なかった」と嘘をついたのだ。

隼人が境内に戻って確かめようと提案したとき、いつ茂が目を覚ますのではないか、自分のしたことがみのりたちに知られてしまうのではないかと、内心気が気では無かったかもしれない。

それは幼く、拙い、本当に思いつきの行為だったはずだ。

しかし結果として、恐ろしい〈向日葵男〉は、神社から不可解な形で消え失せた。

「父さんは酔ってて、神社でのことを何も覚えていなかった。……怖がるみのりを見て、ものすごく罪悪感を感じたよ。でも父さんのことを告白することはできなくて、どうしていいかわからなかった。心配で、じっとしていられなくて、みのりの家に行ったんだ」

境内で襲われた夜、怜は密かにみのりの元を訪れ、「秘密の呪文」を教えてくれた。朝、来い、と。

「父さんがお酒を飲んでおかしくなったとき、僕はいつも息を殺してあの呪文を繰り返してたから。早く朝が来るのを、ひどいことなんか何も起こってないみたいな普通に戻る時間を、ずっと待っていたから」

怜の言葉に、胸を衝かれる。みのりに教えてくれた秘密の呪文は、父親の暴力に怯えながら幼かった怜自身が口にしていたものだったのだ。怜はいつだって、そうして耐えてきたのだろう。

昨年の夏祭りの翌日、怜の家の庭が荒らされていたのも、やはり茂の仕業だったのだと確信する。あのとき怜は、訪れたみのりに気づかず、珍しくそのまま縁側で眠りこけていた。きっと夜の間に彼を消耗させる騒ぎが家の中で起きて、庭の向日葵はそのときに手折られたのに違いなかった。疲れきって眠りに落ち、惨状を片付ける前にみのりに見られてしまったと知ったとき、怜はさぞ動揺したことだろう。それでとっさに「知らない」と口にし、みのりを庭から遠ざけたのだ。

全部、全部、怜は自分の中に抱え込んできた。家族を守ろうとして。

込み上げてくる強い感情をどうしていいかわからずに立ち尽くしていると、怜はためらうような沈黙の後、低い声で呟いた。

「……本当は、隠れるための場所が欲しかっただけじゃないんだ」

こちらを見つめ、怜が真顔で告げる。

「僕は、父さんを埋めるための穴を掘っていたのかもしれない」

「お前……」

隼人がたじろいだような気配があった。胸の奥が凍り付く。

立ちすくむみのりたちに向かって、怜は独白めいた口調で淡々と云った。

「母さんが、花を育てながらよく口にしてたんだ。土の中からこんな綺麗なものが生えてくるなんてすごいわねえ、って」

楽しそうに微笑みながら庭の植物の手入れをする春美の姿が、脳裏に浮かんだ。みのりも耳にしたことのあるそれは、春美の口癖だった。

「普段は頼れる父さんが、酔っ払うと豹変《ひょうへん》するのが嫌だった。化け物みたいに顔が赤くなって、臭い息を吐いて大声で怒鳴って、醜く変わるのが怖かったんだ」

怜は深く息を吐き出した。それから、くしゃりと顔を歪める。

「土に埋めたら」

泣き笑いのような切ない表情になり、怜は続けた。

「――綺麗なものが生えてくると思ったんだよ」

みのりは言葉を失った。心臓を撃たれたように立ち尽くしたまま、誰も動こうとしなかった。

いつのまにか花火は終わっていた。周囲を濃い闇が覆う。

漂う広漠とした悲しみを振り払うように、みのりは怜に駆け寄った。そのましがみつく勢いで、怜の体を抱きしめる。守りたかった母を失い、暗闇に立ち尽くす怜の姿が、行き先を見失った子供のように思えた。思わずしゃくりあげながら、泣いているのは本当に自分なのか、怜なのかわからなくなった。

無言で近づいてきた隼人が、抱き合うみのりたちの肩に力強く腕を回す。

――子供の首を切り落とすおぞましい怪物など、初めから存在しなかった。

けれど本当は、向日葵男はいたのかもしれない。現実において、守ってくれるはずの親が、学校が、不安やさみしさや絶望や、いろんなものが、時に子供を殺す。

か細い月の光を受けて、怜の手からナイフが滑り落ちた。その頬に、静かに涙が伝う。

春美が亡くなってから、初めて、怜が泣くのを見た。

いとおしさのような、悲しみのような、不思議な感情がみのりの胸を占めた。

いつから自分たちは、こんなにも遠い場所に来てしまったのだろう。無邪気に望んだものとは違う形になってしまったのだろう。

ふと視線を上げると、深い夜の中で遠くの向日葵流しが見えた。

……まるで向日葵だ。まっすぐ空へと向かうこうべを切り落とされ、暗い川をゆらゆらと流れていくわたしたち。

そして、どこへ、行き着くのだろう。

◇

夏祭りの日から、表面上は何事も無かったかのように日々が過ぎた。

しかし、その裏では大きな変化が起きていた。怜の証言と、彼ら親子を案じた親族の相談によって、役場や児童相談所が動いたのだ。

民生委員や児童相談員といった肩書の人々が代わる代わる家を訪れて彼らの話を聞いた結果、家庭環境に問題があると判断された怜は、本人の強い希望により父親と離れて暮らすこととなった。桜沢の家を出て、彼の伯母が大家をしている町中心部のアパートから学校に通うことになったのだ。当面の間、同じ建物に住む伯母夫婦が責任を持って怜の面倒を見るつもりでいるらしかった。

怜が桜沢を離れてしまうと、怜の姿を目にするのはほとんど学校の中だけになった。みのりの母や祖母も、もちろんみのり自身も、怜のことをひどく気に掛けていた。けれど桜沢で会えなくなってしまうと、ご近所だった今までのようにまめにお裾分けをしたり、気軽に様子を見に行くというわけにもいかず、自然と距離が出来てしまうのはやむをえなかった。

当然、一緒のバスで登下校することもなくなったため、怜と話せる機会は少なくなった。それは隼人も同じらしく、もともとクラスが別で、部活でも怜と一緒ではなくなった今、彼らが共にいるのを見る機会はめっきり減ってしまった。

何より、周囲の騒乱の中、怜自身が自らを隔離しているように感じられた。教室で見る怜は口数が少なく、声を上げて笑うところを見ることもほとんど無い。

席に座って皆と授業を受ける怜の横顔には、ただ上澄みのような静けさがあった。

もっとも元々教室で喧《かまびす》しく騒いだりする性格では無かったこともあり、クラスメイトらはそんな怜の態度を、身内を亡くして一時的に塞ぎ込んでいるのだろう、という感じで受け止めているようだった。

それに、中三の秋に差し掛かって、みのりたちの学年全体が自然に受験といううねりに呑み込まれていった。まずは目の前の受験勉強を優先すべき、という空気が否が応でも高まっていた。

表向きは何ら変わりないそんな日々を送りつつも、みのりは怜のことが心配で仕方なかった。きっとあの夜から、怜の時間は静止したままなのだ。

大怪我を負っている人間が身動きできないのと同じように、怜の心も血を流し、引き裂かれる痛みにじっと耐えている。そんなふうに見えた。

何か、自分が力になれることは無いのか。怜を支えられる術は無いのだろうか。

夏祭りの夜、抱きしめた腕の中に確かに怜自身を捕まえられたと思ったのに、今はまたずっと遠くに感じられる。花びら一枚分も入る隙間もないほどに強く抱き合い、あの腕を離さなければ、揺らぐことなく繋がっていられたのだろうか。

受験生という立場が、未成年である身が、もどかしくて情けなかった。子供の自分には、怜の側にいることさえ許されないのだ。


十二月になると、本格的に雪が降り出した。

三年生はすっかり受験態勢に入り、クラスメイトとの会話も、自然と受験絡みの話題が多くなっていた。隼人はサッカーでいくつかの高校から誘いが来ていたようだが、声がかかっていた県外の強豪校を断り、周囲の予想に反して山形市内の高校へ進学を決めたらしかった。そこは偶然にも、みのりが志望している高校だった。

怜とは腰を据えて進路の話をすることができなかったが、彼の成績なら、きっとどこであっても危なげなく狙えるだろうと思った。……けれど、怜が本当のところ何を考え、どうしたいと思っているのかは、相変わらずわからなかった。いよいよ近づく受験本番に向けてクラスメイトの間に妙な一体感が漂っていても、怜の世界だけはどこかみのりたちの生きている場所とは違う、遠いところにあるのではないか、などという気がしてしまう。それは、静かで深い断絶だった。

胸に重いものが詰まっているような気持ちを抱えたまま年が明け、ある日の放課後、なんとなく美術室に足が向いた。

久しぶりに顔を出したみのりに、後輩たちが「あ、高橋先輩だー」と平和そうな声をかけてくる。どうやら、学校行事のポスター制作をしているところらしい。

みのりは遠慮しながら、「ちょっとだけ描いていってもいいですか?」と、恭子に尋ねた。受験勉強は大丈夫なのか、というようなことを云われるかもしれないと一瞬思ったが、恭子は「どうぞお好きに」というように軽く肩をすくめただけだった。

ロッカーから予備の備品を取り出し、少し考えて、邪魔にならないように隅の方の席に腰掛けた。作業机の上の、花瓶に飾られた山茶花《さざんか》をスケッチし始める。

白い画面に、2Bの鉛筆を走らせた。触れたら暖かいのではないかと思わせるような、薄紅色のやわらかな花弁を描く。寒い季節に咲く花は、明るい光を放っている。

絵を描いていると、目に映る景色をより丁寧に見つめられる気がした。世界がくっきりと鮮やかに見えた。

無心に手を動かすうちに、だいぶ時間が経っていた。区切りのいいところでやめようと顔を上げると、いつの間にか雪が降っていた。

窓の外が白くて、花吹雪みたいな雪が視界を覆う。何もかもが白一色だった。

耳を聾《ろう》する蟬の声も、夏の喧騒も遥か遠くにあって、全部呑み込まれていってしまう。そんな感傷に捉われ、眩暈を覚えた。すり抜けるように、あっという間に時間が過ぎ去っていく。

——けれど、だからこそ過ぎゆく季節をこんなふうに愛《いと》おしみ、自分は絵を描くのかもしれない。そう思った。

「雪がひどくなる前に帰るように」と部員に促す恭子の声を聞きながら画材を片付け、その背中にひと声かけようとして、ふと、いつかの彼女の言葉が耳の奥でよみがえる。

それは、なぜプロにならなかったのか、というみのりの問いに対して恭子が返した言葉だった。

（……何かを愛するのには、たぶん、いろんな形があるんだ）

次の瞬間、何かがみのりの身体を吹き抜けた。それは鮮烈で、強い感情を伴ったものだった。その正体を考えるより先に、「先生」と呼びかけていた。

振り向いた恭子に、真顔で尋ねる。

「先生は、絵を描くことが好きですか?」

みのりの突然の質問に、恭子は一瞬怪訝そうに眉根を寄せた。それからさも当然のことを口にするような、こちらが拍子抜けするほどあっさりした声で答える。

「ああ」

なぜだか泣きそうな気持ちになり、同時に晴れやかさのようなものを覚えながら、みのりは笑って云った。

「——私も、好きです」


帰宅すると真っ先に自分の部屋に駆け込み、本棚の奥から古いスケッチブックを引っ張り出した。ページをめくると、昔、父と公園に行って描いた桜の絵が現れる。張りつめた自分の一部が、柔らかくほぐれていくのを感じた。

そうだ、覚えている。ふくらみ始めたつぼみ。ひんやりした空気の匂いと、白っぽくけぶる春先の空。みのりに向けて優しく細められた、父の眼差しも。

今でもあの瞬間を思い出せる。愛されていた、ひっそりと確かにあった幸福な時間。

新しいスケッチブックを立て掛け、削った鉛筆を机に並べて、おもむろに深呼吸をした。指先が震えるような畏れと緊張、それから力強い何かが湧いてくる。……あった、見つけた。

今の自分にできること。愛する、形。

◇

絵筆を持つ。キャンバスに色を落とす。

一面の向日葵を描いた。一生のうちで、もう二度と向日葵の花を描かなくていい、と思うくらい。夏の陽射しを浴びて凛と咲く、明るい黄色。スケッチブックの構図を確認しなくても、みのりにはもう、その景色がはっきりと見えていた。

集中しながら絵筆を動かし、丁寧に陰影を付けていく。

――好きなものや大切ものは、時として残酷に人を傷つける。けれど好きだからこそ、大切だからこそ、何よりも自分を支えてくれる、守ってくれることがあるはずだ。……そう、信じる。

瞼の奥で、黄色い花が優しくさざめく。

一面の向日葵畑の中に佇むのは、手をつなぐ男女と幼い子供だ。どこまでも続く向日葵。幸せな親子の風景。絵の中の彼らはみな穏やかに微笑んでいる。途切れることの無い直線のような、まっすぐな幸福。

描きながら、無意識にかすれた息が漏れた。わかる、知っている。怜がどれだけこの景色を望んだのか。

綺麗なものを、美しい風景を、彼に見せたかった。彼が欲してやまなかったものをこの手で生み出したかった。

怜は、向日葵の花を切り落としてしまわなくてもいい。春美が楽しそうに植えた種は、枯れることなく花を咲かせる。

受験勉強をしながら、毎日、寝食を惜しんで夜中に少しずつ絵を描き続けた。寝不足で時々頭がふらふらしたけれど、どうしても手を止めたくなかった。

三月の初旬、必死で描いた絵がようやく完成した。

部屋の時計を見ると、深夜一時を過ぎていた。放心したような思いでキャンバスを見つめ、しばらくしてじわじわと安堵が込み上げてくる。なぜだか泣きそうになった。

……できた、完成した。

春はまだやってこない。雪が残る窓の外に、大輪の向日葵は咲かない。

けれどキャンバスの上には、確かに温かな光が揺れていた。

卒業式を翌日に控えた夕方、梱包《こんぽう》した絵を持って緊張しながら怜の元へ向かった。

怜がいま住んでいるのは、中学校から二十分以上歩いた所にあるこぢんまりとした古いアパートだ。まだ陽が落ちるのは早く、歩きながら吐く息が白かった。

周囲の景色が青く沈んで、どこかの家の窓から夕餉《ゆうげ》の匂いが漂ってくる。怜が一人で住んでいるという部屋の前に立つと、半ば無意識にぎゅっと絵を抱え直した。

卒業までにどうにか間に合ったという感慨と、自分がしていることはただの自己満足なのではないか、という不安が同時に押し寄せる。

顔を上げると、台所の小窓からうっすらと室内の明かりが漏れていた。窓越しの淡い光に、そこにいるであろう怜の存在を感じて、胸の奥が締め付けられる。

怜と話がしたかった。どんな気持ちで自分がこの絵を描いたのかを伝えたかったし、怜の感じていることを知りたかった。

けれど、ドアをノックしようとした手が直前で止まってしまう。

……あの夜、本気で父親を殺そうとした怜の気持ちは、きっと誰にもわからない。それは他人が安易に触れられない、傷口だ。

迷った末、思い直して、ドアの前にそっと絵を立て掛けた。

怜の痛みを百パーセント理解することはできない。だけど自分はここに居る。怜が誰かを大切に思うように、怜を大切に思っている。

祈るような気持ちで背を向け、みのりはそのまま静かにアパートを後にした。

――翌日、怜は卒業式に現れなかった。

欠席した怜を心配してみのりと隼人がアパートを訪れたとき、そこは既にもぬけの殻だった。

血相を変えて怜の伯母に尋ねると、困ったような複雑な表情で、怜はもうここにはいない、と告げられた。引っ越し先は誰にも教えられないと云う。これは本人の強い希望なのだ、とも。

友人たちは、誰も怜の行方を知らなかった。隼人が大騒ぎしてどうにか周囲の大人から居場所を聞き出そうとしたようだが、怜の身内も、隼人の父親も、「怜は家の事情で遠くに行った」と繰り返すだけで、結局何ひとつ答えてはくれなかったらしい。

大人たちは頑なに口をつぐんだ。まるで、怜という子供が初めから存在していないかのように。

実際、怜の行方は、一部の関係者以外には本当に知らされていないらしかった。

噂では、茂の虐待を危惧した母方の親戚に引き取られたとも、施設に入れられたのではないか、とも囁かれていた。家出をして本当に行方知れずになっているらしい、などという無責任な噂もあった。

それらの噂話を、みのりは呆然とする思いで耳にした。胸の中の大切な部分がぶちりと引きちぎられたような痛みがあった。

怜は身の回りのほとんどの荷物を置いていったが、無くなっていた物もいくつかあった。みのりの描いた向日葵の絵もまた、怜と一緒に消えていた。きっとアパートを出ていくときに怜が持っていったのだろうと思われた。

……怜は桜沢だけでなく、みのりたちの前から完全に姿を消したのだ。

目の前が暗くなり、大声で泣きたい気持ちだった。

春美を失った後の怜は、どこにも繋がっていない、夜の海に浮かぶ小舟のように頼りなげに見えることがあった。碇《いかり》を失った怜がどこか遠くへ流されていってしまうのではないか、という気がして、ずっと不安だった。

切れそうなほど強く唇を噛みしめる。怜、怜、一人きりでどこに消えたの。

「……やられたな」

雪解けの丘で遠くの川を見下ろしながら、隣の隼人がしかめっ面で呟いた。

夏祭りの夜は藪が生い茂っていたこの場所も、今は湿った地面に茶色く枯れた草がまばらに生えているだけだ。

隼人は迷うように視線を動かした後、意を決した様子で口を開いた。

「——あのさ、去年の夏祭り、怜が親父さんの猟銃を持ち出したときのことなんだけど」

云いにくそうにしながら、隼人が言葉を続ける。

「実はオレ、あの騒ぎの後すぐにこっそり銃を調べてみたんだ。なんかあったらまずいと思って」

意外な言葉に、視線を上げた。怜が父親の猟銃に何らかの細工をしていることを懸念した隼人は、保管場所を変えられる前にと思い、慌てて夜のうちにあの猟銃を確かめたのだという。

「ずっと前に、ケースの開け方を怜から無理やり聞き出したことがあったんだ。運良く銃はまだそこにしまってあった。親父さんは酔い潰れてて、オレが家に忍び込んでもまるで気づきもしなかった。それで銃を手に取った。——だけど、違ったんだ」

「え？」

言葉の意味が理解できずに、問い返す。隼人は一瞬息を吸い込み、おもむろに云った。

「銃口に異物なんか詰まってなかった。あの猟銃には、何の細工もされていなかったんだ」

頭を吹き飛ばされたような衝撃が襲った。

「どういう、こと……？」

信じられない思いで目を瞠る。それでは、あのとき茂が引き金を引いていたら、怜は死んでいたかもしれないというのか。

なぜ、どうして、と問いかけ、そこで初めて、あの夜に怜がしようとしていたことに思い当たる。

全身の血が一気に凍えていく気がした。

怜は、茂を殺そうとしていたのではない。最初から逆だったのだ。

昨年の夏祭りは、この地域にとって特別なものだった。

桜沢分校が廃校になることが決まっており、最後の向日葵流しが行われるということで、集落全体で例年に無い力の入れようだったのを覚えている。多くの参加客が集まり、地元のテレビ局や新聞社なども取材に訪れていた。

——そんな特別な夜に、もし、子供が父親に猟銃で撃たれるという衝撃的な事件が起きたとしたら。

間違いなく大騒ぎになり、事態は明るみに出たはずだ。そうなったとき、春美が亡くなる直前に不自然な大怪我を負ったことや、茂の暴力を周りが見て見ぬふりをしていたことも全てが公の知るところとなったかもしれない。いずれにせよ地元全体を揺らがせる激震が走ったことだろう。

幼い自分を、愛する母を救わなかった、集落への復讐。それこそが、あのとき怜が実現しようとした昏い願いだったのではないか。

そして、側にいながら母親を救えず、結果として犯罪を隠匿する共犯関係となってしまった自らへの罰。……怜はきっと、何よりも自分自身を許すことができなかったのだ。

──夜の中、撃て、と茂に向かって叫んだ怜のあの声は、本気だった。

ううっ、と引き攣った泣き声が漏れた。視界が揺れ、鼻の奥がつんと痛くなる。その場にしゃがみこんで嗚咽するみのりに、隼人が云った。

「心配すんな。怜は大丈夫だ」

「……そんなの、どうしてわかるの」

洟をすすりながら恨みがましい声を出すと、あっけに取られるほどきっぱりとした返事が戻ってきた。

「みのりの絵を持っていったから」

当惑して言葉を発せられずにいると、心配すんな、と隼人はもう一度口にした。

得体の知れない確信に満ちた声だった。

「怜は必ず戻ってくる。うまく云えねえけど、アイツはたぶん、今までの自分と決別したいんだと思う。自分がどうなっていくのかを、自分の目で、ちゃんと見極めたいんだ」

みのりに向かってそう云い切り、「……オレも同じ」と真顔で付け加える。

無言でいるみのりの頭に、くしゃ、と隼人の手が置かれ、すぐに離れていった。

「あーあ、アイツのいない間にオレがお前をかっさらっちまう訳にいかねえじゃん。つくづくずっりーよなあ、アイツ」

隼人がわざとらしくため息をついてうそぶく。視線を上げると、淡い陽射しを受けたその横顔は、まるでみのりの知らない人みたいに大人びて見えた。

◇

高校に入って三ヶ月ばかりが過ぎた頃、思いがけない出来事があった。

母から、再婚を考えていると告げられたのだ。相手は同じ職場の人で、仕事帰りに母を車で送り届ける姿を目にしたことのある、あの中年男性らしかった。一度会って欲しいと云われ、設けられた三人の食事の席で、相手の男性はみのり相手に気の毒なくらい緊張していた。

母と同い年で初婚だというその人は、口下手だが、朴訥《ぼくとつ》としていて人の好《よ》さそうな印象だった。食事をしながら、母親の再婚話が多感な年頃のみのりを傷つけ、不愉快にさせるのではないかと彼がひどく気を遣っているのがわかった。二人とも、具体的に話を進めるのはみのりが成人してから——というつもりでいたそうだが、こうして話を切り出したのにはどうやら事情があるらしい。

男性は学生のときからずっと山形で暮らしていたが、都内で小さな会社を経営している父親が体調を崩したために、東京に戻って家業を継ぐことを決めたのだそうだ。

必然的に山形を離れなければならず、ならばこれを機にきちんと籍を入れて一緒に東京に戻ってはどうか、と二人は真面目に話し合ったらしかった。

みのり、と母が緊張した声で尋ねてきた。

「この人と、家族になってもいい……？」

みのりを見つめる母の表情は、怖いくらいに真剣そのものだった。娘の顔に書いてある答えを決して見誤るまいとする目だった。もしみのりが「嫌だ」と口にすれば、母はきっとこの話を無かったことにするだろうと感じた。

父の顔と、祖母と三人で暮らしてきた桜沢の日々が思い浮かび、ずしん、と胸にボールをぶつけられたみたいな衝撃を覚えた。突然の問いかけに逡巡する。……けれど。

みのりは息を吸い込んだ後、心を決めて、ゆっくりと口を開いた。

「……覚えてる？　昔、春美さんが神社にお参りに行って、お守りを買ってきてくれたの」

みのりの言葉に、母が怪訝な顔をする。構わずにみのりは続けた。

「何を願ったの？　って春美さんに訊いたら、家族がずっと幸せに暮らせますようにって願ったって、そう云ってた」

彼らの顔を見つめ返し、それから小さく笑って、頷く。

「……私の願いも、同じ」

みのりの云おうとしていることをようやく理解した様子の母の目に、うっすらと涙がにじむのが見えた。母とみのりを見つめる、男性の目にも。

……母の決断は、みのりの将来も慮った上でのものであろうことを理解していた。何より、母に幸せでいて欲しかった。

みのりのためにも転校するなら早い方がいいということで話は進み、高校一年の夏休みに、母とみのりは東京へ引っ越すことになった。祖母は寂しそうだったが、みのりたちに新しい家族ができることを心から祝福してくれている様子だった。やはり祖母も、母とみのりのことが心配だったのだろう。

引っ越す直前、隼人が家にやって来て、「お前の描いた絵をくれ」と唐突にみのりに云った。

面食らうと、「何だよ、オレは持ってちゃ悪いのかよ」と隼人が口を尖らせる。怒ったようなその顔は、半分照れ隠しかもしれなかった。

みのりの部屋でスケッチブックをめくっていた隼人が、「これがいい」と一枚の絵を指差した。それは、散歩中のハナを描いたものだった。

嬉しげに歩くハナの雰囲気が我ながらよく描けていたが、色も付けていないラフなスケッチ画だったため、「これでいいの?」と尋ねると、絵に視線を落としたまま、ああ、と隼人は頷いた。

「これがいい」と嚙みしめるようにもう一度呟く。

「別にいいだろ。ハナはオレたちの犬なんだから」

隼人はそう云って、それからそっけなく付け加えた。

「——オレたち、三人の」

その言葉に、反射的に隼人を見た。巻き込んでよ、と夏祭りの夜に隼人に向かって叫んだことを思い出す。

「……うん」と微笑み、みのりは頷き返した。

引っ越しの日は、皆が見送りに来てくれた。待ち合わせた集会所前には、地域の多くの知り合いが集まってくれていた。分校の児童らとその家族、教師たちや近所の人々。小百合や由紀子が目を赤くして別れを惜しむ。

親しい人たちに挨拶をしながら、気を抜くとたちまち心が引き戻されそうになった。ここを去って遠くに行く、という実感が乏しい。なじんだ顔ぶれを見つめ、怜や、春美や、ここにいない人たちのことを思って、微かに引き攣れるような胸の痛みを覚えた。

見送りの中には、隼人の姿もあった。

今井と別れたときのようにふてくされるのではなく、「元気で」「さようなら」といった特別な言葉をかけるのでもなく、隼人は正面からみのりを見つめ、乱暴に思えるほどの勢いで右手を差し出した。

「またな」

いつもの帰り道で別れるときのようなその響きには、怜は必ず戻ってくる、と云い切ったときと同じ力強さがあった。

隼人の手を握り返しながら、その目に、初めて会ったときと変わらない光が宿っているのに気がつく。それは濁りの無い、揺るぎない光だった。

隼人のまっすぐな強さに怜がどれだけ救われていたのか、今ならわかる気がした。

彼らに最後の挨拶をして、母と一緒に叔父の車に乗り込んだ。手を振る人々を残し、ゆっくりと車が走り出す。

隼人はその場に突っ立ったまま、ずっとみのりたちを見送っていた。眩《まばゆ》い夏の陽が射し、逆光でどんな表情をしているのかはわからない。けれど、隼人がまっすぐにこちらを見つめているのがわかった。その姿を網膜に焼き付けたくて、みのりも必死に見つめ返す。

初めてここに来たときと同じように、蛇行する道を車が走っていく。青空の下、強い陽射しが降り注ぐ。

――彼らの姿も、見慣れた景色も、みるみるうちに視界から遠ざかり、やがて埋もれるように濃緑の向こうに消えた。

東京に戻ると、毎日は風のように過ぎ去っていった。

都会での新しい暮らしは、景色も、速度も、山の中とは何もかもがあまりにも違っていた。朝起きると、自分がどこにいるのか一瞬わからなくなるときがあった。

母は再婚相手の男性の会社を手伝うことになり、忙しそうだがそれなりに充実しているようだ。互いにまだ遠慮はあるけれど、みのりも新しい家族となじめるように努力しており、目下のところ、それはなかなかうまくいっている気がする。

新しい仕事や学校が始まると、日々の忙しさもあり、桜沢からは次第に足が遠のくようになった。盆と正月は必ず帰省していたのが、盆だけ、正月だけになり、どちらも帰れない年もあった。

時々、あそこで暮らしたのは現実ではなかったのではないか、などと考える。それくらい、桜沢で過ごした日々はいつしか遠くなっていた。

――けれど、雑踏の喧騒の中にいるとき、耳の奥でふいに海鳴りみたいな木々のざわめきが聞こえることがあった。存在しないはずの森の匂いを嗅ぎ、生き物の気配を感じることがあった。

今、山の中に自分がいないことを不思議に思う瞬間がある。それはあの場所の引力が強すぎるせいかもしれなかった。

目を閉じれば、切ない感情を伴ってまざまざと思い出せる。

……あの季節は、何もかもが、特別だった。

最終章　再び

路線バスを降りた途端、うだるような熱気が身を包んだ。

照り付ける陽射しの下、目の前に広がる懐かしい田園風景を眺める。棚田の向こうの用水路でゆっくりと回る水車。遠くの山のくっきりした稜線と、圧倒的な青い空。重なる蝉の鳴き声が、季節と競う勢いで周囲を覆う。

乗客が一人しかいないバスが砂埃を上げ、舗装されていない広い畦道を遠ざかっていった。

緑の匂いがする空気を吸い込み、みのりは前方に延びる道を見据えた。錆びだらけの丸い看板が立つバス停留所から歩き出す。――かつて何度も通った、桜沢の風景がそこにあった。

東京に戻ってから、みのりは美術系の大学に進学し、卒業後はイラストレーターの道へ進んだ。まだまだ駆け出しだけれど、幸いなことに少しずつ依頼は増えている。好きなものが仕事になったことを辛いと感じるときもあるが、絵を描くのは今も楽しい。

あれから自分はずいぶんと大人になった。身近な異性に好意を持ち、付き合ったことも何度かある。恋人になってデートをし、レストランで食事して、キスをして、そんなふうに。

……けれど、あの頃のように、ただひたむきに相手を思った切実な気持ちを抱くことは無かった。

熟した実を互いに指で食べさせ合った鮮やかな季節や、必死に暗がりを駆けた夏の夜の記憶が、呪いみたいに身体から消えなかった。

時々、人混みで怜と似た姿を見つけてハッと振り返ることがあった。人違いだと気づいて肩を落とすのがわかっているのに、心のどこかで無意識に彼の姿を探しているのかもしれなかった。

怜と並んで山を歩いた子供の頃の夢や、怜がひょっこり帰ってくる夢を幾度も見た。夢の中でハナは元気に駆け回り、春美は幸せそうに笑っている。そういうときはいつも、目覚めると頰が少し濡れていた。

漣《さざなみ》に押し流されるように日常が過ぎていく中、東京に居るみのりの元にその葉書が届いたのは、七月の初めだった。

差出人を見ると、かつての分校の級友の名前が数名、並んでいる。

葉書には、桜沢分校が廃校になって今年が十年目ということで、同窓会を催す旨が記されていた。その際、十年ぶりに伝統行事の向日葵流しを行うのでご参加ください、と。

胸の底にしまい込んだ切ない痛みがよみがえるのと、懐かしさを覚えて心が騒いだ。落ち着きなくうろうろと部屋の中を何往復もした末、みのりは同窓会の誘いに出席の連絡を返すことにした。

炎天の下を歩きながら、うなじを汗が伝う。

田んぼの周りの民家や看板は当時と変わっているものもあれば、そのままのものもあった。

見渡す風景は、真夏の陰影が濃い。光を描く唯一の方法は影を描くこと、という事実がふと頭に浮かび、自分ならこの陽射しをどう表現するだろう、などとぼんやり思いながら進む。……そんな他愛ないことをつい考えてしまうのは、たぶん、不安だからかもしれなかった。

目に映る景色の印象は驚くほどにあの頃のままで、気を緩めたら、たちまち鮮烈な記憶が胸になだれ込んできそうな予感があった。幼かったあの頃に押し戻されるのではないかと怖かった。……

自分はもう、子供ではないのに。

祖母の家に向かってよく知る道を歩きながら、立ち上る熱気でサンダルの底が溶けそうな気がした。暑さで、遠くの空気が陽炎《かげろう》みたいに揺れている。

――桜沢を離れてだいぶ経ってから、向日葵男の噂の元凶になったと思われる事件について調べてみたことがあった。職を失い精神的に追い詰められていった男が自分の子供たちを殺害し、自らも命を絶ったという陰惨な事件だ。

当時の取材記事によれば、殺人事件の起きた家は県外から桜沢に移住してきた一家だったという。よそから引っ越してきた彼に、気さくに相談できるような相手は誰もいなかったものと思われた。思い詰めた男はついに子供たちを手にかけ、自身も沼に身を投げたのだ。

年月を経てみのりの目に触れたその記事は淡々と事実のみを伝えていたけれど、あまりにも痛ましい事件だった。

成長した今、あらためて思う。向日葵男とは、結局のところ、集落の住民が「よそ者」に対して抱く恐れや罪悪感から生まれた存在だったのではないか――と。

悪意のない身内意識や、田舎ゆえの閉鎖的な空気。そう感じさせるものが、あの場所には確かにあった。桜沢に引っ越してきたとき、山に囲まれた小さな集落のことを、まるで金魚鉢のようだと感じたことを思い出す。

桜沢で生まれ育った茂は、外部から入り込んできたものを異物とみなす風潮を子供の頃から肌で感じていたはずだった。狭い共同体で暮らしていく中で春美が苦労する場面が多々あるのを、もちろん知っていただろう。

故郷に戻らざるをえなかったことへの鬱屈が茂を変えてしまった、と隼人の父親は口にしたという。けれど、もしかしたらそれ以上に、茂は家族に愛想をつかされるのではないかと不安だったのかもしれない。集落で肩身の狭い思いをしている春美に対する後ろめたい気持ちや、愛する妻と息子にいつか見捨てられるかもしれないというような恐れが、茂を過度の飲酒に走らせた理由の一つであるのかもしれなかった。

彼の中に巣くうそんな弱さが、家族を暴力的に支配しようとさせたのだ。夫である茂の苦しみを側でまざまざと感じ、理解していたからこそ、春美はきっと全身で彼を庇おうとしたのだろう。

怜が桜沢を去ったあの夏から、茂が猟銃を持つことは二度と無かった。

みのりたちが東京に戻った数年後、茂は病で急死した。祖母から聞いた話では、アルコールで肝臓をかなり悪くしていたらしかった。彼が亡くなったのは、奇《く》しくも集落の夏祭りの日だったという。

坂道を歩いていると、刀隠神社に続く石段が見えてきた。

見上げると赤い鳥居が視界に映る。桜沢を離れてから、この神社を訪れたことはもうずっと無かった。そういえば怜と初めて会ったのもこの場所だった、と思い返す。

雑木林に挟まれている石段に、足を踏み出す。地面で木漏れ日がちらちらと揺れた。葉擦れの音と、蟬時雨《せみしぐれ》が降ってくる。

……隼人とは、高校を卒業してから一度も会っていなかった。

喧嘩別れではなく、好きなままただ離れていくことがあるのだと、大人になって知った。

風の便りに、彼が市営バスの運転手になったと聞いた。

隼人は卒業後も地元に残り、地域青年団のリーダーを務めているという。桜沢で自然の保護活動をしたり、人が住まなくなった家をリフォームして県外からの移住者を誘致する地域おこしを推し進めたりと、積極的に活動しているらしかった。

廃校になり、一度は取り壊しが検討された分校の校舎も、彼らの働きかけにより現在は交流施設として新たに利用されているそうだ。

それを知ったとき、彼は諦めていないのだ、と真っ先にそう思った。

隼人は、怜が一度は捨てようとしたものを取り戻そうとしている。変えようとしている。

――隼人はそうやって、怜の帰る場所を守ったのだ。

石段を上るたびに、当時の記憶が鮮明によみがえってくる。

鳥居をくぐって人気のない境内に進み、参道を歩いた。あの頃の自分が見ていた小さな世界が近づいてくる。欅の木の陰から、見知った二人の少年が勢いよく駆け出してきそうな気がした。

境内の奥には、廃材の一部がそのまま放置されていた。地元の秋祭り以外は訪れる参拝客もほとんど無い閑散とした神社なので、あえて費用と手間暇を掛けて撤去しようという意識が希薄なのだろう。

年月にさらされて黒ずんだ木材などが地面に置かれているのを目にし、かつて一人でここに来ていたという、幼かった怜を思って胸が痛んだ。

……今さらこんな所に来たって、何の意味も無いのに。

みのりが目を伏せて立ち去ろうとしたそのとき、ふと、地面に敷かれた一枚の板が視界に入った。

板は朽ちかけ、端の部分が歪《いびつ》に欠けてしまっている。割れた板と地面のわずかな隙間に、暗い穴のようなものが微かに見えた気がした。

慌ててその場にしゃがみこむと、隙間に爪を差し込み、こじ開けるようにして板をずらす。板をどかすと、むっと土の匂いがして、そこで蠢いていた小さな蟻やダンゴムシが世界の終わりのように散っていった。板の下には申し訳程度の空洞があり、その底は黒っぽい土で埋まっている。周りの固く踏み締められた土と違って、そこだけがまるで一度掘り返したかのように、心なしか柔らかそうだ。それは、腐食した板の隙間から雨水などで地面の土が流れ込み、ぽっかりと開いていた穴が埋まってしまった跡のようにも思えた。

息を詰め、食い入るように地面を見つめる。――かつて怜が誰にも見つからないように掘った場所とは、ここではないのか。

鼓動が早鐘のように打ち始めた。説明しがたい衝動に突き動かされ、みのりは両手で土をすくうようにしてその場所を掘り出した。尖った小石やガラス片などが埋まっていてもし指を怪我したら、という思いが頭をかすめたが、すぐにどこかへ消える。

第三者がここに居たら、さながら土の下に生き埋めにされた人を必死になって救助しようとしているようにでも見えたかもしれない。手が汚れるのも構わずに土を掻き出していると、しばらくして、何か固い物が指先に触れる感触があった。一瞬、石かと思ったが、違う。

湿った土の中から出てきたのは、古びた折り畳みナイフだ。恐る恐るそれを手に取った直後、みのりは思わず目を瞠った。――間違いない。土にまみれた小さなそのナイフは、怜がいつも身に着けていた物だ。

どれくらいの年月そこに埋まっていたのか、すっかり錆びついており、ナイフの刃は開かない。柄の部分に刻まれた鳥の模様にも、古い血液を連想させる赤錆が浮いていた。

手の中のそれを呆然と眺め、ようやく、ああ、とかすれた声が漏れた。無意識に吐息が揺れる。

いざというときに春美を、そして自分の身を守るつもりで怜が持っていたであろうそのナイフ。

彼はおそらく、茂を刺す覚悟さえしていたのかもしれなかった。

ナイフを硬く握り締め、茂と対峙していたあの夜の怜が脳裏に浮かぶ。

……怜は、密やかな殺意をこの場所に葬っていったのだ。そしてみのりの描いた向日葵を——綺麗なものだけを持って、ここから、出ていった。

神社にナイフを埋める怜の姿を、想像してみる。

彼は、穴を掘っている。

静まり返った夜の中、まるで世界を照らす唯一のものであるかのように月光が射す。

彼は地面に掘った穴を見下ろす。土にそれを葬るつもりで。

恐ろしい罪の証を、暗い穴の奥深くに埋める。

……そうしなければと、彼は心に決めたのだ。

仄かな月明かりを受け、刃物が、闇の中で鋭く光る——

時を経てぼろぼろになったナイフを手の中に握ったまま、ふいに視界がにじんだ。堪え切れずに、涙が頰を伝い落ちる。

あの頃の自分は何もできなかったと思っていた。怜は大丈夫だという隼人の言葉を、自分への気休めだと疑った。何の力にも、支えにもなれぬまま、失意の怜を一人きりで去らせてしまったのだと。

——けれど、今ならわかる。

届いていた。確かに伝わっていた。少なくとも怜は、絶望に身を投じることを選ばなかった。しゃがみこんで嗚咽を漏らしながら、みのりはしばらくその場から動けなかった。

◇

かつての学び舎《や》は、記憶の中と同じ姿で夕暮れの中に佇んでいた。蜜柑《みかん》色に染まった坂道を歩いて近づくと、門扉に掲げられた名称こそ異なるものの、校舎そのものは当時と何ら変わっていないように見えた。今にもチャイムが鳴り、児童らが元気よく校庭に飛び出してくるのではないかという錯覚すら覚えてしまう。

出入口に『山央小学校桜沢分校同窓会会場』という看板の立てられた体育館に入ると、広い館内には既に人がさざめいていた。

あちこちに設置された椅子と丸テーブルで、出席者たちが賑やかに談笑している。その中には、懐かしい顔ぶれも多くあった。

現在は交流施設として使われているらしい体育館の壁には、廃校になる前の学校行事の様子を写したパネルがいくつも飾られていた。年度別の卒業アルバムや、桜沢分校について書かれた当時の地方新聞の記事をスクラップしたものなども、同窓会の閲覧用に並んでいる。

みのりちゃーん、と大声で呼ばれてそちらを見ると、興奮気味に手を振る女性の姿があった。伸び、緩くパーマをかけているけれど、人好きのする面影は当時のままだ。ワンピースを着た丸顔の女性は、由紀子だった。ソフトボール部にいた学生時代よりも少し髪が

きゃあっと抱き合い、懐かしさに笑みを交わす。「今日東京から帰ってきたん?」「元気にして

た？」などと矢継ぎ早に尋ねられ、苦笑しながら頷いた。

「うん、先にお祖母ちゃんのとこに寄ってきたの。皆元気そうで、安心した」

祖母は相変わらずあの家に一人で暮らしており、帰省したみのりを笑顔で出迎えてくれた。近所に住む叔父夫婦が高齢の祖母を心配し、自分たちと一緒に暮らさないかと申し出たこともあるそうだが、まだまだ今の生活を続けるつもりでいるらしい。雑誌に載ったみのりの絵を、祖母はいつも大袈裟なほど喜んでくれている。

由紀子は高校を卒業した翌年に結婚し、現在は二人の男の子と一人の女の子の母親になった。東《ひがし》根《ね》の兼業農家に嫁いだ由紀子から届く年賀状には、さくらんぼ畑で遊ぶ笑顔の子供たちの写真が載っていた。今日は旦那さんとお姑《しゅうと》さんが子供を見てくれてるんよ、と、愛嬌のある八重歯を覗かせてにこにこしながら由紀子が云う。

互いの近況について盛り上がっていると、「久しぶり」と親し気に肩を叩かれた。振り返ると、はにかんだように微笑む小百合が立っていた。ああっ、と声を上げて、また再会を喜び合う。

上品なブラウスにすらりとしたパンツ姿の小百合は、山形市内の小学校で教師をしているという。子供の頃から責任感が強く、勉強のよくできた彼女を思えば、さもありなん、という気がした。そういえば同窓会の葉書の差出人に、彼女の名前も記載されていたことを思い出す。小百合は今回の同窓会の企画に携わり、準備のためにだいぶ前からあれこれと動いてくれたらしかった。

花壇の向日葵はこの日のために地元の老人会が世話をしたものだとか、向日葵流しの後は集会所に移動しての食事会になるので場所を間違えないように、などときびきびした口調でみのりたちに説明する小百合もまた、あの頃と何ら変わっていないように見えた。

「あー、なんか小学生の頃に戻ったみたい。このまま学校に泊りたーい」

「いい大人が、さすがにここで男女皆で雑魚寝《ざこね》ってわけにもいかないでしょ」

はしゃいだ声を上げる由紀子を、小百合が呆れ顔でたしなめている。当時のままの二人の空気感に微笑ましさを覚えた。子供の頃を一緒に過ごした友達というのは、同じ莢《さや》の中にいた時間に一瞬で戻ってしまえるものなのかもしれない。

ためらった後、みのりは緊張しながら尋ねてみた。

「同窓会の案内って、怜にも送ったの……？」

みのりの問いに、小百合が残念そうに首を横に振る。

「ううん、誰も連絡先を知ってる人がいなくて。あんな別れ方をしたから、元気でやってるのかなって、私たちもずっと怜のことが気になってるんだけど」

落胆しながら「そう」と呟くと、隣で由紀子が、えっ、と驚いたような声を発した。

「みのりちゃんも怜と全然連絡取ってないの？」と意外そうに訊いてくる。うん、と小さく頷くと、由紀子は戸惑った様子で瞬きをした。

「そっか、なんとなく、みのりちゃんは怜がどこにいるか知ってるんだと思ってた。だってすごく仲良かったし」

みのりの表情が一瞬翳ったのに気づき、慌てて取り繕うように由紀子は続けた。

「でも、そうだよね。隼人だって会ってないんだもんね」

「今日は、当時の先生方も結構来てくれてるのよ」

思わず暗くなったみのりの気持ちを感じ取ってか、小百合がさりげなく話題を変える。

「今井先生にも同窓会の案内を送ったんだけど、神戸からここまで来るのはさすがにお体への負担が大きいみたいで、申し訳ないけど欠席するって直接電話があったの。本当は参加したいんだけど、ってすごく残念がってた。皆によろしく伝えてくれって」

元気そうな声だった、と小百合が明るく口にする。

「出席できないけど、自分の代わりに素敵なものを送りますなんて冗談っぽく笑ってた。きっと皆喜んでくれるはずです、だって。隼人が仕事帰りに受け取ってから来るそうよ。隼人、ここにも役場にもよく顔を出してるみたいね。あちこちでこき使われるってぼやいてたけど」

「へえ、今井先生、何を送ってくれたんだろう。ビデオメッセージとか？」

「ひょっとして神戸牛だったりして」

冗談めかして云い合う二人を前に、年を経ても変わらないユーモアが老教師の中に存在していることが嬉しくて、くすっと笑みをこぼした。隼人にしても、きっと何かと周りから頼りにされているのだろう。あの強い目の輝きは、今も健在なのに違いなかった。

隼人のことを尋ねようとしたそのとき、近くで「あ……」と微かな声がした。それは驚きのあまり意図せず発してしまった、という感じの声だった。

視線を向けると、腕に赤ん坊を抱いた女性が微かに目を瞠り、こちらをじっと見つめている。みのりは反射的に息を呑んだ。

……立ち尽くしているその女性は、雛子だった。


思い出話で盛り上がっている面々から少し離れて、二人は体育館の片隅に置かれた椅子に並んで腰掛けた。

賑やかな中、雛子の腕の中ですやすやと寝息を立てている赤ん坊を覗き込む。

「赤ちゃん、生まれたんだね。男の子？」

話しかけると、雛子が小さく頷いた。

「……うん。遼《りょう》、っていうの」

面立ちがどことなく雛子に似ている。ふっくらとした頰っぺたや、短い指に、自然と口元がほころんだ。「かわいい」と呟くと、雛子は「ありがとう」とぎこちなく微笑んだ。

雛子は神奈川に住んでおり、今は実家に里帰り中なのだという。

「同窓会の葉書をもらったから、迷ったけど、思いきって出席してみたの」

うつむきがちに目を伏せたまま、雛子は云った。

「みのりちゃんは東京でイラストレーターをしてるんだって、小百合ちゃんが教えてくれた。すごいね。そういえば小学生のときも、よく絵を描いてたよね」

ぽつり、ぽつりと過去をたぐるように、互いに手探りで会話を続ける。

雛子はあの事件の後、神奈川に引っ越し、向こうの病院で定期的にカウンセリングを受けるなどの治療をしばらく続けていたらしかった。そこで病院に勤務していた六つ年上の夫と出会ったのだそうだ。

体育館の窓から射し込んだ夕陽が雛子の横顔を照らしていた。相変わらず睫毛が長く、整った顔立ちをしていたけれど、そこにはあの頃の人形めいた美しさではなく、健康的な好ましさとでもいうようなものがあった。彼女の中で行き場を探して混沌《こんとん》としていたものに、年月と共にうまく折り合いをつけられたのかもしれない。

ふいに会話が途切れた。

少しの沈黙の後、すうっと息を吸い込む気配がして、雛子が静かに頭を下げた。

「……あのときは、ごめんなさい」

緊張のにじんだ、ひどく張りつめた声だった。その姿勢のまま、雛子はじっと動かなかった。目の前の雛子を見つめ、それからみのりは黙ってかぶりを振った。許すとも、許さないとも云わなかった。

……それを口にするには、二人の間にあまりにも時間が経ち過ぎていた。

代わりに、みのりは微笑んで本心を伝えた。

「会えて、嬉しい」

雛子が驚いたように顔を上げ、なんだか泣きそうな顔で「うん」と頷く。いつのまにか目を覚ましてしまったらしい赤ん坊が、あー、と声を発して雛子の服のボタンを引っ張ろうとした。ああこら、駄目よ、と雛子が優しく制止する。眩しいものを仰ぐように隼人に焦がれていた少女の眼差しは、今は穏やかに、愛する者に向けられていた。

話をしていると、間もなく向日葵流しを始めるので川に移動してください、というアナウンスが聞こえてきた。

「食事会にも来る？」と尋ねたみのりに、雛子が名残惜しそうに首を横に振る。

「この子もいるから、あんまり遅くならないうちに帰ろうと思って。だけど向日葵流しには参加するつもり」

そっか、と頷きながら、離れていた時間などまるで無かったかのように自分たちが普通に話せていることが感慨深かった。立ち上がり、移動を始める人たちにまじって雛子と一緒に歩き出す。

「行こう」

建物を出ると、辺りの景色は群青色に沈み始めていた。外灯がぽつぽつと申し訳程度についている田舎道を歩く。陽が落ちて風が出てきたため、昼間よりもいくらか涼しく感じられた。生ぬるい風が頬を撫でていく。

薄闇の中を川に向かって歩きながら、皆それぞれ思い出話に花を咲かせている様子だった。見知った顔ぶれが、みのりにも親しげに話しかけてくる。

「元気だった?」「変わらないね」「ちょっと前に光太がさ……」懐かしい話題は、尽きることがない。

赤ん坊を連れた雛子もまた、周りからしきりと声をかけられていた。その光景に、雛子が桜沢を離れた後の夏祭りを思い起こす。

今井がしんみりと「雛子にも、見せでやりだいっけなあ」と呟いていたことを雛子に教えようかと一瞬思ったけれど、やめた。……云わなくても、きっとわかっている。

あのときいなかった雛子もこうして今、ここにいる。昔のように笑い合える。なのに、どうして怜は側にいないのだろう、と考えてさみしさが胸を吹き抜けた。

自然とうつむき、つま先を見つめて歩いていると、やがて人が離れる瞬間を待っていたかのように雛子がそっと近づいてきた。

みのりに身を寄せ、あのね、となぜか遠慮がちに小声で囁いてくる。

「……みのりちゃんにとってもう過去の話なら、今さら余計なことを云わない方がいいのかなって、迷ったんだけど」

何やら云い淀む雛子を怪訝に見返し、直後、ハッとして息を呑んだ。

――そうだ。雛子の父親は、医者としてずっと春美に関わってきたはずだ。春美の死や、亡くなった経緯などについて、雛子の耳に入るのはむしろ当然のことだった。

雛子が何の話をしようとしているのかを漠然と察し、みのりは真剣に云った。

「……お願い、聞かせて」

みのりの切実な様子に、雛子がためらいながらも口を開く。

「今年の春先、夫が神戸に出張に行く用事があってね。近くに親戚がいるから久しぶりに会いたいなと思って、私も同行することにしたの。夫が参加したのは医療関係者向けのシンポジウムで、無医村の現状や、中小病院において地域医療を実践する医師の育成についてがメインテーマだった。地方の病院関係者とか、若手の医者なんかが主に参加してたみたい」

雛子がそこで言葉を切る。

「……その参加者の中に、怜によく似た人を見かけたの」

みのりは思わず目を瞠った。

「シンポジウムが終わった後、ロビーで休憩してたときに。見たのは一瞬だったし、お腹にこの子がいたから追いかけて話しかけることはできなかったけど、たぶん、怜だったと思う」

とっさに言葉が出てこなかった。動揺のあまり、頭が真っ白になる。

――怜は生きていた。無事に大人になっていた。そして、医療の道に進んだのか。

驚きと、安堵と感傷と、様々な思いがないまぜになってみのりの中でひしめいた。

自分がどうにかできたらいいのに、目の前で苦しんでいる人を治して助けてあげられたら、と繰り返し口にしていた子供の頃の怜がよみがえる。無医村、地域医療、といったものについて取り上げた場に怜が参加していたという雛子の話は、みのりにとって十分すぎるほどの説得力を持っていた。

胸に熱いものが込み上げてくる。――よかった、怜。涙ぐみそうになるのを懸命に堪えた。

しかし、なぜ、怜は山形から遠く離れたそんな場所に居たのだろう……？

疑問に思い、次の瞬間、あることに思い当たって「あっ」と声を上げそうになった。

記憶の中の、一つの光景を思い出す。今井が桜沢を離れ、神戸へ発《た》つことになった朝。別れを云いたくて会いに行ったみのりたちに、怖いくらい真剣な顔で、今井は告げた。

(いつでも会いさ来い)

(いつでも、どごさ居でも、困ったどぎは必ず力になっから)

にっ、と笑って続けられた今井の言葉。

(約束だ)

思わず口元を覆った。みのりの中で、点が線でつながっていく。ずっと一人で苦しみを抱え続け、誰にも助けを求めることをしなかった怜は、最後の最後で約束を守った。

もう一度、大人を信じ、今井に向かって自ら手を伸ばしたのだ。

微かに指先が震え出す。その震えがどんな感情に由来するものなのか、わからなかった。けれどこれだけはわかる。

――誰かを、何かを守れるように、怜は今も努力し続けている。

突き上げてくる衝動を耐えるように立ち尽くすみのりに、雛子が気遣わしげに話しかける。

「大丈夫……?」

ゆっくりと息を吸い込み、うん、とみのりは返事をした。雛子を見つめ返し、不器用に微笑む。

「話してくれて、ありがとう」

川べりの土手を下りると、河岸の叢には複数の大きな段ボール箱が置いてあった。実行委員らが中心となり、参加者に向日葵の花と灯ろうを順番に配っていく。みのりも列に並び、地元の有志によって用意されたという灯ろうと一輪の向日葵を受け取った。

灯ろうに火が入れられ、そっと花が飾られる。十年ぶりの向日葵流しが始まった。

川に歩み寄り、屈んで水に浮かべると、灯ろうは静かにみのりの手から離れていった。流れる他の灯ろうに近づいたり、離れたりしながら、ゆるやかに遠ざかっていく。ほう、とため息がこぼれた。

暗がりの中、灯ろうが次々と川に放たれていく。いくつもの明かりがゆらゆらと揺れながら水面を流れていく美しい眺めに、岸辺から感嘆の声や拍手が上がった。夏夜に、淡い光が揺らめく。

……子供の頃、夜がひどく怖かった。大人になった今、ざわつくような不安を覚えはするけれど、もう少女のときのように闇の帳《とばり》を恐れることは無い。

脳裏に、少年だった怜の優しげな微笑みが浮かんだ。それから、痛々しいほどまっすぐな隼人の眼差しが。

あの頃の自分たちは幼く、沈んでしまわないよう、ただ必死でもがいていた。

夜の中をゆっくりと流れていく光の群れを眺めながら、記憶の中の彼らをたどる。――茂が家族に対してした行為は、今思い出しても、決して許されるものではないけれど。

最初から子供を苦しめたくて育てる親はいない。……せめてそう信じたい。

隼人の父も、怜の父も、かつては向日葵を流した子供だったのだ。

明るい笑い声がさざめくように周囲で上がった。視界で揺れる一面の向日葵。暗闇を照らすみたいに花々が咲く。

それはまるで、いつかみのりが描いたあの絵の光景のようだった。

ふいにどうしようもなく切なさが込み上げてきて、胸が詰まった。昔、春美に打ち明けた幼い願いが再生される。……ずっと、怜と一緒に、夏祭りを見ていたい。

子供の頃に願ったことは、大抵が叶わないものだと知っている。水面を流れる灯ろうがこの手の中に戻ることのないように、過ぎ去った時間は帰らない。この胸の疼きも、いつかは消えてしまうのかもしれない。

けれど、今、無性に会いたかった。あの頃みたいにここに居て欲しかった。

溢れそうになる感情を懸命に押し殺し、その場に佇んでいると、ふと背後で驚いたようなざわめきが起こったのに気がついた。直後、誰かが興奮気味に懐かしい名前を呼んだ。耳に飛び込んできたその名に、反射的に息を吞む。まさか――まさか。

鼓動が、すごい速さで脈打った。動揺したまま凍り付く。

そんなこと、あるはずない。彼が今ここに現れるなんて、そんな都合のいいこと、現実に起こるはずが……。

そこまで考え、ハッとした。電話で今井が口にしていたという、冗談めかした言葉が唐突によみがえる。

(自分の代わりに素敵なものを送ります)

(きっと皆喜んでくれるはずです)

みのりは口元を押さえた。立ち尽くしたまま、頭の奥が痺れたようになっていく。

これは夢だろうか。身じろぎしたら何もかもが目の前から突然消えてしまいそうで、怖くて、動くことができない。

次の瞬間、ふいに力強い声が響いた。

「みのり!」

暗闇の中、手探りで伸ばした手をぐいと引き寄せるような声だった。

みのりは反射的に振り返った。思わず目を見開き、そこに立つ人物を凝視する。土手の中腹から、並んだ二つの人影がこちらをまっすぐに見下ろしていた。暗くて顔はよく見えない。けれど、彼らは笑顔を浮かべているに違いないとそう感じた。きっと懐かしむように、いとおしむように、みのりを見つめて笑っている。

懐かしい形をした二つの影が、みのりに向かって大きく手を振った。

それを目にした途端、長い呪縛から解き放たれたように足が動いた。

彼らの元へ歩き出しながら、笑い返そうとして、とうとう堪え切れずに熱いものが溢れ出す。にじむ視界の中、二人がこちらに向かって何か叫んだ。それはただいま、とも、おかえり、と云ったようにも聞こえた。

泣き笑いのような表情になったみのりの胸に、迷いのない一つの思いが浮かび上がった。

——自分は今、探し求めた場所にようやく流れ着いたのだ、と。

初出誌
「紡」二〇一三年　autumn
「紡」二〇一三年　winter
「紡」二〇一四年　spring
「紡」二〇一四年　summer
単行本化にあたり、大幅な加筆修正を行いました。

本作品はフィクションです。実在する個人および団体とは一切関係ありません。
（編集部）

[著者略歴]

彩坂美月（あやさか・みつき）

山形県生まれ。早稲田大学第二文学部卒業。『未成年儀式』で富士見ヤングミステリー大賞に準入選し、2009年にデビュー（文庫化にあたり『少女は夏に閉ざされる』に改題）。他の著作に『ひぐらしふる』『夏の王国で目覚めない』『僕らの世界が終わる頃』『金木犀と彼女の時間』『みどり町の怪人』などがある。

向日葵《ひまわり》を手折《たお》る

2020年9月20日　初版第1刷発行
2020年9月25日　初版第2刷発行

著　者／彩坂美月
発行者／岩野裕一
発行所／株式会社実業之日本社
〒107-0062
東京都港区南青山5-4-30　CoSTUME NATIONAL Aoyama Complex 2F
電話（編集）03-6809-0473　（販売）03-6809-0495
https://www.j-n.co.jp/
小社のプライバシー・ポリシーは上記ホームページをご覧ください。

ＤＴＰ／ラッシュ
印刷所／大日本印刷株式会社
製本所／大日本印刷株式会社

ISBN978-4-408-53767-2（第二文芸）